广东省作家协会
GUANG DONG PROVINCIAL WRITERS ASSOCIATION

U0837136

广东文学蓝皮书
（2023）

广东省作家协会　编

SPM 南方传媒 | 广东人民出版社
·广　州·

图书在版编目（CIP）数据
广东文学蓝皮书. 2023 / 广东省作家协会编.
广州 : 广东人民出版社, 2024. 10. -- ISBN 978-7-218-18167-7
Ⅰ. I206.7
中国国家版本馆 CIP 数据核字第 2024VA9027 号

GUANGDONG WENXUE LANPISHU（2023）
广东文学蓝皮书（2023）
广东省作家协会 编

出 版 人：肖风华

责任编辑：汪 泉 李幼萍
装帧设计：奔流文化
责任技编：吴彦斌

出版发行：广东人民出版社
地 址：广州市越秀区大沙头四马路 10 号（邮政编码：510199）
电 话：（020）85716809（总编室）
传 真：（020）83289585
网 址：http://www.gdpph.com
印 刷：广东信源文化科技有限公司
开 本：787mm × 1092mm 1/16
印 张：17.25 字 数：240 千
版 次：2024 年 10 月第 1 版
印 次：2024 年 10 月第 1 次印刷
定 价：68.00 元

如发现印装质量问题，影响阅读，请与出版社（020-85716849）联系调换。
售书热线：（020）87716172

目录

第一章
概　述

2023年，是全面贯彻党的二十大精神的开局之年，也是三年新冠疫情防控转段后经济恢复发展的一年。在新质生产力理论的学习和实践中，广东省作家协会坚持高举习近平新时代中国特色社会主义思想伟大旗帜，在省委、省政府和省委宣传部的正确领导下，围绕学习贯彻党的二十大精神这条主线以及党的二十大关于文化建设的战略部署，认真落实省委“坚持守正创新推陈出新，扎根广东现代化建设实践，努力创作更多精品力作”的创作指导要求，以求真务实、出新出彩的文学业绩，唱响主旋律、壮大正能量、守牢主阵地，为广东在推进中国式现代化建设中走在前列做出了应有的贡献。

2023年是广东省作家协会成立70周年。广东省委书记黄坤明同志在参观省作家协会70周年创作成果展览时指示：要用心打造“新版《人世间》，浓墨重彩书写广东创业故事”。省作协认真落实省委书记黄坤明同志有关指示精神，由唐栋、陈继明、葛亮认领重大创作任务。同时，为落实中国作家协会“新时代文学攀登计划”“新时代山乡巨变创作计划”，省作协马不停蹄召开“新时代山乡巨变”创作推进会、组织主题采风活动，向中国作协推荐本项目作者5名、作品5部，扶持广东“新时代山乡巨变”题材作品10部。此外，还启动实施文学赋能乡村振兴“十百千万”工程（即组织十名重点作家创作反映全省乡村振兴的精品力作，组织百名骨干作家开展乡村振兴主题文学采风创作，组织千名作家“挂镇联村”驻点创作，组织“万名村支书讲好乡村振兴故事”活动）。继续推进重大文学选题创作，扶持省委宣传部文艺精品项目重点作品7部。

本年度广东文学彰显岭南神韵、书写湾区故事，取得了斐然成就。特别是在长篇小说领域，涌现了一系列精品力作。葛亮的《燕食记》、魏微的《烟霞里》在2023年提名第11届茅盾文学奖，以“粤军北伐”的高歌姿态，成为这一年度广东文坛浓墨重彩的大事。在此鼓舞下，广东长篇小说创作乘势而上，迈进新的阶段，再上更高台阶。陈崇正获第五届茅盾新人奖，李德南、盛慧获第五届茅盾新人奖提名奖。李宇静（风晓樱寒）获第五届茅盾新人奖·网络文学奖提名奖。庞贝长篇小说《乌江引》、葛亮长篇小说《燕食记》、陈启文长篇报告文学《血脉：东深供水工程建设实录》入选2022年度“中国好书”。熊育群长篇小说《金墟》、魏微长篇小说《烟霞里》入选中国作协“扬帆计划·中国文学海外译介”项目。陈继明长篇小说《敦煌》、南翔报告文学《手上风华——深圳工匠录》、钟二毛长篇小说《东江纵队》入选2023年中国作家协会重点作品扶持项目。

2023年广东文学界另一件大事，是由人民文学出版社出版了五卷本、240万字的《广东文学通史》。通史从古代、近代、现代写到当代，对广东古代和现当代的著名作家、诗人，广东以往各类文体的发展和创作成果，以及岭南文化从受容、包容到兼容的历史进程进行了客观的描述和清晰的梳理，这既是对广东文化和文学的归纳提升，也是本年度的一大亮点，是献给广东省作家协会成立70周年和广东文学馆的一份厚礼。正如该书总主编张培忠所言：“值此丰收之时和喜庆之日，通史的出版，可谓正当其时，意义重大。”本年度广东文学界另一件大事，是举办了第十一届广东省鲁迅文学艺术奖（文学类）评奖，陈崇正长篇小说《美人城手记》等30部（篇）作品获奖。为推动转型升级，提升文学评论“高度”，把好新时代文艺评论工作方向盘，发挥引导创作、推出精品、提高审美、引领风尚的作用，推动“粤派批评”逐步向“湾区批评”升级，在北京分别举办魏微长篇小说《烟霞里》研讨会、邓一光长篇小说《人，或所有的士兵》研讨会、葛亮长篇小说《燕食记》研讨会、熊育群长篇小说《金墟》研讨会、从“粤派批评”到“湾区批评”暨《广东文学通史》出版座谈会。此外，还在广州分别举办粤港澳大湾区文学发展峰会、广东文学评论年会、《陈晓明文集》新书发布会暨“中国式现代化视域下的文学路径”学术研讨会、“走在前列”广东省小小说高质量发展论坛等8场。同时，加强老一辈文学家文学成就研究，举办纪念秦牧先生诞辰104周年暨“文化名家走读秦牧故里”系列活动，召开“萧殷文艺思想和中国文学话语与叙事体系构建”萧殷学术研讨会暨《萧殷全集》新书发布会。分别举行欧阳山文献资料及藏书捐赠仪式，蒲风生前日记、遗著及研究资料捐赠仪式。经广泛发动，截至2023年12月底，共征集到153位作家或其家属捐赠的46556件藏品。除《广东文学通史》外，还出版《广东省作家协会志（1953—2023）》《广东文学蓝皮书（2022）》《广东青年批评家丛书》等。

2023年，广东作家在高质量发展的学习和实践中，深入生活、扎根人民，体验新时代的湾区生活。他们紧跟新时代的步伐，倾情投入、用心创作，在2022年取得优异成绩的基础上，奉献了一份在质量上有突破、在数量上有递增的创作成绩单，为广东在推进中国式现代化建设中走在前列做出了突出的文学贡献。

首先是长篇小说创作表现突出，令人瞩目。2023年8月7日，第十一届茅盾文学奖评奖委员会发布公告，正式公布提名的10部作品。葛亮的《燕食记》、魏微的《烟霞里》两部作品代表广东省长篇小说入围。除了《燕食记》和《烟霞里》提名十强外，在整个评奖过程中广东长篇小说表现不凡。在238进80的首轮备选中，10部广东长篇小说在激烈竞争中杀出重围，备受瞩目。后续几轮评选和投票中，80进40环节，9部作品入围；40进30环节，6部作品入围；30进20环节，2部作品入围；20进10环节，2部作品入围。这些入围作品还包括邓一光的《人，或所有的士兵》、熊育群的《金墟》、陈继明的《平安批》、庞贝的《乌江引》、林棹的《潮汐图》、吴君的《万福》、蔡崇达的《命运》、厚圃的《拖神》等。入围的作品不仅数量丰富，更在多元创作题材中，展现出宽广的文学视野、热忱的文学关怀，文学性与创作质量同样令人欣喜。正如中国作家协会党组成员、副主席、书记处书记，第十一届茅盾文学奖评委会副主任李敬泽所说：“这一次参评茅盾文学奖，总体上来说，广东作家表现非常突出，就整体实力而言，可以说已经毫无愧色地进入中国文学的第一方阵，这是改革开放40多年来从来没有过的景象，说明广东文学有强大的创造力和生命力。广东作家有信心也有能力，努力书写好这个伟大的时代。”《燕食记》和《烟霞里》的提名成为文坛上

“粤军北伐”的重要里程碑，标志着广东文学迈入中国文学第一方阵的时代已经到来。

中短篇小说和小小说创作同样成绩不俗。据不完全统计，2023年广东作家在国内大刊、名刊上发表的中篇小说数量，比起去年和前年翻了两倍以上。在《人民文学》发表的中短篇小说有：陈继明的《饥饿的潮汐》、陈再见的《望高》、旧海棠的《抬钢琴》；被《小说选刊》转载的中篇小说有：吴君的《万事如意》、熊育群的《来日方长》、巫宏振的《燃烧的河湾》、南翔的《老药工和他的女儿》；在《小说月报》上发表的中篇小说有：弋铧的《独一无二的乌娜》、葛亮的《入瓷》、熊育群的《金墟上》、陈再见的《一九八七年四月八日或抢米事件》；在《中国作家》上发表的中篇小说有：盛可以的《好事近》、丁力的《银行家》、王哲珠的《年夜饭》；在《钟山》上发表的中篇小说有：陈再见的《双圹》；在《作家》上发表的有：宥予的《东边、七下、猪八戒》；在《解放军文艺》发表的短篇小说有：汪泉的《毡》……仅在这些名刊、大刊上发表的中短篇小说就有近20部之多。特别值得提及的是，2023年广东作家有两部中篇小说被《新华文摘》转载，显示了广东作家勇于从“高原”向“高峰”攀登的努力。

广东小小说作家全年创作和发表的状态仍处在井喷期（数量在2000篇以上），其中谢松良的《捷径》、赖海石的《顺风车》、刘浪的《礼谏》、朱红娜的《双面》、高春阳的《石头记·冒名》、陈耀宗的《扣肉》等12篇小小说被《小说选刊》转载；被《作家文摘》转载的有：贺妙忠的《短笛》、包丽芳的《怪癖》、胡玲的《蝴蝶飞舞》、叶惠娟的《揉纸团的人》、陈志江的《兄弟树》、刘林波的《故事王》、徐建英的《孤岛》、肖曙光的《温暖的棉被》等24篇。

广东报告文学创作一直保持着高歌昂扬的态势，创作队伍不断扩大，作品数量与质量不断提升，广东正在成为中国报告文学的高地。2023年12月9日，广东省报告文学学会的成立，标志着全新的广东报告文学书写时代的到来。从本年度广东报告文学整体的创作成绩来看，广东报告文学已经形成了一支优秀的创作队伍。这支队伍有领军人物、中坚力量，也有新生力量，不同年龄段、不同创作经验的作者们都持续拿出优秀作品。如陈启文的长篇报告文学《为什么是深圳》获第八届中华优秀出版物奖图书奖；长篇报告文学《血脉——东深供水工程建设实录》获中国图书评论学会组织评选的2022年度“中国好书”，获广东省第十二届精神文明建设“五个一工程”图书奖。谢友义的作品《焊花照亮世界》入选2022年广东省民生工程主题文学创作扶持项目，入选深圳读书月“十大劳动者文学好书榜·非虚构榜”的“年度十大劳动者文学好书”；《时代的领唱者——记出席中共三大的粤籍代表》获广州市重点题材作品扶持。此外，在全国有影响力的创作者张培忠、黄灯、南翔、汪泉等人也在持续创作，推出报告文学精品。

2023年广东众多诗人出版了大批诗集，在各大刊物发表了大量作品，不论是个人还是群体均有所表现。其中既有八秩老诗人，也有少年诗才，呈现了多代同辉的气象。尤其值得注意的是，2023年可以说是AI元年。人工智能技术通过前期的积累，已开始在世界上许多领域得到广泛应用和认可。国内的百度也在8月底向社会全面开放“文心一言”的应用。第四次工业革命在多领域全面展开，可见人类发展的拐点已到来。在新工业、高科技时代的路口，广东诗人的写作有持续向新，有向内自观，也有回望传统的多种路径。此中既有时代转折处的省思，也呈现了多元的南方面相。在开展诗歌活动方面，“2023年粤港澳大湾区小学生诗歌季”“雅荷诗会”“诗歌文学进校园·名家面对面”、东莞“小诗人沙龙”“2023中国（东莞）森林诗歌节”、打造“中国诗词之都”系列讲座等各种诗歌活动如火如荼，广东诗歌界正以多方合力，推动广东文学事业多元共生，蓬勃发展。

近年来，广东作家的散文越来越多地出现在各大年选中，在全国范围内产生越来越大的影响力，有不少散文家的作品在各级文学奖中获奖，广东散文的水平逐渐提升已是公认的事实。今年广东散文作家表现非常突出，其中既有长年驻守散文家园的实力派作家的持续探索，又有“90后”年轻作家的新锐气息，有不少富有“粤味”和“岭南风”的特色收成。2023年，广东省作协迎来70华诞，广东散文界也迎来了一场盛会。2023年8月19日是当代著名散文家、岭南文学的领军人物秦牧先生诞辰104周年纪念日。为纪念秦牧先生并赓续其文学精神，8月16日至18日，由广东省作家协会、政协汕头市委员会指导，广东省秦牧创作研究会主办的“文学名家走读秦牧故里”系列活动在秦牧先生故里汕头市澄海区举行。中国作家协会原副主席、著名作家陈建功，省作协党组书记、专职副主席张培忠参加此次活动并做了讲话。

2023年度广东文学理论评论，立足于广东乃至粤港澳大湾区的实际状况，对重点的文学作品、文艺现象展开专题研讨。当前，“粤派批评”逐步向“湾区批评”升级：文学批评对象更丰富、空间更广阔，评论家既秉持本土意识，重视岭南文脉的传承与发展；又彰显国际视野，关注湾区文学的世界性价值；还紧跟时代潮流，观察新媒介、新技术对文学形态的深刻影响；文学批评新力量持续涌现，凝聚起粤港澳大湾区的文学话语，持续推动新时代广东文学评论高质量发展，彰显粤港澳大湾区开放包容、锐意进取的精神气质。

2023年，广东儿童文学出版呈现生机勃勃的景象。儿童文学作家们的作品发表遍及国内各类重要报刊，包括《文艺报》《文学报》《儿童文学》《少年文艺》《少男少女》《粤港澳大湾区文学评论》《红树林》《南方日报》《胶东文学》等；文体涉及童话、小说、寓言、散文、诗歌、绘本、剧本及评论等，很多文章或被转载、转引，或被收录进各类作品年选。而在荣获的奖项方面，涵盖面广；获奖的作品，层次高、影响大。

2023年是中国电影、电视剧创作生产复苏之年，广东影视复苏强劲，在电影上，全年全国电影总票房549.15亿元，广东电影市场全年票房67.14亿元，达到2020年以来最高纪录，年度票房连续22年位居全国榜首，稳居“全国第一票仓”。粤产电影作品中，动画电影《熊出没·伴我“熊芯”》以14.95亿元的票房成绩位列年度电影票房榜第八名，成为中国影史春节档动画影片票房冠军；商业大片《暴风》《扫毒3：人在天涯》等融合粤港电影资源，实现了类型片的再探索；粤剧电影《谯国夫人》获第36届中国电影金鸡奖“最佳戏曲片”奖，粤剧电影《睿王与庄妃》和纪录电影《不孤岛》《无音之乐》获得第36届中国电影金鸡奖提名，粤剧电影《白蛇传·情》获第十九届中国电影华表奖“优秀故事片”奖，《中国医生》《照相师》获得第十九届中国电影华表奖提名。在电视剧上，大湾区题材电视剧《青春之城》和年代传奇大剧《珠江人家》在央视一套黄金时段播出，古代传奇题材电视剧《谯国夫人》在央视八套播出。其中《珠江人家》平均收视率达

2.503%，在央视一套2023年度黄金档剧集中位于收视前列。可以说，这一年广东影视固本拓新，加大生产力度，努力探索高质量发展之路，推出了一批叫好又叫座的精品佳作。

网络文学作为一种新兴的文学形式，其思想艺术指向是多维度和不断发展变化的，也是其不断发展和成熟的标志，更是其吸引读者、充满生命力的重要原因之一。随着技术的进步和网络文学的进一步发展，其在思想和艺术方面的探索将更加深入和广泛，网络文学的内涵和外延也在不断扩展和深化。本年度省作协加大网文工作“力度”，注重蓄势聚能，加强组织领导，理顺工作机制，以强劲主旋律、充沛正能量擦亮网络文学粤军品牌。其一，召开广东省网络作家协会成立大会；其二，承办中国网络文学影响力榜（2022年度）发布活动暨粤港澳大湾区网络文学高质量发展研讨会活动，包括召开“网络文学传承发展”论坛、“平台建设与海外传播”论坛，组织“网络作家进校园”活动，开展“走进大湾区”采风活动等；其三，联合中国作协网络文学中心在线上举办风晓樱寒《逆行的不等式》作品研讨会，并在江门成立广东省网络作家协会创作基地。风晓樱寒的《逆行的不等式》入选“中国网络文学影响力榜（2022年度）”网络小说榜，听日入选“中国网络文学影响力榜（2022年度）”新人榜。

梳理了2023年广东各体文学高质量发展的创作业绩，我们也需要清醒地看到广东文学在从“高原”向“高峰”攀爬过程中还存在一些短板。比如，广东长篇小说集中入围茅奖，《燕食记》和《烟霞里》更获提名，这极大地提振了广东长篇小说创作的士气，使得更多的长篇小说在2023年乘势而上，再创佳绩。总的来说，2023年的广东长篇小说创作，把握时代脉搏，传达岭南神韵，持续探索叙事艺术，并在题材与主题、人物形象塑造、艺术风格方面取得了新的突破。但有的作品思想与故事的贴合尚不够紧密。小说中可以表达对现实的感慨、对家国的情怀、对时代的观察、对人生的哲思，这能够提升小说的思想高度，但作为叙事文体，小说的思想需要融汇于故事之中，与故事构成紧密的整体。如果不能做到这一点，说理就变得生硬，故事也会变得断裂。还有一些小说在表达地方特色、刻画岭南神韵上仍存瑕疵。一些作家为了增强小说的岭南韵味，有意识地使用了粤语，但粤语主要表现在人物对话中，并没有运用到全部对话之中，并且叙述语言仍是普通话，这就造成一种割裂，也使粤语成为一种刻意的点缀。再有一些作家为了展现岭南神韵，有意将地方文化和历史内容写进小说，但尚未做到将这些内容巧妙融入故事之中，做到浑然一体，反而陷入一种炫技式的“掉书袋”，显得较为生硬。在中短篇小说方面，2023年广东的中短篇小说虽然双双斩获了国家级的鲁迅文学大奖，部分的中短篇小说精品跻身于国内一流的行列，一批“80后”“90后”的广东中短篇小说新锐作家处于一个整体崛起创作状态，但这支队伍中多数的中青年作家还需提高水平，多数的广东中短篇小说作品，虽然能在数量颇多的省市级文学刊物和网络新媒体刊发，但质量平庸的作品仍大量存在；作家的创作心理结构中表现出来的文学格局和文学境界，仍比较窄狭。他们虽然能讲出自己身边的或自己亲历的日常生活故事，但所塑造的中短篇小说人物形象还相当一般化，人物的内蕴缺少一种处于改革开放最前沿的大湾区的新人新质；表达出来的文学创意还较为肤浅，缺乏思想含量，未能提供给读者更大的想象和探索的空间；在讲述大湾区故事时所使用的文学语言，还未能形成成熟地体现“新南方写作”特征风格的叙事语态，在普通话、粤方言以及内地的各种语言夹杂使用中，还未能寻找到、提炼出适合于我们新时代环境的中短篇小说的叙述语言。

综观广东2023年的报告文学创作，题材丰富，收获颇丰，但也有不少问题。虽然创作队伍在扩大，创作数量在增加，但真正质量优秀作品仍然出自几位熟悉的创作者手中，培养优质的创作者、丰富创作队伍是最重要的。此外，报告文学的创作可以有更多其他文体的作者加入，并且以此丰富创作风貌，回顾30年前报告文学的鼎盛时期正是如此，这种经验是值得复刻的。最后，作品的精品意识仍有待加强，部分作品有“赶工”之嫌，为了赶在某个时间节点推出作品，使得部分语言、表达略有粗糙之处，殊为遗憾，这些都是值得注意、应该去调整的地方。再看本年度的诗歌，广东诗人呈现出充沛的活力，无论是在旧体诗词、现代诗的创作上，还是在出版、发表、社会传播和人文建设上，都形成了多元共生的繁荣局面，体现了承古与瞻前兼具的南方气质。各地诗群积极寻找发表途径，通过外请专家讲课或编辑改稿，提升审美和写作水平；通过诗教和灵活多样的活动，进行交流和传播诗意。同时，也存在一些需要注意的问题：一是在紧贴时代的脚步或宏大叙事的写作中，如何避免细节欠缺而导致大而空、抒情过度和结构松散的问题；二是在题材及主题上较为单调，许多诗人的创作中少见审时品世之作，丰富性、深刻性上都较逊色；三是在一部诗集中，或个人的整个创作历程上，同类、同质化的作品过多，缺少对作品精品化的自我审视和筛选。着重于量的追求或为应景而粗制，而疏于质的把控。上述的短板或不足，在理论批评、散文、影视、儿童文学、网络文学诸种文体中，也不同程度地存在着。

尽管还存在一些不足，但在高质量发展理念的牵引下，有各级主管部门的精心组织和作家们的勤奋努力，广东文学稳步提升的趋势是鲜明的，蒸蒸日上的前景是广阔的。我们期待2024年，立足中国式现代化、立足岭南独特文化资源的广东文学，再创辉煌。

（本章撰写：陈剑晖，华南师范大学文学院二级教授、博士生导师，广州大学人文学院资深特聘教授，《粤港澳大湾区文学评论》编委）

第二章
长篇小说：乘势而上，书写伟大时代

2023年广东省文学界认真贯彻、牢牢紧扣党的二十大精神和习近平总书记关于文艺工作的重要论述，落实省委“坚持守正创新推陈出新，扎根广东现代化建设实践，努力创作更多精品力作”的创作指导要求，积极推进“新时代山乡巨变”“粤版《人世间》”“大湾区文学”创作计划，彰显岭南神韵、书写湾区故事，取得了斐然成就。特别是在长篇小说领域，涌现了一系列精品力作。葛亮的《燕食记》、魏微的《烟霞里》在2023年提名第11届茅盾文学奖，以“粤军北伐”的高歌姿态，成为这一年度广东文坛浓墨重彩的大事。在此鼓舞下，广东长篇小说创作乘势而上，迈进新的阶段，再上更高台阶。

一、浓墨重彩的大事：《燕食记》《烟霞里》提名茅奖

2023年8月7日，第十一届茅盾文学奖评奖委员会发布公告，正式公布提名的10部作品。葛亮的《燕食记》、魏微的《烟霞里》两部作品代表广东省长篇小说入围。

葛亮的《燕食记》作为“中国三部曲”长篇小说系列的终篇，选择书写几代“粤菜师傅”的命运遭际与传奇故事，在食物的传承与变迁中揭开世态人情、社会变迁的序幕，彰显南粤百年的历史风云。魏微的《烟霞里》则以女性田庄的生命史，串联起个体家庭与中国社会，书写1970至2021年间的纷繁变革，在个人与历史的对话中完成“时代中国与文化故乡的编年史”。这两部长篇小说都以历史感为追求，展现出厚重的历史分量，扎根岭南风土人

情，描绘出独特的文化图景，并且致力于形式创新，不论是《燕食记》写小说如同写词的创制，还是《烟霞里》对史书编年体的借鉴、对文学闪转腾挪技法的娴熟运用，都展现出成熟作家成熟的形式意识。

两部小说在题材的运用、体裁的把握、主题思想的提炼和艺术手段方面发挥出色，蕴含着细腻的岭南文化底色，书写最能代表中国变革和中国精神的湾区风貌，呈现出广阔的社会画卷，展现出书写人文史诗的情怀与初心。这两部小说入围茅盾文学奖提名名单，彰显出广东文学整体的实力与潜力。正如中国作家协会党组成员、副主席、书记处书记，第十一届茅盾文学奖评委会副主任李敬泽所说："这一次参评茅盾文学奖，总体上来说，广东作家表现非常突出，就整体实力而言，可以说已经毫无愧色地进入中国文学的第一方阵，这是改革开放40多年来从来没有过的景象，说明广东文学有强大的创造力和生命力。广东作家有信心也有能力，努力书写好这个伟大的时代。"《燕食记》和《烟霞里》的提名成为文坛上"粤军北伐"的重要里程碑，标志着广东文学迈入中国文学第一方阵的时代已经到来。

第十一届茅盾文学奖征集工作于2023年3月启动，238部参评作品先后经过6轮评选、6轮投票和6轮淘汰。直至《燕食记》和《烟霞里》提名十强，在整个评奖过程中广东长篇小说表现不凡。在238进80的首轮备选中，10部广东长篇小说在激烈竞争中杀出重围，备受瞩目。后续几轮评选和投票中，80进40环节，9部作品入围；40进30环节，6部作品入围；30进20环节，2部作品入围；20进10环节，2部作品入围。这些入围作品还包括邓一光的《人，或所有的士兵》、熊育群的《金墟》、陈继明的《平安批》、庞贝的《乌江引》、林棹的《潮汐图》、吴君的《万福》、蔡崇达的《命运》、厚圃的《拖神》。

入围的作品不仅数量超前，更在多元创作题材中，展现出宽广的文学视野、热忱的文学关怀，文学性与创作质量同样令人欣喜。例如，庞贝的《乌江引》聚焦革命历史，以长征中的军委二局为历史原型，书写"中革军委二局"情报专家在情报战场上为红军长征胜利做出的卓越贡献，以及革命胜利后的命运处境，荣获2022年度"中国好书"，排名文学艺术类第一。陈继明的《平安批》描绘潮汕侨商"下南洋"的奋斗史，以平安批为线索串联百年世事变迁，凸显一颗颗重情守义、爱国爱乡的“中国心”，荣获第十六届精神文明建设“五个一工程”奖。林棹的《潮汐图》则以奇幻的方式，借助巨蛙之眼观察19世纪动荡不安的世界和所处其中的广州、澳门。小说荣获第5届“宝珀理想国文学奖”首奖，被赞誉为“一部穿越的小说，在穿越中看到了历史的灵光闪烁，这让我们从绝对的现代或者后现代的实验性的作品里又回到了历史现实的层面”。可以说，这些入围的长篇小说均具有扎实的文学分量，合力铸就了“粤”军方阵。

以上入围作家中，既有成名已久的邓一光、陈继明等，也有年轻的后起之秀，如1984年出生的林棹。从“50后”跨越至“80后”的作家群体，还证明了广东长篇小说作家梯队年龄梯度合理、代际实力平衡，成熟作家稳健开拓的同时，文学新秀正显锐气与锋芒，广东长篇小说文学事业后继有人、潜力深厚。

一年的硕果累累背后是五年、十年的长期耕耘。广东长篇小说创作成绩的取得，不仅仰赖每一位作家的努力与才华，更与省委、省政府高度重视发展文学事业，加大政策支持力度和资金扶持力度分不开，也与省作协迎难而上、担当作为、创新机制分不开。2019年起，广东省便开始重点引领、扶持长篇小说创作精品力作，2019年10月广东重大现实与历史题材扶持项目签约仪式暨全省长篇小说创作推进会举行，贯彻省委在广东省文联第八次代表大会、省作协第九次代表大会、省社科联第八次代表大会以及在“改革开放再出发”作家深扎创作活动启动仪式上的讲话精神。会上，省作协与10位入选扶持项目的作家签约，茅盾文学奖获得者刘斯奋发挥启发示范作用，讲课分享创作经验，中国作协党组成员、副主席、书记处书记李敬泽对长篇小说创作进行理论指导。这标志着广东省已进入了打造“文学重器”的加速期，广东省长篇小说的重点引领与扶持吹响号角。此后，广东省作协主抓长篇小说这一文学重器。至2023年，广东省作协致力落实中国作协“新时代文学攀登计划”“新时代山乡巨变创作计划”以及省委宣传部“打造新版《人世间》创作计划”，鼓励引导大湾区文学的创作，多次召开创作推进会、组织主题采风活动，启动实施文学赋能乡村振兴“十百千万”工程，扶持省委宣传部文艺精品项目重点作品7部。过程中，广东省作协将关口前移，在作家初稿写出后，多次召开改稿会，请名家号脉把关，清除作品中的沙子、杂质、隐患，提升作品成活率与精品率。针对已经创作的精品力作，广东省作协更大力召开研讨会，总结优秀创作经验，加强理论引导。2023年2月，人民文学出版社、广东省作协、《文艺报》社联合主办广东重点作家作品系列研讨会，围绕长篇小说《燕食记》《烟霞里》《人，或所有的士兵》开展理论指导与批评。此外，广东省作协采取了一系列组织推动工作，加强对重点题材的扶持，鼓励作家"深入生活、扎根人民"，陈继明的《平安批》、熊育群的《金墟》、吴君的《万福》都是在政策支持下深入生活的沉潜所得。葛亮的《燕食记》、庞贝的《乌江引》还是在指导精神下征集的重要题材，与魏微的《烟霞里》分别得到省作协重点创作项目资金扶持和省作协在职创作扶持。

广东省长篇小说在本次茅奖上晒出的亮眼成绩单，正是广东省文化界领导加大对作家支持力度、加大资金投入、加大政策保障力度等顶层设计与长期统筹谋划的成果，是十年磨一剑的锋芒乍现。

二、乘势而上的广东长篇小说创作

本届茅盾文学奖的大规模入围与提名，无疑显示了广东省长篇小说创作的实力和潜力，极大地鼓舞了广东省长篇小说作家的创作雄心。2023年广东省长篇小说创作更显乘势而上的蓬勃劲头。数量上，本年度长篇小说再居高位，出版发行作品近20篇。质量上，涌现不少精品力作，不乏扛鼎之作。

据不完全统计，2023年，广东省共出版发行长篇小说近20篇，分别是王溱的《同一片海》（广东人民出版社2022年版）[①]、卢欣的《时间修复师》（2023年1月版）、余立功的《葵花金黄色》（作家出版社2023年1月版）、饶燕文的《南珠传奇》（广东旅游出版社2023年2月版）、陈至明的《神天沃土》（花城出版社2023年4月版）、李志良的《青莲》（暨南大学出版社

① 《同一片海》按合同约定必须于2022年12月底由广东人民出版社出版，本应计入2022年，但因实际印刷延迟，实际上2023年6月才印刷，7月上架，8月在南国书香节首发，8月起才陆续引起关注，12月召开研讨会。

2023年4月版）、王哲珠的《玉色》（花城出版社2023年4月版）、陈崇正的《美人城手记》（花城出版社2023年7月版）、黎红梅的《蝶之变》（广东旅游出版社2023年8月版）、翰儒的《春秋渡》（花城出版社2023年9月版）、郭海鸿的《过关》（深圳出版社有限责任公司2023年9月版）、莫托夫的《那海那船那人续本》（团结出版社2023年9月版）、徐肖楠的《秘画之恋》（花城出版社2023年10月版）、杨黎光的《寻》（花城出版社2023年10月版）、杨宇的《竹山风云》（上海文艺出版社2023年11月版）、朱洛嬉的《玉汝于成》（七猫中文网、“微信读书”连载发行）等。

其中，陈崇正的《美人城手记》荣获第十一届广东鲁迅文学艺术奖、广东省出版集团2023年度好书奖等奖项，王溱的《同一片海》入选广州文学艺术创作研究院“优创计划”、广州市文联“文学广州”重点作品，王哲珠的《玉色》获2023“新芒文学计划”优秀奖，卢欣的《时间修复师》入围“中国作家网2023年1—2月文学好书”，徐肖楠的《秘画之恋》作为粤港澳大湾区文学精品创作扶持项目获评“2023年第四季度影响力图书”。李志良的《青莲》、翰儒的《春秋渡》、陈至明的《神天沃土》、黎紫光的《寻》、余立功的《葵花金黄色》等先后召开新书发布会、研讨会，反响热烈。

2023年，广东省长篇小说创作坚持以习近平文化思想为指导，立足现代化建设全局，扎根广东精彩实践，致力书写引领时代潮流、反映群众生活的优秀文艺作品，更加生动展示新时代广东人民毫不懈怠的精神状态、一往无前的奋斗姿态，进一步弘扬正能量、引领好风气，更好满足人民群众高品质精神文化需求，在创作上，得到了省委、省政府宣传部门和广东省作协的扶持。省委、省政府宣传部与广东省作协鼓励作家胸怀“国之大者”，记录新时代、书写新时代，将创作扎根在深入粤港澳大湾区建设、“百县千镇高质量发展工程”、制造强省建设、绿美广东生态建设等工作第一线上。广东省文学界要求长篇小说创作继续守正创新，推陈出新，注重呈现精品力作，引领鼓励作家在创作中既需要坚持以人民为中心的创作导向，走向实践深处，关照人民生活，推进成风化人树新风，也需要大力弘扬优秀传统文化，写出岭南韵味，与时俱进推动粤剧、杂技、岭南美术、广东音乐等传统文化的创造性转化，让这些文化瑰宝在新时代焕发出更加迷人的光彩，更需要结合大湾区发展新形势，立足粤港澳三地文化交流新格局，写好广东现代化建设实践。

与此配合，广东省与各地级市作协还在2023年度召开一系列作品研讨会等，协同指导、引领年度长篇小说创作。例如，2023年8月20日，广州市文联、广州文艺志愿者协会联合主办，广州市作家协会承办，广州市文艺报刊社、广州市文艺评论家协会等单位协办“人工智能时代的新南方文学想象——《美人城手记》新书分享会”；2023年11月18日，广东省作家协会指导，东莞市文联主办，东莞市作家协会、暨南大学出版社联合举办长篇小说《青莲》研讨会。广东省作协还大力推行“文学粤军”百人青年方阵、签约评论家制度等扶持举措，协同在制度层面支持、助力广东省长篇小说创作。

在创作理论引导和政策扶持下，2023年的广东省长篇小说创作呈现出以下四个方面的特质与优势。

第一，2023年的广东省长篇小说创作更好、更紧密地结合了人民关怀与写史传统。“史诗性”和史传传统，长期以来都是长篇小说自觉区别于中、短篇小说的文体意识。借助长篇小说的篇幅优势，作家在其中致力于开拓宏大的视野，呈现波澜壮阔的时代命题与历史变迁。2023年度广东省的长篇小说创作继续延续着这一传统。习近平总书记关于文艺工作的重要论述精神和视察广东重要讲话、重要指示精神中都强调文艺创作必须坚持人民至上，站稳人民立场。2023年广东省长篇小说在触摸历史脉搏、承载写史传统的同时，更注重深入人民，侧重发掘大历史与人民生活的结合点，传达人民本位的精神关怀，将史诗追求与人民立场紧密结合。

王溱的小说《同一片海》聚焦横琴岛开发这一重大事件，书写横琴岛转变为经济特区的发展历史。在这一过程中，全书不仅展现出沧海桑田的湾区巨变，更写出了围垦队员数十年间的命运波折和细腻的情感心怀。全书以围垦队中医生杏芳的回忆串联起来，步入老年的杏芳在横琴海边念念不忘地诉说着自己曾爱慕的垦荒队员田立的情况，继而诉说当年自己、梁佩珠等女队员与田立等男队员的爱恨纠葛，诉说这一批垦荒队员当年生活工作的情况。个人作为历史亲历者的怀旧情思便与填海造陆、偷渡澳门等当代中国的历史大事件相结合。全书书写大历史与个人命运相遇的涟漪，最终落脚到对个体生命的关怀之中，实现了史诗追求与以人为本的紧密结合。

杨黎光的《寻》讲述了深圳一个移民家庭四代人的故事。在书写家国发展的历史沧桑巨变中，紧紧把握小家庭这一国家社会的反光镜，以一滴水映照太阳的光辉，反映一个世纪的沧桑巨变。小说中在书写家国的同时，志在表达人物的个人命运与选择离不开国家的大发展。从抗战时期到改革开放，再到如今建设粤港澳大湾区时期，个人也一直在寻找人生最适合发展的道路，寻找人生价值的方向。小说不仅拉开了宏大的历史叙事，更以细密的笔法开掘世道人心，书写人性深度，理解人情欲望。

上述长篇作品有着自觉书写宏大历史的愿望与责任，在对大历史的书写中关怀个人的生命与情感，实现人民性与历史性的结合。还有一部分作品则更多倾注笔墨聚焦于个人生命与家族代际的“小历史”，侧重描写历史肌理的细致之处，发掘在历史浪潮中往往被忽视的人民群体，留意其中关乎个体生命的喜怒哀乐、命运遭际等历史褶皱，同样将史诗追求与人民立场紧密结合。

《时间修复师》以一座广钟的修复为线索串联起一个广州普通家庭的三代人的生活和命运，个体生命的背后，百年间的宏大历史帷幕也徐徐拉开，从民国时期广州繁荣、辉煌的商贸图景，革命战乱的颠沛流离，到新中国社会主义建设的改天换地，新时代的城市改造。广阔的社会历史变迁已然成为个人生命史的背景，个人的生命史与民族国家的变革史交织缠绵，个体生命对于时间流逝的感悟以及对人生中爱、原谅、放手、得到等宏大命题的思考成为小说的主体。《过关》聚焦深圳家政女工李改梅的生命历程与人生体验，从李改梅丈夫去世写起，串联起李改梅在深圳工作几年的生命脉络，李改梅作为家政女工，见证着深圳黄贝岭十数年间改天换地的城市变化，个人的务工史也串联起了深圳的城市变迁史。相比大历史的描摹，小说更如立传般，肯定普通人的生命价值，探索关于人生与生命的细腻思考。

正如广东省作家协会主席蒋述卓在《青莲》的序文中所提到的：“人民性早已在中国文学创作的历史画卷中萌芽、开花、结果。回眸新中国七十年来的文学创作进程，人民性无疑是贯穿其中最显著的特征。作家们自觉地把创作与人民之根紧密联系起来，为人民生存奔走呼喊，反映人民从个体走向集体、从感性走向理性、从自发走向自觉、从自然走向社会、从自卑走向自尊、从贫困走向富裕、从野蛮走向文明的心路历程。”2023年广东省长篇小说的创作普遍意识到家国史就是个人史的集合，写历史更重在书写其中的个人，将长篇小说的史传传统与平凡个体的人生体验、心路历程紧密结合，充分看见、发现了历史中的鲜活个体，并向其投去充满温情的关怀目光，这无疑是在新时代文艺创作要求下，将历史与个人更好结合的一次向前探索。

第二，2023年的广东长篇小说，还关注时代现场，注重写好当下，彰显时代脉搏与中国故事。立足广东这片中国式的现代化前沿阵地，如何写出时代风采，突出中国式现代化的广东路径？本年度长篇小说很好回答了这一创作命题。

《寻》《同一片海》等聚焦书写新时代下湾区的新发展与新故事，前者立足港深两地，书写一家四代人在深圳徐徐展开的生活与人生。主人公们的个人发展与人生际遇都与大湾区愈发紧密的一体化发展息息相关，主人公的幸福故事恰恰也是新时代湾区腾飞、相联互通增进民生福祉的幸福故事。同样是书写新时代大湾区的新发展，《同一片海》则聚焦港珠澳联通后的横琴新区，书写政策扶持下科技巨变的湾区新样貌。小说写到机械臂制作的煲仔饭、VR技术支持下的记忆还原系统、横琴新区的企业扶持政策、“横琴管家”等智能城市管理工具、快递机器人、覆盖横琴岛的免费Wi-Fi、养老院义工积分管理制度等大湾区新变，书写出日新月异的大湾区新时代。

除了科技发展与新城市生活，有部分小说还从广东地区的民俗文化层面书写新时代下非遗等传统文化的新生。

《青莲》从清宣统前后，青莲地区建戏棚、搭戏台发展粤剧写起，一直写到新时代粤剧的新生，诸如粤剧申报联合国教科文组织《人类非物质文化遗产代表作名录》；吴川粤剧团保留粤剧南派绝活，走向海外，在新加坡演出反响不凡；新时代的大型粤剧剧本《何昌期》冲击省级大奖；一度衰败的飞檐翘角、青砖绿瓦的尚书祠在原址拔地而起等等，呈现出粤剧在当下的全新魅力，呈现出文化层面新时代的中国故事。与之相似的是小说《时间修复师》。这部小说关注古董钟这一重要文化遗产在现代的保护、发掘与传承。

小说写到了十三行博物馆与钟表修复中心的新貌："十三行博物馆开馆时间不长，馆内所有藏品都与广州十三行发展的历史有关。博物馆同时挂牌成立了历史文化研究所，有利于更好地收集、研究文物资料。馆里根据藏品的特点，组建了修复中心"；写到了新时代的广钟展览，更写到了这些钟表经过修复后宛如新生的状态："在崭新的钟架上，整齐地陈列着一排古董自鸣钟，其中有自开花献桃荷茶钟，还有铜鎏金亭式献宝人打钟。转花、转人是自鸣钟常见的功能，此外还有水法、布景箱。有一座铜鎏金鸟音魔术人钟，转花圆盘上的魔术人会随着打点，变出小鸟和花篮，十分神奇。这座魔术人钟总共有七套传动装置，修复起来十分复杂，光是各部分的配合就要进行无数次调校。"小说《玉色》和《玉汝于成》同样如此，前者扎根中古玉都，书写玉石文化如何与乡村振兴同频，在新时代重获生命力，后者书写粤绣传人如何借助直播等新媒介，改良粤绣内容与技术，使得粤绣在新时代焕发生机。

不论是广钟、粤绣、粤剧还是玉雕，这些小说都关注中华传统文化在当下的新发展，将传统非遗与现代元素相融合，保护和弘扬传统优秀文化，延续传统与历史文脉，做到从文化层面讲好中国式现代化的时代故事。

时代故事里除了科技、文化的现代化，还包括涌现的新时代新人，即新时代的党员干部。《玉色》围绕夏文达和欧阳立展开。从商20多年的夏文达受父亲影响，竞选乔阳村委主任。欧阳立放弃大城市的发展机会，到乔阳当村支书。二人携手重整乔阳村政党政，带动村民参与乔阳各项事务中，助力当地翡翠市场走出瓶颈期，挖掘地方玉文化，探索经济振兴之后的精神振兴之路。乔阳村，乃至玉器行业由乱入治、由经济振兴走向人文振兴的书写恰恰是对新时代党员干部故事的书写，是对党员干部领导下新时代基层党政村政工作、乡村振兴的书写。这样的时代干部书写在广东省本年度长篇小说创作中还有很多。《过关》中，深圳黄贝岭的社区干部发现李改梅丧夫后的消极状态，就主动上门慰问、疏导心情、介绍工作。《玉汝于成》中，念秋和大师兄回家创业，重振粤绣，离不开龙水村村支书陈南湘的大局把关。《同一片海》中曹莹想要连通港澳，在珠海推行养老院义工积分制度，也离不开政府干部的政策扶持与方向引导。

从书写湾区的城市治理与科技变革到呈现非遗文化的新生机，再到书写新时代的党员干部如何助力振兴发展，2023年的广东省长篇小说的另一大成就就是立足现实，关注当下，写好了时代故事，凸显了中国式现代化的广东路径。

第三，2023年度的广东长篇小说，很好地彰显了岭南文化的神韵。

地方性确实是当代文学创作的重要命脉。写好地方性，接通地方，不仅彰显出广东长篇小说的独特个性，更是“重新找回一种落地的、有地方感、能被地方上的读者接受的真实性和踏实感”[①]，提供长篇小说吸引读者的源源活水。在这样的理论引导下，2023年广东省的长篇小说不仅做到在语言和文化、习俗与历史、日常生活等方面充分发掘广东地方性，更在存在性的基础上继续探索如何“写好”地方性，细密融入文本的故事之中，透出岭南的独特神韵。

首先是语言层面。方言的使用是展示地方性的重要法宝，粤语有着鲜明的个性与地方性，2023年广东作家纷纷效仿已有的成功探索，将粤语方言融入文学作品中，在语言层面增强地域风味。其中有作品直接将对话改为粤语，小说《时间修复师》中，日常生活里的对话就以粤语呈现。小说《青莲》也是如此，单是小说开头邀请戏班到村演出的讨价还价，在语言上就已经“粤”味十足。小说《同一片海》，在对话中则频频运用“识到”“衰仔”“嘅”“啫”等粤语方言词。粤语方言的使用确实能够使得读者“声”临其境，建构起地方性的声音背景，瞬间体认小说的地方性身份，传达岭南独特的文化韵味，其中，粤语俗语、典故等尤甚。这在小说《青莲》中体现得最为明显，小说以“红裤仔”形容戏班童子，用“食到我耳仔郁郁”形容食物味美得令人耳朵摆动，用“屙尿隔渣”形容投机获利，用“南番顺”的缩词指代珠三角的南海、番禺和顺德地区，诸如此类的俗语凸显了小说浓郁的地方色彩。

其次在文化习俗方面，2023年的长篇小说也注重发掘岭南独特的民俗文化，在主题上与之结合。书写文化故事、民俗故事，对民俗、文化的介绍与描摹便必不可少。例如，小说《玉色》述写乔阳村玉器行业的发展，细细

① 唐诗人：《作为一种文学胸襟的“地方性”》，《十月·长篇小说》2023年第4期。

呈现翡翠文化、祠堂文化、火把节等民俗节日等，具有浓郁的地方色彩，呈现着岭南地区独特的文化神韵。与之相似，侧重书写岭南文化、民俗的作品中，《青莲》详细介绍了粤绣和粤剧文化，《时间修复师》写到广州独特的广钟文化，写到“冬至大过年”的岭南传统节日，《美人城手记》关注到在广东地区格外具有民俗风情的龙舟比赛、龙舟饭等传统文化。《时间修复师》紧扣“食在广州”的饮食文化，呈现周家作为地道的“老广”吃什么与如何吃，进而呈现城市气质与地域文化。小说常常写到周炳南出入菜市场的场景，应季蔬菜与新鲜鱼类作为“鲜活”一词的具体代表，简单几笔便准确勾勒出老广求新鲜、求生猛的饮食文化。《同一片海》《神天沃土》《美人城手记》等作品虽不重在突出地域饮食文化，但也抓住岭南不同城市的饮食要素，凸显小说的地方身份。

食物之外还有居所，《神天沃土》细描岭南县城惠安街的孙家大院，回字形的建筑结构深有岭南特色，佛堂上屋脊图案在岭南祠堂中寻常可见，欧式与中式混杂的建筑风格更彰显着民国时期南粤的中西兼容。孙家大院代表着民国时期岭南高门大户的样貌，赋予小说以鲜明的地方身份，在房屋居所的维度上增添小说的岭南文化神韵。《玉色》等作品还提及家族祠堂，这一带有强烈岭南传统文化色彩的建筑，也为小说增添了地方文化个性。

对服装的描写同样能确认小说的地方身份，增添文化神韵。《青莲》就以颇多篇幅刻画传统粤剧戏服，诸如蟒袍、正印花旦的公主服等等。小说《时间修复师》更关注现代老广穿什么和如何穿，广州市民衣着上的朴素随意近年来成为全国流行的热梗，老头背心、人字拖、短裤成为人手一件的标配，不仅是广州人对本地区气候湿热的顺势而为，也彰显着广州人务实朴素的独特个性。

第四，2023年度的广东长篇小说，在小说的叙事艺术方面作了深化探索。

长篇小说作为首屈一指的叙事文体，“讲好故事”与“讲一个好故事”同样重要，因此小说的叙事艺术便举足轻重、不容忽视。这一点在2023年的广东省长篇小说创作中也得到了普遍的重视。在2022年的长篇小说创作中，我们就发现作家们已经开始自觉开拓叙事手法。2023年，这更为作者所注重，不论是在相对传统的叙事中闪转腾挪，利用倒叙、补叙、插叙等叙事手法拓展叙事容量，还是双线交织、多线并行，拼合叙事，设置悬念，吸引阅读兴趣，提升艺术水准，2023年的长篇小说中都运用得更加普遍而娴熟。

《青莲》《寻》等重磅作品，都以传统叙事为骨，同时注意运用倒叙、补叙、插叙等手法，拓展故事内容，纵横捭阖，更好写尽百年间的人事变迁。例如，小说《青莲》便会频频在主线中荡开一笔，插入对粤剧名角、梨园故事的补充叙事，丰富、拓展小说的故事容量。《寻》和《神天沃土》都写到广东地区的改革开放故事，与《烟霞里》的呈现方式也较为相似，将不同时期的事件相互串联，共同叙述，不仅叙事更加集中，也更显个体生命历程中的时间感悟与生命思考。《秘画之恋》同样如此，小说从红园兴建一直写到面临拆毁，其中穿插补充着意大利美第奇家族分支迁徙到中国焉支草原再至月亮湾的故事，回荡明王室家族传奇到滇缅抗战的历程，完成了秘画渊源与人间情怀共同展现。

小说《同一片海》则采用过去与现在交叉的双线结构，围垦队员的填海造陆故事与当下曹莹的生活、工作碰撞交错，故事在回忆和现实的闪动中有虚有实，微妙平衡，巧妙的叙事艺术更好地承载着关于记忆的哲学辨思。《时间修复师》同样双线并行，一条书写周家的故事，一条书写钟表修复中心的故事，在平行时空的既视感中交织呈现周家三代人的爱恨情仇，诉出时代的波澜与人生的思考。《玉色》《过关》和《美人城手记》则继续探索多块拼凑的叙述艺术。《玉色》分八个部分，各部分相互关联，相互嵌套，形成拼图式的结构，又分明暗两条线，明线展现乔阳村村政、经济、民生、百姓凡常生活等方面的变动，暗线为人对时代的反应，时代对人精神的影响、对人心灵的塑造。《过关》和《美人城手记》则通过叙事视角的变化，架构起多条叙事线索，围绕中心事件从不同侧面补全外围故事，其中《美人城手记》的叙事方式格外令人眼前一亮，小说由陈星光、关立夏、关立秋、钟小界、陈星空、陈达瓦等人物的一则则手记构成，悠悠众口一齐发声，不同人的不同叙述组合出故事的不同侧面，彼此之间既互相印证也互相推翻，最终拼凑出故事的完整脉络，故事因此推进，小说也因此层次丰富。

此外，还有部分小说汲取中国古典小说叙事之长。如《同一片海》借鉴使用章回体，在每章的b部分开头，如章回体般设置“引首”，以一段民歌统领叙事。例如第三章b部分的开头就是：“斩荆棘，清野草，风里雨里铺石路；挖河床，垫泥沙，顶风劈浪筑堤坝”，高度概括了本部分对垦荒队员采挖草药预备治病和热火朝天筑造堤坝的书写。

三、讲好中国故事，拓宽题材与主题

本年度的广东省长篇小说的题材与主题呈现上更加多元丰富，继续向前探索。

开年，广东省作协就明确，广东长篇小说创作“一是要锚定发展目标。胸怀‘国之大者’，找准文学定位，再塑文学事业的大气象，以高质量发展的文学‘答卷’回答时代‘答卷’。二是坚守文学理想，乐当‘暖心’作家，写有‘温度’的作品，组织创作‘粤版《人世间》’，浓墨重彩书写广东创业故事，发挥不可替代的价值引领力、文化凝聚力、精神推动力。三是当好文化先锋。以新视野、新手笔讲好广东故事、湾区故事、中国故事、塑造有精神重量的中国形象，凸显有文化分量的大国风范”。广东作家积极响应，在长篇小说创作中注意讲好广东故事、湾区故事和中国故事，大力拓宽题材与主题。

在国家发展粤港澳大湾区的形势政策下，湾区的历史变革与时代发展，已成为2023年广东长篇小说聚焦的一大题材。

《寻》和《同一片海》都致力书写湾区的历史与现实。《寻》借深圳移民家庭四代人的故事，书写从抗战到当下、纵贯百年的粤港澳大湾区发展故事。从第一代老爷子，东北抗联战士马卫山，到第二代生于东北的马小军成为深圳特区的“拓荒牛”，再到第三代马立、马正在深圳成长，作为中坚力量建设特区，第四代马琴琴在美国出生，学成后毅然归来大湾区工作。四代人的缩影映射出时代变迁，国贸大厦建设的深圳速度、股票发行、南方谈话、粤港澳大湾区建设等大事件与主人公的命运起伏密切串联。湾区沿革与时代故事得以写就，当下朝气蓬勃新湾区的主题鲜明呈现。《同一片海》则书写横琴经济特区的发展沿革，既书写垦荒队员将横琴半岛“沧海变桑田”

的围海造陆，也书写当下曹莹在横琴依靠大湾区发展政策开办科技企业的创业故事。两线交会，曹莹企业发展的挫折迎刃而解，垦荒队员的怀旧也借由新技术实现。企业发展与社会公益相结合，科技赋能粤港澳地区的养老新模式，老人们老有所依的同时，年轻人的创业理想也被激励，湾区的历史巨变与时代的幸福图景很好地得以呈现。

题材和主题上的另一重头戏是展现传统文化的风采。

《时间修复师》的文化内核聚焦于广钟这一非物质文化遗产的时代新生，小说单拎出一条叙事线叙述十三行博物馆钟表修复中心的钟表修复故事，以周家铜鎏金转花人偶钟为线索。百年前广州作为开埠之地，商贸发展使大量西洋钟表汇集于此，大量进口自鸣钟在广州集散。匠人们做了大量的技术改进，形成了精工细作、自成一派的广式自鸣钟制造技艺，也形成了独特的广钟文化。百年后，新的非遗技术传承人又精心修复钟表，博物馆重视、推广广钟文化，令百年广钟再获新生。《青莲》在主题上与此相似，小说讲述以靓少德为主的粤剧爱好者，如何在民国年间将粤剧班子引进青莲镇，在此后80年的沧桑巨变中，粤剧在青莲如何扎根、发展又衰落、重振。百年间的历史风云流变与粤剧兴衰紧密结合，青莲人在坚守与传承粤剧的道路上砥砺前行，粤剧经过一代代传承人在当代再度复苏，创造出新剧本、走入联合国，绽放出新的时代活力。此外，小说《玉色》《玉汝于成》等以玉器、粤绣作为书写对象，延续着传承传统文化的创作主题，表达文化守正与创新辩证命题的思考，在题材与主题上丰富了2023年的广东省长篇小说。

还有对乡村振兴主题的书写。《玉色》将潮汕人改革开放中的创业故事与乡村振兴主题相结合，勾勒中国玉都乔阳村玉器行业的发展历史，书写乔阳村在基层村政工作的引领下由乱入治，由经济振兴走向人文振兴的过程。小说中，从商20多年的夏文达竞选乔阳村委主任，与放弃在大城市发展，回到乔阳当书记的欧阳立配合，组建全新基层党政班子，重整村政党政，并先后完成了市场改造等一系列发展治理问题，破解翡翠市场的瓶颈期难题。小说完整地书写了乔阳村村政、经济、民生、百姓凡常生活等方面的改革与振兴，紧扣乡村振兴这一大的时代发展重要课题，完成了题材主题上的又一次丰富。

另一题材和主题的开拓则是科幻书写。近年，科幻文学在广东蓬勃发展，2023年陈崇正又交出《美人城手记》这样的力作。小说设置了高科技公司美人城与香蕉林密室，将故事定格在人工智能得到充分发展之后的元宇宙虚拟世界之中。美人城寄托人类永生的梦想，但冰冻人头技术等生命技术也反噬着人类的生存与实在的世界，挑战着人的主体性认识。其中，成为后人类的陈星光和关立夏为了阻止危机的发生肩负通关解密的任务，在一次次挑战中不断回忆过去，忏悔着自己的罪行，思考着关于生命、主体等本质性的问题。小说跳出现实，建构起赛博世界，在科幻题材的天马行空中探讨着科技的边界、伦理、人的情感与主体性等宏大主题，同样丰富了本年度长篇小说的题材与主题。

2023年长篇小说的题材与主题呈现仍有更丰富之处，《过关》紧扣家政阿姨李改梅的生活，以南粤家政题材表现温情的日常生活，有粤版《人世间》之感。《神天沃土》描摹岭南粮食加工业60年的巨大变迁，是改革开放题材的又一次书写。2023年广东省长篇小说积极探索题材与主题，既与重大现实相关联、紧扣时代脉搏，又重在传达人文关怀与文学温度，乘势而上，又见突破。

四、绘好时代群像，丰富人物画廊

2023年的广东长篇小说，在人物形象塑造上也有突破。一方面是写得更多，发掘出了以往未得到充分书写的人物形象，丰富了文学作品的人物画廊；另一方面是写得更真，注意把人物形象写得栩栩如生，使人物更能立起来。

先看对时代新人的书写。这里有《时间修复师》中的非物质文化遗产广钟修复技术传承人，有《过关》中的家政阿姨，有《玉色》中的乡村干部。

《时间修复师》书写着十三行博物馆里钟表修复中心的非遗传承人霍师傅、苏师傅与学徒小冼。这些非遗传承人都对精湛技术有着不懈的追求，对文物修复有着执着的信念，却又性格各异。苏师傅显得刻板老成，不苟言笑，总穿一身淡灰工装，头发梳得一丝不苟，如同有多年教龄的历史老师，与潜心新钟表修复、淡泊名利的性格相辅相成。霍师傅虽然也是不善言辞的极安静的人，却更显温柔平和，总是微笑着和博物馆的工作人员打招呼，热心接下周家的古董钟修复委托，还如同长辈般照顾着初来广州的年轻人小冼，帮他寻找居所，适应生活。小冼作为修复中心新来的年轻人，则更有青年的活力、毛躁与喜形于色，会因为修复过程中的困难愁眉苦脸，会因为苏师傅的气急败坏笑到直不起腰来，也会因为忘记收回屋里的被子而在工作时心神不宁，仿佛阳光般为修复中心带来了新的光亮。此外还有时髦讲究的讲解员丽瑜、开朗外放的讲解员陈大姐等。小说既关注到当下非遗传承工作中的重要群体，又活灵活现写出人物的特点与个性，确实丰富了新时代非遗传承人与传统文化领域工作者的人物长廊。

《过关》则着重刻画了南粤家政阿姨李改梅这样一位普通却又不平凡的时代好人形象。李改梅善良、要强又能力出众，作为底层的家政女工她身兼数职，既能做好卫生保洁，又收购废品、买卖旧家具，还帮人收租管理房屋、做饭、料理家务，甚至还在老客户的举荐下先后成为大公司的办公室文员，做起会议记录，最后又成为物业公司的主管小领导。能力出众的李改梅并不精明算计，对待客户、邻里、朋友能帮则帮，不计较个人得失，使得小说里每一个与她结交、交往的人都获得永恒的感动，她就好似古道热肠、敢于逆向担当的现代女侠。一个普通人身上所有的美德几乎都集中在李改梅身上，这样平凡普通的时代好人，是2023年广东省长篇小说中人物形象上的开拓。

《玉色》中写到了新时代党的基层干部，以欧阳立和夏文达为代表。回乡发展的欧阳立是党的干部，理性而老练，身上有着自觉的家国担当，也有着善良、负责等高贵的个人品格。夏文达有热情、有干劲，却也如同“组织部新来的青年人”，在工作推进中偶有急躁粗暴，面对苦难也脆弱敏感。《玉色》对这两位干部的刻画，让新时代乡村振兴过程中的党的基层干部跃然纸上。此外，《同一片海》《寻》《神天沃土》《过关》也都写到了助力地区时代发展的党的干部或基层社区从业者，在同一类人物形象中又各有侧面，互为补充。

2023年的广东长篇小说，还关注到以往未被写进历史进程中的小人物，如《同一片海》中的垦荒队员、《寻》中的第一代深圳移民。《同一片海》刻画了以往被忽视的垦荒队员，其中有温柔体贴、善解人意的队医杏芳，爱美浪漫也不乏娇气的女队员梁佩珠，性格执拗蛮横却也踏实肯干的男队员刘建敏，风流温柔、偶有小聪明的田立，严厉负责的垦荒队刘书记等，这些生动鲜活的垦荒队员群像为以往书写所未触及，填补了被忽视的文学角落。《寻》中的马小军作为抗联后代，生于部队大院之中，参军入伍投身基建工程，1982年被调到深圳参加特区建设，堪称深圳的“开荒牛”。此前作品中或是书写如李改梅般，20世纪80—90年代南下谋求生计的两湖民工，或是书写新时代高新技术发展后来深圳高薪就业的“金领”，而此次对第一代深圳移民的书写同样丰富了小说的人物谱系。

长篇小说人物谱系还扩充到“新新人类”，即未来科技时代的新人之中。在小说《美人城手记》中，“新新人类”是依靠“头颅冷冻记忆萃取术”在元宇宙的赛博空间里永生的生命体，他们的身体是“安乐桶”或是智能躯体的拼凑物，人头则被装进机器肚子里，成为量子运算中枢的俘虏。富人在优质智能躯体中，穷人会在梦境网吧排队售梦，获取不多的报酬，换得食物和药物。老人排着长队等待被割头，变成劣等的后人类，批量进入工厂，工作到大脑自动关机为止。这些古怪放纵的后人类形象想象，超出了当下的文学创造，挑战了读者的认知边际，同样扩宽了“人物”的文学长廊。

人物形象不仅变得丰富，这些形象也被书写得越发鲜活与真实。例如，刻画钟表修复中心的小冼时，作者就设置了这样一个细节：“广州正准备入夏，天气是十分多变的，早上还是阳光灿烂，一转眼，天空布满乌云，接着雷声轰隆，暴雨如注。小冼师傅本来一直低头干活，突然哎哟地叫，说：‘下雨了！早上还是好好的。’霍师傅说：‘不用急，这是过云雨，没半小时就停了。’小冼一脸痛苦，说：‘可是我晒被子了。’”短短几句，霍师傅的冷静持重性格和小冼的毛头小伙形象便活灵活现。再如，《同一片海》里对梁佩珠的书写也很传神，有一处细节写梁佩珠追赶时髦潮流将头顶的头发弄一缕出来绑着，营地女队员很快争先效仿。对此梁佩珠在心里笑她们东施效颦，表面上却不动声色。这里就很精准地把握到梁佩珠作为“队花”的心理，既骄傲自信，心中却又不无波澜，扭捏吃醋的样子更显出美女的骄矜、傲慢和天真。诸如此类的细节在各部作品中都不少见，可见本年度的长篇小说在人物塑造上不仅做到了丰富人物形象，更能够抓好细节，将人物呈现得活灵活现，生动而真实。

概而言之，2023年的广东省长篇小说创作在人物形象塑造上也颇有成就，书写出了一批时代新人，也发现了历史进程中的边缘人物，并抓好细节，追求人物形象的生动与真实。

五、百花齐放的艺术风格

除了在题材开拓和人物形象塑造上的成就，2023年的广东省长篇小说，在艺术风格上也百花齐放，既有清新婉丽的风格，也有温馨感人的风格；既有奇幻诡谲的风格，也有恢宏壮阔的风格。

清新婉丽的艺术风格当推小说《青莲》，这部作品被誉为岭南“边城”的史诗，在艺术风格上与《边城》一脉以承，都显得清新淡雅。首先在小说的景色书写中，小说发生在青莲古村的榕树下、水塘边、祠堂里，广东省作协主席蒋述卓在评价这部小说时就认为小说能够使得读者“不知不觉便沉湎于这雾气氤氲、翠竹掩映的粤北山水画里”。确实，不论是静谧的大榕树下还是清澈的水塘边，小说的景物描写都营造出清新自然的艺术风格，作品开头就写道：“浑厚的五更锣声飘荡在狭长而逼仄的青莲整香街里，与随之而起的鸡鸣声和狗吠声混在一起，越过街巷低矮的瓦檐和黑黢黢的烟囱，漫向悬挂着一轮淡月的天穹”；“戏棚前方那株逾百年树龄的黄檀树的树梢颤动起来，五六只大雁带着阵阵脆鸣飞向大江墟莲塘”。天边的弯月、颤动的古树营造出静谧淡雅的氛围，青莲村名字由来的大江墟莲塘，更是任由青色莲花接连成片，天然一幅清丽淡雅的风景画。小说中的人物同样温婉动人，主人公葱莲美丽得人如其名，恰似含苞待放的青莲，还喜好倚窗看景、闻花香、哼粤剧、静坐在如亭盖般的莲叶等等一众清雅的消遣活动。葱莲如同边城里的翠翠，莲塘如同古老而静谧的白塔，其中靓少德、温松柏等人共同传承、发扬粤剧的交往故事有情义、有血性，充满了酣畅的生气，同样如《边城》有着自然清新的人性、人情之美。人物、故事到环境、氛围，共同塑造了小说清新婉丽的艺术风格，是2023年广东省长篇小说中的不凡之作。

温馨感人的作品当推《时光修复师》《同一片海》，这些故事继承书写着“粤版的《人世间》”，书写家庭、邻里、朋友，乃至陌生人之间的温情与善意，作品内容便奠定了小说温馨的艺术风格。《时光修复师》中护工群姐照顾周炳南中风的妻子卢淑芬，两家彼此真心对待、如同亲人；周炳南的母亲与继母方翠即便争吵了大半辈子，生命的最后也互相原宥，以姐妹相认；菜场、小吃店老板与周炳南之间联结起的热络真诚的邻里友谊，都令人感到温馨和暖，如同小说结尾处的缱绻暖意——“冬天的阳光把客厅照得暖和和的，茶水微微冒着蒸汽，把茶台衬得仿佛仙气缭绕……此时已近中午，阳光从窗台里亮刺刺地照进来，照亮了厅堂里所有的一切，连神台上的那排相片也骤然变得明亮起来。阳光照射在钟面上，照得光洁的钟面反射着一层金色的光”，收拢了全书温馨的艺术风格。与之相似，《同一片海》的故事也与小说的艺术风格相得益彰，曹莹从意外结识杏芳开始，便思考着如何对待身边老人的问题，在与杏芳的交往中曹莹逐渐开始理解老人、体恤老人，改变了自己对家公的厌恶态度，甚至主动借助技术之长帮助老年人回忆青春岁月，改善养老院的现行模式；年轻人与老年人的体恤与理解，也赋予小说温馨感人的艺术风格。

与之相比，《玉秀》《神天沃土》这类书写家国历史和乡村振兴等重大现实题材的作品，气象更为宏阔。尤其是后者，小说的时间线一直向前继续延伸到革命老将朱明德如何在日寇侵略时动员救亡，一呼百应。全书重点书写新中国成立初期岭南坪山区的剿匪运动这一重大历史事件，书写剿匪队员的英勇与智慧、敌我对峙的紧张与焦灼等等，随后又书写岭南粮食生产工厂的建设、改造与新中国的粮食安全问题等等。在诸如此类的重大历史事件书写中，全书频频强调激昂的民族国家话语，如“新中国在建设中举步维艰，你如何去建设社会主义？振兴中华？这一切都考验着中国人民的集体智慧。中国人民的幸福生活来之不易”，使得全书的艺术风格雄浑壮阔。

《美人城手记》作为科幻题材作品更营造出独树一帜的诡谲风格。在赛博空间里，卖梦赚钱、冷冻人头换取永生成为人们的日常生活。躺进睡眠柜、注射催梦剂、抽取梦境交换金钱、抛弃肉身、将人头割下放入“安乐桶”中、依赖科技实现意识永生等等内容都已令读者瞠目结舌，感到诡异冰冷。不仅如此，小说在美人城游戏里更是改写了真假美猴王、柳如是投水等故事，别出心裁地设想杀唐僧、激怒孙悟空，让钱谦益救起柳如是等颠覆经典的可能，在传统故事的改造中同样增加了几分怪诞诡谲的色彩。

概而言之，在2023年的长篇小说创作中，除了题材和人物形象的开拓，小说的艺术风格也更加多元，从清新到温情，从壮阔到奇幻，百花齐放，令读者目不暇接。

六、长篇小说的经验与不足

总体来说，2023年广东省的长篇小说创作，在茅盾文学奖入围的基础上乘势而上，稳步开拓，在站稳人民立场、把握时代脉搏、传达岭南神韵、开拓叙事艺术等方面都积累了新的创作经验，在题材、人物刻画、艺术风格的呈现上取得了不凡的成就，但也存在一定的不足，留待继续进步。

其一，思想与故事的贴合尚不够紧密。小说中可以表达对现实的感慨、对家国的情怀、对时代的观察、对人生的哲思，这能够提升小说的思想高度，但作为叙事文体，小说的思想需要融汇于故事之中，与故事构成紧密的整体。如果不能做到这一点，说理就变得生硬，故事也会变得断裂。比如在《同一片海》中，作者频频抒发对现实的感悟，但这些感悟有时与作品的融合不够紧密。例如，曹莹所在的科技公司开发记忆还原系统，进行技术攻关时，面对不同亲历者记忆偏差、素材细节模糊的问题，曹莹执拗要求要客观还原历史，认为更重要的是还原横琴的历史，为这片土地寻根。事实上，在此之前曹莹开发这一系统的动机，不过是想要为垦荒者杏芳多做点事情，找到情感的宽慰，并顺带让更多垦荒队员重温垦荒记忆。前后不一之中，曹莹的“文化寻根说”便显得过于拔高。这确实拉高了小说的精神高度，但也显得刻板、失真，与人物行为逻辑脱节。但这并不是说如此的感慨抒发不应存在，而是说小说需要在二者之间增加细节、补全情节，使得人物的行为、思想能够自然发展到此处，自然产生如此的感慨与思考，使得小说的“说理”更加扎实。与之类似，在于经理汇报大湾区各地养老政策时，曹莹也接续感慨道：“大湾区的任何一家小小的公司，本身都是具备了湾区生态的一个‘小湾区’。湾区生态是什么呢？那跟大自然的生态是差不多的，包罗万象，求同存异。”于经理的汇报中并没有“包罗万象，求同存异”的意味，而仅仅是政策图解。曹莹能从中发出如此微言大义，属实强行阐发，缺少思想上的逻辑，而更多像是作者为了称赞湾区包罗万象特点的刻意为之。这两处例子中体现出的不足，与《青春之歌》曾被批评过分拔高意识形态书写如出一辙。思想和故事的割裂延续至今，并不是说小说不应该发出如此感慨，而是提醒更多作者从中汲取经验，将感慨、思考更好融入情节之中，契合人物的情理和逻辑，继续探索思想性、时代感和故事性的交融。

其二，一些小说在表达地方特色、刻画岭南神韵上仍存瑕疵。一些作家为了增强小说的岭南韵味，有意识地使用了粤语，但粤语主要表现在人物对话中，并没有运用到全部对话之中，并且叙述语言仍是普通话，这就造成一种割裂，也使粤语成为一种刻意的点缀。粤语对话中有些字词较为生僻晦涩，对于非粤语读者来说又存在着理解困难，粤语的使用反而将地方性的书写变成文化隔离的傲慢。还有，一些作家为了展现岭南神韵，有意将地方文化和历史内容写进小说，但尚未做到将这些内容巧妙融入故事之中，未做到浑然一体，反而陷入一种炫技式的“掉书袋”，显得较为生硬。例如《玉汝于成》，在介绍粤绣文化时，设置了师傅秦之时带领弟子参观粤绣博物馆的情节，用大量篇幅罗列粤绣的历史、起源、代表作及艺术亮点，这样书写，就显得有点枯燥沉闷，容易使读者失去阅读兴趣，有伤作者传承粤绣文化的初心。如何彰显岭南神韵已经成为当下广东长篇小说创作需要回答的更高的创作要求，文化、语言等地方性元素在小说里就不能是简单粗暴的堆砌、罗列，而需要与故事融合为紧密一体，任何一种地方性要素只有经过缜密的思考后巧妙地放置，才能为作品增色，这无疑需要创作者更加精心揣摩。

其三，小说生产机制过于严苛。小说《玉汝于成》讲述了四大名绣之一的粤绣传人辛念秋与陈冬来艰苦创业的故事。全书共72章，体量很足，书中对于粤绣传承中守正还是创新、在多元化世界的冲击下如何走出愈发小众的困境、如何与现代社会接壤、如何在现代文化中突围、如何拥抱时代变革创新发展等问题的思考也很见深度，在同题材的作品中有自己的亮点。但遗憾的是，小说的语言表达较为浅白甚至随意，一些情节也经不起推敲。这很大程度上是因为这篇小说的生产机制比较特殊，该小说是网络签约制的产物，从2022年2月签约，每天要交6000字。如果没有按时完成的话会有违约金处罚，所以小说的写作时间非常赶，部分内容自然会仓促、粗糙。这就反映出，长篇小说作为鸿篇巨著，不仅需要在前期的框架、人物设定、故事章节构思上下深功夫，更需要沉潜书写让小说谨严、精美，“急就章”的创作方式或许并不适合长篇小说。但这同时也反映出时代变化，文化生产机制又开始产生变化，以往适用于网络文学的创作方式也开始向长篇小说拓展，在长篇小说井喷式涌现的当下，即便不被拘束在签约制度之中，如何兼具质量和速度，也是创作者需要面对的更高的要求。

广东省2023年的长篇小说，虽然还存在诸多不足，但也为作家提供了思考和改变的契机，留待作者继续精进创作技艺，推动广东省长篇小说创作再攀高峰。

七、结语

回首2023年，广东省长篇小说集中入围茅奖，《燕食记》和《烟霞里》更获提名，这极大地提振了广东长篇小说创作的士气，使得更多的长篇小说在2023年乘势而上，再创佳绩。总的来说，2023年的广东长篇小说创作，把握时代脉搏，传达岭南神韵，持续探索叙事艺术，并在题材与主题、人物形象塑造、艺术风格方面取得了新的突破，虽然也还存在一些不足，但稳步提升的趋势是鲜明的，蒸蒸日上的前景是广阔的。

2023年广东省长篇小说取得如此成就，离不开广东省文学界领导的理论引领、重点扶持与长远布局。我们相信广东省长篇小说在新的一年里，将立足时代，立足人民，立足大湾区发展的蓬勃之势，立足中国式现代化的广东路径，立足岭南独特的文化资源，继续开拓，再创辉煌。

（本章撰写：刘卫国，中山大学中文系教授、博士生导师；张琢琪，中山大学中文系博士生）

第三章
新质生产力变革中的广东中短篇小说与小小说

2023年在省委宣传部的领导和省作协的部署下，《广东文学通史》开始了精修编撰；广东文学馆加快了建设步伐；多部长篇小说进入了茅盾文学奖的评选；广东的文学理论批评发出了响亮的声音……这些出彩的建设和创作业绩，极大地激励着广东中短篇小说作家的创作积极性。他们潜下心来努力学习习近平总书记关于文艺工作的重要论述，深入生活、扎根人民，体验新时代的湾区生活；他们饱蘸心血、挑灯夜战，竭力奉献了一份在质量上有突破、在数量上有递增的创作成绩单，跟上了广东长篇小说、报告文学和理论批评等文体大步前进的步伐。

一、中短篇小说和小小说的总体概貌

据不完全统计，2023年广东作家在国内大刊、名刊上发表的中篇小说数量，比起去年和前年翻了两倍以上。在《人民文学》发表的中篇小说有：陈继明的《饥饿的潮汐》、陈再见的《望高》、旧海棠的《抬钢琴》；被《小说选刊》转载的中篇小说有：吴君的《万事如意》、熊育群的《来日方长》、巫宏振的《燃烧的河湾》、南翔的《老药工和他的女儿》；在《小说月报》上发表的中篇小说有：弋铧的《独一无二的乌娜》、葛亮的《入瓷》、熊育群的《金墟上》、陈再见的《一九八七年四月八日或抢米事件》；在《中国作家》上发表的中篇小说有：盛可以的《好事近》、丁力的《银行家》、王哲珠的《年夜饭》；在《钟山》上发表的中篇小说的有：

陈再见的《双圹》；在《作家》上发表的有：宥予的《东边、七下、猪八戒》……仅在这些名刊、大刊上发表的中篇小说就有近20部之多。特别值得提及的是，2023年广东作家有两部中篇小说被《新华文摘》转载，显示了广东作家勇于从“高原”向“高峰”攀登的努力。

2023年广东作家在大刊、名刊上发表的短篇小说也近40篇。马拉在《小说选刊》（及另3家刊物）上发表《最佳编剧》等短篇小说6篇；邓一光在《当代》《收获》《小说月报》等刊发表《海阔天空：渔农村人类学调查笔记》《在地下》《阿慢、苏拉和逃亡的档案》《骨头城堡》等5篇；南翔在《人民文学》发表《红隼》；陈崇正、巫宏振在《小说选刊》上分别发表《骑马去澳门》《日记簿》；李知展在《人民文学》《小说月报》发表《心灯》《玉是石头的心》；蔡东、王哲珠、盛可以、黄佟佟在《小说月报》上分别发表《外面下雨了吗》《舞者》《接骨木酱》《漫不经心的母亲》；王威廉在《小说选刊》等刊发表《置换体验》等3篇；汪泉在《解放军文艺》上发表《毡》；钟二毛在《当代》《长江文艺》发表《堡垒》《最佳聊友》；林培源、王卉子在《江南》分别发表《过暹罗》《同桌的你》；李东文在《钟山》发表《整个广场属于我》；郑小琼、袁璐在《青年文学》上分别发表《去古镇》《珠江泪》……广东2023年短篇小说创作的一个亮点是：一批新作者、新面孔开始涌现。

广东小小说作家全年创作和发表的状态仍处在井喷期（数量在2000篇以上），其中谢松良的《捷径》、赖海石的《顺风车》、刘浪的《礼谏》、朱红娜的《双面》、高春阳的《石头记·冒名》、陈耀宗的《扣肉》等12篇小小说被《小说选刊》转载；被《作家文摘》转载的有：贺妙忠的《短笛》、包丽芳的《怪癖》、胡玲的《蝴蝶飞舞》、叶惠娟的《揉纸团的人》、陈志江的《兄弟树》、刘林波的《故事王》、徐建英的《孤岛》、肖曙光的《温暖的棉被》等24篇。

2023年广东的中短篇小说和小小说紧跟长篇小说、报告文学和理论批评等文体的前进步伐，在布局精品力作和培养人才两大方面采取了一系列强有力的措施。围绕着省委“百千万工程”战略，精心设计和广泛征集了重点创作选题100多个，组织了百名骨干作家到南粤大地体验生活，用“改革开放再出发”的精神面貌，扎扎实实地深入基层；围绕打造“新版《人世间》”的目标，省作协筹集了相当数量的资金，竭诚为承担重点选题的作家创造一个安定的写作环境；在北京组织名刊、名评论家专题研讨重点作家的重点作品；与广东省出版集团和广州市委宣传部联合组建花城文学院，聘请麦家和陈晓明为联席院长，组织粤港澳大湾区的重点作家、评论家开展了系列的文学活动……

这些多管齐下培育精品力作和培养文学人才的有效措施，对广东中短篇小说和小小说作家的创作积极性是一种强劲的鼓舞，大家以最佳的冲刺文学“高峰”的精神状态，奉献了一大批带有粤港澳大湾区特色的、体现“新版《人世间》”风貌的中短篇小说和小小说。以比往年成倍增加的数量，跻身于国内的名刊；以高质量的作品被转载于国家级的文摘大刊。广东作家和作品的名字，与粤港澳大湾区的地域风采和“新南方写作”的特点风格紧密地联系在一起，引发了国内外文学同行的广泛注意，为广东文学走进全国“第一方阵”赢得了名声和荣誉。

中篇小说

二、湾区故事的文学构建

广东2023年中篇小说的一个重大收获是深圳作家吴君的《万事如意》在《人民文学》（第3期）发表后，分别入选《小说选刊》《中篇小说选刊》和吴义勤主编的《中篇小说经典必读》，并获得2023年度青花郎·人民文学奖中篇小说奖。

这部作品精彩地讲述了一个这样的湾区故事：酒楼老板潘强恩曾是粤剧社的剧务人员，因为一次演出受了内伤导致终生未婚，只得改行做了酒楼。为了让粤剧社的“女神们”在醉仙楼相约叙旧，也为了守护心中的女神，他隐忍负重错失了许多机会。做厨师的魏东海20多年一直怀疑儿子并非己出而是老板的，可是他有苦说不出。为护老婆周全和子承父业，魏东海忍辱负重40年没有改行，脾气却越发暴躁。他老婆做梦都想做回主角，为此努力了很久，直到粤剧社解散愿望也没能实现，儿子魏建华又为他“挖了一个大坑”……事事不顺心，一团乱麻是魏东海的日常。小说环环相扣，丝丝入理，讲述了一个在湾区新质生产力不断增现的商业环境中，厨师、粤剧演员、酒楼老板三位昔日老友在适应新变化面前自强不息的温暖故事。

“人民文学奖”评委会的授奖辞说：“父与子、夫与妻的矛盾，揭开了家庭原有的温情面纱，也使每个人自现原形，而这又让他们逐渐意识到自身的问题，转而切实面对时世流变，以求万事如意。争执激化了潜在的冲突，也提供了和解的契机。由此，一桩看似嘈嘈切切的家常故事，又有平地一声雷的震撼，凸显出作者别致的叙事能力与强劲的艺术腕力。”[①]吴君创作的以《亲爱的深圳》《皇后大道》为代表的长中短篇小说集共有13部，曾获中国小说双年奖、百花文学奖、人民文学奖、北京文学奖、广东鲁迅文学奖等。吴君是一位有较高标识度的小说家，同时也是一位有文学雄心和远大志向的作家。她始终坚持现实主义立场，在30年的创作生涯中，用百部优秀的中短篇（以及3部长篇）小说，与时代发展一路同行；在大湾区文学的内涵和外延上，展现了非同一般的小说格调。在广东小说作家的群体中，她是把作家的名字与“深圳”二字紧密连在一起的典型之一，为广东文坛、中国文坛贡献了独特的湾区文学故事。

2023年是陈再见发表、获奖的丰年，共计发表中篇小说6部：《白盐居》（《长城》第2期）、《望高》（《中国作家》第4期）、《玉照》（《青年文学》第7期）、《烧衣》（《清明》第5期）、《一九八七年四月八日或抢米事件》（《小说月报》第9期）、《双圹》（《钟山》第5期）；发表短篇小说4篇：《海滩之夜》（《雨花》第1期）、《斑马垂头》（《湖南文学》第2期）、《火烧甘蔗林和香蕉精》（《草原》第6期）、《微笑死生》（《文学港》第7期）。他的中短篇小说集《你不知道路往哪边拐》获第十一届广东鲁迅文学奖；《双玉鱼》获第二届《广州文艺》欧阳山文学奖短篇小说奖；《野树》获深圳“睦邻文学奖”。

《玉照》是写发生在南方一个只有十几万人口的小县城里的故事。“玉

① 2023年度“人民文学奖”授奖辞，中国作家网：https://www.chinawriter.com.cn/n1/2024/0413/c403993-40215389.html

照”是这座小城里唯一的起着“地标”作用的公园。因为餐饮生意不景气，主人公“我”的一家从深圳迁回了故乡县城。妻子靠开美甲店维持生计；丈夫终日无所事事，只能借跑步和逛公园来打发时间。偶然有一天，一家人在玉照公园里游玩时，“我”看到了公园河面上的卡通脚踏船，恍惚中意识到20年前自己是坐过这船的，与往事相关联的记忆慢慢复活了。那是关于初恋的记忆，也是“我”年轻时经历的一个不大不小的伤痛。作家安排了若干巧合，真实地凸显普通人在命运面前的无力感和承受力。

《烧衣》写出了底层女性的倔强性格与独立意识。阿剩与周作甫离婚后成为了卡车司机。5年后，她回到鸭屎礁想要回儿子。故事在阿剩与前夫周作甫、儿子斌仔、刘老板以及律师等人的复杂关系中展开，最后她虽然胜诉却无法将儿子带走。《双圹》写了一种遗忘，这是一种自我保护，无论是有意或无意，可事实与真相总是在那里，潜藏在时间和记忆的深处，如同一座已被风雨磨平的坟茔。30年前姐姐溺亡时前来给予父亲巨大慰藉的恩人，如今是药死病儿的嫌犯，林教授出于了却父亲遗愿和同情想帮助他，不期却缓缓打开了导致杨汉集一家败落的真相，那是一起车祸。车祸导致杨妻受伤、儿子早产，这是他情感生活波折的缘由，也是他儿子罹患孤独症的缘由。而这次车祸，年少时的自己也有参与。恩与罪交织，悔与愧纠缠，时代和命运在潮汕这块南方土地上演绎着令人唏嘘的沉痛故事。《白盐居》的故事背景依然放在“我”熟悉的海滨小城，所聚焦的人物却不再是那些微如蝼蚁的小人物，而是小城里那些举足轻重，可以说是呼风唤雨的大人物。他们之间发生的恩怨自然也不是小事，甚至是关乎人命的大事。陈再见在“创作谈”说：“关于县城的小说，我陆续还在写，写的不仅是县城本身，还是一个和外界打通了的县城，这既是双城生活所带给我的视角上的便利，也是我现在如何看待文学地域的方法论，就算是回头写深圳，也不再是深圳那么简单，而是一个和无数地域发生关系的深圳。这种地与地、人与人之间的纠缠和牵连，才让文学有了行为力和生命力。”①

珠海作家协会副主席陈继明的中篇小说《饥饿的潮汐》，首发《人民文

① 陈再见：《只有叙事是平等的》，《粤港澳大湾区文学评论》2023年第2期。

学》（第8期），《中篇小说选刊》（第10期）转载。这部作品讲述了一个在人类大爱的伴随下治愈精神疾病的感人故事。单亲爸爸大鹏与一些朋友，带着患有孤独症的儿子阿步来到垃圾尾岛旅游，阿步的孤独症导致他不能正常地与人说话交流。大鹏曾带着阿步到处治病，却毫无效果，这成了他无法释怀的心病。在垃圾尾岛的旅游中，他改变了对儿子的态度，在大海、玩伴、亲人们的爱与陪伴中，阿步最终开口说话了，大鹏也收获了爱情。作品的字里行间洋溢着浓郁的伟大父爱，也将友情、爱情、亲情诠释得淋漓尽致。这个中篇故事直击当今社会人们生存状态中的一个痛点，忙碌的、有隔膜的生活环境和各种工作压力，是人们产生孤独感和儿童处于孤独之中的根源。通过亲人们的爱，通过周围环境中人们的真情陪伴和细心关怀，这种现代社会的精神顽疾可以治愈——充满爱心和温情的心灵交流，是战胜孤独自闭等精神疾病的良方。

深圳作家协会副主席丁力，2023年在《中国作家》（第2期）发表中篇小说《银行家》。故事讲述人“我”出国旅行，结识了一位深圳的本地居民，他最大特点是有钱，出国前兑换了大量外汇，以至于“我”如果需要外汇可以直接用微信支付找他兑换，“银行家”的美誉就此形成。那一次“我”和他都没进克里姆林宫，他随“我”去参观列宁地下宫的原因就是为了省钱。回到深圳后，他打电话约“我”喝早茶，但他居然没有车，也舍不得打出租车或网约车，而是先坐公交后乘地铁，再换公交，最后步行跨越天桥到达约定的茶楼。见面后才知晓，“银行家”约“我”喝茶是因为他获悉“我”是作家，特意来向“我”诉苦。他是真“苦”，当年几兄弟全部逃港，留下他一人守家，吃苦最多，收入最少，还不受父母待见。最后通过他的不懈努力，终于把大部分宅基地变成了几栋高楼，却又遭在香港的几兄弟嫉妒，要求分割财产……“我”理解并同情“银行家”的遭遇，努力开导他“向前看”，“用金钱换亲情”。这是一部描述“有钱人的烦恼”的现实题材小说。当“我”听完“银行家”的讲述后才发现，所有这些人——“葛朗台”“老地主”“银行家”他们其实都是艰辛的“创业者”，都是吃过苦中苦的人，他们是吝啬，但相对于“富二代”“官二代”“啃老一族”来说，他们更应该受到社会的尊敬和爱戴。

深圳作家弋铧出版的长中短篇小说集，获过首届鲁彦周文学奖、首届广东省“大沥杯”小说奖，有作品被《新华文摘》《小说选刊》选载。2023年她在《小说月报》发表中篇小说《独一无二的乌娜》。这是弋铧近年来写女性成长和坎坷命运的一部代表作。弋铧笔下的独立自主、自尊要强的女性形象，在乌娜这里可以说是集大成了。乌娜干过很多行业，感情经历相当丰富，恋爱、婚姻折腾了40年，但她还是高蹈乐观地面对人生。一个离异的孤身弱女子，在异国他乡打出了自己的一片天地，用自己短暂生命尝试了不同于过往刻板形式下的生活，给后来的女性们起到榜样的作用，这也是现代文明进步的呈现。

广州作家协会副秘书长巫宏振创作的中短篇小说见于《上海文学》《香港文学》等刊。2023年他的中篇小说《燃烧的河湾》、短篇小说《日记簿》在《广州文艺》和《天涯》发表后，均被《小说选刊》转载。《燃烧的河湾》语言生动活泼，想象力丰富。在扶贫大业的背景下，三个主人公的身上充满了旺盛的生命力与正能量。作家写出了乡村的童话、理想、狂野的一面，也预示着新的生活、新的面貌将会踏着光明而来。《日记簿》则具有“遗物精神分析学”的丰富思想，意蕴体积颇为丰沛，作家以敏锐的视角和细腻的笔触书写了遗物整理师的身心况味，聚焦了独居老人的生活景观，描述了子女与父母的观念碰撞，并围绕个人的具体遭际和命运转向走进对历史记忆与个体身份的追问。

上述这批广东中篇小说的新老作家，从新视野、用新情感去观察和体验粤港澳大湾区的各种不同类型、不同阶层人物的新生活，特别是对在新质生产力带来巨变的生存状态下的湾区底层普通百姓，能倾注自己满腔的爱心和同情心，用中篇小说的文体形式来讲述他们的坎坷命运，折射普通人在大时代里的沉浮；用个体的独特生命故事反映时代情绪，展现新时代普通百姓人性的厚度，彰显了湾区现实变革的深度。

三、历史人事的审美想象

广州作家熊育群首发《芙蓉》的《金墟上》，被《新华文摘》（第3期）转载；首发《作家》的《来日方长》，被《小说选刊》（第2期）转载。

这两部被重要选刊转载的中篇小说，都是写开平赤坎华侨古镇的，题材和人物有一种连续性，叙述了两个大家族的百年历史。赤坎古镇的关氏、司徒氏，南宋时自中原迁徙而来。明代关氏参与了上川岛海上丝绸之路的民间贸易。到了清代，两族在潭江边开埠，他们相互竞争、彼此融合，建起了最早的赤坎墟。鸦片战争后，有人到美国西部淘金，又修建太平洋铁路。他们从最底层的苦力做到小店主，站稳脚跟后，回到赤坎建筑新城。通过规划、融资，一座欧陆风格的城镇出现在潭江上，这便是现在的赤坎古镇。两大家族都以修建宏大的图书馆争得荣光。正当赤坎如日中天时，美国经济危机袭来了，接着日军侵华，解放大军南下……21世纪初，开平碉楼与村落被评为世界文化遗产。随后，赤坎古镇作为粤港澳大湾区古镇类旅游旗舰项目，被一家大公司买下，政府展开了征收。新时代的开发牵出了两个家族和华侨复杂的利益与情感纠葛，百年产权的变更，更是涉及古镇不同寻常的历史。

这两部中篇小说从赤坎古镇旅游开发切入，以赤坎古镇民国时期和新时代两次城建为线索，在粤港澳大湾区乡村振兴的时代背景下，在横跨太平洋两岸的宏大时空与地理中，写出全球视野下两代侨乡人传奇的人生与命运、百年古镇的兴衰与悲欢。小说既写家国情怀、中华文化传统的赓续，又挖掘民族性和人性之光。家族的历史、古镇的历史、华侨的历史，甚至广东、中国和世界的历史交融一体，风云变幻，体现了较强的史诗性。熊育群在“创作谈”里说：“两年前我来赤坎古镇采访，创作了长篇散文《双族之城》，其百年变迁史可以折射出中国近现代甚至世界大历史，更难得的是古镇发生了一件大事：一家世界级的公司正在开发它，古镇摇身一变，成为了粤港澳大湾区旅游旗舰项目。它无疑是乡村振兴独特的样板。”[①]

南翔的中篇小说《老药工和他的女儿》原发《鄂尔多斯》（第1期），被《小说选刊》（第3期）转载。这部小说展现了中药传统技艺与现代方法的矛盾，叙述了两代人在观念和利益上的冲突。欧逸舟评论说：“南翔的小说有着鲜明的知识分子特质，《老药工和他的女儿》是为读者带来的一场民

① 熊育群：《挑战与超越》，《文艺报》2023年3月24日。

间盛宴，他以一贯优雅、博学的叙事姿态，讲述中药炮制过程中的传统技艺与现代手法的碰撞。中药炮制的非遗技艺传人熊药工，精通传统手工方法，技艺精湛，笃信传统技法中有无可替代的日月精华。而以小金为代表的‘新新人类’却崇尚现代工艺，用新型药釜工具大规模快速炮制药材，并采取商业化模式运营销售。熊药工的女儿梦芳与小金之间，在利益的纠葛和情感的矛盾背后，问题的关键在于观念的冲突。”①

香港浸会大学教授、作家葛亮，继2022年的中篇小说《飞发》获得鲁迅文学奖、《浮图》上榜“中国好小说”后，2023年他创作的中篇小说《入瓷》，继续通过历史传奇的审美想象，书写南方手艺人的人生故事和工匠精神。这部中篇小说在《万松浦》（第1期）首发后，先后被《小说月报》（第2期）、《北京文学·中篇小说月报》（第2期）、《中篇小说选刊》（第2期）、《作品与争鸣》（第5期）、《新华文摘》（第10期）选载。葛亮的这部中篇小说讲述了20世纪30年代广州湾“自梳女”（终身不嫁）代表阿云自强不息的故事，她利用各种机会自觉传承“非物质文化遗产”广彩瓷画类，借此排除现实纷扰，求得心灵抚慰，重新拥抱生活。魏琦在《抹在时间上的绿：评葛亮中篇小说〈入瓷〉》一文中说：“这篇小说故事精彩，明暗两线交互穿错，人物塑造有血有肉，故事情节精细入微、环环相扣，如同作者笔下的广彩一般，精妙绝伦。”②

上述4部把湾区人物的历史与现实折叠融汇的中篇叙事，之所以有2部被《新华文摘》转载，有2部被《小说选刊》转载，是因为这几部作品能够用转型时代里新质生产力逐渐涌现的宽广视野来重新看待广东的百年历史，重新审视和体验广东历史上具有工匠精神的手艺人和商业奇才，用内含着广东传统文化意蕴和被赋予了时代变革气息的人物命运，一定程度代表了广东中篇小说历史审美的新高度。

① 欧逸舟：《责编稿签》，《小说选刊》2023年第3期。

② 魏琦：《抹在时间上的绿：评葛亮中篇小说〈入瓷〉》，《中篇小说选刊》2023年第2期。

四、未来时代的科幻抒写

中山大学创意写作教研室主任王威廉，2023年发表的系列科幻小说有3篇：《置换体验》（《山东文学》第7期，《小说选刊》第8期转载）、《拿什么拯救你，我的孩子》（《小说月报》第10期）、《山顶有块石头》（《江南》第5期）。

王威廉近年来的系列科幻小说比较集中地探讨新质生产力发展到高科技阶段，人类的情感方式、道德伦理、生存状态将会有一种什么样的未来，几乎代表着广东科幻小说“头部作家”的理想追求和文体风格。《置换体验》将故事的时间设定在“未来”，他想象人们通过芯片和软件就能感受到各种各样的极致体验，深度探讨了未来人类的爱情、记忆与人的本质。故事主人公“我”和女友麦苗之间的感情出了问题，麦苗选择通过高新技术消除感情上的痛苦，哪怕代价是逐渐失去个性、变得无趣。而“我”宁愿承受内心的折磨也不愿意放弃珍贵的情感体验。“我”通过写信这种古老的形式向麦苗表白内心，约她展开了一场深入的交流。小说由此展开了一系列重要问题的辩论，关于未来的生存和情感等问题与答案，在两人的观点交锋中有了清晰的轮廓。王威廉在“创作谈”里说：“我所写下的这些作品可能更是人在科技语境下的存在状态的切片。我对切片的细微纹理更感兴趣，对人性在其中的危机更加敏感……”①

近年来，广州作家黄金明的中短篇科幻小说力图打通类型小说和纯文学的界限，他的科幻小说的风格特征是以讲故事见长，注重可读性，文笔考究，雅俗共赏。黄金明认为：全心全意为人类服务，这是制造机器人的初衷。当AI具有意识或思想时，它必将对人类失去敬畏，不甘再为奴仆，要跟人类分庭抗礼。根据进化论：人是由猴子进化来的，传统机器人是人类的造物，但高度智能化的AI可能认为它们才是进化的终点。人类是机器人的创造者，也可以是机器人的终结者。基于这样的创作构思和立意，黄金明2023年发表了中篇科幻小说2部：《夏娃计划》（《作品》第4期）、《幻想故事

① 王威廉、小饭：《一切历史都是未来史（访谈）》，《山东文学》2023年第7期。

集》（《广州文艺》第4期）。

《夏娃计划》讲述了一个2035年前后发生的科幻故事：W研究所的卧底特工黄非鱼以业余人类学家的身份作掩护，侦缉并搜捕跟人类作对的机器人。他被女机器人侯玄机以提供人类起源的新线索为由，骗至机器人的秘密聚居地女娲岛，并告之，他曾是W研究所的首席科学家，这些机器人都是他主持研制的。所谓“夏娃计划”，就是让机器人自我繁衍，而该计划突然被上峰冻结，夏娃等三个机器人得他之助，逃之夭夭，他亦被当局删改了记忆。现在，机器人要将“夏娃计划”进行下去，由侯玄机嫁给黄非鱼，创造一代新人，希望化解机器人跟人类的仇怨。在侯玄机即将分娩之际，黄非鱼却逆进化成了一只古猿。黄金明的这部科幻小说探讨了人类和平、自由和爱等重要的思想命题。

黄金明的“机器人”系列小说是一种“现代性的现实主义”。作家书写未来的、想象的、潜在的、开放性的、可能的现实，在现实的土壤上，种满了超现实的奇花异草。黄金明的《幻想故事集》中的5篇短篇小说，其中：《恋爱中的机器人》写机器人作家阿托出版了一部讲述机器人日常生活的写实小说，机器人蕙和象的婚恋故事就像机器人时代的罗密欧和朱丽叶。《交谈者》讲一个主张跟人类和平共处的机器人，被一个机器人恐怖主义分子暗杀。《潜伏者》讲述机器人自我繁衍，但因人类当局捕杀而不得不生活在一座隐秘的地下城里。机器人伍德潜入人类医院卧底多年，出现身份危机，导致了精神分裂。《越狱者》讲述一个机器人罪犯变化成一只大铁鸟成功逃离。这些小说，或朴实、平实地讲故事，或以学术报告或历史文献的面貌出现，但对机器人的生活及其心理都进行了相当深入的虚构和描述，呈现了匪夷所思的机器人形象及其精确冷酷的非人性或机械性。黄金明叙事的重心在于机器人的未来及对人类生活的影响。他的这一批“机器人科幻小说”构思诡谲奇异，叙事变幻莫测，在给我们展示一幅让人振奋的蓝图的同时，也在发出一个针对科技盲目扩张的反讽式的提醒和警告。

揭阳作家王哲珠在本年度发表的中篇小说有3部：《斑斓的身体》（《文学港》第4期）、《舞者》（《小说月报·原创版》第2期）、《年夜饭》（《中国作家》第3期）。

《斑斓的身体》是一部科幻中篇小说。宇航员顾丰和欧斯嘉离开地球时，地球肆虐着身乏症和心倦症两种致命流行病。星际探索中，飞船落在一颗陌生星球上，星球有文明存在，其智慧生命和动植物色彩斑斓，他们将其命名为斓星。斓星人让顾丰和欧斯嘉融入斓星社会，感受斓星高度的文明和奇特的生活，感受斓星人之间特别的关系和繁殖方式，感受斓星人极度的理智和秩序。这个过程中，斓星人通过顾丰和欧斯嘉研究地球和人类。欧斯嘉患有身乏症，生命即将走到尽头，斓星人让她与顾丰获得和斓星人一样的长生能力，条件是在他们体内植入斓星人基因。他们最终放弃物质极度丰富的生活和长生的权利，被斓星人清除记忆，重新奔赴不知能否找到归路的家园。

《舞者》讲了一个现实和奇幻相融的故事：唐芊芊从4岁学舞起，舞蹈就和她的生活紧密联结了。她拼命挣脱大部分人参加艺术培训后成为艺术培训者的循环，想成为主角，成为烁烁发光的舞蹈家。为了这个目标，她放弃了烟火，冷落了爱情，缺失了友情。当她考入艺术学校，进入省歌舞团，成为了专业舞者，离目标越来越近的同时，她却离舞蹈越来越远了。绷得太紧的弦让她的舞蹈失掉原有的舒展灵动，拼命跳舞的她恰恰忘掉了舞蹈本身。她想上大型舞剧的主跳，用尽各种办法失败后，无意间却被选为主角。她冷静时，人和舞却一同绽放；她备受期待，受期待时却反响平平；她发光了，发光却属意外发生。人生与舞蹈似乎总是脱轨而行。唐芊芊开始回望生活与舞蹈，回望世界与自我。她突然发现，那么多年来，自己跳舞时一直背着整个世界，那个世界与舞蹈相关。当她再次独自舞起，回到10岁那年在月光下的灵魂之舞，那一刻，她才真正回归舞蹈，成了真正的舞者。

2023年广东的科幻中短篇小说，用瑰丽多彩的文学想象力和语言表现力，创造了一个超现实的科幻小说世界。作家们聚焦探索的是在当今现实生活中，高科技飞速发展而带来的有关人类命运和科技伦理的崭新命题，书写着高科技赋能新质生产力后的万千气象，大胆表达着新质生产力带来的关于人类和科技发展的未来，鲜明地凸显了这些未来变革将影响人类生存的深度思考和创新探索。

五、中篇文本的叙事创新

惠州“90后”代表作家徐威，中山大学文学博士，现任职于惠州学院文学与传媒学院。他已在《人民文学》《作品》《当代作家评论》《当代文坛》《南方文坛》等刊发表小说、诗歌、评论40多万字。文学评论著作《群像与个体：“90后文学”论稿》，入选“21世纪文学之星丛书”；《文学的轻与重》入选“广东青年批评家丛书”。2023年他发表中篇小说2部：《雀舌》（《广州文艺》第12期）、《对峙》（《作品》第8期）。

《雀舌》是一篇关于“寻找”“自我”与“存在”的小说。雀舌是什么？小说建构起解谜一样的故事情节，不断建构又不断解构这种“寻找”。立志写出伟大作品的小说家丁甲乙、只写六行诗的诗人韩流航、神秘的带刀姑娘、学富五车或名不副实的教授，都走在各自的寻找道路中。他们的寻找，最终只成为那本长达1034页的长篇小说《荒野与火焰》中的一页。作品由此显现出魔幻与隐喻的锋芒，饱含张力，意味十足。《雀舌》的语言自然流畅，在形式与结构上又显得极其复杂：时空的杂糅、事件的交错、真实与虚构的混合、现实与传说的相互观照等等，给中篇小说文本创造了无限可能，显现出“90后”作家驾驭中篇小说创作方法的能力以及独特娴熟的叙事能力。

《对峙》通过对处在巨大精神焦虑中的高校青年教师丁甲乙的刻画，展现了高校青年知识分子的理想主义在现实面前的遍体鳞伤，他想探究在琐碎、平庸的日常生活之外，人们是否还能得以超脱和救赎。故事主人公个人的孤独，在当下都市生活中面临的种种压力，想逃离却又无法逃离的苦闷……作家凝视这些痛苦，以细腻而有力的叙事，写出了这一代青年的一种困惑和迷惘。作为广东“90后”重要的代表性作家，徐威的书写开始跳出这一代人炫耀才情、追求文本创新的面目，开始直面生活。他关注社会夹缝中的年轻人，用独特的、结实的细节准确地呈现了当下小人物的生存状态和精神特征。

在广东工作了11年的东莞作家李知展，2023年又有较大的收获。他发表了中篇小说2部：《玉是石头的心》（《小说月报》第2期）、《隔河相望》（《广州文艺》第6期）；短篇小说6篇：《带露行》（《大家》第

1期）、《美人牡丹阵》（《清明》第2期）、《偕行》（《湖南文学》第2期）、《心灯》（《人民文学》第7期）、《天堂焰火》（《青年作家》第11期）、《雨燕》（《绿洲》第6期）。出版中短篇小说集2部：《流动的宴席》（百花文艺出版社1月），获东莞第九届荷花文学奖中篇小说奖；《碧色泪》（安徽文艺出版社2月）。

以专辑形式发表在《小说月报》（第2期）上的《玉是石头的心》，写一位“大龄女性”从岭南都市里四顾彷徨暂且退守家乡，而家乡的世俗规则又兼容不下她的思想，还得再作逃离，又陷在谬认知己的鉴定玉石的中年男人圈套里，附带着婚姻、女性觉醒、两代人的情感归宿等话题，小说叙事娓娓道来，故事依旧出彩。在创建故事文本时，新奇的比喻和弥漫的诗意，以及旁逸斜出的父亲家庭外的情意，让作品多了回环的空间，有了叙事的张力。

深圳作家旧海棠，2023年在《人民文学》（第6期）发表中篇小说《抬钢琴》。这部作品巧妙地处理了家庭伦理中微妙、复杂的情感，在面对窘迫的经济境况时各自的挣扎，尊严与冒犯一次次暗流涌动，又在各种意外之间妥协、期待。这部中篇告诉我们：在现实生活中的所得所失，存在与消逝，会在不能周全的矛盾中不断呈现。无论发生什么，生活总是要继续的，它既予人伤害，更予人希望。

中篇小说文体是一种既坚守文学性又讲究技巧性，既能展现作家的理想追求，又能呈现文本创新的小说文体。广东的这一批“80后”“90后”的代表性作家，2023年在探索中篇小说有深度地反映人性内涵，有广度地折射社会现实时，能以圆熟的中篇小说技巧和有创意的叙事文本，创造出有意义、有价值，并值得小说理论界认真总结的艺术经验。

短篇小说

六、短篇小说里的“新南方写作”

担任广州市文艺报刊社副社长的陈崇正，是“80后”“新南方写作”重要的代表性作家，2023年他的短篇小说《开播》入围第八届华语青年作家奖；发表短篇小说2篇：《骑马去澳门》（《大家》第1期，《小说选刊》第3期转载）、《暹罗鳄》（《雨花》第12期）；发表中篇小说《原住民俱乐部》（《西部》第6期）。

陈崇正的《骑马去澳门》，是一篇深刻揭示湾区底层普通人的精神世界，鲜明地体现“新南方写作”风格的短篇小说。故事主人公谭家亮是一位穿西装打领带，还戴着一顶牛仔帽的老人，他从养老院逃出来到了澳门的东澳岛，目的是要赶赴一个30多年前承诺过的约会。住进养老院的谭家亮已患老年痴呆症，但30多年前的这个记忆，是他早已刻进了生命中的青春与爱情的记忆，也成了他一生永不可忘、永不可违的诺言。陈崇正用了多线条折叠的短篇小说叙事方法，从不同的角度讲述了谭家亮与琦儿既现实又浪漫、既符合生活逻辑又富有诗情美意的相识、相恋，并立下生命承诺的故事；还巧妙地运用短篇小说的隐性叙事法，将谭家亮离开东澳岛后，他与琦儿几十年的人生故事，全部省略留白；更在结尾处侧面暗示：30多年前的琦儿已兑现了承诺，她来到东澳岛办了“海边骑马”的系列纪念画展，但谭家亮此时已经错过了。《小说选刊》责编安静评论说：“作者以悲悯之心透视了这位老人的精神世界，看似普通小人物的他隐藏着不俗的灵魂，生命的幽深和情状也就此变得熠熠生辉。”[①]这是一篇立体地、深刻地描画湾区普通人精神世界，塑造有个性、有情感、有理想追求的湾区人形象的短篇佳作。

肇庆的路魆是“90后”“新南方写作”的代表性作家，2023年发表了4篇代表着他的创作风格和艺术追求的短篇小说：《磐石与云烟》（《人民文学》第2期）、《去暹罗的船》（《青年文学》第1期）、《跃入群星》（《钟山》第2期）、《焚风期杂病论》（《西湖》第2期）。

《磐石与云烟》的主人公沉迷购买彩票，却不追求中奖，为的是追求彩票号码的无限组合带来的人生偶然性。在购买彩票期间，他的女友一直在背后默默观察他的行为，作为研究资料记录在笔记本上，这引发了两人关于爱情和生活的争论。后来主人公负气出走，到边疆与旧日同窗好友相会。当主人公回来后，发现旧日生活陷入一片魔幻的景象，自己的职业、身份、妻

① 安静：《责编稿签》，《小说选刊》2023年第3期。

子的性格等元素，每天都会进行全新的变化组合，他需要在这种混乱的组合人生中重建生活。这个短篇的主题在于探讨人生对于变化的渴望与变化来临时人的无能为力，同时将触角伸向时时刻刻出现变化、但幽微不明的人类情感、爱情、友谊和自我价值。《去暹罗的船》的故事主人公濠仔是为数不多还住在海边棚屋的住户，他一直在寻找着当年出海后失踪的父母，直到有一天有人告诉他，他父母在暹罗。濠仔攒了一笔钱后坐上巨轮离开故地前往陌生遥远的暹罗，当他回来的那天，发现时间已经匆匆过去30年。这个短篇探讨的是意识中时间与现实感的流逝，以及人生意义、追求的变幻虚无，生活在现实中的人要以永不疲倦并用随时接受启迪的开放心灵进入世界。

《跃入群星》描述了一种真空变形但仍具强大实在感的现实：母亲年轻时莽撞地执意远嫁离岛，多年后的婚姻不幸与物质贫瘠让母子两人在外祖父家备受奚嘲。然而，在离岛的雨林荒界中长大的“野孩子”，只有在岛上才能获得最为舒展自由的生命样态。《焚风期杂病论》讲述两位旧日同窗多年后回到故乡，碰巧成为故乡一所学校的教师。一个教生物，一个教物理，两人本来没有竞争，却因为年级主任即将卸任，为了遴选出下一任，让两人有了交锋。他们在学科上秉持的不同的理念，在进行科学研究时恰好焚风期来临，两人遭遇变故，最后发生了死亡事件。这篇小说探讨的，是关于嫉妒、观念、心魔与死亡的恐惧，这些纷繁的情绪在一个小镇的焚风期里交织在一起，引起一次火烧般的精神危机。路魆目前以创作中短篇小说为主，在小说创作中探索“新南方写作”中面向未来、面向海洋时关于人的精神异化、身份认同和深层意识构成等主题。

深圳作家邓一光，出版的长、中、短篇小说均有耀眼的业绩。他的短篇小说集《花朵脸》入围了2023年花地短篇小说文学榜。张燕玲评点说：“《花朵脸》的10个短篇是深圳近四十年时代巨变的10股洪波，在邓一光沉静细腻的叙述里，暗流涌动，潮中有潮。一次次掀起的时代巨浪，吞噬并托举起都市丛林的前世今生，席卷和蒸腾着人性深处的骚动与喧哗，以及山河人烟的日常与无常、冷漠与情义。于是，这位天真而感伤的小说家，面对呼啸而去的时代浪潮，从蛇口湾到中英街，从维多利亚港到深圳湾，催开了一张张人类的花朵脸，唯此人世间，生生不息。”①

2023年邓一光发表短篇小说5篇：

《后半夜》（《江南》第1期）：作品以年轻的安今和他所在的那个小便利店作为视角和场域，以此打量三年疫情时期在深圳拼搏的芸芸众生，他们在人世间的悲欢、冷暖、爱恨、生死。那些在黑洞里穿行的、那些素不相识陌路相逢的、那些在疫情中艰难生存的，都是可同情的和美好的人，都是在夜色中努力为人世散发着微光的人。他们身上的微光，点亮了自己，同时也照亮了他人。

《在地下》（《收获》第6期）则是另一种写法了。羞怯的小镇青年狄二岸，一直梦想在机场或者远洋船上工作。刚来深圳时，他头一个月就换了13份工作。他很焦虑，根本不敢睡觉，害怕眼睛一闭，就会失去工作机会。他年轻的生命终止在清水河危险品仓库的大爆炸中，但在“深时王国”里，他复活了……王春林在评论《在地下》时说：“虽然只是一个篇幅有限的短篇小说，但《在地下》的思想艺术包容量却非常之大。作家邓一光能够巧妙地借助于狄二岸这样一位亡灵观察者的设定，真切地书写出深圳的生命隐痛，无论如何都是极其难能可贵的一件事情，理当获得我们的充分肯定。”②

《阿慢、苏拉和逃亡的档案》（《上海文学》第11期）：作品的主要情节围绕一份不知去向的人事档案展开，阿慢和搭档替一个知名导演寻找个人档案的下落，两个人查遍了所有可能的地方和信息还是一无所获。在查找的过程中，那份逻辑上应该存在但现实中不知所终的档案被阿慢赋予“主动性”，变为“逃亡的档案”。作品紧贴着当下鲜活又有话题感的元素展开叙事，以细腻写实的笔法描摹南方的城市景观和生活形态的迅疾变化。

《骨头城堡》（《青年作家》第3期）：阿料与阿辉是技工学校的同学，两人在深圳合开“双记金牌猪脚饭店”。阿料看起来似乎是一位有抱负、有理想的积极有为青年，试图融入全新时代，还曾批评阿辉没有同理

① 2023花地文学榜入围名单，中国作家网：https://www.chinawriter.com.cn/n1/2023/1106/c403994-40110815.html

② 王春林：《亡灵叙事与深圳的生命隐痛——关于邓一光短篇〈在地下〉》，《收获》公众号https://mp.weixin.qq.com/s/Az3ciYdvYcSGXfh1o2OWkQ

心。在大感染到来前几天，阿料把阿辉丢下去了香港。全篇故事落在了身无长技的青年技工阿辉身上。这样一个从小镇底层跑到超级城市深圳讨生活的小镇青年，被抛弃了，他形单影只，似乎也看不到更好的前景。但作品写到了阿辉对流浪狗倾注了大爱，因为他心中有爱，有着对这个世界所有人或物的热烈飞扬的爱。

《海阔天空：渔农村人类学调查笔记》（《当代》第1期）：紧邻口岸的渔农村，因缘际会下成为夹在港深两城之间的“飞地”，接纳了形形色色、从社会缝隙间走出的流动者与边缘人。故事讲述人“我”借田野调查的视角，留存了他们在时代转型时期的行迹与心曲。

邓一光作为一个“50后”的早已融入湾区生活的小说作家，2023年他发表的这5篇短篇小说，尽管叙事的角度方法和文本形态大不相同，但故事的总体背景却是一致的，它们都是在三年疫情期间发生在南方的故事和事件；它们的题材和人物，聚焦在湾区普通人的日常生活；提炼的创意也有大体一致的方向，他揭示了南方百姓在那三年的特定时期，用大爱和拼搏的精神去战胜困难，用短篇小说文体方法来呈现南方特区人的人性亮点；他的短篇小说的创作构思和艺术想象力显示着一个面向未来、面向世界的大格局，为“新南方写作”的艺术格调和审美追求提供了一个新颖的、结实的创作例证。

七、自然生态与人生百态

深圳大学教授、作家南翔，2023年的《红隼》首发《人民文学》第3期，被《新华文摘》第13期转载。故事写4岁的豌豆被确诊为孤独症时，他的父母便被推到了人生的逼仄处。父亲以“心伤”为由，“不着家、不落屋”；而豌豆妈妈含辛茹苦、不离不弃，与父亲的逃避退缩形成了鲜明对照。当豌豆和母亲精心照料落在他们家阳台上的一窝红隼时，豌豆的孤独症开始得到了好转。这篇作品的故事和创意，是将环境生态的描写与人文生态的创建融为一体，把生态环保的主题与医治孤独症儿童的主题结合起来。这样的立意新颖丰满，构思精巧，闪烁着高水平的思想和艺术的光芒。南翔这一类生态短篇小说同时聚焦人生问题，使短篇小说的叙事空间得到大幅度扩展。季俊峰在评论《红隼》时说："南翔生态小说总是借自然的视角，透视、拷问现代化进程下都市人的人心、人情和人性。从人类是自然的主人、到人类与自然和谐共生、再到自然对人类的疗救和抚慰，南翔赋予了生态小说新的内蕴和价值取向。"①

深圳作家盛可以，2023年在《花城》（第2期）发表短篇小说《接骨木酱》。故事主人公是一对丁克夫妻，丈夫既要享受夫妻生活的自由不羁，又不忍心看妻子承受意外怀孕而遭受的身体之伤，所以他在自学了大量的相关知识之后决定去医院做绝育手术。但这个手术导致了自己身体上的各种不适，还意外地激发起了妻子心理潜藏的那种母性。妻子终于无法再次接受他的身体而选择了离婚，并且还怀上了别人的孩子。男人亲手制作了一瓶未经蒸煮的接骨木酱送给了身怀六甲的女人。当医生问脱离了危险的女子，接骨木酱是哪个工厂生产的时候，女人回答说：是我自己做的。郭冰茹在推荐这篇作品参评"花地短篇小说文学榜"时说：接骨木的花语是不求回报的付出，这个寓意很难用在爱情上。盛可以用接近自然主义的、直白的甚至是粗粝的语言延续她关于"身体政治学"的探讨。她将笔锋刺向两性所共同面临的身体自主权的困境，那是身体与精神的撕裂、个体与环境的冲突、行动与命运的错置……，这些共同指向了小说所要讨论的问题："身体解放了，精神却陷入了困境。"②

东莞作家陈柳金2023年发表短篇小说4篇：《潮湿》（《厦门文学》）第4期）、《黄猄在夜晚出没》（《福建文学》第1期）、《起雾》（《当代小说》第5期）、《月亮上以后会有很多窗》（《湖南文学》第3期）。

《黄猄在夜晚出没》写疫情肆虐后，外贸老总马骏途沦落为滴滴车司机，妻子的抑郁症、儿子心心念念的卡塞格林式望远镜，还有那背负于身的债务，都成为压在他心头的巨石，就像那只夜晚贸然出没的黄猄，总让他惊魂不定。作家用淡淡的口吻诉说着马骏途的举步维艰，全文巧妙地采用对话

---

① 季俊峰：《在场与缺席——读南翔短篇小说〈红隼〉》，中国作家网：https://www.chinawriter.com.cn/n1/2023/0726/c404030-40044223.html

② 《花城》公众号：https://mp.weixin.qq.com/s/Ir5tvFn37tESyRMvJqhzUg

者视角，引领读者进入“丛林秘境”，一步步掀开“被撞死的黄猄”惨不忍睹的面目——正如男主人公濒临崩溃、愁绪千缕的内心。但读者依然可以在令人窒息的描述中读到丝丝温暖：马骏途用强大的内心维持着自己作为父亲和丈夫的体面，妻子徐晴和孩子也在用自己的方式努力修补着家的裂缝。生活虽不易，但总有人执着地缝缝补补——我们每个人都沐浴在自愈和被治愈的暖阳里。

《潮湿》故事从王小润寻找一只走失的猫开始，叙述着他与亲人、朋友、心仪女孩和一只猫的点点滴滴。忙碌而紧张的现代社会，就像一个细密结实的蛛网，一旦撞入便难以逃脱。作品中的关羽彤，在面对纷繁复杂的关系时宁可织茧自缚，而庄前柳也宁可做围城的叛逃者。他们敏感、恐惧、孤独，纷纷给心灵垒上一堵厚实的墙。让“墙”内的自己变得安全、不可捉摸。他们害怕打开自己，让心房变得“潮湿”。令人唏嘘的是：文中只有那只猫和人保持着亲密的关系，是社会的复杂和凉薄，让人只能在面对动物时才卸下伪装。最后，关羽彤找到了猫，结束了隔离，也答应为王小润独唱一场，暗示关羽彤终于愿意打破心灵的壁垒，走向那片美丽的樱花林。

《月亮上以后会有很多窗》的主人公詹于敏作为天文学爱好者，在自家阳台上用望远镜观看月球引发了一系列误会，她面对亲情（母亲过早离世）、爱情（与童洛川的短暂爱情）等人生的伤痛体验，不断成长，打开内心的“窗”，在看清“欢笑和疼痛都是这个世界该有的表情”后，与生命和解，与自己和解。作品立意深刻，紧扣“窗”这个意象，它不仅是一扇客家古建筑之窗、月球之窗，更是心灵之窗。作品有多重内涵，促使读者去思考、探究人的微妙复杂的精神世界。

《起雾》以“雾”为意象，贯穿全篇，将两个家庭的育儿故事娓娓道来。周展枫在牛场养牛，曹森杰是一个砍树者，他们的孩子内心都似乎有一团迷雾。曹森杰的孩子睿睿有轻微孤独症，周展枫的孩子宽宽也因平日里缺少父母陪伴，内心孤独，终日只有窗前大树上的鸟窝陪伴，作品以“曹森杰答应周展枫不砍这棵树但最后不得不砍树”为情节主线，将故事推向高潮。结尾两个孩子之间争吵，宽宽的一巴掌，让有孤独症的睿睿开口说了话，读来戛然而止。作品取材以小见大，从自然现象的“雾”说到孩子内心的“迷雾”，取材贴合当下家庭教育现状，直击缺少父母关爱、留守儿童等社会问题。

上述广东短篇小说作家在自然生态小说的创作中，不仅仅是描摹、再现作家眼中和心中的自然景物，而且创作构思和创意表达都指向了人类的社会生态，并且是让大自然生态和人类的社会生态建立起一种或象征或隐喻的并列关系、串联关系，当广东的生态短篇小说能够与人生百态建立起一种艺术的联系时，生态小说的主题创作便指向了更深刻的人心世界和更阔大的时代风貌。

2023年广东的短篇小说除了让自然生态与社会生态建立艺术联系外，还有让红色历史贯通现实人生的新型的人生百态叙事。广州作家汪泉发表在《解放军文艺》第4期上的短篇小说《毡》值得关注，这是一篇讲述党史军史里藏族与汉族三代英雄的故事。作品从不同的叙述视角交织叙述了四个红军长征的故事：“奶奶”带着两个女战士要冲破“马家军”匪徒的剿杀，突围中“奶奶”独身引走“马家军”，受重伤后被藏人波拉救下；突围前“奶奶”得到了“汉族爷爷”一家的救助，她们带上了仅有的土豆去寻找部队；突围中，女战士三贞生下了儿子，她用自己的血救活儿子后牺牲了；“汉族爷爷”一家的“太爷爷”因护城也被“马家军”匪徒砍死。这四个红军长征的传奇故事，情节相互交织并互为因果；红军战士与藏族和汉族百姓之间的深厚情谊得到了动人的描写；女战士的英雄形象有了精细独特的刻画——这就使得短篇小说《毡》容纳了70年的革命历史，突出地展现了红军与藏族、汉族人民的血肉之情。这样的深厚创意、感人形象和多重故事，又是从红军的第四代后人——一个大学生“我”的视角来展开讲述。作家机智地按照短篇小说的审美规律和创作技巧，只截取了故事的一个横断面来展开叙事——通过“奶奶”的亲口讲述，和“我”对爷爷、太爷爷的悲壮故事的转述，这些长征史上的红军故事，得到了有详有略的精彩叙述。“汉族爷爷”给红军“奶奶”的土豆；三贞用自己的血救活刚出生的儿子；“藏族爷爷”和“奶奶”几十年来，每年给“我”家送一张“毡”，而“我”又将这张“毡”带到学校，给大学生们讲述凝结在这张“毡”上的红军和红军后人的故事——这几个精彩的短篇小说细节，给了读者刻骨铭心的印象，使得这篇有着历史长度的红军故事，能够用短篇小说的篇幅和技巧来展开文学叙事，创建了将过去、现在和未来贯通起来的人生百态。

八、日常生活的共情共鸣

深圳作家钟二毛，是广东文学院的签约作家，2023年发表有3篇重要的短篇小说：《堡垒》（《当代》第5期）、《证明》（《民族文学》第9期）、《最佳聊友》（《长江文艺》第8期）。

《堡垒》写了一对海归回来的大学教授。他们一开始是抵触学区房的，但很快就跟着“卷”了起来。“输在起跑线上”的说法使他们很理性地认为：“学区房就是人内心焦虑的投射，是自己给自己虚设了一个看似坚固的堡垒”，孩子进了学区房，出来的并不个个都是北大清华。这对夫妻“觉醒”了，在孩子上“小一”前，果断卖掉了“老破小”，住回了以前的大房子。谁知道，孩子的一句话让两个大学教授瞬间破防。孩子说：“妈妈，我想住回学区房，因为我不想输在起跑线上。”孩子最后的要求，使人陷入了惊诧和反思。这就是这篇短篇小说对日常现实生活的一种艺术发现和文学思考。

《证明》发表后被《长江文艺·好小说》（第11期）转载。副主编鄢莉作了这样的点评：“钟二毛小说《证明》中的身份焦虑来自于时代变迁造成的民族文化断裂，个人从民族精神原乡被抛离，感到无根和无助，精神上发生危机。小说中的‘我’面临的是民族身份确认的难题。‘我’作为一个扬名于国际的本土导演，热切关注本民族文化，也无比眷恋记忆中的故乡……‘我’认识到，能够提供民族身份证明的绝不是身份证、户口本，甚至也‘不是各种节庆，也不是各种民俗，更不是各种传说’，而是真实的地理和一个个具体的人，是传统以及传统留存在一代代人心中的记忆。就是为了获取一个‘证明’，‘我’筹备拍摄一部‘真正的瑶族文化的纪录片’，宣传、保护、发扬瑶族文化，为本民族留住根、守住魂。”

《最佳聊友》写了一个退休的高级知识分子独居的故事。他过得很充实，因为他有一个最佳聊友。这个最佳聊友竟是一个按摩院里女子。但这篇短篇小说机智地设置了一个暗部和留白，小说里的“父亲”一直奉行“学好数理化，走遍天下都不怕”。手里掌握一门技术，就可以安顿自己的灵魂，这是他的价值观。为此他对自己的儿子在大学学的艺术专业很不以为意。可实际上“父亲”身为高级工程师，退休了一样不能安顿自己的灵魂，一样需要到处找人聊天，寻找最佳聊友。一个人要安顿灵魂，跟是不是理科生、是不是学好数理化是无关的，甚至跟你是什么身份、处于什么职位、有多少钱也是无关的。“安顿灵魂”正是这篇小说创意的深刻之处。

中山市作家协会主席马拉，2023年发表短篇小说6篇：《最佳编剧》（《万松浦》第1期，《小说选刊》第2期转载）、《大艺术家》（《花城》第2期）、《大师》（《山东文学》第1期，《小说月报》第3期转载）、《出差》（《文学港》第3期）、《奔马客》（《天涯》第3期）、《彰隐者》（《中国作家》第4期）。

《大艺术家》写了两位画家，一个是南方城市铁城中生活安稳的本地人，远离圈子做了一名寂寞的画者；另一个南下铁城奋斗经营，以外来人的身份成为本地美术界的代表人物。两位艺术家虽然结下了真正的友谊，但最终不免分道扬镳。《最佳编剧》较能代表马拉近年来短篇小说创作的文本创新和风格追求，它的故事情节和叙述方式比较特别。作家把人物对话改造为一种独特语气和作品文本，让读者从颇为别致的叙述语言和人物语言去揣摩作品的内涵、主题和人物形象。两个到大城市就职的年轻人小丁和小方，对各自的故乡没有了怀念的情感。除了喝酒，两人最大的快乐就是与异性交往。在碰上蒙娜和丽莎这对闺蜜后，小方不犹豫、不做作，逐渐地和丽莎谈起了恋爱。而小丁的纯良和羞耻心却令他一度事与愿违，不过最后还是赢得了爱情。以猎艳始，以恋爱终，这些都市漂泊者的故事像戏剧一样有趣。马拉精心地用人物对话来组成叙事文本，展现人物的心理与性格，推动故事情节发展，构建了一种新鲜的、体现短篇小说文本特点的叙述语言。

深圳作家阮靖，是一位专写深圳爱情题材的青年作家。2023年她在《女报》（5、11月号）发表短篇小说《爱情遗落在罗湖春风路》《你能不能，当我两个小时男朋友》。这两篇作品有情节的连续性，故事讲述人从“我”的视角，讲述深圳青年男女情感生活，描摹破碎的情感、漂泊的女性、都市小资的孤寂。作品描述爱情与现实之间的矛盾与喜悦，写错过与分手、彷徨与坚韧，写那些有关青春的明媚与忧伤。一种细腻、真实、羞涩，交织着绝望与希望的独特体悟，被作家的一支纤笔书写得绵密精致、惟妙惟肖。

东莞作家李知展发表于《人民文学》，并被《小说选刊》（第8期）选载的短篇小说《心灯》，将家国大义融入世俗点滴，结构考究，情节跌宕，下笔却不疾不徐。《小说选刊》副主编、著名评论家李云雷点评道："李知展《心灯》写一个'不务正业'的皮匠子弟，在父亲含恨去世之后才懂得了手艺的价值，接手父亲做起了皮匠生意，在抗日战争时期，为了不向敌人提供物资，他毅然将自己的双手致残，手艺的背后是民族大义。"[1]

河源教师、作家朱洛嬉2023年发表了2篇短篇小说：《马头琴与风》发表于《特区文学》（第12期），《别云间》发表于《椰城》（第4期）。

上述广东短篇小说创作的高手和新手们，当他们的创作敏感区聚焦在普通人群的日常生活时，一个最常见的创作构思和艺术方法是：对普通人日常生活的某一个生活细节有着作家自己非常独特的观察和体验，有着和别人绝不相同的艺术发现和表达方式。在他们的笔下，普通人生活中的某个细节能够通过文学构思和小说叙述语言，构建成一个短篇小说的审美化文本，普通人的日常生活就这样被文学化、审美化了，这是广东这一批生活体验丰富、文体意识清晰、创作技巧娴熟的短篇小说高手和其他一般作家相比的一个较大的区别。

小小说

九、走在全国前列的广东小小说

2023年，广东作家在各地发表小小说作品继续超2000篇，其中入选《小说选刊》13篇，入选《作家文摘》24篇，入选《小小说选刊》《微型小说选刊》《微型小说月报》等权威选刊及年度选本100多篇。申平的《修复村前那条河》获《小说选刊》"茅台杯"微小说大奖。广东小小说学会顾问姚

---

① 李云雷：《卷首语》，《小说选刊》2023年第8期。

朝文、刘海涛分获中国微型小说学会评选的第二届中国微型小说（小小说）“理论奖”和“理论贡献奖”。10月10日，中国作家协会2023年中国作协新会员名单公布，广东省小小说学会再增朱文彬、刘庆华、晓雷、段作文等4位国家级会员，目前总数已达26人。

2023年，广东小小说学会筹办了几件可以载入广东当代文学史的大事：

①“百名小小说作家进校园”活动被评为全省文学志愿服务优秀项目。

4月12日，广东文学志愿服务之“百名小小说作家进校园”启动仪式在惠州市第八中学举行。随后，全省小小说作家纷纷走进各地大中专和中小学校园，义务普及小小说写作知识。到12月31日截止，共举办104场。申平总结说：此项活动不仅受到了广大师生的热烈欢迎，而且得到了中国作协社联部和省作协领导的充分肯定和大力支持，被省作协评为广东省2022—2023年度文学志愿服务优秀项目给予表彰奖励。

②《岭南小小说作家研究》丛书出版，各地小小说学会或成立或换届。

5月，由广东省小小说学会、惠州学院小小说研究中心和广州华商学院文学院联合主编，广东尚册文化有限公司策划的《岭南小小说作家研究》丛书，由中国书籍出版社发行。文丛收入《广东小小说作家研究》《论小小说二十家》《惠州小小说作家研究》《广州小小说作家研究》《深圳小小说作家研究》《佛山小小说作家研究》《东莞小小说作家研究》《阿社“病人生”系列小小说研究》等8部评论著作，成为系统研究广东小小说作家的重要蓝本。这套丛书由申平、雪弟、伍世昭担任主编，目前是国内第一套大型的小小说研究丛书。广东不仅是全国小小说创作强省，也是全国小小说理论研究的强省。《岭南小小说作家研究》丛书的出版，标志着广东已走在小小说高质量发展的前列，对于及时总结广东小小说的理论研究成果，通过小小说理论研究、文学批评助推广东小小说创作更上一个新台阶有着重要的意义。

雪弟当选为中国微型小说学会新一届领导班子成员。12月23日，中国微型小说学会第四届代表大会在上海举行，广东小小说学会常务副会长雪弟当选为副会长。5月2日，中山市小小说学会成立大会在中山火炬高技术产业开发区综合文化站举行，胡汉超当选会长。10月14日，广州市小小说学会第二次会员代表大会在南沙区召开，60多名代表出席会议，大会选举产生了以余清平为会长的新一届班子。

③广东小小说学会在2023年策划、实施的几项大活动在省内外产生了广泛影响。

“走在前列”——广东省小小说高质量发展论坛暨两届“邹记福杯”小小说大赛颁奖、两套文丛赠书仪式，于10月21日上午在广东省作家协会岭南文学空间隆重举行。广东省作协党组成员、专职副主席苏毅，广东省作协二级巡视员、社联部主任谢石南，特邀嘉宾顾建平、杨晓敏、秦俑、尚书、姚朝文、伍世昭和部分获奖代表及丛书作者和主编共70多人出席。会上，专家学者为高质量发展的广东小小说把脉，一致认为：广东小小说已经走在全国前列。

“万绿湖杯”“水韵凤城杯”“丰湖杯”全国小小说征文大赛相继举行。由《小小说选刊》《微型小说选刊》、广东小小说学会、东源县委宣传部和县文联、县作协等单位联合主办的第二届“万绿湖杯”全国小小说大赛启动仪式，于2月19日在河源举行。特邀嘉宾李晓东、顾建平、杨晓敏、季冉、张越、秦俑、谢石南及当地领导和小小说作家40多人出席活动。之后共收到应征稿件1063篇。9月17日评选结果揭晓，评出获奖作品37篇。3月5日，由广东小小说学会、顺德区文联作协联合举办的“水韵凤城杯”全国小小说征文大赛颁奖典礼在顺德工业发展馆举行。大赛共收到参赛作品580件，评出获奖作品30件。6月19日，由中国微型小说学会、《小小说选刊》杂志社、《故事会》杂志社、广东写作学会、广东小小说学会等单位共同主办的第三届“丰湖杯”全国大学生小小说大赛，在惠州学院举行颁奖仪式，中国微型小说学会会长夏一鸣出席会议。

“大学生·小小说·面对面——广东山乡巨变小小说研讨会”于9月15日在惠州学院举行。该研讨会由广东省作家协会社联部、惠州学院科研处、文学与传媒学院和广东小小说学会共同主办。相关单位领导出席会议。会上，受省作协领导委托，黄金明向广东文学志愿服务广东省小小说学会队授旗，随后与会专家对入选《广东省山乡巨变小小说选》的10篇作品进行研讨。申平、朱红娜、余清平、肖曙光、胡玲等5位作者代表上台，与文学与传媒学院100多名师生进行了面对面交流，现场气氛热烈。

十、高质量发展的小小说标志性作家作品

申平小小说集《马语者》获广东鲁迅文学奖。

2023年11月15日，第十一届广东鲁迅文学奖经公示后揭晓。申平的《马语者》（花城出版社）榜上有名，这是广东小小说作家作品首次获得省政府大奖。申平30年来以小小说创作为主攻方向，尤以写动物小小说见长，在国内独树一帜。《马语者》收入他千余篇小小说中的36篇动物小小说精品。这些作品，大都以动物为创作原型，反映人与动物、人与自然的关系，涉猎社会人生、环境保护等多方面的内容，每篇都巧妙地与建立生态和谐世界的主题契合。申平动物小小说在国内影响广泛，获奖和转载率较高。36篇作品全都被各种选刊、选本转载过，获得过各种奖项，集中展现了申平这些年在动物小小说领域的探索和业绩。这些小小说携带着浓郁的传奇意味，风吹草低见牛羊的旷野、野性贲张的骏马、游牧民独特神秘的帐篷生活等，都令读者产生难以拒绝的阅读期待。《马语者》收入了国内5位著名评论家的评论：雷达的《申平小小说的容量与深度》、胡平的《申平小小说的魅力》、杨晓敏的《申平小小说的立意与艺术个性》、李晓东的《民族精神的别样图腾》、刘琼的《凸显小小说的象征性与哲理性》，成为解读《马语者》的钥匙。申平所写的《后记》情深意切，历数自己从不自觉到自觉，再到精心耕耘动物小小说的历程，也成为了解作家创作思想的窗口。

2023年6月，在深圳举行了《马语者》线上研讨会。李晓东、杨晓敏、凌鼎年、秦俑、雪弟、甘应鑫等全国26位专家学者，围绕《马语者》的社会意义、创作定位、方法特点、文学价值、影响贡献等展开研讨，认为：申平作品的特点，就是通过动物写社会责任，具有强烈的家国情怀和社会意义。申平擅写传奇人物的命运和讲述传奇故事，注重象征手法的使用，以故事为载体塑造人物，表现环境保护、绿色发展的宏大主题。他秉持万物平等的生命理念，通过人与动物、人与人之间的矛盾冲突，表达了对人与自然、人与动物和谐共生的美好期盼。《马语者》既是他36年创作的代表作合集，也是当代小小说生态文学的重要结晶。

深圳小小说学会会长徐东近年来创作一种“破体出圈”的“新式小小

说”。系列作品《不开心先生记》由4篇小小说组成。一个故事叙述者“我”分裂成两个“我”后的超现实的对话，揭示出人生中理想与现实、理性与感性的深刻矛盾，概括了人类的内心深处对摆脱精神困境的渴望和探索。

徐东的4篇《不开心先生记》，营造了一种超越传统的“破体出圈”的小小说新文本，印证了他对小小说文体的一种新的认识和追求。这样的一种用实的和虚的两个“我”的对话文体，突出“观念性内核”的小小说叙事，仍然可以继续向现实生活的深处和广处开掘，通过挖掘某个特定的小小说人物的“不开心”的现状和根源，通过描写人们努力消除、摆脱人与“自我和他人”、人与“自然和社会”等种种矛盾困境，创造一种理想的幸福生活，这样的小小说新文本就到达探讨人生哲理和生命本质的高度了。

惠州作家海华是个担任过常务副县长的“公务员作家”，2006年退居二线后又重新开始了小小说创作。迄今已在《人民日报》《文艺报》《作品》等报刊发表300多篇小小说，其中被《小说选刊》转载的就有11篇。出版小小说集3部，获过全国微型小说年度评选一等奖（第八届）、二等奖（第九届）。他近年来的小小说创作已从“机关题材”向“生态题材”拓展。

海华近年来的新作有一个成功的叙事方法：在一篇作品中他不是设置一条有艺术变化的显性情节，而是同时设置了一条（有时又是两条以上）与显性情节或并列发展、或颠覆否定、或省略留白的隐性情节。当显性情节和隐性情节有着如此的关系和内容时，海华小小说的情节信息、故事因果和创意内涵就大为增强。《小说选刊》选载的《别去人多的地方》故事主人公是刚退休的岑镇长，显性情节的矛盾变化是从他不适应退休生活开始的。春节了，他家里门庭稀落；他送小孙子上学想叫乔老板先卖他两个包子，乔老板想起了他当镇长时要拆他的“违建”，乔老板就不给他面子了；下午路过大广场时，有一群热情的老头老太，邀他下场“松筋骨”……这篇作品有一个显性情节和两个隐性情节。显性情节叙述老岑在一天中真切地感受到群众对他有好的正面的、也有不好的负面的评价；两个隐性情节，一是老岑在坚持原则，不让乔老板违建第六层，所以导致了乔老板对他的不友好；二是他在任时为百姓办了一些整治街道、建老干活动中心和森林公园等实事，所以广场上就有群众热情邀他跳舞，餐桌上有人背后就称赞他。这些隐性情节被海华用巧妙的语言描写、心理描写和折叠叙事作了补叙，而成为了显性情节里描述群众对他有正面和负面的议论。隐性情节是对显性情节的有变化的矛盾叙述做了“因果性补充”，构成了整个作品的“因果情节链”。

《山上有双眼睛》是海华近年来的“机关题材＋生态创意”的新作。这是一篇用新的文学构思法和叙事法创作的描述新山乡巨变的佳作。

刘帆是东莞作协桥头分会主席、《荷风》杂志主编。作品见于《小说选刊》《人民日报》《作家文摘》等报刊。曾获全国第四届“扬辉小小说奖”成就奖、《百花园》2021年度优秀作品奖。2023年他出版了一部小小说理论著作《小小说艺术》（吉林人民出版社）。对小小说的文体特征和创作规律，从“理论前沿”“实战探索”“佳作赏析”“创作漫谈”等方面做了深入探讨，提出具有时代特征和着眼未来的创作思维与方法，融理论创新和文本研究于一体，丰富了小小说文体理论的建构。

刘帆的新作《柳林春雨》《城里的麦子》，继续采用他已形成个性特征的一种诗性抒情、精粹白描的小小说文体语言，艺术地构思和有韵味地讲述显性情节和隐性情节相互补充完善的方法，创造了一种“显性＋隐性”的故事，构成内涵丰富的“因果情节链”，将现实和超现实的叙事相互对照、互为延伸以及留下空白后形成一种特别的小小说文本。

广州花都区作协副主席余清平，是一个从小小说创作起步，取得经验和较多成果后，接着向短篇小说、中篇小说进军的典型。2023年，他发表小小说7篇，其中1篇被《小说选刊》转载，2篇被《作家文摘》转载。《局长打来电话》（《羊城晚报》3月1日首发，《小说选刊》第5期转载）作品讲述市环保局小牛的义父为了小牛的前途，把传家之宝青花瓷瓶赠予老朋友老虎局长，而小牛父亲与义父同为边防缉毒警察，因救义父而牺牲。小牛通过努力，升任科长。作品的结尾，青花瓷瓶完璧归赵，塑造了一个惜才而又清廉的老虎局长。

十一、问题与展望

2023年广东的中短篇小说和小小说显现了从“高原”向“高峰”冲刺

的过程。三大小说文体无论是从数量还是质量上，都在刷新着往年的各种纪录。我们在看到这份亮丽的业绩单时，更要用前瞻性的宽阔视野去寻找这三大小说文体在创作发展中存在着的问题，特别是要敏锐地察觉和发现在耀眼业绩的光环下遮蔽着的种种“黑斑”，有针对性地采用有效的措施去纠正它，解决它，引导它沿着正确的轨道冲上文学的高峰。目前看来，广东这三大小说文体需要我们清醒地看到下列问题，寻找有效的解决路径和措施。

中篇小说是一种能用长篇小说的创作思维来观察和表达生活的小说文体。湾区正处在发展新质生产力的最前沿，以高科技为基础的人类物质文明所创造的“百年未有之大变局”，在湾区表现得最为充分，新质生产力体现出来的主体劳动脑力化、劳动工具智能化、生产要素数字化，极大地改变着与之相对应的湾区人的精神、意志和心理。中篇小说的文体厚度，完全具备精准地、全面地反映湾区新物质文明和新精神文明的功能。但目前有不少质量一般的中篇小说，其审美思维仍然停留在工业时代的生活和文明上，湾区人物和故事的创意主题，止步于过去的小农经济和农耕文明的精神特征，停留在讴歌勤劳守信、顾家守业的描写。湾区新的人际关系、情感意识非常需要中篇小说作家用新的观察视野和创作思维，勇敢表达新质生产力带来的关于人类和科技发展的深度思考，塑造高科技人格与自然人格有机融合下的新型工匠精神和新型的人际关系与人类情感。

短篇小说文体能最灵活地采用精短文学的构思方式在生活的横断面中机智地塑造文学人物的性格个性和性格系统。但目前质量一般的短篇小说，仅限于完整地、有变化地讲好一个故事，展现人物的历史逻辑和现实个性的有机统一，比较缺乏新时代人物精神面貌的深刻表现，在新质生产力带来的万千气象的新生活面前，少有一种具备新科技与新人文知识全面融合的“新工匠人物”；写山村振兴的短篇小说题材中还缺少一种体现新质内涵的新农民和新带头人的形象，仍然还有一些怀念过去的“乡愁式”情感模式的书写。短篇小说创作非常需要创造系列的、具有新时代在新质生产力基础上形成和体现新意识和新情感的时代新人。

小小说文体是最灵活也是最适合于用小说形式来表现个人的生活片段和情趣情感的。但目前一些质量一般的小小说创作，其表现出来的个人感受和体验，却是太奇特、太特别、太个性化了，这些围绕着个体的独特经验而产生的小小说故事，如果不和大时代相连，就不能概括湾区新人的普遍性的新体验、新情感，这样的小小说就不会引起广大读者的阅读共鸣，也不能概括出湾区人民的新时代、新生活，那样的小小说就成了自娱自乐而有失“文学轻骑兵”的特定功能了。

解决这三大小说文体的有效措施仍然是深入学习习近平总书记关于文艺工作的重要论述，深刻领会和掌握用高视野、大格局来重看湾区新生活的思维方法和情感逻辑；还要重新在新的文学实践中不断生成新的小说文体知识，积极投身于新时代的生活实践。重新学习，认真补课，胸怀大志，努力实践。这样才能在新的一年里用新的小说作品，继续交出一份让党和人民满意的小说创作业绩单。

（本章撰写：刘海涛，湛江科技学院、岭南师范学院教授）

第四章
开创广东报告文学的新高地

近些年，广东报告文学创作一直保持着高歌昂扬的态势，创作队伍不断壮大，作品数量与质量不断提升，据不完全统计，近五年来广东省报告文学每年都有超过60名报告文学作家持续创作，每年创作发表的作品超过百部，出版的作品几十部，并且这些作品持续在全国各级各类的评奖活动、读书活动中收获奖项与好评，深受读者喜爱。毫无疑问，广东正在成为中国报告文学的高地。随着全媒体时代的到来，媒体传播的方式日益丰富，人们的生活被媒体全面占领，正在形成全新的审美文化需求，非虚构成为其中重要的指标之一。人们对“非虚构”的追求反映的其实是因为信息端口与掌中屏幕的泛化导致了“真实”的不可把握，看似无处不在的“报道”其实都是碎片与剪辑，反而使“真实”逃遁、隐匿，这正是报告文学再次回到读者视野的动因。真实、生活、还原、深度，这些都是报告文学不可或缺的素质，也正是当下这样一个媒体泛化的时代里人们的需求。

2023年，广东报告文学迎来了新的景象，广东省报告文学学会的成立标志着全新的广东报告文学书写时代的到来，报告文学与其他的文学创作相异，相较于天赋与个性的素养，组织领导、抱团取暖、传帮扶带等工作在报告文学创作中有极大作用。事实证明，过去几年广东省作协开展的“改稿会”就对本土报告文学的创作有脱胎换骨的影响与帮助。此外，陈启文、张培忠、谢友义、南翔、汪泉等创作者都有优秀的作品出版或发表，许多作品在获奖、征文、图书榜单中名列前茅，这些都是广东报告文学在2023年的实绩，见证着广东报告文学在向中国报告文学高地步步攀登。

一、打造高地

广东报告文学在过去的几年中迅猛发展，在作者队伍、作品数量以及创作水平等方面都已获得不俗成绩，广东成为全国报告文学发展的重镇。2023年，广东报告文学更进一步推进“有组织、有领导”的发展方向，保障报告文学创作队伍的发展：从作者队伍来看，领军人物与中坚力量带领着新生力量共同推进；从创作数量来看，广东报告文学的创作保持饱满的创作热情，作品不断涌现，从创作特色而言，广东报告文学也在作品数量的保障中呈现高质发展，这些都是2023年广东报告文学的重要成绩。尽管文学创作有其特殊性，队伍、作品、数量等无法等同于优质，但形成良好的创作土壤以及创作氛围却一定可以为好作品的诞生提供优质条件，这是有很大的意义与价值的。

2023年12月9日，广东省报告文学学会成立大会在广东文学艺术中心召开。中国作家协会全国委员会委员、中国报告文学学会会长徐剑，中国作家协会主席团委员、中国报告文学学会党支部书记、常务副会长兼秘书长梁鸿鹰，中国报告文学学会副会长、广东省作家协会党组书记、专职副主席张培忠，中国报告文学学会副会长纪红建等领导、嘉宾出席了成立大会，广东省120多名报告文学作家及文学爱好者参加了成立大会。广东省报告文学学会的成立明确了广东报告文学有领导、有组织的发展，将成为报告文学创作的有力保障，并且提供新的平台与机遇。回顾广东报告文学20世纪80年代的辉煌，也是在“成建制”的发展队伍中实现了报告文学的高速发展，那一时期，广东报告文学队伍强大，闯出了自己的阵地，出现了许多优秀的作品。如今广东省报告文学学会的成立正是顺应当下时代的发展需求，报告文学、纪实文学、非虚构文学在当下的文学阅读、文学市场中是不可或缺的重要组成部分，纷纭的社会生活使读者对纪实创作以及非虚构创作有了更高的要求，广东省报告文学学会的成立正当其时，学会保障了报告文学创作的初心不改，也实现了创作队伍的传帮扶带，相信广东的报告文学创作在学会的指导下会开创新的局面。

从2023年广东报告文学整体的创作成绩来看，广东报告文学已经形成了一支优秀的创作队伍，这支队伍有领军人物、中坚力量，也有新生力量，不同年龄段、不同创作经验的作者们都持续拿出优秀作品。陈启文2023年在《北京文学》发表中篇报告文学《谁在月夜哭泣》，在《人民文学》发表《蓝色火焰》《山岭上那绵延的苍翠》；出版长篇报告文学《袁隆平全传》《可可西里》；长篇报告文学《为什么是深圳》获第八届中华优秀出版物奖图书奖；长篇报告文学《血脉——东深供水工程建设实录》获中国图书评论学会组织评选的2022年度“中国好书”，获广东省第十二届精神文明建设“五个一工程”图书奖。此外，在全国有影响力的创作者张培忠、黄灯、南翔、汪泉等人也在持续创作，推出报告文学精品。

2023年，广东报告文学创作队伍中的中坚力量也有不错成绩。谢友义的作品《焊花照亮世界》入选2022年广东省民生工程主题文学创作扶持项目，入选深圳读书月“十大劳动者文学好书榜·非虚构榜”的“年度十大劳动者文学好书”；《时代的领唱者——记出席中共三大的粤籍代表》获广州市重点题材作品扶持。汤炎忠出版报告文学《深圳红色地图》，这是中共广东省委宣传部组织编纂的《红色广东丛书》之一种，共16.8万字，是一本用简明生动的文字讲述深圳革命历史的通俗文化读物。该书虽以“地图”立名，实际上是根据历史记载、田野调查资料，围绕深圳各区具有重要历史文化价值的革命遗址，配以实景照片、历史图片和手绘图，讲述宏大历史叙事下的微观革命事件和动人故事。2023年汤炎忠还出版“青少年国情教育”丛书首批重点推出的科普读物报告文学《稻田拓荒人丁颖》，主要讲述“中国稻作科学之父”、广东茂名籍科学家丁颖的风采故事。《稻田拓荒人丁颖》入选广东省出版集团、南方出版传媒2022年度重点选题；版权已输出海外，将由英国出版公司Balestier Press出版英文版并在海外发行。

此外，林迎2023年发表《魅力无限山海情》《漫游程村赏蚝香》《永恒的思想家鲁迅》《“828”工程，为阳江腾飞铸造翅膀》《为了未来的事业》等作品；苟文斌发表《张况：以文学的形态书写历史》《张永枚：给诗作穿上军装的人》《诗韵兵心》《兵心匠心》等作品；林璇发表《周福霖院士与汕头海湾隧道》《千里迢迢过险关——李沛群护送邓颖超纪实》《根在前美》《潮剧明珠》等作品；刘帆出版《土壤学家邓植仪》；许小鸣出版《我的生活我的梦——揭阳奋斗者》。

从出版的作品整体来看，广东省报告文学创作在处理报告文学题材的轻重关系、报告文学书写的深浅之辩、报告文学现实与文学的调和之道中均有新的突破。作品中既有《可可西里》这种在地理上处于高原无人区、在情怀上展现对于自然生态、人类生存思考的大气磅礴的作品，也有书写个人之路、展现广东的时代之路的作品《吾心安处即是家》（谢松良）；既有从一个消防站写新时代奉献精神的南翔的报告文学《会生长的荣光——福建将乐有个郑忠华消防救援站》、从新时代工匠精神写大国智造的谢友义的报告文学《焊花照亮世界》，还有再写近代史的《光焰摇曳——流亡日本期间的梁启超》（汪泉）、《大营救》（伍福生），这些作品风格各异，共同构成了一个时间、空间、人物都精彩丰富的2023广东报告文学世界，也在文题探索、风格塑造等方面有了一定的发展与突破。

在新的社会语境中，报告文学已经出现了诸多转向，比如从如何突出新闻性的“及时”转向捕捉新闻背后的“深度”，从建构宏大叙事转向微观书写，从重视客观表现到呈现个体经验，从只能书写当下生活到突破时间限制的历史叙事与人物纪实，以上这些特点在广东报告文学这几年的书写中也都有非常鲜明的体现。要打造真正的报告文学高地，不仅要队伍、作品的数量增多，更多的要有对于报告文学创作本身的追求，在创作中将对文体的思考内化。以下从2023年广东报告文学中的家国叙事、岭南纪实、广东书写等几个方面分述重点文本。

二、家国叙事

“文体虽然是一种指向语言表达‘功能分区’的形式，但实际上它也负载着意识形态的意义，作为新闻文学的报告文学更是这样。”[1]报告文学是新闻与文学的综合体，但绝不仅仅是新闻加文学这么简单，而是对新闻的求实求真等在场精神的坚持，以及对文学求善求美等艺术精神的发扬。在广东报告文学的发展史上，呼应时代主题，从黄小配的《五日风声》到丘东平的

① 丁晓原：《秦兆阳与中国当代报告文学》，《中国现代文学研究丛刊》2024第2期。

战争报告文学，再到改革开放的风流一代，广东报告文学在革命、战争、经济、教育、文化、生活等广泛领域展现自己的力量，干预现实，直面问题是报告文学的文体精神。这其中对真实的追求是生命线，而有没有在场精神决定着报告文学的风貌。在过去几年中，广东报告文学创作在一些重要的、关键的时刻没有缺席，在重大的公共事务、在重要的历史节点中广东报告文学也没有缺席，陈启文、张培忠、许锋、谢友义、丁燕、西篱、李兰妮、莫华杰、张霖等人的创作都彰显了在场精神。

陈启文的《可可西里》与张培忠的《永远在路上：一个农民的一生》同时在宏大叙事与个体记忆的共同叙述中回应着关于家国情怀的永恒命题。报告文学这一文体从一开始就承担着家国叙事的责任，一百多年来，优秀的报告文学作者们也都有这份自觉与担当。如何建构家国叙事是报告文学创作必须不断回答的问题，尤其是在新的时代新的审美追求下。这是一个泛文学、泛艺术的时代，但“泛”带来的结果可能是“滥”——作品泛滥，同时这也是一个容易出现价值虚无或者价值真空的时代，一切都在挑战报告文学创作者的认知与选择，如何在全媒体环境中以报告文学创作回应这些时代问题是非常重要的。事实上，以往在报告文学中要求极高的客观性追求强度已经降低，而情感性追求却不断加强，要求创作者不讳言自己的真实感受，并且积极以此与读者产生共鸣，在共鸣中使家国叙事的意义得以达成。

陈启文的作品从生态、环境、历史、人文、管理等多方面透视可可西里，将这一片广袤神秘的土地在过去40年的嬗变用高度提炼概括的方式组织起来，用高光人物展现出来。张培忠的文本则从自己的父亲出发，貌似视角小且私人化，但其内容却是真正回到生活本身的“广阔”，这个广阔指的是真正的生活，是广袤的大地上脚踏实地的生活，拒绝教条主义的偏狭，真实反映时代、直接介入现实。

1. 思考人类命运与生态发展的《可可西里》

陈启文2023年出版的报告文学《可可西里》是一部全面书写可可西里的作品。书中内容有可可西里的历史发展与自然风景，有为利益所驱丧失人性的淘金者与盗猎者，也有为了保护自然不惜以命相搏的守护者，更有过去30年整个国家对自然生态保护的发展变化，这是一本关于“生命”的报告文学——关于藏羚羊的生命、关于保护者的生命、关于大自然的生命，是关于可可西里的生命之书。

关于神秘的可可西里有无数传说，不管是淘金者还是盗猎者，又或者义无反顾的保护者，他们的经历随手拈来稍事渲染就是充满传奇的故事，但报告文学不是小说，不是电影，要写时间跨度这么大的报告文学作品固然不那么强调“新闻性”，却也不能让“故事性”淹没了真实性。陈启文用他动人的笔法写了关于索南达杰、扎巴多杰、野牦牛队、生死路等惊心动魄的情节，但仍把更多笔墨放在了可可西里的沉默、大自然的冷酷以及关于日复一日的枯燥中，守护者们日常要面对的是一种来自原始自然的、无边又无形、消磨精神的力量，但同时盗猎的枪口、骤变的天气、危险的环境又可能在一瞬间吞噬生命，文本中这两种力量交织一起，在似乎永恒的“不变”的力量中蕴含着带着危险与杀机的“变”。空气稀薄的高原、可爱灵动的藏羚羊、充满未知的无人区……陈启文的文字如同高原上凛冽的风吹进了每一位阅读者的眼睛里与心里。整部报告文学有好几层穿透人心的力量，分别是自然的力量、生命的力量，还有死亡的力量。

在《可可西里》的开篇，陈启文写自然环境犹如演出一场精彩的交响乐，在流淌的时间与宏阔的空间中书写出了荡气回肠的审美体验，早在公元1世纪朗吉努斯就在《论崇高》里谈到不同凡响的磅礴、旷达、深沉的崇高美，赞美人们用刚劲雄健、光芒四射的文字去书写，陈启文准确地把握了这种壮观宏伟的“美”。同时，陈启文用自然科考与历史考古的精神书写了自然的力量以及生命的力量。生命有时是脆弱的，在被盗猎的羊群里，刚刚出生的闭着眼睛呼唤母亲寻找乳汁的羊羔，那种不堪一击的美让人心碎；但生命的力量又是顽强的，一代又一代志愿者、队员们受到可可西里的召唤，如同受到神的召唤，他们忍受恶劣的自然环境，扛过精神孤寂的折磨，面对盗猎者的枪口与利刃，坚守在这片土地上。文本中还有一层终极力量，就是死亡的力量，在无边的大自然里，一切生命因死亡而意义非凡，因有终点其过程才凸显价值。看那一年又一年踏过可可西里的羊群，他们是当初索南达杰等人保护的那一群群藏羚羊吗？当然不是，可是它们真的不是吗？从生命的整体性来看它们就是，是每一只藏羚羊、每一只牦牛、每一只孤鹰的生命共同构成了可可西里的生命，在陈启文的笔下，写出了神性、人性与自然性的统一。

《可可西里》这部报告文学的难得之处还在于陈启文以历史的、发展的眼光书写可可西里的变化，写出了整个可可西里地区的保护，从仅有一腔孤勇、浴血奋战的个体到成为有组织、有建制、有保障的队伍的发展过程，他赞美索南达杰的英雄主义唤醒了更多的人，但同时他也看到并且也不讳言野蛮生长的保护队伍会滋生很多问题，整体而言可可西里的保护过程经历了从个体到集体、从地方到国家、从观念到制度的整体改变，这30年的历程中更重要的是时代的进步与社会的发展。

报告文学在近10年出现了很多变化，非虚构的登场使文体的思考与讨论进入了新的层面，但一切都应该回到生活与现实本身。在陈启文的报告文学创作中涉及许多重大题材，如袁隆平、粮食问题、东深供水，还有这次的可可西里，对这些题材的把握往往是对创作者的全面考验，通过身体素质、精神素质、体力毅力重重考验是创作者的身心保障，真正进入书写之后深度访谈、田野调查、知识考古、文献研读十八般武艺样样都得用，还要用得恰到好处，才能把报告文学真正的文体意义展示出来。在一个镜头无所不在的世界里，如何沉住气进入真正的生活与现实？在新闻落幕、热点隐退的时候，真正的报告文学登场了，正如这本《可可西里》。

2. 重塑个体记忆与集体记忆的《永远在路上》

一个社会的集体记忆与文化记忆的建构是可以对社会稳定产生巨大影响力的，因为通过集体记忆、集体认同以及文化认同可以形成社会文化的凝聚性结构，阿斯曼认为“每一种文化都会形成一种凝聚性结构，它起到的是一种连接和联系的作用，这种作用表现在两个层面上：社会层面和时间层面”①。获得2022年诺贝尔奖的安妮·埃尔诺在《悠悠岁月》前言中也写道：“这个世界留给她和她同代人的印象，她要用来重建一个共同的时代，从很久以前逐渐转变到今天的时代——以便在个人记忆里发现集体记忆的部

① ［德］扬·阿斯曼：《文化记忆：早期高级文化中的文字、回忆和政治身份》，金寿福、黄晓晨译，北京大学出版社，2015，第17页。

分的同时，恢复历史的真实意义。”[①]随着这些年记忆研究的深入，有一种比较简单化的认识是只要经由文本的关于社会的书写就能建构集体记忆，但其实从一般回忆到建构集体记忆是需要作者本身具备一定的认识力、思想力与书写力的。

张培忠的《永远在路上：一个农民的一生》是一部重建时代记忆的作品，他在这本书中用多维视角、立体层面，包括报告文学、书信、日记、口述历史、文学评论、现场图片、笔记图表、实物展示等，既全面扫描也不乏聚焦透视，力求全方位进行展示。书中包括了报告文学《永远在路上》，以及书信《致父亲书》、口述史《母亲的口述历史》、日记《中师日记》，还有报告文学《永远在路上》发表之后的数篇评论，不仅体裁丰富，而且从书写角度来说还包括了书写者本身在不同年龄以及人生阶段对父亲的理解（书信、日记、报告文学），还有母亲口中的父亲、旁人的阅读体验等等，这些经验由近及远，同时从具体的一位农民扩展为一代农民，由一个农民的一生折射出共和国第一代农民，自然也就包括了共和国的一段艰苦奋斗走过困苦岁月的历程。因为“进行记忆的是个体，而不是群体或机构，但是，这些植根在特定群体情境中的个体，也是利用这个情境去记忆或再现过去的”[②]。而那些具体的苦难又辉煌的岁月，正是在不断的重构中横跨了几十年的岁月：记忆不断经历着重构。过去在记忆中不能保留其本来面目，持续向前的当下生产出不断变化的参照框架，过去在此框架中被不断重新组织。即使是新的东西，也只能以被重构的过去的形式出现[③]。

张培忠认为传统的报告文学侧重于“宏观叙事”，非虚构则侧重于“微观叙事”，这种思考不仅有叙事姿态的自知，也有叙事情理的自觉。其实综观广东的人物纪实写作就会发现，不管是在改革开放的年代，还是疫情肆虐的时候，又或者生机勃勃的新时代，“微观叙事”的情致一直如涓涓潜流支

① ［法］安妮·埃尔诺：《悠悠岁月》，吴岳添译，人民文学出版社，2010，第13页。

② ［法］莫里斯·哈布瓦赫：《论集体记忆》，毕然、郭金华译，上海人民出版社，2002，第40页。

③ ［德］扬·阿斯曼：《文化记忆：早期高级文化中的文字、回忆和政治身份》，金寿福、黄晓晨译，北京大学出版社，2015，第35页。

撑着广东纪实文学的特殊风貌。正因为有对“人”的关注，对“个体”的尊重，对“微观”的体贴，才保证了广东的人物纪实作品在纵向坐标上不断发展，在横向坐标上不断丰富。

从某种程度来说，生活现场永远不能抵达，历史真相难以还原，但纪实文学创作仍然要求尽最大可能地去抵达现场、去还原历史、去贴近真相、去靠近民众，坚持一种深度介入的态度，保证纪实文学的真实性、时效性与批判性。

陈启文对可可西里的宏大建构与张培忠从父亲出发的记忆建构，这些报告文学作品虽然时间、空间大异，但都面对着关于“真实性”的核心话题。在文学世界里，“真实”一直是一个内涵丰富的话题，它既是悬挂在每个创作者头上的达摩克利斯之剑，也是永远在地平线的理想日光，当然也是一代代读者的追问。建构真实的方式也在创作中不断丰富，陈启文喜欢用自己的脚步丈量，善用深度访谈；张培忠在这部作品中使用大量照片、原始资料，大量的语言直抒自己的生命体验与真实情感，这些都是对当下报告文学创作的启发与触动。新的媒体环境下，如何与读者产生真正的生命联结一般的碰撞，也许是未来报告文学创作中必须要回答的重要命题。

三、岭南纪实

将书写内容拓展至历史题材是这些年纪实创作中的重要收获，广东报告文学在过去的几年中在这方面着力推动，不管是红色题材还是岭南题材都发掘出不少重要内容，也产生了许多优秀作品。历史题材的文学创作自20世纪90年代开始在新历史主义思潮的影响下发生了许多变化，尽管新历史主义容易滑向价值虚无，但其仍从本质上释放了大量历史题材创作的空间，历史与语言的关系，以及历史与时代的关系都为创作者开启了全新的空间。不同的时代有不同的历史认知与记忆建构，所以历史题材的纪实创作永无枯竭的时刻，伴随新的历史史料的发掘，面对不同时代的话语、价值与语境，历史纪实创作应该不断地更新自己的话语系统，匹配最当下、最真实的时代需求，创作出指向真实、震撼心灵、燃烧情感、愉悦审美的纪实作品。

近代岭南史是纪实文学的“富矿”，是中国当代史的合法性前史，对近代岭南史的挖掘书写有着特殊的历史意义与现实价值。2023年汪泉创作了《光焰摇曳——流亡日本期间的梁启超》，伍福生写了《大营救》，前者是书写广东新会梁启超在戊戌政变之后流亡日本，后者是写香港沦陷之后文化名人逃离香港，都是辐射一定地域的岭南近代史，有特殊的文本价值。

1. 光焰摇曳：汪泉写流亡日本期间的梁启超

2023年广东纪实文学中写历史人物、历史事件的作品不多，汪泉的《光焰摇曳——流亡日本期间的梁启超》一文是难得的收获。中国近代史上叱咤风云的维新派人物梁启超出生于广东新会茶坑村，与其师康有为是中国近代史上思想变革开端时期的重要人物，有着以血引雷霆的力量。汪泉文章《光焰摇曳——流亡日本期间的梁启超》所写正是梁启超生命中最重要的思想转折期。当年清廷下旨追捕，梁启超心中念着“君恩友仇两未报”匆匆离开故国，真正是“拍碎双玉斗，慷慨一何多。满腔都是血泪，无处着悲歌”。经日本流亡，他心中的“维新”之志清晰地转为“救国”之愿，对于维新与革命这两条路，在他的心里最终成为两种手段，并清楚地认识到手段并非目的，真正的目的是“救国”，从此梁启超从心理上脱离康师开始自己的救国之路，他此后一生的行动有了依凭与自洽的逻辑。世人总说梁启超“善变”，这变的根本就在日本流亡期间；所谓“善变”，变是行动，但变的目的是什么呢？他曾经被称为革命不彻底的软弱的资产阶级，被视为摇摆的保守党，其实，理解日本流亡期间的梁启超，就拿到了打开他传奇一生的密钥，从这一点来看，汪泉这篇纪实文学意义非凡。

“饮冰十年，难凉热血。”饮冰室主人梁启超最为中国人熟悉的就是康梁戊戌变法，此后中国政局风云变化，其实梁启超一直是其中的重要人物，中国共产党第一代革命领导人，从毛泽东到周恩来，多曾接受过梁启超政论新文体的启蒙，从戊戌政变到清廷立宪，从讨袁革命到民国成立，从巴黎和会到五四运动，梁启超一直在救国路上。这篇报告文学追溯的恰恰是梁启超之“坚守”从何而来，在“变”与“守”、“维新”与“革命”之间的一片苦心，不仅写了善变之因、善变之果，还写了善变之苦。文章写了几次康梁会面，也写了几次梁启超独会革命党，每一次会面都暗含玄机，每一段对话都充满机锋。作为一篇历史题材的纪实类文本，作者在文学性书写的方面使用了角色代入与合理的想象力，一切以史料指引，精彩地还原现场、再现对话的文本背后，却是大量的文献阅读与资料整理，使在这个环境中的人物说出的每一句话站得稳、说得响，这是历史纪实类文本最考验创作者的地方。汪泉写梁启超这段文本情节紧凑但绝不故作紧张，整体以平实为主，但是在顺着时间线的流畅书写中又有数次观念交锋、师徒之争、艰难选择，于是便有了如山泉蜿蜒，遇石激流、遇坡奔腾的情致。

这篇纪实文学所叙只是一段重要历史的横切面，以梁启超这一点牵百线，涉及的人物众多，离现在并不遥远的一段过往，许多历史人物匆忙出场，但仅凭几句话描写的人物要能性格各异、形象鲜明，又符合历史的想象，着实考功力。在整体的语言风格上，因为文中许多地方引用梁启超等人的文字，整篇文章匹配康有为、梁启超、陈少白等人当年的语言习惯来书写，形成了统一的文风但并不拘泥，因此语言中有古意，但并不晦涩，也是相当值得称道的地方。此外文本还特意在书写环境背景时写清楚了此时中日关系，写清楚国际环境的复杂，日本的政治帮助是表象，伺机侵略才是真实意图，写清楚所谓"列强环伺"该如何理解。另一方面，因这一段历史涉及的党派、流派人物众多，各自从自己立场留下的文字不少，民间各种出于朴素情感的野史更是众说纷纭，但演绎夸张。而本文却平实得很，情感节制，书写点到即止，殊为难得。

正如文章标题，所谓"光焰摇曳"，这是中国历史忽明忽暗的时刻，这也是梁启超本人摇摆探求寻找新生的时刻，他所处的环境，他所经历的生命在此刻都如那一点烛火，但是在黑暗的世界里他没有犹豫，他选择将自己燃烧成一盏灯火。汪泉写这一段梁启超的人生，是纪实文学，也是生命与生命的对话。

2. 惊心动魄：伍福生写香港民主人士大营救

"太平洋战争爆发后，日军占领香港。党中央及主持南方局工作的周恩来紧急指示八路军驻香港办事处和东江抗日游击队负责人，营救在香港的爱国民主人士和文化界人士。这次营救活动历时半年多，共营救出何香凝、柳亚子、邹韬奋等800余人。"[1]在2021年版《中国共产党简史》中的这段话，

① 中央党史和文献研究院等编：《中国共产党简史》，人民出版社、中共党史出版社，2021，第88—89页。

变成了伍福生笔下40万字的长篇纪实文本《大营救》。全书资料翔实，语言生动，节奏紧凑，在岭南历史题材长篇纪实文本序列中，增加了颇有分量的一部。

《大营救》的纪实文学书写体例匀称，篇章各自单独成文，篇章之间互为经纬，作者做了大量资料考古，包括诗文回忆、名人书信、历史资料，可以看出来字字句句都是多方印证，互为说明，从资料转变为文学作品需要很强的驾驭能力，资料仅是砖瓦，建筑的建构却应在作家心里完成。“半年时间营救800多人”，仅这史实已足够震撼人心，但800人离港的背后其实是香港沦陷后，如何面对、组织、坚持抗日，坚守民族气节的爱国之心。拳拳赤忱下，在香港这小小的海岛上各方人士都在努力，有竭尽全力做抗日地下工作完成营救的，有想方设法拒绝日方威逼、坚守立场辗转逃离的，也有在战火中含恨最终无法离开的。战争的岁月如同漫漫长夜，这些人却以坚强的意志在非人的磨难中吐出了一颗颗珍珠般的文字，薛觉先、茅盾、柳亚子、戴望舒、萧红……在伍福生的精心组织材料与再次书写中，字字泣血，让人感动。

所谓“纪实”，要重构历史，以手中之笔记人间真实，还历史真相。但“真实”“真相”本身是有复杂的内涵外延的，于纪实文学而言，就应有自己确定的题中之义，《大营救》有自己的核心追求：就是在战乱之中各方人士的拳拳爱国心，伍福生也在创作中很好地贯穿了这个追求，一切材料围绕“营救”这个动作以及“爱国抗日”这条明线展开，在这条主线之中，不仅写出了各色栩栩如生的人物，同时还写出了艰难的战争环境、复杂的国际环境、微妙的国共关系等。

汪泉所写《光焰摇曳——流亡日本期间的梁启超》与伍福生所写的《大营救》两部作品都是近代岭南纪实，相关题材的书写为报告文学如何“还原真实”这一问题作出了不同形式却殊途同归的回答。相较于前几年的红色纪实文学创作，比如杨黎光写麦贤得、李迅写丘东平、谢友义写彭湃之乡，2023年的红色纪实文学有一些不同的特征，尤其是汪泉所写的日本流亡期间的梁启超，切口虽然小，挖掘的深度与内容的广度却极为丰富，可以说在小切口、深挖掘这方面极具典范价值。另一方面，作为历史纪实创作，如何处理文学性与历史真实是非常重要的考量标准，有一些文本貌似很好看，但很可能是以牺牲真实性换来的“读者友好”，即使创作中文学性可以带来阅读的舒适，却可能伤害历史的本质性，这种时候作者的取舍就变得非常重要，报告文学的书写自有原则，两部作品的作者都选择了克制情感、尊重历史、文字流畅但不夸张、情感饱满但不张扬的处理方式，为历史题材纪实文学创作带来新的思路。

四、广东书写

广东报告文学一直以来以非常积极的态度回应广东现实，广东书写指向在报告文学的书写中有很强的在地精神与地缘文化，对广东本土的历史、社会、传统、文化有着深厚的感情，自觉以报告文学的方式介入对广东本土的书写。广东报告文学书写中的地缘文化是指在文本中，将地域的历史与现实，个体命运与地方地理、文化、民族精神相融合的文化精神，这种文化精神对于地域空间有一定的建构能力。报告文学要求很强的“介入”精神，这种介入是深度介入而不是大而空。读者早已对大而空的宏大叙事不感兴趣，讨厌这种叙事背后作者的居高临下姿态，报告文学的创作需要与读者产生深度共鸣。优秀的纪实文学作品固然各有风格，比如有的朴实，有的清新，有的自然，有的流畅，有的深情，有的委婉，但优秀的作品又一定有共同之处，比如他们的创作者一定是有社会责任感的，是敢于触及社会矛盾、挑战社会问题的，或者是拥有卓越的文学想象力的，是能刻画典型人物的。广东报告文学虽然千枝竞秀，但都共同产生于广东这片文化土壤。2023年的广东报告文学创作就有一批优秀的广东书写的文本，它们分别以大国工匠、城市风貌、献身精神、包容气质充实着广东报告文学的题库，谢友义、张霖、南翔、谢松良四位作家各自从自身的生活阅历出发，调动人生经验书写广东。

1. 写大国工匠的《焊花照亮世界》

李炳银曾经评价谢友义创作的《从湾区到山区——石头坝的牧羊人》是一部充满力量、有时代价值的优秀文学作品。“充满力量”“有时代价值”这两个特征可以说正是谢友义报告文学创作的一贯坚持，他的创作坚持从湾区出发、从生活出发、从时代出发，文本总是洋溢着新时代的精神与风貌，给人带来振奋的力量与追求。但这并非指谢友义的创作风格固化，事实上他的文字很能贴着写作对象走，2023年他的长篇作品《焊花照亮世界》写工人群体，文字格外朴实，而他此前写红色题材，其文字则以一种壮丽的风格使人印象深刻。他让自己的文字贴着书写对象的气质走，保证了作品的气质与书写对象的统一，形成了从内而外的协调风格。

《焊花照亮世界》匹配大国工匠的书写精神，把爱岗敬业、吃苦耐劳、锐意创新、攻坚克难这些词都化为一段段故事、一个个人物，他们从农民群体转变为工人群体，带着大地的朴实来到广州进入工厂。文本既写出了人物的共性、工人群体的特性——都是电焊工，都在广船国际工作，都是从农村到城市，从普通工人走向技术先锋，都是劳模，他们身上有共性的一面，这种书写也不仅仅关乎冯文虎、张八虎、陈庆城这三位工人，而是以一种共性呈现了整个群体的群像，可以经由他们三人的故事想象成百上千广船国际，以及活跃在整个广东的无数工人群体的样貌，另一方面，又写出了代际区别，冯文虎、张八虎、陈庆城分别是“90后”“80后”“70后”，不同的社会环境当然也造就了不同的代际风貌，在同样是坚韧不拔、吃苦耐劳的共性特征下，正如谢友义形容的，“70后”的陈庆城已有宗师风范，“80后”的张八虎则是沉着稳当，“90后”的冯文虎意气风发，群像在整体文本中又有了代际的层次与鲜明的个性。

同时，《焊花照亮世界》这个文本还写出了个体与集体、工人与大厂、环境与技术的共生关系。“支撑创新与发展的既有科学的进步，也有技术的精湛。”如果说科学进步是仰望天上的星空，技术进步就是脚踏实地地一步步进步，但技术进步需要投入与耐心，在这群焊工的背后是广船国际这一广东龙头企业，文本就此写出了具体的人物命运与大环境之间的关系，张八虎的命运每一步都体现着产业转型、技术工人走上潮头的社会变迁，同时也与广船的严谨扎实、技术至上的精神相辉映，而广船的高平台又离不开广州的开放环境带来的无限机会，因此这是一个写个体与集体、写工人与工厂、写焊工与广船及广州的文本，几重议题层层递进，在文本中一浪还比一浪高，最后写出了闪耀广州的焊花。

2. 写城市风貌的《城的嬗变》

卡尔维诺在《看不见的城市》里说："城市不会泄露自己的过去，只会把它像手纹一样藏起来，它被写在街巷的角落、窗格的护栏、楼梯的扶手、避雷的天线和旗杆上，每一道印记都是抓挠、剧挫、刻凿、猛击留下的痕迹。"[①]读张霖《城的嬗变》时就想起卡尔维诺所言的"看不见的城市"，这本书写的正是城市的历史、文化、氛围与神貌，看似都是小文，其实整本书沉甸甸的，既是城的历史，也是人的过往。

作为一部报告文学作品，这本书的特别之处还在于作者张霖是以自己的人生书写广州，这里面有他自己的童年回忆，如吉光片羽，琐碎却生动；有他进入报告文学书写后参与到记录城市大事的对话、交流、观察与思考，具体又宝贵，书中所写同时也是他从游离于老广州之外的大院子弟渐次进入到真正的广州生活的过程，个人的成长线索与城市的发展线索经纬交织，回应了关于"何为广州人""何为广州城"的话题。

张霖在书里写道："城市总是在不断发展变化的，区别仅仅在于，是大刀阔斧般的巨变，还是循序渐进的嬗变。"看上去该书题材纷纭地写了粤剧艺术博物馆、海珠湖、亚运会、小区建设、城中村等等，其实这些话题共同构成了一个关于广州城的万花筒，既有高速的现代发展，也有老广的记忆情怀，缺一不可，共同构成了丰富的广州城市文化。段义孚曾经在他的恋地情结理论中做了一个关于人地观的心理模式，包括了感知、态度、价值观、世界观等不同的组成，在一个地域生活的人们通过身体与心理感知外部世界，同时也会建构起独特的空间感。在张霖的《城的嬗变》中就建构了这样一种空间感，祖辈父母都不是广州人的他出生在广州，但这就是地道的广州人吗？这个问题隐隐牵引着整本书，张霖也在建构广州的空间感中写出了关于广州城的原乡情感与精神归属，这是书中清晰的结果，却也是一个漫长的过程。

这本书里的文字自有一种不疾不徐的节奏，这些文章就像广州人家里的老火汤，既有新鲜夺目的食材，如白天鹅宾馆、小蛮腰广州塔，也有平凡日

---

① ［意］伊塔洛·卡尔维诺：《看不见的城市》，译林出版社，2012，第9页。

常的配料，如新村往事、寻找猫咪，还有贵重的经年汤料，如老西关、宝华路、銮舆堂与粤剧；但最不可或缺的，却是时间。整本书有如小津安二郎、是枝裕和的电影，视角放低，节奏放慢，追求的不是惊心动魄更不是历险刺激，而是与广州城之嬗变交织在一起的人生经历，世间唯时间最冷酷，但经历了时间打磨之后的果实最动人，个中滋味在书中虽然节制仍令人动容。时光一逝永不回，忆往昔有如海边拾贝，张霖这本《城的嬗变》色泽柔润，却一定会长久地温存岁月。

3. 写献身精神的《会生长的荣光——福建将乐有个郑忠华消防救援站》

南翔在2023年拿出了一篇精彩的报告文学作品《会生长的荣光——福建将乐有个郑忠华消防救援站》，记录一个消防救援站的故事，但也从这个消防站辐射过去20年消防救援的整体变化，以点及面地写出了新时代广东发展的保障：献身精神。

文章开端正面书写“中国消防救援队队旗”，南翔详细地加以描写：“红蓝二色的中国消防救援队队旗，红色代表党和国家，蓝色代表消防救援队伍。旗标为橄榄枝托起的盾牌造型，象征消防救援队伍是人民群众生命财产安全和社会稳定的守护者。盾牌边缘由救援绳围绕，正面包含有五角星、交叉斧头、水枪、雄鹰翅膀、定位标识和紧握手腕等元素。其中，五颗五角星体现依法履行国家赋予的职责使命；交叉斧头和水枪作为消防员常用装备，体现职业特点；雄鹰翅膀代表反应灵敏、行动迅速；定位标识象征精准定位；紧握手腕象征救援。”这一段文字描述细致，关键是表达准确，仿佛一枚定海神针立住了整篇文章的精神，浩然正气扑面而来。

文章通过郑忠华的第一篇日记介绍了一个羞涩、可爱、淳朴的消防新兵，又通过一篇日记里关于交通车祸现场救人的细节把人物在灾害面前一心一意救治伤员的精神面貌展现出来，然后详细讲述牺牲的情况。接着文章的主体写了忠华消防中队的各种事迹，包括2015年漳州“4·6”古雷爆炸事故火灾、2016年泰宁“5·8”特大泥石流灾害、2019年“11·24”银福高速将乐段异丁酸槽罐车泄漏等急难险重任务，以及采石场拯救跌落工人，三明市抗洪抢险救灾，转移受灾民众——“突击队员现场搭设‘人梯’，以肩为梯，以背当桥，请受困群众从他们青春的肩背上，一个个脱离危险”，抢修自来水厂保证供水——“地下室的积水浸泡着各种物质，在高温下沤烂腐败，发出刺鼻的气味，他强忍头晕目眩，坚持站在水中作业，安置手抬机动泵，挪动吸水管，不时溅起的污水喷溅到他的脸上，顾不上冲洗擦拭就又投入到下一项抢救中去。”事迹很多，细节更重要，在南翔的笔下，“一副副青春的脸庞，一对对坚毅的眸子，一张张跃动的身影”跃然纸上，有点有面写出了一个社会的底气与正气，这是2023年中短篇报告文学中的佳作。

4. 写包容气质的《吾心安处即是家》

2023年的报告文学作品中，谢松良的《吾心安处即是家》是较为特殊的一个收获。创作者从自身经历出发写了一个农村孩子的成长道路，“我”想要通过技校学习、南方闯荡、参军入伍等道路改变命运，一路上各种挑战磨难，但“我”最终克服困难，在机会来临的时候稳稳握住改变了自己的命运。谢松良的文章写的是自己的经历，但可以想象在广阔的南方土地上有无数相似经历的人，曾经面对或正在面对着类似的困难、挑战与选择，这篇文章是谢松良对自己人生经历的回顾，这种回顾却一定会以极大的同质性构成社会的一个切面，他们都以与生活肉搏的方式进入社会，并最终收获属于自己的心安之所。

《吾心安处即是家》这篇文章不仅仅是我的“成长”过程，而且是一幅精彩的世情百态图。用“我”的命运串起了人生路上遇见的形形色色的人物，文中很多细节让人印象深刻，比如当保安时遇到的老板，尤其是写他牵的狗都因为“我”没有敬礼而狂吠不止的细节，狗仗人势、人仗钱势的情形生动尤比；因为父亲常年患病，家里弥漫的中药味，仿佛萦绕在他的记忆里，更通过文字的力量透过纸面，使读者也在关于记忆的文字里读出了苦涩与酸楚。父亲的病是文章的一条线索，身体的病痛、生活的苦难，父亲缺一剂良药，“我”缺一个机会，弥漫在生活与记忆里的中药味其实就是苦涩命运的具象，当生活出现转机之后，父亲的病也得良药医治，此时才能明白文章开头所言母亲打电话来所说的“家乡的桃花今年开得特别浓艳”是怎样的芬芳与热烈，这是百转千回之后的灿烂花开，使人感动。

“吾心安处即是家”一句显然出自“此心安处是吾乡”，但这句词的前一句却是“试问岭南应不好”。这篇文章书写的正是20世纪改革开放广东快速发展的那段时期，内地与广东的经济在短期被拉开差距，无数人背着行囊挤在火车里从东南西北来到广东“发财”，可是“野蛮生长”的环境也带来了很多问题。

岭南的好是机遇多，但也是泥沙俱下，能否在改革的大浪中找到自己的方向与航道才是真正的考验。相信在这几十年的社会发展过程中，与他类似的人生还有很多，我也相信其中绝大多数人都守住了自己的底线与初心，再艰难，也一步步踏实地走在人生的道路上；但谢松良较之其他人，还有一点幸运的就是他内心有一颗爱好文学的心，且一直没有放弃对文学的追求。也许这也恰恰证明：人生的命运有时候会被突然照亮，但那个光亮不完全是偶然，所谓命运的眷顾，还得有自己的坚守，所谓的“我命由我不由天”，正是一种内心的坚持，才可能带来命运的转机。

以上几部书写广东的报告文学作品，谢友义的《焊花照亮世界》、张霖的《城的嬗变》、南翔的《会生长的荣光——福建将乐有个郑忠华消防救援站》以及谢松良的《吾心安处即是家》同时都有很强的时代性，也同时回应着大历史与微观历史的关系。报告文学是“新闻性”与“文学性”的统一，因此“时代性”是不可或缺的重要素质。而时代性往往需要重大题材来体现，比如陈启文写袁隆平、写东深供水工程等，这些都是建构宏大叙事的过程，在这类题材的书写中，家国叙述是文本的重要背景，主流意识形态的叙述是主要规则。但另一方面，真实的现实生活非常复杂，除了需要“高大上”的话题，我们也需要丰富的现实表达，有宏大有细微，有家国有个体，这才是真实的客体世界。

五、结语

综观广东2023年的报告文学创作，题材丰富，收获颇丰，但也有不少问题。虽然创作队伍在壮大，创作数量在增加，但真正质量优秀作品仍然出自几位熟悉的创作者手中，培养优质的创作者、丰富创作队伍是最重要的。此外，报告文学的创作可以有更多其他文体的作者加入，并且以此丰富创作风貌，回顾30年前报告文学的鼎盛时期正是如此，这种经验是值得复刻的。最后，作品的精品意识仍有待加强，部分作品有“赶工”之嫌，为了赶在某个时间节点推出作品，使得部分语言、表达略有粗糙之处，殊为遗憾，这些都是值得注意、应该去调整的地方。

“文变染乎世情，兴废系乎时序。”十几年前，《人民文学》开设“非虚构”专栏，并且在当期的“留言”中写道：“希望由此探索比报告文学或纪实文学更为宽阔的写作，不是虚构的，但从个人到社会，从现实到历史，从微小到宏大，我们各种各样的关切和经验能在文学的书写中得到呈现。”[①]从这句话可以看出在报告文学、纪实文学与非虚构文学等概念讨论的背后，其实最核心的是处于当下的现实中，人们的经验如何被真切地感受、体验、把握并且书写与呈现。同样地，迦达默尔也指出“真正的历史对象根本就不是对象，而是自己和他者的统一体，或一种关系，在这种关系中同时存在着历史的实在以及历史理解的实在”。[②]

从电视机出现到电脑、手机的出现，以及网络的普及，当年尼尔·波兹曼所言的“娱乐至死”早已不是危言耸听的预言，而是摆在人们面前的现实。碎片化、娱乐化成为主要的话语特征，但正是这样的时代环境对报告文学提出了新的呼唤与需求。报告文学创作者应该有穿透表象的敏感与锐利，应该有承担书写真实的责任与担当，应该有追求整体性、思想性、深刻性的自觉与努力。任何时候，站在生活第一现场、坚持创作者的批判立场、守住文学书写的艺术追求，都是报告文学创作的第一要义，希望广东的报告文学创作在这种文体与精神的追求中，真正写出作品，磨出精品，打造高地。

（本章撰写：刘茉琳，广东技术师范大学文学与传媒学院教授）

① 《人民文学》2010年第9期“留言”。

② ［德］汉斯-格奥尔格·伽达默尔：《真理与方法》，洪汉鼎译，上海译文出版社，1999，第374—385页。

第五章
诗歌：守本拓新的南方气质

2023年是广东省作家协会成立70周年，省作协提前谋划落实编撰工作，于2023年适时出版了《广东文学通史》，这既是对广东以往各类文体创作成果的梳理，也是本年度一份厚重的业绩。正如总主编张培忠所言，“值此丰收之时和喜庆之日，通史的出版，可谓正当其时，意义重大”。广东葆有开拓与遵矩并行的人文活性，人们既勇往直前，又有所敬畏。具体到文学创作上，一方面是追寻古典里的精神内核对今天的洞照，以及衍生的新质；另一方面是在前沿行进中葆有对根本价值的回望。本年度，广东文学界持续打造“粤港澳大湾区文学”的理念与“新南方”写作的热潮正方兴未艾，如海洋的静谧湛蓝与风起浪涌共生互彰。

一、诗歌总体概貌

广东省委书记黄坤明2023年5月19日到省文联、省作协调研，并代表省委、省政府对省作协成立70周年表示祝贺：“希望继承光荣传统，组织开展更多特色文学活动，引导激励广大作家和文学工作者用心用情用功创作精品，推动广东文学蓬勃向上、欣欣向荣。”广东众多诗人在本年度也出版了大批诗集，以及在各大刊物发表作品，个人和群体均有所表现。其中既有八秩老诗人，也有少年诗才，呈现了多代同辉的气象。

本年度的诗歌创作呈现出传统与新质共融的立体面相，其中有三个较为突出的特点。一是在题材比例上，较为普遍的是对生活和人生的审视和呈现，较关注地方性元素。旧体诗词向内观己，缘情寄意的视角与抒写，对具体生活和粤地风土人情的生动描绘，生活气息浓厚。张海鸥的题材多为同袍、师生和诗友之间的唱和答赠，也有怀人寄意之作，从中可见其惜诗缘、重情义的性情。陈善壎书写人生感悟，记录人生轨迹，抒发怀人之思，是活出来的生命之诗。高旭红则呈现了对自然风貌、历史古迹、世俗人情的体悟。现代诗中有相当大部分是注重自我感受，侧重于身边事物、自我心绪和人生思考的撷取。黄礼孩、陈会玲、梁智强、陈崇正都善于从身边或细小的事物出发，寻找诗性敞开的路径。还有《新南方诗篇》等选本所呈现出来的，众多诗人对"新南方"现实题材和岭南特色风物的抒写。二是在思想导向上有明确的主观意识。有对新时代、新事物的描写，对传统的回眸，对历史的重构和书写，体现了求新、求变、求宏大的主观意识。如杨克纪写新工业时代的事物和回溯历史语境的文本；郑小琼在新工业时代背景下对传统古典情怀的回望；彭争武对重大历史题材的重构，都有明确的观念预设。三是艺术形式多样共存。张海鸥的创作拈典携故，正雅清逸。陈善壎语言清澈隽永，用常语而不俗。高旭红游心漫笔，作品蕴涵性情。黄礼孩的笔触丰盈灵动，亦具深广度。陈会玲语言朴素，意蕴深沉。梁智强的修辞锤炼与思辨淬火在他的诗中交汇互融。诗人们的表现手法各有其侧重与亮点，呈现出以个体经验和艺术追求为主的审美表现。

青春诗会与鲁迅文学院均是选拔和培养人才的学堂，《诗刊》社第39届青春诗会在本年度举办，安然被选拔参加，吴乙一则参加了鲁迅文学院第43届中青年作家高级研讨班。广东省第十一届鲁迅文学艺术奖在本年度评出，阮雪芳的《水的肖像》、林馥娜的《诗者的织物（诗歌卷）》、安然的《北京时间的背针》获得诗歌奖。黄灿然的《黄灿然的诗》获2023花地文学榜诗歌奖。马拉获第21届"华文青年诗人奖"。

在开展诗歌活动方面，"2023年粤港澳大湾区小学生诗歌季""雅荷诗会""诗歌文学进校园·名家面对面"、东莞"小诗人沙龙""2023中国（东莞）森林诗歌节"、打造"中国诗词之都"系列讲座等各种诗歌活动如火如荼，广东诗歌界正以多方合力，推动广东文学事业多元共生，蓬勃发展。

二、新南方：传统与新质共融的立体面相

中国作家协会党组成员、书记处书记，《人民文学》主编施战军在5月10日于广东文学艺术中心举行的“新时代文学的系统建构——中国作家协会调研组赴粤调研座谈会”上表示：“广东是我们调研的重要一站，因为广东的文学气氛、创作底蕴、发展状况、未来的可能性都在全国特别突出。新时代文学写的是人民的喜怒哀乐。新时代文学创作和研究是一个大的系统，包括创作、组织、发现、扶持、推广等丰富内容。”诚然，广东文学界正通过多方面的布局与实施，逐步扶持、培育着广东文学的生态系统。

由广州市文学艺术界联合会（以下称“市文联”）、广州市作家协会（以下称“市作协”）选编的《广州诗词之都》丛书和《新南方诗篇》在本年度出版。旨在通过印行诗集，传承优秀诗歌传统，并发掘潜在的优秀诗人与作品，适时给予助力扶持；繁荣当下诗歌创作，打造“新南方”现实题材和岭南特色相融合的精品诗作，努力将广州市打造成为“中国诗词之都”，为广州文学事业发展出新出彩贡献力量。

（一）“诗词之都”书系出版

“诗词之都”书系共6册，其中旧体诗、现代诗各3册，具体为张海鸥的《素心词》、陈善壎的《一串倒提年月》、高旭红的《半半堂诗词稿》、黄礼孩的《我的地理的光明旅行》、陈会玲的《断弦音》、梁智强的《修辞窑洞》。各册作品的诗词或冷静洒脱，或幽微深远，或丰盈灵动，或含蓄典雅，充分表达了诗人独特的情感与体悟，具有较高的文学价值、欣赏价值和艺术魅力。《新南方诗篇》则选入林馥娜等186名作者约450首诗歌，展现了异彩纷呈的新南方立体面相。

1. 旧体诗词

（1）张海鸥：怀素守真，正雅清矍

《素心词》是张海鸥的自选词集，当中精选了其不同时期创作的词作，以创作时间排序。诗人运用旧体诗的体裁、叙事抒情的手法，将自己在不同的时间地点、所闻所见的各种体悟化为词作，并透过取景与细节的叙事，表

达了自己的独特感悟，具有较高的文学价值。张海鸥的创作拈典携故，正雅清逸，题材多为同袍、师生和诗友之间的唱和答赠，也有怀人寄意之作，从中可见其惜诗缘、重情义的性情。如“弟子相从啸咏”（《满庭芳·侍邱公春游》）；“公子无肠客，不染世间愁……总把胸襟直吐，珠泄向清秋。执锐披坚者，行远不须舟”（《水调歌头·咏蟹》）。君子怀玉，幸有同声相应、同气相求者，“倾盖复何求”。“放怀古今意纷披。逢人好饮圣贤酒，独处尤耽止水词……阅尽悲欢阅紫微。”（《鹧鸪天·读〈沚斋词〉》）行则意兴豪迈，止则处静修身，神驰星宿。其晚近的词作更见老辣清矍，如许多赠诗中的致人寄意，常含言志之道，对“采桑子”词牌尤为胜手，纵横自如且常有出新。《采桑子·赠林宏达》中有“吟破冰霜且待春”句，一个“破”字，力度之妙立见。《貂裘换酒·庚子反思》则可见省思警醒，“视万物，如唇齿”。“方言精湛尤知韵，细辨侵真。指点迷津。不许深心染俗尘。常凭贤圣轻天下，高贵其神。典雅其文。不与轻浮苟且人。”（《采桑子·致伍巍教授》）这怀素守真，正是从文者当有之精气神。正所谓“胸怀天下砺真知，敬畏人生，道艺相高”（《一剪梅·河北师大校歌》）。

（2）陈善壎：铮怀荡襟，运化成诗

《一串倒提年月》是陈善壎的自选格律诗词集，这部诗词集的诗词，有游历祖国河山的咏古作，有感怀吟思的故乡情等。它们或书写诗人的人生感悟，或记录诗人的人生轨迹，或抒发诗人的怀人之思。诗歌意蕴浓郁，意境深远，彰显了诗人深厚的襟怀与创作功底。陈善壎昔年与被错划为“右派”的诗人郑玲，被下放到湖南的偏远山村去接受“再改造”。夫妻俩虽然在肉体上受尽苦楚，但他们的精神却始终不曾坍塌。如《定风波·明朝慷慨忆今朝》下阕，“豪气三分还几许？细数：一分摧折一分抛。尚有一分豪气在，留待，明朝慷慨忆今朝”；《七律·1964年以诗代信邀郑玲下乡》的颔联、颈联云“行至穷途重拾路，士无摧折不成材。忘身天地堪雄止，折节桑田亦壮哉”。处身艰难，仍不为苦难所摧折，依然可见其磅礴气概。《七律·1965年在张家村赠郑玲》首联“自识君来未有家，头颅将取走天涯”，把流离失所、挨斗游街轻描淡写地带过。尾联“书开半夜人初静，语共孤灯影正斜”，这看似诗意浪漫的灯下共读，却是诗人半夜偷来的短暂时光。就在“文革”时莫名其妙遭追捕，避走于广州之际，诗人也写下了豪气干云之作，“死难从来大有情，非关狗盗又鸡鸣。他年我若为雄鬼，愿与诸公一家邻”（《七绝·谒黄花岗》）。可谓苦中作乐，险处觅诗。其“检点平生无事业，被朝风暮雨调摆够”（《贺新郎·无题》）的豁达；“亲陶；又亲杜，又偶法苏辛，难合时髦。倒不如归去，上东皋舒啸，大隐尘嚣”（《忆旧游·风雨夜失眠》）中的自况，无不见情见性。而“月伴心寒人可瘦，诗和血写句多工”“啼血应悲春去早，倚栏休怪我来迟”（《七律·怀郑玲三首》）中的怀人如面，悲嗔交加，读之令人动容。这是用生命活出来的诗，其语言清澈隽永，用常语而不俗，其中一些闲居日子里的诗作也充盈着散淡清逸之气，这功夫既在诗外，也在诗里。

（3）高旭红：游心漫笔，人成诗成

《半半堂诗词稿》为高旭红的诗词精选集，收录了其创作的200多首诗词作品。主要分为诗部、词曲部、专题吟稿三部分，呈现了诗人对自然风貌、历史古迹、世俗人情等的情感和体悟。作品风格别具，可读性较强。有读书阅史之寄兴，抚琴赏画之记吟，亲朋师友之唱赠，游山历水之歌吟。正如“芥子须弥，证虚空无限”，诗人以游心漫笔，拓雄阔之思，“地球遥、已似尘难辨。失昏晓、万古洪荒变。虫洞一瞬千年，任时空推演。料人间、老却青春面。重归日、斧烂槐柯散。但矫首、天地无声，正星程汗漫”（《拜星月慢·与父母观〈星际穿越〉电影》）；“纵然屏里千般好，哪及相携无一言”（《鹧鸪天·庚子中秋》），诗人具有深厚的诗词创作功底，以新事物入词而无隔阂之感。《悼四叔高宗传》中，通过追思，把毗邻而居的两家亲人之间的点滴有感而发，缘情而言“自小绕膝跑，及长出入频。两家共七女，笑语闻四邻。盼叔差旅返，笔盒糖果均。口哨笙簧调，乐观本真存”，使血肉亲情、睦邻美满的和谐跃然纸上，实现了从个体细节到普遍感受的感染力触动。其中羊城竹枝词表现得活泼灵动，《新年利是》《凉茶》等焕发着鲜活的气息，对羊城风物如数家珍。《西关大屋》的诗句“时靸双鸳深巷响，佳人月色两朦胧”令人仿佛听到木屐啪嗒啪嗒而来的声响。诗人自序中有“人与诗一，人成而诗成，此戒俗之要也”，如《己亥冬至有感》的颔联与颈联所言“行藏随所遇，信仰即成空。心念林泉畔，身羁世网中”，在林泉之意与红尘羁绊之间随遇而安。其诗蕴涵性情，于行止沉吟之间，氤氲成篇。

2. 现代诗

（1）黄礼孩：向美敞开的诗性世界

《我的地理的光明旅行》精选了黄礼孩的100多首诗歌。其诗歌丰盈灵动，亦具深度。黄礼孩通常是以冷静的笔触描绘着美与爱之画面。他通过将物与人的某一相似特性相联结，而将部分回纳到整体中，将灵魂的阴冷角落推置于神光普照的安详中。“一支枪枪口插上花朵/它还是一支枪，性质没有因此改变/而一朵花种在废墟上/它们一起构成了完美的夜晚”（《缅甸的月色》），这里通过虚饰之花与自由之花的并置，体现了自由的可贵与美好。“身体的牢房/此时被打开，草木散发清香/一个生灵呼唤着另一个生灵/每一个都在相互倾听”（《夜气》），词语在他这里像夜气散发、弥漫，也如植物拔节、生枝，自由地往前走，并生发出更多的枝丫。“再小的事物也有千山万水的缩影”，就算小如蜗牛的生物，“所过之处/留下的黏液痕迹，都是记忆的余味”（《它在摆脱速度带来的繁华》）。读者在阅读中，会自然地沉浸于他所营造的淡淡的氛围中。就像《窗下》中描写的情景互融的深沉之爱，“这里刚下过一场雪/仿佛人间的爱都落在低处”，这首诗的开头用下雪后的场景展开，显得亲切而形象，由雪的下降而联想到的爱落到低处——也即生活的实处，造成一个融契天成的氛围。在这部诗集中，诗人从自我的状态出发，通过细节的叙述，让宏大场景与细小情节产生互文关系，营造了一个敞开、向上的世界。

（2）陈会玲：幽人敛息，静水流深

《断弦音》收录了陈会玲创作的119首诗。其中有对过往岁月的追溯与人生的反刍中洐生的诗意；有退于红尘三千之后，只取一瓢清水的静息之诗。她则在这静息之水中照见自我的心性与明媚平和的未来。“人潮涌向前方，我选择了朝后/‘谁说相反的路径就不是一种领先？’/但我只想退到桉树林的那边/阳光照亮前面的枝叶，我与树阴在一起……七岁的女儿侧身，往后站了站/这是不是人生的隐喻？但她有着明媚的笑容//我只想从一棵树后踱出，站在她的身旁”，这种自我边缘化，也是独立的自我中心化。陈会玲喜爱岁月沉淀后的平静，那种平稳而坚定之感，是她孜孜营建的诗境与氛围。诗人既描写了现实生活中的人、事、景，也将自然、风俗、人情等融入诗歌中，其中有对故土的逃离与返回，对故友的怀念与释然，也有与自我的对话和安抚，表达了她对生命和生活的感悟和理解。这些诗歌冷静、超脱，语言朴素，意蕴深沉，是一个向内心挖掘诗意天地的执着歌者之作，从中可见一个坐在文字深处，轻轻拨动心弦的幽人，也可见诗人的写作之功。

（3）梁智强：修辞为镜，以证诗心

《修辞窑洞》收录了梁智强近年创作的100多首诗。诗人通过独特的视角与纷呈的意象，抒写了纷繁现实的幽微与深远，力图呈现传统与现代的交融，表达对现实与人生的感悟。诗集中所呈现的书写路径，基本分为两大类。第一类往里走，是心灵密语的场域；第二类往外走，是较为开阔的诗境。第一类多为生活的印记与意识的流露，他用抽象的情绪线描，进行自我设问、对话与思考，厘清生活的意义。像《蜗牛》《纸上的鸽子》《一切将不再归来》等大量作品，多为对世相、未知或自我的对话与追问，由思考的意识流所组成。第二类诗，多为即景诗与岭南风土的忆记，这类诗具有物象的空间感和向外敞开的心扉，诗的感染力得以增强。这类诗中，写得出色的诗篇是那些将思辨和眼前之境相结合的作品，它们达到了虚实相间的多维效果，比如《空椅子》《黑卷尾》等。梁智强对诗歌创作的自我要求，对于修辞的重视，让他在写作中意象叠垒，思绪绵密。同时，他也是一个善思、勤思的诗人，思淬成为他诗歌的底色。《外祖父》这首诗借练拳这一线索，把对外祖父的想念写得节制而温馨，具有时空的延展与通透感。综观梁智强的整部诗集，修辞锤炼与思辨淬火在他的诗中交汇互融，故写作同时也是他修心与自我提升的过程。

（4）《新南方诗篇》：众多侧面共构的立体面相

由市文联、市作协共同选编的《新南方诗篇》在中国言实出版社出版。编委会特聘请诗人杨克、安琪担任主编，庞贝、黄礼孩、冯娜等作家、诗人担任编委。选入了林馥娜、世宾、黄礼孩、杨克、郑小琼、陈崇正、邬霞、从容、凌越等186名作者的作品。该选集全景式反映了改革开放以来，来自全国各地的建设者们在广东、广州奋斗拼搏的故事，既有描绘城市建设、先进典型、历史文化、自然风光的诗篇，也有书写人文湾区、乡村振兴、美好生活等方面的佳作，思想性、时代性和艺术性相融合，呈现了“新南方”诗人群体独特而富有活力的面貌。

（二）举办诗歌研讨会

7月6日，由省作协创研部主办的彭争武历史长诗《虎门书》研讨会，在省作协岭南文学空间举行。杨克、周西篱、郑小琼、黄礼孩、张况、林馥娜、伍方斐、王金芝、王晓娜等广东诗人、评论家、作家，以及詹谷丰、熊曦、柳冬妩、侯平章、袁仕咏、沈汉炎、姚端端等东莞作家出席，省作协创研部副主任世宾主持。该书是2022年度东莞文学艺术院文艺精品文本类孵化项目，其中的部分章节《虎门海祭》发表于《人民政协报》，全本于2023年由羊城晚报出版社出版。诗人从虎门销烟落笔，还原与重塑历史，记载与展示中华民族反对外来侵略的决心、精神和气节，被杨克誉为“广东和中国重大题材值得珍视之作”，并获得了第八届中国长诗奖。《虎门书》本质上是对诗歌地理的建构，诗人将原本的“地域虎门”、风土乡俗的“风物虎门”和历经销烟与战争的“历史虎门”，融合成一个精神上的文化图腾。这既是诗人对地方文化资源的发掘，也可见其在构建、树立地方特色文化上所做的努力。写历史事件与伟大人物，最重要的是对伟大与朴素之间的把握。大事是由细节积累而来，伟大的人也是日常中的普通人。处理好伟大与平凡的比重，加上丰富的细节与风物，正是为干燥的史册填补上历史空间中的血肉，完成从历史地理到诗歌地理的过渡与建树。在人物的聚焦上，作者从林则徐、关天培、陈连升等关键人物上着墨，同时也不忘描画千千万万的普通百姓的共同奔赴。“沿着珠江口倒下的兄弟/裸露的/都是父母给的血肉……1840年的关天培走来/是一个中国人/每一个中国人/终将变成关天培”，使“英雄”这一角色定义，从惯常的个体领袖人物延伸到平民群体。英雄精神因此而得到了拓展。注重旧文化的新传播，也即创造性传承是使文化具有时代人文活性，得以不断发展的途径。

（三）部分刊物发表广东诗人作品简况

本年度广东诗人有大量作品见于各刊物，主要有《诗刊》：张德明、西篱、徐官威、张慧谋、谢湘南、陈希、水一木、广炎、杜绿绿、程继龙、曾艳梅、泽平、赵俊、吴才华、吴子璇、胡怡斐、李衔夏、陈济之、黄金明、崔加荣、陈雨潇、赵秀敏、张蔓军、王郑炜民、包国军、吴乙一、林梓乔、王国猛、罗小娟、陈姝棠、朱键钧、邓醒群、肖隆东、杨克、郑小琼、苏奇飞、林丽筠、冯娜、陈计会、胡红拴、张伟超、高源、盛月富、易翔、宋明星、梦亦非、黄礼孩、华海、方舟等。《人民文学》：赵俊、陈计会、杜绿绿等。《作家》：黄萍、陈陟云、黎保荣等。《上海文学》：杨克、吴锦雄等。《中国作家》：冯娜、张况等。《钟山》：黄礼孩、蒋志武、马拉等。《思南文学选刊》：梁小曼等。《青年作家》：崔加荣、扬臣、罗德远、杨晓婷、黄成龙等。《北京文学》：高振霆、梁智强、邬霞、赵目珍等。《长江文艺》：王威廉、程继龙、林水文等。《青年文学》：薛依依等。《诗选刊》：方舟、唐德亮、曾新友等。《缪斯的桂冠将抛向谁——中国女诗人诗选2022》于2023年由北岳文艺出版社出版发行，选入了从容、郑小琼、舒丹丹、冯娜、宝蘭、谭畅、安然、布非步、林馥娜等广东诗人的作品。另外，由意大利汉学家朱西主持翻译和主编的意大利语版《中国农民工诗人》2023年出版。据朱西介绍，该书收录了杨克、郑小琼、谢湘南、许立志等24位诗人的诗歌。

（四）诗人荣誉及嘉奖

青春诗会与鲁迅文学院都是选拔和培养人才的学堂，本年度，安然被选拔参加了《诗刊》社第39届青春诗会，是目前广东省参加青春诗会的诗人中年龄最小的诗人。吴乙一参加了鲁迅文学院第43届中青年作家高级研讨班。

本年度获得奖项的主要有：阮雪芳的《水的肖像》、林馥娜的《诗者的织物（诗歌卷）》、安然的《北京时间的背针》获得广东省第十一届鲁迅文学艺术奖。黄灿然的《黄灿然的诗》获2023花地文学榜诗歌奖。马拉获第21届“华文青年诗人奖”（2023年度）。

三、新工业、高科技时代的湾区创作

（一）时代转折处的创作面向

2023年可以说是AI元年，人工智能技术通过前期的积累，已开始在世界上许多领域得到广泛应用和认可。国内的百度也在8月底向社会全面开放“文心一言”的应用。第四次工业革命多领域全面展开，可见人类发展的拐点已到来。在新工业、高科技时代的路口，广东诗人的写作有持续向新，有向内自观，也有回望传统的多种路径。此中既有时代转折处的省思，也呈现了多元的南方面相。杨克、郑小琼与陈崇正，均居于一线城市广州，同时也都与被称为工业城市的东莞有较为密切的联系，杨克的频繁往来，郑小琼、陈崇正的双城居留，让他们切身体味着快速变化的时代历程，并审视着自己的写作。

1. 杨克《每一粒光子的轨迹》

杨克在诗集《每一粒光子的轨迹》（中国工人出版社）自序中表示“重新审视存在和灵魂的根基是我写作的方向，诗人必须全身心地投入当代的体验，铭记他的时代。诗的发现意味着神性乍现。诗人的使命是将存在场所转变为精神领域”。他用充满温暖和情感的诗心回应工业的冷硬本质。这部诗集中保留了部分前工业时期带生命体温的悲歌行进式的篇什，如《在东莞遇见一小块稻田》等，并以青年李白出川，仗剑远游万里长江的蓬勃气象开篇，以期赓续三千年中国诗歌的精神传承，呈现中华文明中的重要符号，让古与新交相辉映。杨克是个诗歌维新者，在20世纪90年代，其城市诗歌写作便开启了富有开拓意义的主体性。诗集中有60余首作品是他近年来创作的新工业诗歌精选，有写生态与科技人文交融的《万江》《听见花开》，有写高新科技建设的《大国工匠》《亲近大国重器智能燎原》《跨海大桥，或献给港珠澳》《大湾区的天空》等，这些作品为新工业、高科技在场的时代节点提供了相应的记写。另外，诗人在《星星》《诗刊》《诗选刊》、“学习强国”、新华网客户端、人民日报客户端、光明日报客户端等都发表了作品。《上海文学》1月号发表的长诗《唯见长江天际流——与李白同游》是其近年广为传播的代表作，一个客户端便达到173万人次收看。“不必在楼墙题诗一争高下/李白只要了孤帆，留历史一个远影/碧空就得还他无穷风尖与浪口”，该诗晓畅激越，适于朗诵悦听，体现了诗人对历史语境和当下文明形态的思考。杨克还致力于诗歌的传播和培养新生力量，参加了中国作协湖南清溪、茅奖乌镇、山西太行山等多场活动并举办讲座；参加了文化部河南省政府中国诗歌节、中国诗歌学会屈原故里秭归等地的诗歌节及广东省作协的活动，并为广东小学生诗歌节讲课等。

2. 郑小琼《庭院的鸟群》

郑小琼新诗集《庭院的鸟群》由作家出版社出版。这部诗集收录了作者154首诗歌，分为“白云山诗篇”“庭院的鸟群”“俗世与孤灯”“道法自然”四辑。这是一部丰沛的集成之作，在度过喧嚣的青年时代之后，在新冠疫情肆虐期间，诗人返身白云山，从花鸟树木中观察生命永恒的主题。其中作品多为2022年度在各大刊物中发表的作品。这批作品是郑小琼放下工业背景的“打工诗歌”，对传统古典情怀的回望，通过重新认识大自然，接通喧嚣俗世与静息禅境之间的路径，使视野与写作的丰富性得到更大的拓展。她从机器的声音、塑胶、铁片、网络等这些熟悉的生活中回眸，是为了更扎实地前行，这种勉力充实自我丰富性的写作，是避免被风潮裹挟的文化自觉。

3. 陈崇正《时光积木》

《时光积木》（广州出版社）这部诗集正如其名，有大部分的诗歌源于不同时光里的记忆反刍，有记录类的心灵悸动、记忆类的乡村往事、记取类的生命省思。陈崇正以一种全息的视角俯瞰着一切，像是对打好腹稿的小说进行剧场推演的过程，许多诗均有一种倒叙和返场的呈现方式，这或许得益于他作为小说家的谋篇布局的小说手法，使诗意一步步进入人心。在《白霞五句》这首诗中，“我”的心门一直是虚掩的，“白霞”在其间一次次“像一朵花收拢花瓣，蚌合上嘴巴，上帝摘走魂命”，说是过去了的，却一直在场；看似超然的俯瞰，却“摘走魂命”地揪住了“我”和读者的心。潮汕人向来有敬畏神明、敬重祖先的传统，这种源头传承的历史感与慎终追远的精神洗礼，同样沉淀在出生并成长于潮州的陈崇正的诗里，他在《卑微幻想曲》《车祸》等诗的预演中体味人生之况味。《记忆的井口》《我那清且明的祖先》等，在对世事与清明的省思中领略生死之平等。在技术快速迭代的社会，时光更如速逝的急流，诗人用记忆的积木堆垒起赖以栖息的精神之家。

（二）珠三角部分诗人的创作

珠三角除了形成诗群的同仁群体，这里还拥有大量的散布于各行各业的诗人，他们各呈其美，共同组成广东的诗歌形象。安然的《正在醒来的某个早晨》作为广东省青年文学粤军丛书之一，由花城出版社出版，并在《诗刊》青春诗会专号、《民族文汇》《江南诗》《草原》《特区文学》等均发表了组诗。曹文军的《正面与背影》由长江文艺出版社出版，呈现诗人在超验世界里往来于异乡和故土，面对新址与遗迹的柔软与疼痛。真真的《遗漏》由暨南大学出版社出版，诗中既有亲情之泪与友朋之爱，也不乏哲思与隽语等闪光之处。梁雷鸣的《大海书》由广西师范大学出版社出版。

黄金明本年度在《诗刊》《星星》等刊发表了多组诗歌，他的作品让人思考山水的教益与眺望未来的陌生之地。"观鸟者透过高倍望远镜，窥见了鹰眼/碎裂的修罗场。每一颗泪滴，都裹着一个小型地狱/有熙攘闹市的泡影，也有蜃楼放大的妄想症/但也不要灰心，在三江源，泉眼虽小，大海还远"（《安慰诗》）。人这个矛盾的生命体，在物理世界与精神宇宙中的自我辨认，就如薛定锷的猫，在变动的一切中，寻找永恒，"彗星像大扫帚在穹顶挥来挥去/仿佛是它搅动着天体物理学的泡沫//恰好是瘫掉了的霍金/开辟了果壳中的宇宙"（《物理学》）。黄金明的《时间的安慰》与《物理学》两组诗，代表着重返自然的寻根与新工业时代的飞翔之思，这伸展的两翼正是在后工业背景之下，诗人写作中互相拉动的诗意张力。

胡红拴在《诗刊》《光明日报》《文艺报》《解放军报》、美国《诗殿堂》杂志、西班牙《欧洲诗人》等海内外报刊发表诗歌331首、文章21篇。一批诗作被收入《2022年中国新诗排行榜》等选集。其主编的《中国地学诗歌双年选2021—2022年卷》也于本年度出版发行，收录了49位广东诗人的作品；并受邀参加第四届中国徐霞客诗歌散文奖颁奖典礼，主持沙龙并作学术点评。其作为主要牵头人之一成立的"中国生态地学诗派"大批成员的作品频繁以团队的形式在海内外报刊发表。周承强近年创作了一批反映边地生态环境和军旅生活新状态的诗，分别发表于《绿风》《解放军文艺》《诗选刊》等刊，有作品入选《2022年中国年度优秀诗歌选》《新南方诗篇》等，并登上“学习强国”中央学习平台。另外，周承强作品线上专场朗诵会“山河壮丽 生态家园”由湖北黄石市黄石港区文联与“从军营走来”诗社联合举办，取得较好反响。

八秩诗人徐启文在《诗国》《广东电视周报》《侨星》《千岛日报》《平原文学》《新京东文艺》等发表诗歌作品38首（篇），其中现代诗18首、旧体诗词15首、散文诗5章。其诗体涵括新体、旧体、散文诗，内容丰富，灵活自由。青年诗人辛夷保持着稳健的创作势头，他以敏锐而深沉的生活经验为基底，在诗与思之间找到着力点，将对生命、情感、时间的思索演绎成徐缓、低沉的表达，显示出了独特的诗歌质感和精神气象。其作品发表、收录于《特区文学》《诗潮》《星星》《诗词》等，并被《新华文摘》所转载。青年诗人梁甜甜的诗歌发表、入选于《新疆诗歌》《诗林》等，获得黑龙江省作家协会举办的“大美龙江，爱我家乡”主题征文一等奖。

广州市增城区于1月创建成为中国诗歌创作基地，并于12月与中国诗歌学会共建中国诗歌之乡。5月19日至21日，区委宣传部副部长杨荣邦，区文联主席、区作协常务副主席周扬波出席了首届中国（抚州）诗歌之城论坛，周扬波代表增城区在研讨会上作了“挖掘荔乡文化，建设诗意增城”为主题的发言。生活于增城区的诗人罗德远、旻旻、郑德宏等创作活跃，罗德远的诗歌发表于《青年作家》《星火》《湖南工人报》等，并于《今古传奇》“头条诗人”发表组诗，获得“《青年文学家》2023年度优秀文学创作奖”。旻旻的诗歌发表于《作品》《扬子江诗刊》《广东文坛》《鄂尔多斯》《广州文艺》等，并有作品选入《在黎明灰色的山脊上》《中国地学诗歌双年选2021—2022年卷》等。郑德宏的诗歌发表于《星星》《诗选刊》《澳门文化旅游报》等，并有作品入选《中国诗歌学会2022年度诗选》《2023中国年度诗歌》等。

陈东东的《略多于悲哀：陈东东四十年诗选》由上海三联书店出版，以诗人自选的五辑不同体式的诗作组成，呈现了作者40年诗歌写作的概貌。

作者观照时代生活，回溯记忆与历史，展开了复调、多声部和戏剧化的抒情、宣叙、对话、反讽和音乐性。范明的《冬日微蓝》由内蒙古文化出版社出版，作品体现了诗人在冥想中听从内心的声音，不断探索适合自己的诗歌写作路径，见证了诗人独立思考、深切感悟及与天地万物共处的方式。远洋的诗歌发表于《星星散文诗》《诗潮》等，其发表于《诗刊》的组诗通过对自然景观的描绘和对人生经历的反思，传达了对新生、希望和精神觉醒的深刻渴望。宝蘭在《西部》《诗林》《作品》《青海湖》等期刊及数十部年度选本发表了大量组诗，并获得《世界华文诗报》创刊30周年评选出的“国际华文桂冠诗人”称号，组诗获《作品》年度打赏第二名。她的诗具有沉朴之格，如《林坪路28号》《两只鸭子》等，呈现了冲和淡泊的境界，把人生感悟融通于自然之景中。吴锦雄的诗歌发表于《作家》《上海文学》《诗林》《扬子江诗刊》《星星》等。程向阳的诗歌发表于《中国铁路文艺》《中国工人诗典2022》《参花》等。

除了以上所提到的和归入诗群中的诗人，本年度创作较活跃的诗人还有广州的世宾、西篱、安石榴、梦亦非、温志峰、凌越、冯娜、杜绿绿、谢小灵、老刀、汪治华、林旭埜、海上、嘉励、顾偕、谭畅、画眉、苏一刀、张红霞、叶秀彬、黄双全、蒙晦、唐明映、杨莲、范俊呈、陈丹、程峰、谢洋、杨曾宇等；佛山的陈陟云、张况、朱佳发、曾欣兰、史鑫、乌鸟鸟、严婉儿、洪永争等，以及诗人任意好及其主编的《赶路诗刊》所汇聚的诗人群；惠州的阿樱、江湖海、钟晴、木子红、缪佩轩、仲诗文等；深圳的徐敬亚、孙文波、莱耳、从容、赵婧、阮雪芳、谷雪儿、孙夜、张尔、谢湘南、远人、唐成茂、阿翔、桥、吕布布、大草、郭金牛、朱涛、蒋志武、朱巧玲、樊子、仪桐、唐驹、陈洪波、李晃、庄生等；珠海的卢卫平、唐不遇、罗春柏、盛祥兰、容浩、步缘等；澳门的姚风、袁绍珊、贺绫声等；香港的云影、吴燕青、秀实、招小波等。

（三）各具地域特色的诗群创作及年度活动

1. 东莞诗群

东莞市文联、作协联合《诗刊》社、省作协等各机构，组织了大量诗歌活动，于2023年组织举办了“鳌台（厚街）文学创作基地名家创作采风交流”、太粮集团新工业采风创作、东莞旧八景厚街海月风帆创作采风、厚街厚岛生态文学创作交流沙龙、厚街历史人文创作采风、徐汉洲诗集《水的样子》研讨沙龙、五色花诗歌进校园志愿活动、“新工人文学写作的可能性”讲座、“新型工业化与新工业诗歌研讨会”等活动。活动由诗人黎启天具体筹办。其中，文学赋能制造强省建设主题志愿活动由鳌台文学创作基地协助省作协举办，省作协、中国诗歌学会领导苏毅、杨克等出席了活动。广东作家网、东莞文联公众号、《东莞日报》、厚街融媒等媒体做了报道。在创作上，薛依依诗集《别说出她的名字》由北京燕山出版社出版。许泽平组诗《回忆》发表于《诗刊》第6期“双子星座栏目”，并配发了相关创作谈。组诗主要书写诗人对自我和外在世界的思索，诗歌取材广泛，既有对微小之物的关怀，也有对周遭人群的关切，更有对内在自我的审视，可称为“倾听世界的回声”。方舟在《诗刊》《诗选刊》《大河诗刊》《特区文学》发表了诗歌及创作谈，并有作品入选《中国工人诗典2022》《2022年中国诗歌精选》等。黎启天在《中国文艺家》《诗探索》等刊物发表了作品。肖隆东在《诗刊》，刘飞在《辽河》发表了作品。杨华之组诗5首入选全国诗歌大赛获奖作品集《遇见临潭》。创作较活跃的诗人还有百定安、柳冬妩、庞清明、候平章、刘大程、池沫树、林汉筠、陶天财、黄吉文、蒋楠、祝成明、易翔、孙海涛、吴开展、蓝紫、朝歌、莫小闲、许晓雯、钟海潮、孔鑫雨、沈汉炎等。黎启天在《东莞：机器密林里伸出一条诗歌的河流》一文中对东莞诗群做了详细的梳理，从诗歌起源到当下诗歌现状，从草根诗人到代表性诗人，全景式展现了东莞诗歌的发展脉络及现状。

2. 中山诗群

2023年中山诗群的创作成果丰硕，《诗潮》杂志第1期发表诗群12名成员的作品；《十月》《诗歌月刊》《延河》《澳门笔汇》《现代青年》《文学天地》《南方日报》《澳门日报》等发表了诗群诗人作品；《中国诗歌年选》《中国诗歌排行榜》《中国微信诗歌年鉴》等选本也多次选用诗群成员丘树宏、王晓波、马拉、倮倮的作品。陆文伟的《岸》、倮倮的《世界看见我》、夏志红的《中山诗歌地图》、郑玉彬的《莲的方式》等诗集先后出版发行，颇得读者好评。其中，《人民日报》客户端等媒体报道了陆文伟诗集分享会消息。2月2日，《澳门日报》总编辑助理、诗人贺绫声，珠海《绿荫诗报》主编、诗人步缘等来到中山，与诗群开展大香山诗歌文化交流及朗诵活动。《澳门笔汇》杂志第3期报道了“澳中珠”三地诗人朗诵会情况，并推出诗人作品专辑。郑玉彬的《莲的方式》从女性的精神镜像和特定角度出发，打量、感受和体验这个世界，对生命本身的意义进行深度审视与理性观照。会员马时遇创立的雏菊诗社于7月22日正式揭牌，当天共有学生、家长代表等共30人参加活动。社员作品散见国内报刊和屡获中山、深圳等地区中小学生诗歌大赛荣誉。另外，丘树宏受邀参加第十四届“品鉴岭南”中国著名作家采风团走进深圳活动，活动主题为庆祝中国改革开放45周年。广州电视台综合频道、南国都市频道分别播出长达45分钟的专题节目“开卷：丘树宏开卷《长歌正酣》”。中山诗群始终坚持以人民为中心的创作导向，做到文艺创作以人民为老师、文艺作品以人民为主角、文艺服务以人民为主体。

3. 珠西诗群

珠西诗群2023年通过加强内部创作交流和向外推荐成员诗歌作品，以及举办诗歌活动，继续出版《珠西诗刊》和坚持珠西诗群公众号推送，不断将诗群的影响力扩大。野松、张佩兰、郭杰广、李月边、獒妈、何曲强、邝海飞、潭啸、邓红琼、何中俊、门梁等11位成员33首诗作发表于《莲韵》诗刊。诗歌选本《中国诗人生日大典》共有马时遇、阿半、漠阳、黄萍、张佩兰、林风、潭啸、何曲强、夏志红、唐殿冠、乡芗、野松、施维等13位成员的作品入选；成员作品在《湛江文学》《思想者选刊·诗歌专号》《南粤行吟者·广东诗人作品选辑》等发表。邀请了谭五昌教授到江门举办题为《全球化语境下的当代诗歌写作》的学术讲座，珠西诗群成员及江门诗歌爱好者近50人聆听了讲座。在省文艺评论家协会与鹤山市文联的指导下，诗群与鹤山市文艺评论家协会共同举办“鹤山市文艺评论家协会成立三周年座谈会暨野松诗歌评论集《南方诗神的咏唱——广东诗人论》首发式”，共40多人参加了活动。诗群还与开平潭江诗社联合进行碉楼采风活动，采风作品在《珠西诗刊》发表，部分在《南方日报》《江门日报》等发表。珠西诗群依靠群策群力，特别是主持者、召集人野松筹集资金和无私付出维系。《珠西诗刊》自创办以来已出版5期，本年度出版了1期。此外，珠西诗群成员、《珠西诗刊》编委唐殿冠荣获第六届博鳌国际诗歌奖年度诗人奖。

4. 粤东诗群

梅州诗群：诗群主要成员作品发表方面，游子衿诗作发表于《诗歌月刊》《特区文学》《江南诗》等。吴乙一诗作发表于《作品》《特区文学》《诗刊》等。吴乙一、吴小燕、刘梅兰、张标、姚依萌、李程、谢岳昌、张秋兰、冯杰福、凌贵荣、刘紫霞、谢传宝、林祎慧、吴伟华、紫兰等诗人作品以“蔓草诗社作品小辑”在《诗歌月刊》《南方》等发表。陈培锋、周旭金、管细周、紫兰、吴小燕、薛依依、青秋、黄百灵、罗琼、墨痕、余开明、朝歌、华襄、陈晚等诗人作品以梅州诗群专辑在《特区文学》发表。活动方面，“文学客家”漫谈会12月23日上午在梅州市岭南书院举办，游子衿、赵晶晶、吴乙一、丫丫、黛眉、林丽筠、世宾等诗人、学者全面梳理、回溯历史上梅州诗歌的生长轨迹和发展脉络，以客观、理性的眼光审视当前梅州诗歌的局限性，寻求新时代之下的突围走向与路径，进一步提升诗歌群体的原创力和生命力，引导带动梅州文学向纵深发展。另外，还有基于黄新桥等主持的《射门诗刊》所形成的，由阿桃歌、陈其旭、罗琼、黄慧良、姚中才等成员组成的诗群。

揭阳诗群：本年度揭阳诗人继续以群体形式在诗界频繁出现。在创作上，阵风、蔡小敏、梁彬、谢晓萍各有诗歌入选《2023中国微信诗歌年鉴》。雪克有组诗发表于《诗潮》，其中3首诗被选入中诗网微信诗歌精品展播，并入选《新诗选》等选本。蔡小敏的诗歌入选《2023中国诗歌年选》，《蝴蝶回来》上榜2023年度中国好诗榜9月榜，《润色》发表在《国际诗坛》夏季卷。梁彬诗集《岸》由长江文艺出版社出版。有评论家认为梁彬的高明在于将诗性的语言置放在情感的悲伤中，收放自如、张弛有度、诗意微妙。他不仅有驾驭语言的天赋，也具有悲天悯人的情怀，他笔下的万象与此在都具有“此刻的有效性”，能让人在阅读中看到“破碎却无比完整的自己”。诗歌活动方面，由揭阳市作协与粤东诗歌发展促进中心联合主办的“粤东城际诗会”于2月10日举行，来自各地的诗友参加了活动。诗会主题为“揭·示——从揭阳诗群说起”，诗人雪克、揭阳市作协主席郑培亮接续发言，阐述地域诗歌创作情况，发表个人诗歌思考。诗群诗人梁彬、蔡小敏、谢晓萍、林丽筠、郑惠山、阿沛等先后讲述个人的创作，粤东诗民间诗评人、诗人晋侯、林伟光、张扬、林耀东、陈其旭等从各自的角度发表了对揭阳诗群的观察结论，研讨会掀起一场关于地域诗歌的探讨与争鸣。

潮州诗群：本年度潮州诗群举办了音乐诗会和交流会等活动。由潮州市文学艺术界联合会指导，潮州文学院主办，张勇吉他艺术工作室、时间轴乐坊、橄榄小庄协办的“止|回 5th：秋日美学”——潮州文学院品牌活动“止|回”音乐诗会于11月4日在湘桥区意溪镇橄榄小庄举办。市作协会员蓉意朗诵了陆燕姜的《秋日橄榄小庄》。诗人吴作歆、郑林萍、余史炎、草叔、黄昏等的作品也次第登场，其间各种乐器的穿插演奏烘托出醉人的氛围。由韩山师院与潮州文学院联合主办的“在场·《粤东诗歌光年2022》首发式暨2013—2022粤东诗歌十年发展交流会”于11月18日晚举行。来自各地的教授、评论家、诗人黄景忠、世宾、任毅、周录祥、向卫国、陆燕姜等出席首发式暨交流会。会议由《粤东诗歌光年》主编、诗人黄春龙主持。与会嘉宾就粤东诗歌走出去、“潮语诗歌”写作试验、《粤东诗歌光年》对团结粤东诗人的重要作用、粤东诗人改变自己命运的看法和金字塔式发展、诗歌辨识度等观点和问题进行讨论，希望粤东诗歌能够进一步突破。诗人和评论家在交流会上观点碰撞、灵感闪现，既总结了粤东诗歌的成绩和不足，也提出了许多深化、优化发展粤东诗歌的宝贵意见和建议，对粤东诗歌实现“沉下来”“走出去”等多个纬度具有重要意义。

汕头诗群：基于黄春龙等主编的《粤东文萃》与濠岛诗群，结合由程增寿任总策划、黄春龙任主编的年鉴类刊物《粤东诗歌光年》及其相关活动，集结了一群较活跃的诗人，主要有陈仁凯、黄春龙、程增寿、肖涛生、林耀东、小衣、杜伟民、马同成、李杰彬、苏素、林丹华、林映辉、陈伊琳、赖俊文等，形成了与粤东各诗群密切交流联动的汕头诗群。

汕尾诗群：在创作方面，石晓贤诗集《雕刻时光的玫瑰》由长江文艺出版社出版，在读者中引起较大反响，并在《作品》《特区文学》发表了诗歌。林进挺的散文诗、诗歌在《上海诗人》《南方日报》上发表。林凤燕的诗歌在《诗歌月刊》《星星》诗刊发表。温水义的散文诗在《青海诗刊》发表。此外，蔡赞生、王晓忠、郑海潮、林国鹏、王诗彬、李泽浩、林梓乔、庄海君等有多篇作品在公开报刊发表。林国鹏、石晓贤等有诗歌入选各种年度选本。刘文芬诗集《远方，不再遥远》和林凤燕诗歌《等一杯咖啡》双获文学类铜奖。林进挺、林国鹏、林梓乔、庄海君等单篇诗歌获得不同奖项表彰。汕尾散文诗学会本年度举办了大量活动，汕尾获颁全国第一个地级市“中国散文诗之乡”荣誉牌匾，举行了第二届柯蓝杯全国散文诗大赛颁奖仪式，举办了“首届中国散文诗节迎宾文艺晚会”和“中国散文诗创新发展研讨会”。随后，《吾园》推出汕尾散文诗群作品专辑。《吉林散文诗》推出首届中国散文诗节嘉宾散文诗专辑和汕尾散文诗群作品专辑。柳成荫、侯洁春、川梅、杜青、王心洁、林进挺、庄海君、王晓忠等的作品入选《中国年度优秀散文诗2022卷》《2022中国年度散文诗》《2022中国散文诗排行榜年选》等多种年选。

5. 粤西诗群

粤西诗群包括湛江、茂名、阳江、肇庆、云浮等地级市诗人群。其中湛江与阳江两个诗群较注重群体力量的培养与推介。湛江诗群本年度在交流活动方面有：5次赴徐闻、廉江、吴川、玉林、北流参加采风、改稿、交流等活动。邀请《草堂》执行主编熊焱、《诗潮》主编刘川、《诗林》副主编安海茵和《绿风》主编彭惊宇进行改稿与交流活动。成员张德明参加了首届梧桐山诗歌节、中国新工业诗歌创作研究中心暨全国新工业诗歌联盟揭牌等活动。张德明、梁永利、胡丘陵参加了第六届博鳌国际诗歌会、“最美中国・嘉善国开”采风活动等。程继龙参加了“中国新诗与中外诗歌传统”学术会议。张德明主持的程继龙《瀑布中上升的部分》与沈奇《庖丁解词》的分享会于7月28日在湛江书城举行。发表与入选概况为：张德明、程继龙、梁永利、袁志军、郑成雨、李明刚、孙善文、王晓波、黄成龙、扬臣、施保国、陈雨潇、庞小红、杨晓婷、余榛、陈华美、林改兰、邓红琼等诗群成员在《诗刊》《星星》《绿风》《诗歌月刊》《诗选刊》《诗林》《诗潮》《草堂》《飞天》《青年作家》《辽河》《延河》等刊物频频亮相，并入选《2023中国微信诗歌年鉴》《中国诗人生日大典》《回眸・中国诗歌年选2022》《中国现代诗人》等选本。张德明连续12期在《诗潮》发表“当代诗学十二讲”。获得荣誉及奖项的主要有：湛博添入选并参加第十六届中国·星星大学生诗歌夏令营，在五指山市开展参观、采风、交流、座谈、诗歌朗诵等活动。梁永利的《草木气息》（组诗）获“草木芳华·全国短诗文征文大赛”二等奖，诗集《自在与拷问》获第二届“东方文艺奖”诗集奖，并获得《中国诗人》杂志2022年年度诗人奖。杨晓婷的诗歌获“写给父亲的诗”父亲节诗歌大赛三等奖、“银瓶杯”第五届东莞市诗歌大赛三等奖。孙善文的散文诗获广东散文诗学会2022年度优秀作品一等奖。另外，徐闻诗人杨宇诗集《星宿海》由中国国际广播出版社出版。

阳江诗群以阳江市诗歌学会成员为主，在本年度联合阳江市文联、阳江市广播电视台等，先后举办了“走向春天——2023年阳江市世界诗歌日朗诵会”“五月诗会”“鼍城七月 乡音诗唱”等诗歌朗读会；还进入高新区漠南中学开展“通向诗歌的道路”讲座，《蓝鲨》执行主编陈计会主讲，做了以修辞涵养语言、借助意象表情达意、写作手法虚实相生等主题的演讲，现场学生反响热烈。陈计会为诗群的发展做了大量的工作，在写作上也勤进不怠，他发表于《人民文学》《诗刊》等刊物的诗歌，呈现了他对一方风物的深情与省思，多为清澈明亮之作。学会出版内刊《蓝鲨》2期，共刊发150多人次的作品400多首（章）。《诗选刊》“全国文学内刊诗选”专号推介了《蓝鲨》诗刊陈计会、王洁玲、容浩、黄赤影、陈晓君5人作品。诗群成员张牛、陈计会、何春燕、容浩、何子逸、林梦光、陈晓君、陈瑜、黄赤影、陈世迪、宁碧君、苏豫雅、王洁玲、甘伟青、王俭优、卢晓莲、林俊安、张蔓军、砂子等在《人民文学》《诗刊》《诗选刊》《草堂》《渤海风》《大河诗歌》《星星》《辽河》《诗词报》《南方日报》等发表了作品。会员宁碧君出版作品集《花事未了》，谭夏阳出版诗文集《李白来到旧金山》。陈世迪获第五届新性灵诗歌大赛二等奖。何春燕的诗歌获“我的廉洁家风故事”主题征文一等奖。

茂名诗人郭逸竹在太白文艺出版社出版了《踏雪行》，诗集反映了作者对童年、对亲情的追忆与珍惜，对理想、对真善美的坚持以及对美好生活的追求；并在《诗林》《诗选刊》《诗歌月刊》等发表了作品。陈兴的诗歌发表于《星星》《浙江诗人》。青年诗人王凌志在《延河》《星星》

《中华辞赋》等发表了诗歌作品，参加了2023年中国作家协会网络文学中心培训班。诗人晓音主编的女性诗歌年度选本《女子诗报年鉴/2021・2022年卷（疫特刊）》于本年度出版，共收录了全国27位女诗人疫情期间创作的诗歌及随笔，以女性视角真实地记录了疫情中的人间百态，被称为：唯一一部完整而集中地呈现了当代女诗人共同的又是独特的人生价值观的年度选本。晓音本年度参加了《星星诗刊》与四川省盐源县委举办的“泸沽湖音乐节诗人采风”活动，诗歌发表于《作品》《民族文汇》等。粤西诗群中较活跃的诗人还有杨勇、刘汉通、黄昌成、张慧谋、刘振周、羽微微、官演武、刘付永坚、梁颖、风三城、李之平、白炳安、紫婷子、庞志桂、何春燕等。

6. 粤北诗群

粤北诗群包括清远、韶关、河源地区，基于自然风光等地缘优势，较侧重生态诗歌的拓展。清远诗群的诗歌氛围非常活跃，主要品牌活动有：清远诗歌节、清远生态诗歌国际笔会、北江诗歌笔会、清远市“三名”笔会。还有日常举办的各种诗会、笔会、研讨会等。目前创作领航力量有华海、唐德亮、黄海风、唐小桃、成春，中坚力量有李衔夏、严正、马忠、苏奇飞、罗燕廷、李福坚、林萧，“10后”代表有申雨霏、马骤骎骎，年龄梯队完整，创作实力和潜力都在不断增强，在全国产生了一定影响。2023年度，清远举办了“第十届清远诗歌节暨第五届生态诗歌笔会”，省作协为指导单位，《诗刊》社中国诗歌网先后对开幕式、主题研讨会、名家讲座三场分活动面向全国诗人作家进行全程录播，即时观看人次超4万，点赞人次超12万。9月9日，由清远市作家协会出品、羊城晚报出版社出版的《峰韵——清远峰林文学作品选》（简称“《峰韵》”）在清远英德英西峰林举行首发活动，《峰韵》主编林永泽、羊城晚报出版社文编部副主任王晓娜以及来自清远各县市区的30多名作家参加了活动。该书集结了一批展现本地峰林文化、茶文化、英石文化等地方特色文化的文学作品，对清远文旅经济的发展、提升清远的文学自信和文化自信有推进的作用。

在创作成绩上，清远诗群在《生态文化》第6期推出生态诗群小辑，在《诗刊》《民族文学》《生态文化》《中国诗歌学会2022年度诗选》《中国年度优秀诗歌2022卷》《星星》《草堂》《诗词》《朔方》《诗林》等发表作品。其中，戚华海的作品在《大河诗刊》发表后，在诗歌界产生了一定的影响，入选《生态文化》杂志发布的“2023年度中国生态诗歌榜单”，并于2023年获华语诗歌春晚“2022年度华语诗歌传播贡献奖”，生态散文诗《红嘴蓝鹊》获广东省散文诗学会第九届（2022）年度作品一等奖。唐德亮的诗歌发表于《光明日报》《中国艺术报》《星星》等众多刊物，并且他与张立中合编出版了《世界华文百字诗鉴赏》双语诗集，应邀参加了中国（阿尔山）旅游大会、明月湖国际诗歌节暨第八届华文诗学名家国际论坛、第24届国际华文诗人笔会等诗歌活动。另外，清远诗社社员在2023年就有700多首生态诗歌在《文艺报》《诗歌月刊》《诗选刊》《中国林业》《生态文化》《中华辞赋》上发表。社长曾新友作品发表于《文艺报》《诗歌月刊》等，并于2023年获得国际华文诗人笔会“中国当代诗人杰出贡献金奖”。其诗集《悟润诗心》由上海世界图书出版公司出版，作者以抒情的笔触，描摹着山水胜景与烟火世事。

韶关诗群主要为“五月诗社”的成员，诗社名誉社长桂汉标的《秀色金声》由山东文化音像出版社出版，这些诗回应新时代的脚步，紧贴现实生活与世道人心，记录草根百姓的劳作与心声，艺术上追求传统与现代的结合。粟立新的《让灵魂高贵》由广东旅游出版社出版。她以个性化的表现，回望自己过往的人生体验，体现着深沉的生命意识和对生活的热爱。唐学连的诗歌获得“闪亮的坐标——2023年度广东省公安先进典型作品（文学类）”征文活动优秀作品奖。始兴诗人杜金华的《家园密码》由广东旅游出版社出版，作者在以诗写大乡土的同时，又展现出了区域性的地方特色，这部作品是对地方风物的记载和展现。

河源诗群以诗群小辑的形式在《宝安日报》《新华文摘》《莲韵》等推出作品，并分别在《诗刊》《星星》《诗歌月刊》《北方文学》发表了一批作品。其中，邓醒群在《河南文学》《中国矿业报》等发表了大量作品，入选《2022中国新诗排行榜》《2023中国诗歌年选·小诗卷》《2023中国诗歌年选》等；诗歌《雨季》被中国诗歌网评为每日好诗，于网络直播并发表在《诗刊》；还获得了第九届“李白杯”诗歌大赛三等奖、2023广东公安清明诗歌朗诵作品征集活动二等奖等。旅港河源诗人吴燕青的诗歌发表于《天府诗词报》《诗词》等，受邀参加第六届成都国际诗歌节等活动。邬耀仿的诗歌获得2023年“翰墨风华”全国诗书画大展（现代诗）赛一等奖。米永霞、坎离、胡剑廷的诗歌发表于《南方日报》《中国财经报》《散文诗》《中国校园文学》等。诗歌活动方面，邓醒群去到边远山区学校开展文学进校园、进农村等活动，赠书200多部；并为了助力绿美广东建设，邀请胡红拴、林馥娜、张牛等一批诗人为万绿湖写诗，专题作品于《广东文坛》专版刊出，《河源日报》也同时推出采风作品。12月31日，省作协与广东公安作协联合在线上召开“广东公安文学作品研讨点评会”，对五名公安作家的作品进行了研讨点评，邓醒群的诗集《在场者》（与张超山合著）、《守护者》被列入研讨点评作品，受到参会专家学者的好评；嘉宾张梅认为，邓醒群的诗集语言朴实有诗意，以独特的方式构建自己的文学空间。另外，由诗人吴川梅倡议的“云上散文诗社”自成立以来不到一年的时间里，诗社成员吴川梅等已在《星星》《诗歌月刊》《散文诗》《散文诗世界》等发表了大批作品，河源散文诗创作呈现出可喜的势头。

四、诗意的培壅与生发

（一）引灌萌芽：少儿诗教

1. 粤港澳大湾区小学生诗歌季

由南方报业传媒集团、省作协主办，南方日报社、省小作家协会、省文化馆承办的“2023年粤港澳大湾区小学生诗歌季颁奖典礼暨2024年大湾区少儿迎新诗会”活动于12月24日下午在广东省文化馆小剧场隆重举行。省作协党组成员、专职副主席苏毅出席本次活动，并与南方报业传媒集团副社长黄灿、省文化馆馆长蓝海红、香港广州社团总会第一执行主席兼秘书长李凤琼、省小作家协会副会长曾庆丰等嘉宾一起为参赛学生及指导老师代表颁奖。本次活动评出10名“十佳小诗人”、100名“百佳小诗人”、1690名“优秀小诗人”、114个“优秀组织学校奖”以及120个“优秀指导教师奖”。

诗歌季举办13年来，始终坚持“守护孩子真实、自在、有趣的表达”。2023年诗歌季由广东省小作家协会作为承办单位，今年的获奖学生都有机会被优先吸纳为广东省小作家协会会员。《少男少女》杂志社举办的“小眼睛看大文化”系列活动，列入本次诗歌季系列活动之一，助力推动诗歌教育，让诗歌教育润物细无声地播撒进小学生的心田，沉淀成他们双眸中的星芒，为他们的童年增添一抹诗意的亮色。

2. 智慧阅读雅荷诗会

2023年雅荷诗会由广州市教育研究院主办，南方日报、南方+团队执行。诗会活动以原创诗词创作、征集、评选以及诗歌文学进校园现场活动为主要内容，在中小学生中着力培育和践行社会主义核心价值观，增强文化自信，激发文学艺术创造力和参与积极性，引导中小学生以优美文字为祖国、为湾区、为成长歌唱。活动共征集到稿件17780篇，白云、番禺、花都等三区域投稿数量排名全市前三位。活动总浏览量冲破百万大关达到113.9万次，点赞总数达到105.5万次。同时，在线上实施了“南方报业小记者对话2023年智慧阅读雅荷诗会十佳小诗人”网络首播。

“诗歌文学进校园·名家面对面”现场活动，通过执行团队前期筹备、组织主讲嘉宾团队、协调学校档期等细致扎实的工作，架设起了主讲嘉宾和学校之间的沟通桥梁。王威廉、冯娜、林馥娜、安然、朱复融、郭珊、王亚敏7位主讲嘉宾在首批学校进行了共13场现场讲座或授课。通过和师生面对面的交流，在广州地区掀起一股诗歌创作教学的热潮，对助燃广州地区师生的投稿热情发挥了强大的推动作用。活动充分应用了“南方智媒云征稿平台”技术，同时在南方+成长频道显著位置开辟了“2022智慧阅读雅荷诗会”投稿链接。

本次评审在广州市教育研究院的指导下，由南方+客户端成长频道、南方少年文学院组织评委团队，通过海选—初审—复审—终审，由初审评委刘成通、王金芝、刘奕伶、杨林清、于姜涛，终审评委谭健文、李贺、史子兴、陈崇正、朱复融按照评选规则开展评审工作，最终评出“十佳小诗人”10名、“优秀小诗人”2117名、“优秀组织学校”43所、“优秀指导教师”1050名，以及“十佳人气作品”10名。

（二）春风化雨：逸仙青年文学奖

2022—2023年全国大学生“逸仙青年文学奖”颁奖典礼于11月24日上午在中山大学举行。张培忠、西渡、魏微、世宾、彭玉平、王琤、谢金华、谢有顺、罗成、王威廉等来自省作协、清华大学、中山大学的领导、诗人、作家、教授出席本次颁奖典礼。中国作家协会副主席阎晶明作为此次文学奖的终评评委之一，通过视频分享了他的感受。作家韩少功也通过视频对此次文学奖表示了关心。2022年度全国大学生逸仙青年文学奖主奖为：罔生；优秀奖为：王正全、龙健、张世维。2023年度全国大学生逸仙青年文学奖主奖为：曹迁迅；优秀奖为：周楷棋、刘存豫、黄芷仪。逸仙青年文学奖不仅激励创作者笔耕不辍，也在潜移默化间打动了千千万万怀有文学梦的学子。

五、诗歌活动：构建多元人文生态

广东诗歌界一直致力于把诗歌精神传播到社会群体中，共同构建和谐的人文生态。本年度省作协诗歌创作委员会征集并评选出“2023年广东省诗歌十项大事”，还有各地举办的诗歌节以及民间诗歌活动等，呈现出繁荣多元的局面。

（一）2023年广东省诗歌十项大事

1. 第八届中国长诗公益品鉴暨第八届中国长诗奖颁奖典礼在佛山举办

12月17日，第八届中国长诗公益品鉴暨第八届中国长诗奖颁奖典礼在广东佛山举办。全国共有26位诗人获奖，其中包括鲁迅文学奖得主西川、路也与阎志等。活动由中国自然资源作家协会、省作协，以及佛山市作家协会、佛山禅城区文联等单位联合举办；由诗人叶延滨、杨克担任组委会主任，诗人丘树宏、胡红拴、梁平、张况等担任评委。此次共收到16个省、自治区、直辖市165位诗人的165部长诗作品，最终评定26位诗人的26部长诗获奖。其中，西川、路也、阎志、安谅、桂兴华等5人获“最佳成就奖”，凸凹、汪泉、杨然、汗漫、施浩、唐晓渡、郭栋超、董进奎、袁瑰秋、龚学明、三泉、尚飞鹏等12人获“最佳文本奖”，杨碧薇、沂波、南兮、苏小青、彭争武、李世许、赵剑颖、樱子、陈小曼等9人获“最佳新锐奖”。澳门文化界联合总会会长吴志良，诗人唐晓渡、丘树宏、张况等出席颁奖典礼。中国长诗奖是全国目前唯一的长诗类奖项，填补了国内空白，已成为影响全国文学界的诗歌活动和著名品牌。

2. 东莞荣膺“中国诗歌之城”称号

12月2日下午，在2023中国（东莞）森林诗歌节开幕式上，中国诗歌学会正式授予东莞“中国诗歌之城”牌匾，授予东莞谢岗“中国诗歌创作基地”牌匾。中国诗歌学会在《关于同意授予东莞市“中国诗歌之城”的决定》中评价：东莞诗歌创作历史悠久，由宋朝发轫，以诗结社，以作品立足，逐渐发展至鼎盛。20世纪80年代以来，东莞还出现了影响全国的“打工诗歌”等群体，是“新工业诗”“生态诗歌”的发祥地和核心区域。东莞诗歌演进有序，成果丰硕，群体递增，是我国诗歌创作、理论研究并举的重要城市，值得各地借鉴。特别是东莞市文化馆发挥了“领头羊”的重要作用，不仅主导打造了两年一届的东莞市诗歌大赛、一年一届的东莞儿童诗大赛、两年一届的中国（东莞）森林诗歌节、“好好说话，天天读诗——东莞小诗人沙龙”品牌、一年一度的东莞新年诗会、著名诗人生态东莞采风行等诗歌赛事活动，还依托文化馆总分馆体系，让整座城市充盈着浪漫诗意。全市设立了14个文学、诗歌重点创作基地，南城的“诗歌文化日”、东城的“五月诗会”、凤岗的“兴贤诗会”、谢岗的“诗歌季”——诗歌文化品牌活动在东莞呈现出百花齐放的良好态势。

3. “自然城市：首届梧桐山诗歌节”在深圳举行

11月3日至5日，在深圳罗湖举行的“自然城市：首届梧桐山诗歌节”为深圳带来全新的文化注解。诗歌节通过名家采风、专题研讨、讲座交流等方式，多视角、多领域、多维度展示深圳“山海连城”城市名片及“湾区枢纽、万象罗湖”良好生态人文形象，打造深圳本土诗歌活动品牌与文化话语场，让诗歌成为生活本身、让市民感受美好诗意。活动由深圳市文联、深圳市作协，以及中共深圳市罗湖区委宣传部、深圳市罗湖区文联、罗湖区作协、笋岗街道办等合办。《诗刊》主编李少君、中国诗歌学会副会长王久辛，以及来自全国各地的诗人娜夜、林秀美、叶玉琳、谷禾、刘川等与广东本地诗人30余人与会。活动期间，还举行了“自然城市：自然与城市在当代诗歌写作中的结合维度与可能”主题研讨会和多场专题讲座。

4. 2023中国（东莞）森林诗歌节举行

12月1日至3日，“让诗歌照亮城市——2023中国（东莞）森林诗歌节”开幕式暨大型森林诗会在东莞谢岗隆重举行。来自全国各地的诗人、诗评家杨克、叶延滨、黄亚洲、王久辛、胡丘陵、何言宏、高旭旺、方舟等出席活动。诗歌节由中国诗歌学会、中国作协《诗刊》社、东莞市文化广电旅游体育局、谢岗镇人民政府联合主办，东莞市文化馆、谢岗镇文化服务中心共同承办，省作协诗歌创作委员会、中国诗歌网协办。森林诗歌节宣传生态文明主流价值观，倡导生态诗歌写作，活动项目包括诗人嘉宾进校园讲座、全国生态诗歌“银瓶山圆桌对话会”、著名诗人生态诗歌采风、森林诗歌节开幕式暨大型森林诗会、“银瓶杯”第五届东莞市诗歌大赛颁奖暨获奖作品朗诵会等系列诗歌文化活动，东莞各镇街亦以分会场的方式举办了诗歌讲座、诗歌采风、诗歌朗诵会等系列活动。

5. 广东省朗诵协会十周年系列活动成果丰硕

2023年是广东省朗诵协会成立十周年。十年来，省朗诵协会始终坚持“诵读经典，传承文明”宗旨，先后举办了近900场朗诵艺术活动。今年的系列活动“放怀岭南·湾区行名家经典作品朗诵会”“粤港澳大湾区朗诵艺术节”等影响广泛，成为著名品牌。协会先后举办了70多位诗人作品朗诵会。出版了省朗诵协会会员优秀诗文作品集《岁月如诗》，为推动广东朗诵艺术事业的发展和传播优秀文学作品做出了积极的贡献。

6. 清远举办第十届诗歌节暨第五届生态诗歌笔会

6月9日至11日，“生态写作：现在·未来”第十届清远诗歌节暨第五届生态诗歌笔会举行。活动由省作协、中共清远市委宣传部，以及清远市文联、清远市作协等合办。今年的诗歌节笔会新增了省作协作为指导单位，整体提升了活动规格。叶延滨、杨克、金石开、邢建建、胡伟、陈希、韦清琦、伍方斐、谢超、冯娜、胡红拴、方舟、潘娜等来自全国各地的诗人、诗评家出席诗歌节笔会并作交流，华海、唐德亮、唐小桃、曾新友等清远本地诗人参加笔会。

7. 汕尾市获颁“中国散文诗之乡”牌匾并举行首届散文诗节

1月7日至9日，由中共汕尾市委宣传部指导，中国散文学会、汕尾市文化广电旅游体育局、汕尾市文联共同主办的“讴歌新时代·逐梦红土地”——“冬养汕尾”文旅品牌推广活动暨首届中国散文诗节在汕尾举行。在1月7日晚于汕尾马思聪艺术中心举行的启动仪式上，中国散文学会为汕尾颁发了全国第一个地级市“中国散文诗之乡”荣誉牌匾，并发布了中国散文诗第一部蓝皮书。1月8日，中国散文诗创新发展研讨会在汕尾隆重举行，来自全国各地的作家、诗人、学者就中国散文诗的发展问题进行了深入的研讨。高洪波、叶梅、张清华、王幅明、黄恩鹏、秦兆基、王志清等作家、学者通过线上方式参与了研讨会。

8. 第三届南湖诗歌论坛聚焦广东诗歌现状与前景

5月21日，第三届南湖诗歌论坛在广州举行，主题为“广东诗歌现状与前景”。活动由广东现代作家研究会诗歌研究中心、广东省文化传播学会南方诗歌专委会承办。专家学者们认为当前无论在诗人数量、诗歌群落还是作品数量上，广东都称得上是诗歌大省。与会人员一致认为，广东诗人不拉帮结派，一心一意写诗，这是广东诗坛最突出的优秀品质。诗人们默默写作、潜行，涌现出了众多优秀诗人和作品，打工诗歌成为广东诗坛的亮丽风景线。目前广东诗坛处于沉潜、蓄力之势。上百年来，广东诗歌有敢为天下先的创新意识，如黄遵宪、李金发等激励广大诗人们勇于探索、不断开拓前行，相信终会把广东诗歌推上强省的高位。此外，广东的民间诗歌力量，也是一支不可忽视的重要力量，必须予以重视和支持。

9. 东莞小诗人沙龙引发全国关注

“好好说话，天天读诗——东莞小诗人沙龙”是东莞市文化馆推出的中小学生诗歌阅读与创作的公益项目，2023年已经迈进第八个年头。在中国诗歌学会举办的大型诗歌会议——2023中国诗歌之城论坛和第二届“童诗中国”论坛上，该项目策划人方舟作了诗教品牌案例的经验介绍。东莞两所学校荣获“全国诗教校园”，引发全国诗教同行关注。2023年东莞小诗人沙龙仍面向全市14岁以下的少年儿童征稿。大赛由东莞市文化馆联合东莞日报社共同主办，省作协诗歌创作委员会为指导单位，由杨克、丘树宏担任顾问。大赛最终评选出一等奖5名、二等奖15名、三等奖30名、优秀奖106名。同时，主办单位根据各学校来稿数量和获奖情况，评出29个优秀组织奖单位、63名优秀指导老师。

10. 韶关诗人陈国胜捐资30万元设立文学奖

陈国胜是韶关五月诗社成员，也是深圳市作协会员，曾在海内外报刊发表大量作品，出版诗集《天亮的时候》，电视纪录片《一起走过的日子》获国务院外宣金桥奖，《夏日的信》《芒夏》《风吹麦浪》《告别年代》等微电影作品先后获全国及省市级大奖。6月11日，陈国胜因病逝世，在临终前二十多日，他的诗文集《仰望蔚蓝》出版，同时，他向韶关五月诗社捐款30万元，设立文学奖，鼓励、支持五月诗友和粤北年轻作者坚持文学信仰。

（二）各地诗歌活动

1. “诗词之都”系列活动

（1）“新时代湾区的诗歌图景”诗歌论坛

5月8日下午，由省文联、市文联主办，市文艺报刊社、市作协、广州诗社承办的第2届粤港澳大湾区文艺合作峰会“新时代湾区的诗歌图景”诗歌论坛成功举办。论坛将传统诗词与新诗融合，邀请关注大湾区诗歌发展的学者、评论家、传统诗家词人和现代诗人代表，共同探讨大湾区诗歌高质量发展。诗人、专家、学者吉狄马加、钟振振、赵松元、杨克、黄礼孩、世宾、冯娜、吴燕青、张海鸥、彭玉平等先后针对现代诗创作中对岭南文脉的传承，以及外来文化的交融，共论诗歌创作中的大湾区经验与“新南方写作”。

（2）“广州诗词之夜”系列活动

广州市作协本年度承办了5场“广州诗词之夜”活动，具体有：赵松元“高洁自守与自我放逐——陶渊明的人格范型及其思想史意义”，董上德“《桃花扇》的特色与魅力”，郭杰“‘四高一转’——白居易人生道路的个体特征”，张海鸥“花·酒·愁·词——李清照的淑女情怀”，戚世隽“愿普天下有情的都成了眷属——《西厢记》赏析”，营造浓郁诗词氛围，助力广州打造“中国诗词之都”。

（3）欧阳山文学奖颁奖

4月，首届《广州文艺》欧阳山文学奖颁奖典礼在广州举行，霍俊明获诗歌奖。9月，第二届《广州文艺》欧阳山文学奖颁奖活动在广州举行，郭建强、蓝蓝获诗歌奖。欧阳山文学奖诞生于《广州文艺》创刊90周年之际，旨在传承《广州文艺》的红色基因，接续文脉，挖掘出更多优秀作家的好作品。

2. 红棉文学奖

由省作协指导，深圳市作协，龙岗区文联，龙岗区横岗街道工作委员会、办事处联合主办的第六届红棉文学奖，面向全国征稿，累计收到来自全国各地参赛作品5600多篇/部，经评审委员会评选，姚风以《姚风的诗》获得第六届红棉文学奖诗歌主奖，谢湘南、杜绿绿、三秋桂子获得诗歌评审奖，李鑫、吴乙一、戴逢春、李双鱼、胡杨林艺术团获诗歌优秀奖。

3. 大鹏生态文学奖

第四届“大鹏生态文学奖”全国征文活动颁奖仪式暨“生态文学看大鹏”座谈会于11月17日上午在深圳市银湖会议中心举行。活动由大鹏新区联合今日国土·生态文学委员会、中国自然资源作协和深圳市文联主办，省作协业务指导。活动共收到来自国内外参赛作品6500余篇（首）。经评选，78篇（首）优秀作品分获小说、散文、诗歌一、二、三等奖及佳作奖。颁奖仪式结束后，举行“生态文学看大鹏”座谈交流活动。作家、嘉宾柳忠勤、梁鸿鹰、李青松、李兰玉、于爱成、孔海蓉、焦朝发先后发言，韩望喜、陈昆、王国猛等领导作了发言点评。

4. 广州新年诗会

由广州图书馆与《诗歌与人》杂志主办的2023广州新年诗会“我穿行你的生命如谜”5月在广州图书馆西广场举办。诗会以“生命”为主题，选取了中外16首关于“生命”的经典诗歌，利用声音、舞蹈、形体、音乐、影像装置等观念艺术来呈现诗意的表达，合力完成一场充溢着丰盈生命力的诗会。诗会创始人、诗人黄礼孩认为：广州图书馆是广州的城市客厅，一座城市的客厅有了经典的诗歌，自然会带来文气和灵气，人在城市就有了片刻的安心之处。

5. 国际花神诗歌节

3月，长江学者张清华、诗人欧阳江河、谭畅等相聚粤港澳大湾区参加国际花神诗歌节，在广州南沙图书馆举行诗歌朗诵会，在佛山龙塘诗社举办现代舞表演，以诗歌、舞蹈、音乐相结合的方式打破地域、时间和文化的界限，把人心凝聚在一起。参加诗歌节的诗人来自粤港澳大湾区各大城市，以及北京、福建等地。

6. 声音共和诗歌市集

第二届“声音共和诗歌市集”于5月20日至21日在声音共和场内场外、湖畔广场举行。活动包括诗歌市集，“帕索里尼的诗歌、电影、思想”、《廖伟棠二十五年诗选》诗歌分享，“我热爱我痛恨的世界”诗歌朗诵，于坚《大象》摄影展展览单元，以及音乐单元等环节。诗人、音乐人、艺术家、手作人、千名乐迷及读者用不同的艺术形式参与进来，共同营造了一个有创造、有想象力、有爱的诗歌乌托邦。

六、结语

综观2023年度的广东诗歌场域，广东诗人呈现出充沛的活力，无论是在旧体诗词、现代诗的创作上，还是在出版、发表、社会传播和人文建设上，都形成了多元共生的繁荣局面，体现了承古与瞻前兼具的南方气质。各地诗群积极寻找发表途径，通过外请专家讲课或编辑改稿，提升审美和写作水平；通过诗教和灵活多样的活动，进行交流和传播诗意。同时，也存在一些需要注意的问题：

一是在紧贴时代的脚步或宏大叙事的写作中，如何避免细节欠缺而致大而空，抒情过度和结构松散的问题。

二是在题材及主题上较为单调，许多诗人的创作中少见审时品世之作，丰富性、深刻性上都较逊色。

三是在一部诗集中，或个人的整个创作历程中，同类、同质化的作品过多，缺少对作品精品化的自我审视和筛选。着重于量的追求或为应景而粗制，而疏于质的把控。

总的来说，诗人若囿于一个抒写路径的持续掘进，则容易滑向自我复制，而没能涵纳更丰富的诗性世界。大诗人往往是一个人便自成体系，从其身上可以看到更多的可能性，从其作品中能看到蕴藉的风度与贯通的气脉。这需要诗人沉下心来，对自己的创作保持审美警觉，并致力于思想境界的提升。而基于时间跨度的短时性，年度梳理提供的是部分可见的线索与现象，有待在更长远的时空和维度上，以更广阔、更深入的研究来掇菁撷华。

每一个诗人都是时代侧面的描绘者，故各个时代的文学都会留下该时代或隐或显的印记，众多的侧面共同组合成一个立体的形象，在某种程度上也可以说形成了国家和民族的精神史。蓝皮书的编撰也是“作协组织推进和谋篇布局”的其中一环，有利于年度文学现象、趋势的发现及适时的助力扶持。编年记事的蓝皮书，既从艺术特征，也从群体、地方特色与社会传播相结合等多方面观察，为广东文学成绩的量化提供了原始积累，同时也为学术研究提供了线索，促进了诗人的创作热情，期待广东诗歌多彩的土壤结出更丰美的果实。

（本章撰写：林馥娜，一级作家、广东省作家协会签约文学评论家、高校创意写作导师）

第六章 散文：发掘岭南文化底蕴 共探湾区诗意内涵

近年来，广东作家的散文越来越多地出现在各大年选中，在全国范围内产生越来越大的影响力，广东散文的水平逐渐提升已是公认的事实。中国作协党组成员、副主席、书记处书记李敬泽充分肯定了近年来广东文学的创作成就，他认为，就整体实力而言，广东文学已经“毫无愧色地进入中国文学第一方阵”。广东散文，也正朝着这一目标奋进。2023年度的广东散文文坛，既有长年驻守散文家园的实力派作家的持续探索，又有“90后”年轻作家的新锐气息，有不少富有“粤味”和“岭南风”的特色收成，现在此稍作盘点。

一、本年度创作概貌

1. 获奖和转载

2023年度广东散文作家在各级文学奖中有所斩获：

2023年11月，第十一届广东省鲁迅文学艺术奖（文学类）评奖结果揭晓。林岗的散文集《漫识手记》、林渊液的散文集《出花园之路》、卢锡铭的散文集《枕水听涛》获散文奖。

鄞珊的散文《大地之上》获得第三届吴伯箫散文奖。

谭功才的散文《南方道场上的白虎》获得2021、2022《民族文学》年度散文奖。

2023年11月，第六届红棉文学奖获奖名单揭晓。张鸿的散文集《月白如纸》获散文主奖，黄国钦的散文集《拉祜的歌声》、杨汤琛的散文《外婆的植物生活》获散文评审奖，余冰如的散文《穿过身体的现场》获散文优秀奖。

耿立的散文《拒绝洄游的鱼》获得首届胶东文学奖散文奖；散文《你是我兄弟》获得2018—2020年度《安徽文学》奖（因受疫情影响，此次评选延至2023年）。

2023年12月，由中国散文学会、中传华夏国际文旅发展集团共同举办的第十届冰心散文奖颁奖典礼在深圳举行。深圳作家王国猛的散文《风雪冈底斯》获得单篇作品奖。

周承强散文《肥东风景》获第二届“安徽和睦湖生态散文奖”优秀奖。

黄育培散文作品《芳菲春色润客家》参加中国散文网等联合征文“相约北京”全国文学艺术大赛，荣获一等奖。

燕茈散文《红星路 101号》获深圳市第十九届青工文体节暨第七届全国打工文学征文大赛金奖。

本年度广东作家的散文作品被各大年选收录情况如下：

2023年11月10日，由中国文字著作权协会和北京时代华文书局联合组织的《年度散文50篇（2023）》评审研讨会在京举办。杨文丰的《离家的猫头鹰》、周齐林的《大地的脐带》、筱敏的《无论星光还是烛光》、王国华的《沙上的井》等4篇作品被收录其中。陈再见的《荔果园》、耿立的《我们和火星，隔着一个梦》、王威廉的《贵港幽秘》入选“太阳鸟文学年选”系列丛书《一个人的现场：2023中国散文精选》。谢有顺的《岭南观鸟记》入选李青松主编的《中国2023生态文学年选》。

2. “文学名家走读秦牧故里”系列活动

2023年，广东省作协迎来70华诞，广东散文界也迎来了一场盛会。2023年8月19日是当代著名散文家、岭南文学的领军人物秦牧先生诞辰104周年纪念日。为纪念秦牧先生并赓续其文学精神，8月16日至18日，由广东省作家协会、政协汕头市委员会指导，广东省秦牧创作研究会主办，澄海区委、区政府协办的“文学名家走读秦牧故里”系列活动在秦牧先生故里汕头市澄海区举行。

8月17日，在澄海区东里镇秦牧故居举办“广东秦牧创作研究会活动基地”挂牌仪式。中国作家协会原副主席、著名作家陈建功，省作协党组书记、专职副主席张培忠，广东秦牧创作研究会会长、中山大学教授、博士生导师林岗，澄海区委书记王楚彬为基地揭牌。林岗和澄海区文联主席陈颖博代表广东秦牧创作研究会和区文联签订合作协议。17日下午举行了“海内知己与文化创新：澄海侨乡文化研讨会”，与会嘉宾共同探讨交流侨乡文化。

18日上午，“纪念秦牧先生诞辰104周年”的活动在澄海中学举行。澄海中学秦牧文学社学生朗读分享秦牧先生的散文作品《故乡的红头船》，并播放由秦牧同名小说改编的小视频《情书》。其间，广东秦牧创作研究会会长林岗、常务副会长陈剑晖向澄海文学社、秦牧文学社代表赠送本次活动纪念品《秦牧散文》。当天，还举行了“秦牧先生诞辰104周年纪念活动：回望、继承与超越——秦牧文学成就研讨会”。研讨会由陈剑晖主持，与会嘉宾缅怀大师、探讨得失，交流散文认知和创作心得，并对“秦牧散文创作研究会”未来的工作提出了殷切的建议。秦牧作为岭南大家的文学成就和人格魅力为后来者所推许，其受选编入教材作品所遮蔽的创作实力也得到重新认识，同时，秦牧创作与时代的关系成为散文研究和创作者感兴趣的话题，秦牧文学创作的当代价值得到了重视和发掘。与会专家学者纷纷提出，我们一方面要回到历史语境下重读秦牧，真正理解秦牧跟他的历史语境之间的胶着关系；另一方面也要在当下用类似“新南方写作”这样的新概念去重新发现秦牧作品中所蕴含的巨大的文学价值，探索他的作品意义在今天得以再生的可能性。

广东散文作家艾云、林渊液、王威廉、耿立、黄国钦、杨文丰、卢锡铭、林伟光、许小鸣、余冰如、陈琦、庄越之等人参与了本次活动，与郭冰茹、黄景忠、杨丹丹、刘军、行超、张森等省内外特邀名家就散文的相关问题进行了热烈的探讨。这次活动的相关文章，后来集中刊发在《华夏》第232期专刊上，是近年来广东散文界比较深入的文体探讨和创作交流活动。散文作者对自己的创作理念有了更清晰的阐释、对散文的文体意识有了更深入的思考，产生了很积极的作用和影响。

3. 散文讲座

4月16日，杨文丰在南沙图书馆作“用生命抒写自然之歌——从胡冬林的《山林笔记》谈起”讲座。

5月19日至21日，鄞珊参加山东省散文学会举办的2023第五届中国（日照）散文季。10月31日为“2023广州诚信兴商宣贯会”作“诚信兴商——文学作品中的‘信’‘义’”文学讲座。

11月25日上午，“文学名家走进汕尾”系列活动之一——“熊育群漫谈散文创作”讲座在陆丰市龙山中学（新校区）学术报告厅举办。熊育群以《散文写作的脉络与超越》为题，围绕“梳理散文写作史”“谈当下散文的困境”“谈个人散文的探索”三个方面讲述了散文创作的新思路，并结合自己的游历经历和创作经验，为现场作协会员、学校师生带来了一堂生动的散文创作讲座。讲座结束后，熊育群还就“写作时如何做到灵活记叙”“散文的文学性”等问题与作协会员、学校师生进行了互动，现场气氛热烈。

王国华在深圳多所学校做讲座，并于2023年12月19日在“讲述深圳故事的N种方式”研讨会阐述了关于“街巷志”系列作品的创作缘由和理念。

2023年，张鸿以《散文的幽微与精深》《散文关键词》《散文背后的人》等为题，在甘肃定西、云南临沧、湖北恩施、浙江宁波、江西安远等地开展多场讲座，讨论如何避免散文的同题化、同质化问题。她还以《散文的创作实践》为题，开展了“南周书院”的线上直播课；以《散文与城市散文》为题，在深圳《特区文学》写作营授课。散文集《月白如纸》出版后，她在深圳中心书城、广州湾区书屋、广州扶光书店、江西南昌青苑书店等地分别举办了四次新书分享会。

二、行者无疆：感悟天地人心

知行合一历来是中国人理想的生活态度，“诗和远方”在深情召唤写作者不倦的步伐。本年度，广东作家们行走各地，探访生命的别样图景，在文字中留下行旅者对天地人心的感悟和思考。

1. 打开“另一种风景”

熊育群近年来出版的散文集，内容几乎都与行走有关。《一寄河山——大地上的迁徙》书写古代中国人的漫漫迁徙；《春天的十二条河流》写他在西部历经死神的威胁和大自然的考验；《田野上的史记——行走岭南》抒写岭南大地上的历史与现实丰富的牵连。“历史”“灵魂”“生命意识”是熊育群行走散文的关键词。他行走在祖国大地上，“融入”和“倾听”自然，一步步走向历史的纵深。行走就是“我”打开生活的钥匙，是“我”看世界的方式，它带来了开阔的文化视野和深厚的民族情感，也把“另一种风景”带到了读者面前。

2023年熊育群出版了《僭越的眼》（安徽文艺出版社），“以人的眼光看到了神的世界”，以僭越之眼阅读大地的纹理，读出了宇宙的苍茫浩大和人之渺小如菌，领略到时间深处的奇迹和生命的奥秘。空中的俯瞰带来视角的转变，山麓间的转换、对接，自然界的大变迁、大跨越打破了人的惯常逻辑和习见的庸凡，事物巨大的差异被推到了眼前。熊育群以极具个人化的视角和强烈的生命意识，用感性和激情打通历史、接续时空，将个人的灵魂放在行走的足迹里，以有限的个体生命来体验无限的存在，“追求以整体的思想的力量造成心灵的冲击”（序言）。

这本散文集，是徐可主编的“名家文化散文系列”中的一本，意在“呼吁重建中国文章的审美传统”，提倡散文要“有学”“有识”“有情”。熊育群的行走散文，既不是对历史的迷醉，也不是对知识的炫耀，或对苦难的渲染。行走，代表的是现代个体永远“在路上”的探索姿态——“思想的向日葵追随的是时间的太阳”，追求的是沉静豁然的人生境界。

2. “那些故事是超人间的”

“只有当脚落在大地上时，心跳才会充满力量”，这是“行者”张鸿多年的行旅体验。她胸中怀揣着对自然的好奇和对生活的热爱与希望，游历边疆，足迹遍布祖国大好河山。在散文集《月白如纸》（百花文艺出版社）中，张鸿是女兵、作家、编辑、母亲、女儿，她阅读、行走、思考、摄影、写作……多重身份的叠加，让世界以更加血肉丰盈的姿态呈现在她面前。“走心”和“接地气”是张鸿散文的特点，书卷气、人情味和天地情怀，氤氲在字里行间，展露了作家自由坦诚的心性和坚定豁达的生命状态。脚步不停，思索不止，这一路的行程也是作者心灵和精神的成长史。

张鸿认为：散文的写作，对生活的积淀，对生活细节的把握，对人性的探索（写作必备），哪一样都不能缺。在散文写作中，掌握事物特质、人物个性，以及作家的认知、思考的差异，可决定作品的高下。[①]因为对散文有比较清晰的认识，她的作品，也有比较一致的艺术追求和审美风格。《月白如纸》全书不分辑，一气呵成，情感饱满有张力，收放自如。通读下来，眼前既展开了一幅横跨南北的"行者"地图，更跃动着一个个鲜活真实的人物形象。新疆老张、也斯曼的艾斯肯、文面的喃奶奶、女兵阿珊、奔子栏的此里卓玛……带着他们各自不同的人生，那活跃丰富的内心和充沛的精气神，来到我们面前。这些边地他者的"灵魂之光"照亮了平凡生活，这些"远方的人们"让我们领悟到生活的多面性和无限可能——"什么样的生活都是生活，每个人的选择都自有道理"。没有故作高深的警句名言，这样朴素实在的认识，来自张鸿强大的共情能力。"张鸿作品的魅力在于她对世间万物的将心比心、和盘托出。"[②]她总能将心比心，去理解人们在不同环境和命运中的选择——"自然为大，人生为小"。这种坦诚、清醒、热情和率性，让张鸿的文字有一种熨帖人心的力量。张鸿视散文为她的"应许地"——"这方地里，我与万物应和，将来自于自然、人文的种种小心地护于其中"[③]。正如散文研究专家王兆胜所言："由疑问甚至天问，到阅读、行旅，以至于观世，然后开启智慧的法门，并从中悟道，尤其是生活之道，即那种平易近人、浅显易懂的快乐、自由、知足、幸福，这是张鸿的散文传达给我们的。"[④]

3. 行走的意义

王威廉的《亚洲之心》记录了"我"走出现代都市中的逼仄空间，来到新疆这"一种超空间"中的印象、情感与思辨。新疆的广袤，在大尺度上从容展现了人与空间的关系。超空间会不断稀释你的自我，击碎你对于"自我"的执念，直到你只剩下一个我。当作家经由旅行突破日常生活空间的束缚，重新思考历史与文明、时间与空间、中心与边缘时，他就获得一种全新的生命

① 张鸿：《说说改稿》，《文艺报》2023年7月26日。
② 申霞艳：《与山水人间共情》，《文艺报》2023年11月1日。
③ 张鸿：《那些故事是超人间的》，《月白如纸·后记》，百花文艺出版社，2023。
④ 王兆胜：《探求者的心语——张鸿的散文集〈月白如纸〉》，《月白如纸·序》，百花文艺出版社，2023。

意识和宇宙观念。在《贵港幽秘》中，王威廉由洪秀全的贵港播火之行，联想到王阳明，吸引他的是这里面所含有的那种“偶然性和必然性交织在一起的迷雾”，那迷雾遮蔽的是人性和历史的交会地带。他游走在当地山水、往事与美食之间，反复迂回，以一个旁观者的冷静见证了这片土地的晚清风云：“我仿佛已经领悟到了贵港的神经丛是如何律动的。”不管是从时间的维度去穿越历史的踪迹，还是从空间的维度去突破生活的束缚，都是对人的本质力量的探寻，是朝向未来的进军，在精神上是充盈的，这也是行走的意义。

黄国钦的《天边的克什克腾》记叙了作者在内蒙古草原一路北上的见闻。在干旱的乌兰布统他看到温柔的一幕（寻找妈妈的幼驼），在花轱辘台牧场遇到牧民开车放牧，俯瞰一路蜿蜒的西拉木伦河，爬上阿斯哈图的冰川石林刃脊，看到成团成簇的原始次生白桦树。草原风韵卓著，曼妙多姿。独特的地貌改变了人们的认知，大自然的温柔与严酷激发了人们的万千思绪和对草原环境退化的隐忧。

丁燕的《平武秘境》写她在平武遇上巍巍雪山、莽莽森林、滔滔大河、滚滚云雾，人、动物、风俗，让“我”震住了、惊诧了，大自然还有一股粗犷暴烈、新鲜不驯的混合味，“那味道能让我感受到如回家般的舒适”。久居樊笼里，复得返自然。大自然疗愈了现代人的困顿，广袤天地安抚了都市焦虑的心灵。

陈培浩的《龙泉驿纪行》为成都的城市灵魂找到了诗意的寄托：银杏与成都、与杜甫，有一种内在一致性。看过银杏的绚烂和清逸之后，才知道银杏的坚韧和隐忍，才能理解老杜“沧桑而绚烂，遒劲而天真”的银杏气质。因为有了银杏，成都的城市灵魂更添了韧性和绚烂。胡笑兰的《大地的温度》，以史为线，从千年古城雄武门的风采开始，以建筑、美食以及蕲州无数让人敬仰的先辈为台阶，一步一步走进了这一方“有温度的”荆楚大地。

每个人的生活里都有过或幻想过无数次流浪的时光。文钦梅的《流浪，无尽的梦想》（百花洲文艺出版社）把这些流浪的时光串联成一个个不同的梦想展示出来，充满了地域感、时代感和风土人情味。全书共60篇散文，以故乡为原点出发，到第二个故乡广州、国内美丽山河，再到世界人文历史名城，作者将不停歇地赶路视为一种浪漫的梦想，用流浪的脚步消解尘世间的名利之逐，在鱼翻藻鉴、鹭点烟汀中彻悟岁月人生。梁凤莲为该书所作的序指出：“聚沙成形，无论什么形状，都是一个人的人生的部分缩影。这似乎也是交织着失落与希望、无常与有常的博弈，让前行者与后来人接踵而至的写作之路，正是让很多人前赴后继为之向往的文学之途。”[①]

《窗外有雨声》（内蒙古文化出版社）是作家范明行走、读书、思考所记录的点滴，日积月累，结集而成。精选出的31篇散文，有个人生活的痕迹，有对世间万物及对生命的思考，还有阅读给予的滋养，真诚、感性而理智，有一种静看花开、滴水藏海的韵味。文字中散发出的哲思充满了对生活日常、对文学艺术、对生命意义的多层次探索。

对现代人特别是都市人群而言，行走已经成了一种生命常态。行走是“我”看世界的重要方式，也是他人了解“我”的重要方式。行走意味着心灵和精神的漂泊或短暂的驻足，也意味着见识的增长和成长的自我获得。“行走”，是一堂意味深长的人生哲学课，甚至是一种对本能的召唤：它使我们离开久坐的陋室和狭窄的空间，感受自然的美好，获取心灵慰藉和思想灵感，激发我们对未知的渴望、对生命强大能量的体会，更经由沿途的山水人情，启发我们对人世间各种故事的品嚼，对爱和希望无尽的追寻。

三、深读城市：共探湾区的诗意内涵

城市是人类的智慧创造，是人类文明的鲜明标志，是人类活动的重要区域。文学艺术是一个城市灵魂的表现，“关于城市的前世今生，七情六欲，还有潜藏的欲望以及积累的潜能，只有作家能敏锐地感觉到并将其准确表述出来，这需要直觉、想象力以及很好的表达方式。”[②]广东作家从历史和空间两个维度，深读城市的历史意蕴与文化品格，共探湾区的诗意内涵。

1. 东莞先贤“列传”

被称为“世界工厂”“潮玩之都”的东莞，近年来在东莞作家的笔下，

① 梁凤莲：《为时间的流浪赋予意义》，文钦梅《流浪，无尽的梦想·序》，百花洲文艺出版社，2023。

② 陈平原：《不妨“经济搭台，文化唱戏”》，《北京日报》2018年11月5日。

展现出越来越立体化的身影。詹谷丰的《一座城池的一百张面孔》（广东人民出版社），站在今日的东莞“城市”（现代都市）去眺望历史上的“城池”（古代东莞），用文学的方式去还原、重构那些被时光删繁就简的历史和生命，写出了这座跨越近千年的城市英雄史诗般的厚重底蕴。詹谷丰从“不食元粟，不葬元土”的理学大儒李用写起，以列传的形式，通过朝代更替、社会兴衰、战场争雄、抵抗侵略、书香文脉、引种番薯等复杂曲折的故事情节，刻画了一组人物群像，表现了一个地域群体的民族气节和士人风骨，将莞邑的千年历史串联、演绎、呈现出来，全面系统地展示了东莞作为一座城市的发展演变史。

近年来，詹谷丰专注于“东莞先贤和历史文化”系列新散文的创作，致力于为东莞先贤立传，为东莞文史立言，对东莞本土文化的开掘倾注了满腔心血。作为“东莞市文化精品专项资金扶持项目”，该书从构思到出版面世，历时近6年。作家试图把血缘、亲情、文脉传承等相关的某种线索串联起来，将东莞从五代十国到民国千年来的重要历史和人物完整书写出来，形成一个完整体系，展示“东莞人文精神”，因此“在写作难度上是自己前所未有的”。他把这部书当成“一生最后、最重要的著作”来对待，孜孜不倦地搜索、梳理、研读、剖析史料，再经过严密的构思，平衡史料的真实与细节的虚构之间的关系，在构思上也有独到之处，兼具文的可读性和史的认识价值，完成了对东莞这座城市的文化品格的解读，也找到了从历史的角度创作地域文化散文的路径。该书出版后，作者应邀在东莞市图书馆、东莞市新华书店、东莞市职业技术学院、松山湖中学以及镇街作多场讲座分享。

2. “讲述深圳故事的N种方式”

深圳近年来大力推广全民写作计划，举办社区文学大赛“睦邻文学奖”，通过聚焦本土题材原创作品的阅读和评选，发掘并激励本土文学人才，迄今已积累了近40万篇次的深圳题材的原创文学作品和评论。2023年深圳文艺评论年会以“讲述深圳故事的N种方式”为主题，举办了“以深圳非虚构写作十年为中心”的学术研讨会。围绕深圳涌现出的相关非虚构优秀作品，分析非虚构深圳写作的路径、方法、特色，并以“深圳十大佳著”获奖作品为例，总结研究深圳10年来非虚构写作的成就。王国华的《街巷志：拥挤的影子》（深圳出版社）和叶耳的《我们的深圳》（中国文史出版社）就是其中的两部。

如果说詹谷丰对东莞的书写是从时间的维度进行的，那么，空间的维度则是王国华《街巷志》系列散文一以贯之的视角。《街巷志：拥挤的影子》是这个系列的第五部，以强烈的现代感和鲜明的空间意识，带来新奇又深刻的阅读体验。第一辑名为《街巷光阴》，写了上沙、楼村、三围、安乐等典型性街区；第二辑《云中所见》写了深南大道、滨海廊桥、香蜜湖、前海等著名地标；第三辑《拆解世情》写了深圳市最大的一株簕杜鹃、最常见的一种美食、最奇特的一个工业园区等等；第四辑《于无声处》，通过一些具体的意象，如植物的种子、深圳的天桥、气味、地下、影子等，比较深入地描摹深圳肌理。全书共25篇作品，带有温热的个人体温和对深圳这座城市深沉的爱。在该书的发布会"每座城市需要独属的文学作品"活动中，不少读者动情地分享了他们与深圳这座城市的故事，对《街巷志》所倡导的"城愁"写作表示了赞许。

在"人"与"城"之间，文学作品搭建了一座桥梁，好的故事、好的文字能够走入读者的心里。《街巷志：拥挤的影子》的出版不仅是对深圳历史和文化的传承和发扬，更是对人类情感和记忆的一种探索和表达。这部作品让无数在一线城市闯荡的异乡人，对拼搏之地多了一份依恋与温情，无形中也消弭了城市与漂泊者之间的一些隔阂。后记《此身安处是吾乡》回忆了作家如何一步一步接近深圳，融入深圳，进入了深圳的内里，走街串巷、寻花觅水，"和这个城市贴在一起"。街巷是支点，城愁是灵魂，它们是一个整体。和其他写城市的作品相比，《街巷志》有两个明显的特征：

其一，人的隐退与城市的浮现。《街巷志》系列作品不以具体的都市人为描写对象，也不以表露作家个人心志为中心，"城市"成为了主体。城市的空间，空间中的动物、植物、水、天气、地铁、建筑、海浪、城中村成了主角。作者有意"让具体的人的故事远离它们，保持万物相对的干净和纯粹"，是为了让万物"出声""发言"，更好地展现出深圳这座奇迹之城、创新之城的生态特征和整体样貌。而作为创作主体的作者，则尝试上天入地化身万物，在意识中经历了一番"变形记"，用另一种身份和视角去体验大和小、多和少、距离和沟通等。凭借创作角度和视点变化，作者写出了一个不一样的深圳。

其二，塑造一个“个体的深圳”。中山大学教授谢有顺认为，“深圳散文始终藏着她对这座城市的深情”[1]。不仅如此，深圳散文还体现了深圳作家强烈的公民意识、人文情怀和文化使命感：“一个文化的深圳，当然需要文化人塑造。”例如，《起飞，深南大道》是对深南大道的“深描”——它是深圳的“城脉”，像河流，像蛇。作家想尽各种办法，和深南大道“彼此渗透，直至交融”，发现“贴在这些事物上面的故事和记忆却始终招展飘摇”。用自己的方式记录这些记忆，就是记录城市的发展，也就保存了独属于深圳人的精神图景。

通过这种“个人”的方式所记录的“个体的深圳”，是《街巷志》作为文学作品的价值所在。这些关于深圳的记录、想象与创造，是对人类情感和记忆的一种探索和表达，共同塑造了一个有血有肉、带着个人体温和情怀的深圳“文学空间”，为中国文学提供了深圳维度的中国经验。

叶耳的《我们的深圳》提供了另一个讲述深圳故事的文本。全书由25篇散文构成，既写城市的深圳，也写深圳的乡村，写生活，更写身体里的灵魂。作家写别人的故事，也写属于自己的经历。当然，作家更愿意去书写日常生活中被人们忽略的生活细节。这部集子里的每篇散文与其说是一个人内心的吟唱，不如说成是这座城市的吟唱。这部书稿里的故事大多发生在深圳，是作家个体的内心秘密，也是城市行走的每一个“过客”的秘密。

叶耳的故乡客里山和他在深圳居住的罗租村，是他心灵的两个驿站。“我总是把客里山和我抵达的深圳联系在了一起，我总以为深圳某种意义上有着客里山的气温，那是一种深入浅出的朴素，是一种藏匿在身体里慢慢散发的动情。”在潮湿闷热的南方气息中，叶耳用细腻、敏感、充满诗性的文字，深情地为深圳的“打工一族”吟唱。办报的堂兄、打零工的大哥、拉潲喂猪的三哥、罗租村的补鞋匠、深夜进错门的女孩……他们和她们，汇成“深圳的我们”。在《城市细处》《去向》《三十一区的文学与梦想》等篇

① 谢有顺：《深圳散文藏着对城市的深情》，《文艺报》2023年11月29日。

中，作家写下了这些底层打工人的锐痛、犹疑、爱恨交加——他们离不开城市，城市也离不开他们。他们有苦衷和哀怨，更有热爱和忠诚。他写出了平庸、劳碌、粗粝人生中的人的内心世界——真诚、坦荡、细腻、清澈的情感流淌和热爱生活的精神追求，也写出了他们对这座城市的感情——“每一个到过深圳的年轻人都会被生活原谅”。

“在城中村，每天耳濡目染那些深入底层的喧嚣之声，那些把清新和自然的空气搅浑的嗓音，那些男男女女的打情骂俏，当然还有那些收废品的大声吆喝，像唱歌那样。你静下心来，细细倾听，你会发现，它们就像某段熟悉的曲子。你会不由得在心里发出‘哎呀’的惊叹。此刻你也是快乐。”

“你站在那里，生活燃烧着自己。对一朵花说出自己，这是一种自然的表达，更是一种灵魂的交谈。”

《一朵花的意义》《鸟雀绕枝飞过》《说话的鸟立于枝头》等篇，把都市人群的生活隐喻化，写出了人与城的关系。叶耳散文的语言很有个性化，强烈的现实感浸泡在跳脱的诗意中，思维和语言都充满了诗歌的质感。

3. 在文字里“读懂广州”

2023年8月18日上午，重磅图书“读懂广州”书系之《文学里的广州》（广州出版社）正式亮相广州一年一度的文化盛宴——2023南国书香节暨羊城书展。“读懂广州”书系之《文学里的广州》按诗词、散文、小说、杂记四种体裁辑录名家名作，将散于各处的作家作品结集出版，可以说是广州文学力量的一次集中展现。“散文卷”由江冰、吴琪编选，选取现当代著名作家描写广州风土人情的美文，如鲁迅的《〈如此广州〉读后感》、老舍的《春来忆广州》、冰心的《给广州的朋友》、巴金的《广州二月记》等，从羊城时间、广州空间、岭南四季、烟火日常四个方面，展现广州的历史轨迹、城市场景、热带节气、文化个性。

关于“人与城”的关系，“90后”年轻作家庄越之在《广州笔记：星球与尘埃》（《广州文艺》2023年第7期，《散文（海外版）》2023年第9期转载）一文中也有思考。该文以自身求学、实习、工作的经历为基础，揭示了“我”和广州无法远离、也难以靠近的关系，指出岭南有岭南的尊严和气质，未必非要在古老绵延的传统之河中追溯根源，以证明自身的合法性。而面对内涵庞大、丰富且不断变动的广州城，“每个人都要努力从刻板印象和公共话语中挣脱，去寻找和讲述属于自己的广州城”。王威廉曾评价庄越之的散文：“他的观察非常绵密，他在文章当中塑造了一个城市漫游者的形象，他在观察，在记录，在感慨。由此，他的文章不是空洞的抒情，而是铆钉着现实的细节。”①庄越之的文字是舒缓的，也是真诚的，他对地方性散文写作的窘迫和突围也有自己的理解和思考。

4．地方性写作

“邂逅一座城，书写一生情”，越来越多的作家将深情和笔墨倾注在他们生活和工作的城市上。近年来的都市散文，不再是浮光掠影式的都市走笔，作家们致力于“往纵深写”，从不同角度对所在城市的文化个性秘密进行解码，写出了一个个身影斑驳、气象万千的新都市，传递出地方的精神气象，拼贴出了一幅大湾区的“清明上河图”。

江门张惠娴的《远方有你》（羊城晚报出版社），写祖辈父辈，从容道来，不见戾气，温婉中透露出倔强，彷徨中孕育着坚韧；写萍水相逢的朋友和陌生人，传递了人世间的善意和温暖；写山水、花草和小动物，万水千山总是情。正可谓“激情燃烧，真情贯穿，才情闪现”②。情也真，文也真，饱含着她对文学创作的坚守。韶关唐学连的《半盏莲韵》（广东旅游出版社）以叙述和白描的手法，还原生活本色，真实地反映了一个平凡百姓的不平凡经历。张霞的《情满深圳湾》（花城出版社）以情为主旋律，分为人间情、都市情、故乡情三部分，组成映射了社会政治、历史、文化、经济、金融的大背景及时代变迁。散文集《人味》（中国书籍出版社）的作者张乐人是《人民日报》原高级编辑，当过知青、工人、医生、记者、教师，从事职业多，职业跨度大。作者写自己的人生故事，汇成了他的人生传记。黎红梅的《蝶之变》（广东旅游出版社）是一部老国企人走向社会的阵痛史、心灵史。作者以“国企改制”为题材背景，用一个个鲜活的生活小故事叙写出全国全面推进国有企业退休人员社会化管理后，老国企人面对这一重大人生转变的心理落差、对未来幸福生活的追求和美好憧憬。作者以女性细腻的情感

① 黄廉捷：《中山文学的10种姿态》，《中山日报》2020年11月2日。
② 宋晓琪：《文如其人重真情》，张惠娴《远方有你·序》，羊城晚报出版社，2023。

触觉，在轻盈舒缓的文风中杂糅多种文学表现手法，呈现了一种多维度视觉下的蝶变之美，让冰冷如钢铁的火工世界从里到外都携带着浓郁的人间烟火气息。

马拉的《一万种修辞》（百花文艺出版社）是作者近年来发表在各类文学期刊散文专栏的文章合集，记录了光阴的故事和成长的秘密，写出了普通人在尘世间的喜怒哀乐与爱恨情仇。这部散文集用一个个相互勾连的故事，带出一种种人生的经历，横向、联袂式的主题开掘带来了“人像展览式”的效果。独特的叙事方式和倾诉式的抒情调性使作品散发出强烈的个人色彩，宛如一封封写给过往的书信，又像是谣曲或哀乐，道出了作家对人生的理解、同情和悲悯。“爱永远无法穷尽”是这部散文集的情感基调，也是“一万种修辞”背后对人生意义和生命价值的坚守。

此外，东莞的周齐林，清远的唐德亮，河源的燕茈，梅州的黄育培、陈华、赖俊权、朱红娜，汕头的余冰如、张宸，潮州的陈佾生、郑丽薇、陈树彬，江门的刘利元等作家也笔耕不辍。本土作家和移民作家共同分享着城市的光荣与梦想、在追溯历史与观照现实的双重语境中展现都市生活的丰富性和多样性，充满了湾区的“烟火气”和“人情味”，取得了不俗的成绩。

四、衣食住行：发掘岭南文化底蕴

阅读城市，可以从时间（历史）的维度、从空间（地理）的维度，还可以从衣食住行（生活方式）入手，写出城市的烟火气和人情味，发掘岭南的文化底蕴。

1. 美食和建筑中的岭南风情

美食是本土文化元素的重要构成，是不少作家解读地域精神的一个重要切入口。前两年出版的散文集《岭南乡愁》（江冰）、《粤菜北渐记》（周松芳）和小说《燕食记》就展示了饮食文化的丰富内涵。盛慧的《粤菜记》（人民文学出版社），篇幅不长，却堪称是“一部纪录片式的粤菜全景散文”，写得细腻生动，活色生香，韵味悠长。其特点可以用“全、细、深、趣”四个字来概括，知识性、历史性、文学性和趣味性兼具。

首先是“全”。全书描写菜式超过三百种，关注经典，也关注家常；关注“大菜”，也关注小吃。不仅包括传统的广府菜、潮州菜、客家菜，还包括新派粤菜。可以说，是粤菜的一次系统的亮相。

其次是“细”。书中所写一切，均以味觉为钥匙，是在一遍遍品尝粤菜、琢磨味道的过程中体会出来的，作家以一个美食家的身份，细品粤菜，从烹饪到调料，从火候到时间，从刀功到摆盘，从色香到味道，每一道环节，每一个细节，都是包含了味觉、触觉和心理感受等多种体验的人生况味。

再次是“深”。粤菜博采杂食、兼长各方、顺应四时、饮和食德，在盛慧看来，对“吃”的态度隐藏了很多广东人特有的性格密码。《粤菜记》从味道出发，用文字复现大厨对粤菜厨艺的传承和创新，传递岭南味道背后的匠心所在和技艺追求，写出了粤菜的精华和灵魂，更折射出食物与文化之间的隐秘关联。“人间烟火味，最抚凡人心。”佳肴美食，不仅能满足口腹之欲，更勾连着世相人心、人情冷暖，也折射着粤菜行业的发展变迁和粤地文化的丰富驳杂、兼容并包，“饮和食德”四个字，更传递出岭南人平和、乐观、豁达的性情和文化性格。

最后是“趣”。书中写到许多与食物有关的故事，一方面是钩沉历史，将代表菜式的历史、传说和演变过程有机融入文中，增加文章的趣味，在娓娓道来的语调中，讲述粤菜故事，传播粤菜文化；另一方面是讲述当下的故事，有作家故乡记忆和都市见闻，还有很多朋友的故事，这些故事或有趣、或感人，都非常值得回味。在这种“烟火气”和“人情味”当中，塑造了一个令人神往的“舌尖上的岭南”。

《美食深处是故乡》一文写道：“对于一般的食物，贪吃那叫馋，而对于故乡的食物，贪吃便是一种深情了。食物有原产地，我们的味觉也是有原产地的。每个人心中，都有几样挚爱的小吃，它们早已超越了食物本身，成了故乡的化身。”这段话所提示的“食物—记忆—文化”的内在关联，在耿立的《胃的指令》一文中，得到了更形象化和深入的描述。作家谈自己的饮食习惯，从菏泽到珠海四千里的路途，我成为了“故乡的证人——为故乡蛋白酶背书的人”，“你的胃为故乡的味道守贞”。“胃的指令”让他明白：

“乡愁确实是一种馋，一种蛋白酶，这个馋，既指一个食物，也指一枝花朵、一个声音。”

鄞珊的《肴丸》一文，也由食物写出了时代和人生的况味。文章从极具潮汕地域特色的词“肴丸”入手，从遥远而温暖的家乡记忆中，牵引出那段有点酸涩又充满着幸福的青年时光。物质贫乏年代，莘莘学子吃“肴丸”归来为夜色注下了蓬勃生机，其背后有着不难觉察的艰辛和无奈，独属那个年代和那群年轻人：“我们满心欢喜在乎的那一颗肉丸子，囊中的羞涩与现实产生僵硬的对抗，我们必须口是心非羞涩面对现实。”正因如此，那一碗在潮汕任何一个角落都“统一得一模一样”的粿条汤，“成了所有潮汕人的胃”；深夜里如“钉入黑暗的微光”的粿条铺，几乎是温暖的象征。一碗“肴丸”粿条汤，不仅是家乡的味道、青春的记忆，更重要的是，它隐含了“做人最基本的善良”——体悟他人的窘迫，照顾他人的感受，这显然也是那个年代、那个地域的淳朴民风和善良人性的生动写照。

鄞珊写潮汕饮食的散文往往从“小”处发力，小意象、旧物件装载了大人生。作家本意不在美食，而在食物背后的人生百态、世道人心。文章写的是最普通、最简单的吃食，却接通了人类最普遍、最宝贵的道德情感，闪现着人道主义的光亮。

此外，2023年《散文》杂志第11期头条推出了鄞珊的《竹叹》，以人为主体的“原乡人”写作带着历史暮霭，让人在新的生活中依然一步步惆怅回眸。上世纪七八十年代潮汕大地的时光剪影浓缩成一组组人物画像，这种富有深度的人文刻画，是一种新的文化乡愁。

陈彦儒的《百年艰难“寻食使”》一文聚焦客家文化，借一个客家词“寻食使”（意为“谋生”）生发开去，写100年来兴宁陈家五代人、蕉岭徐家三代人“赚钱谋生”的血泪史，涵盖了几代人的经历，中间穿插了20世纪一群外来工的生存状态，兼及一些行业兴衰没落的对比，折射出斑驳的时代风云，更与2023年席卷全国的“孔乙己文学”及其背后的失业潮遥相呼应，发人深思。作者有丰富的生活积累和阅历，善于构思提炼故事和捕捉细节，《濂泉的记忆》（首发《南方日报》）2022年被《新华文摘》（网络版）转载，2023年被《散文百家》（第8期）转载。

建筑，也是透视地域文化底蕴的一扇窗口。谭功才的《南方的敬仰》一文，从东莞大汾村何氏大宗祠的历史和发展出发，探寻具有明显地域特色的南方的信仰，解读南方人柔美通达、低调务实的性格和南方文化兼容并蓄的特征。余源鹏的《阅读时光里的古村镇：从30个视角品鉴150个古乡村城镇》（华南理工大学出版社）选取了民风与美德、古民居建筑、古豪宅庄园、古名人故居、古公共建筑等30个视角，对其历时8年亲身到访过的中国150多个古村城寨最突出的特点进行鉴赏解读。让读者透过古村镇，对传统建筑的风格、布局和手艺中蕴含的人民智慧和创造力有了更深的理解，从而增强对中华文化的认同感和归属感。

2. 岭南水乡与海洋文化

陈俊年是一位多情的歌者，也是一位幽默的智者，他既写诗，也写报告文学和散文，其中，又以散文创作数量最多，且最为出彩。他的《南边的岸》（广东人民出版社）激情澎湃地对珠江进行全景式的描写，抒发了他浓郁的花城情结；追忆了他几十年的文学创作和编辑经历、评论，表露了他的文学情怀和编辑操守；又对故乡的山水人情作了深情的回望，以此纾解他的客家乡愁。作为一个老报人，陈俊年敏感于时代的新变，深思于时代的新质。他的散文有着鲜明的特色，这就是“水—岸—史”的融会贯通[①]。《南边的岸》一文堪称代表。作品开宗明义，考证广州、深圳及各市县地名，从城市的命名多带“水”读出广东“丰盈与润泽”的地理特征。随即笔锋一转，以一句“有水就有岸，有岸就有史”，切入人文层面，“史作基石，构成这一条条南边的岸”，用简约而凝重的笔法，概述了赵佗、韩愈、苏东坡、文天祥、林则徐、康梁维新变法、孙中山联俄联共扶助农工直至周恩来东征北伐的一幕幕历史活剧，再以“水”收拢，借水喻水，以岸写人，进一步挖掘广东的文化品格和广东人的气质禀赋。全文洋洋数千字，将广东的地理特点、历史陈迹、文化习俗浓缩于一炉，而岭南特有的民歌民谣、历史典故信手拈来，更增添了文章的地方神韵。文字燃烧着激情、洋溢着诗意又闪现出理性的光辉。

① 陈剑晖：《水岸交融谱华章——读陈俊年散文集〈南边的岸〉》，《南方日报》2024年1月28日。

陈东明的《珠江潮汐美》（云南出版集团、云南美术出版社）也是一部关于珠江河的散文集。作者生于斯长于斯，对以广州为中心的珠江段的一山一水、一草一木怀有浓厚感情，也将富饶珠三角洲的自然、人文、历史以及熟悉的人物和故事诉诸笔端。该书分“湾区红”“南粤美”“广州好”“故乡情”四辑，具有浓郁的南国风情，可读性较强。黄康生的《一湖澄碧》（作家出版社）聚焦广东湛江与海为邻的海边生活，写海的人物、海的风情、海的力量，勾勒出以鲜味、趣味、情味为特色的日常风貌。作品语言自然流畅，简净细腻，富有声色和感染力。陈华清的《涛声椰风逐梦来》（安徽文艺出版社）通过历史与现实的交错，想象与实景的融合，详尽、灵动的叙述与动人的抒情的相随，不仅描绘了岭南的自然风光，还从人文历史的角度挖掘了岭南文化。作者披襟剖心，真诚叙说，把个性、志趣、涵养、学识等融于字里行间，使得整部作品充满了人情味。罗捷媚的《岭南清流“冼灯笼”》一文，追忆了明朝工部侍郎冼光清廉正直、狷介不阿的性情和操守，以其人生轨迹为线索，呈现了佛山顺德沙良河畔有700多年历史底蕴的岭南水乡“大罗村”的历史和乡情，也将顺德水乡文化的独特魅力娓娓道出。

俗话说，“一方水土养一方人”，一方水土也养一方“文”。在这些作品中，有岭南明丽秀美的风光、温和宜人的气候，有大量的岭南山水描写和人事叙说，勾勒出岭南人淳朴务实、乐观开放、进取拼搏的精神，体现了鲜明的岭南文学特色，且与新中国成立以来形成的岭南散文风格一脉相承。这些散文集大部分的篇章都与海、湾、港、滩、岛、湖、井、泉相关，海洋气息和水乡风情浓郁。可以说，有意识地从“海洋文化”的角度理解城市、书写湾区，已逐渐成为粤港澳大湾区作家的共同诉求。

五、生态写作：倾听与反思

生态文明是人类文明新形态的有机组成部分，生态写作经过多年的倡导与实践，目前已成气候，有蔚为大观之势。从全国范围来看，生态文学作家队伍已逐渐凸显并不断壮大，形成了老中青三代同时登场的局面，生态文学的发表园地也在逐渐拓展中。广东有超过一半的国土面积是森林，有优渥的气候禀赋，水、光、热独厚岭南。“抬头见绿，满目逢春”的南粤大地涵养了岭南文脉向上向善、刚健朴实的精神内核；2022年“绿美广东生态建设”的提出，更吸引了广东作家积极参加各种生态采风活动，拓展自己的自然科学知识背景，把更为广袤的自然世界纳入笔端，创作出了一批数量可观的生态散文。

1. 生态采风及相关活动

2023年3月15日至17日，广东省生态环境厅宣传教育中心、《环境》杂志联合举办“绿美广东生态行——生态作家走肇庆 ”采风活动。张乐人、江冰、杨文丰、鄞珊、晓卉等多位作家参与，用心用情感受广东生态环境保护和生态文明建设之美，并陆续撰文发表在《生态文化》和《环境》上。2023年11月，“广东省作家协会始兴县生态文学创作基地”正式挂牌，基地成立后又举行了生态文学座谈交流会，来自全国各地的生态文学作家纷纷围绕生态文学的理论、创作和发展畅所欲言。

省作协党组书记、专职副主席张培忠表示，广东历来是全国生态文学重镇，古往今来，苏轼的诗《惠州一绝》、巴金的散文《鸟的天堂》、秦牧的散文《花城》等经典名作脍炙人口，享誉大江南北。随着广东不断将“绿美”植入发展蓝图，绿美广东生态建设与“百千万工程”同频共振，将为生态文学的发展注入新的文化动力。全省更多作家踊跃投身生态文明建设与生态文学创作的双向互动，以文学形式展现广东生态文明建设的自然之美、文化之美、生态之美，不断描绘“绿美广东”的美丽画卷，以文学赋能乡村振兴建设，有望打造出广东文学特色的新品牌。

2023年10月，第四届全国“大鹏生态文学奖”征文评审结果揭晓，阳西县作家长江澜的作品《爱在蚝乡》荣获散文类一等奖。《爱在蚝乡》的创作灵感来源于家乡——“中国蚝乡”阳西县程村镇红树林。作品描摹了蚝乡独特的生态美，展现了人类与自然和谐共生、相互依存的关系，强调了生命的意义、爱的意义，赞美了红树林精神。全国“大鹏生态文学奖”征文大赛2016年开始举办，每两年举办一届，大赛一直深受文学界的重视和全社会的关注。除了长江澜，本届获得散文奖的广东作家还有李瑄、孙重人、李子、金克巴、林彻、邹贤中、谢言、李文芬等人。可见，广东拥有一支生态文学的创作队伍，创作态势良好。

2023年12月12日，《今日国土》杂志社、今日国土生态文学委员会、中国地质大学（北京）自然文化研究院、北京林业大学外国文学与生态文化研究中心共同发布“中国2023生态文学榜单”。除了长江澜的《爱在蚝乡》外，广东还有两位作家的作品上榜，分别是：谢有顺的《岭南观鸟记》（《人民文学》2023年第3期）、詹文格的《植物的战争》（《四川文学》2023年第8期）。

《岭南观鸟记》写作者和他儿子在中大校园看鸟、到肇庆“小鸟天堂”观鸟的趣事。“人在看鸟，鸟也在看人”——这是生物、自然和人之间的联结；“这儿的人鸟和谐相处是其来有自的”“天空没留下鸟的痕迹，但鸟已经飞过啊”则折射出这种生态和谐景观背后深厚的历史文化底蕴，那就是肇庆这座城以及它背后的历史和现实、当下与未来。这篇文章获得2023年度青花郎·人民文学奖散文奖：“以观鸟起始，以悟道作结，表层的‘观鸟’和内里的‘悟文’彼此感应、相互支撑。其中涉猎岭南鸟类数十种、自然人文景观多处，所引古诗名句亦难计数，故可称为一篇微观的小百科和博物志。作者深谙文章之道，起伏错落，疏密有致，移步换景，丰约有度。一场鸟声与灵魂的对话，化为一曲自然与人文的交响，构成一篇清丽而又繁复的美文。”[①]

2. 代表作家作品

在一众生态作家中，杨文丰用心最专、用笔最勤，十几年来坚持创作的系列生态散文得到了公认和好评。本年度创作的《离家的猫头鹰》入选陈建功主编《年度散文50篇（2023）》，《夕阳笼罩的珊瑚》被《海外文摘》2023年第11期转载。

2023年2月11日，杨文丰受邀参加中国环境报社、山西省生态环境厅和山西省作家协会主办，山西省散文学会等单位承办的“大地文心·美丽书写——山西生态文学研讨会”，并作《略说生态散文之真》演讲交流；该文还被编入谭曙方、李景平主编的《值此青绿：“大地文心·美丽书写”山西

① 2023年度“人民文学奖”授奖辞，中国作家网：https://www.chinawriter.com.cn/n1/2024/0413/c403993-40215389.html

生态文学研讨会文集》一书中（北岳文艺出版社2023年8月版）。2023年10月18日，杨文丰受邀出席中国生态环境部宣教司在广州召开的生态调研座谈会，还多次受邀在各地图书馆、书院主讲生态散文。《当代人》杂志分两期发表了杨文丰与《北京文学》期刊中心主任、执行主编师力斌博士关于生态散文的对谈《科学和诗性的双翼——关于生态散文的对谈》（2023年第 7/8期），强调生态散文的“科学视角”，提倡生态散文的“思想增量”。他还主持苏东坡故里《在场》杂志2023年（下）之“生态文学卷”栏目，刊“主持人语”，组编多位作家的生态散文一辑，多渠道、多方位地推广生态散文。

存朴的《鸟鸣》，专注于倾听自然之声。大自然有各种各样的鸟鸣声，传递着不同的信号与情感，人生也有高低起伏的阶段，关联着各种不同的心境。鸟鸣带来春天的气息，让人忆起遥远的往昔、儿时的伙伴，回忆起南下打工的辛酸，又让困于斗室的“我”，暂离疼痛的肉身。在对各种鸟鸣声的分辨中，作者听出了生命的不同启示：虽然谁也无法摆脱新旧更替、生离死别的无形网罗，但鸟鸣唤回了耳朵，唤醒了灵魂，“黑暗在沉默中发力，数声鸟鸣，像划过夜空的一线光亮”。

詹文格的《植物的战争》探讨的是植物入侵这一世界性的生态问题。轻木、王莲、桫椤、黄顶菊、革命草、野葛、豚草：这些外来物种的出现曾经引起人们的赞叹。人类想当然地以为植物的世界就是我们眼中所见的葳蕤生机，一派祥和。其实，“草木用朴拙的外表，隐藏了深重的心机”。植物的多样性常常伴随着残酷的竞争，那些为人们所忽略的入侵路径和攻谋手段，制造了一场场兵戎相接的比拼。植物，看上去沉默不语，其实它们的战争惊心动魄。“植物界也有强者和弱者，也要面对弱肉强食的丛林法则。面对凶猛的入侵植物，绝大多数人都是漠不关心的观望者。正因为对入侵者持模糊不清的认识，在日常生活中毫无防范意识。”这是生态危机的警醒，是对人类自我中心主义的深刻反思。

筱卉的《拓境幽苔》，目光聚焦鼎湖山上匍匐在地、毫不惹眼的苔藓。苔藓拥有顽强的生命力、药用价值和经济价值，繁殖策略灵活多样，又极具生存智慧和韧性。它在生态系统中有赫赫功绩，一旦遭遇困境险情，必然引起生态破坏和环境污染。人类眼中，既要看到壮美山河，也要看到这些默默无闻、不争不抢的生物。其实人类社会何尝不是如此？接受生物的多样性，共筑和谐家园，这就是大自然的启示。

曾在林业系统工作的台山作家刘利元，在《中国绿色时报》发表了数篇文章，塑造了一群在黄土地上各司其职、各尽其责的人物形象：西沙窝"种地教书两不误"的民办教师大爹（《大爹的执着》），河套平原乌拉山上甘守寂寞、与鸟同栖、与林为伴、以苦为乐的老班（《难忘乌拉山》），勤劳朴实、胆大心细、回老家带领村民勤劳致富的"柠檬伯"（《柠檬花儿开》……表达了作家对人物的理解和敬重，传递了作家的乡土情结、社会担当意识和生态观念，写得情真意切、真挚动人。王国华的《伶仃洋畔大风吹》从伶仃洋和人类的对抗与妥协中，领悟出人与自然注定是此消彼长的关系。

此外，2023年的《美文》杂志，还连载了两位广东作者的生态散文。

金克巴在第10、11、12期发表《岭南草木札记》专栏文章，他笔下植物——桫椤、朱槿、瓦松、桄榔、蔓草大多其貌不扬，其实大有来历，有旺盛的生命力和隐忍的存活之道。作者从植物的名称、分布、来历、形态特征、功用等一路讲来，佐以各类地方植物志的考证，更以千百年来中国文人墨客的诗句和西方文豪的警句格言穿插其中，叙述有条不紊，文辞简约而有内涵。作者由桫椤的艰难存活，反思人类对大自然恩典的滥用；由现代城市建筑对民居和"老宅灵魂"瓦松的打击，反思城市化进程对农耕文明的涤荡；在各种各样的蔓草和易生易长的簕杜鹃身上发掘出无止境的探索和潜藏的美丽。作者感慨道："在漫长的生命演化过程中，一切众生都蕴蓄和具备了自己的生存智慧。"另一位基层写作者赵艳华（广州）则在第7、8、9期发表《吃地瓜干的夜游神》《水边的幽光》《秋声、秋色与秋虫》等自然笔记。

在春潮涌动的生态文学创作潮流中，我们深切感受到广东散文家对生态危机的忧患意识、对人类中心主义的批判精神和敬畏自然、尊重生命，追求万物一体、平等共享的悟道境界，也逐渐领略到作家"笼天地于形内，挫万物于笔端"的创作风姿所带来的新鲜气息和开阔的创作视野。这也体现了中国式生态文学追求人文与自然的融通、讲究“天人合一”思想的精神特质。

六、问题与展望

广东作为岭南文化的中心地、海上丝绸之路的发祥地、近代民主革命的策源地、改革开放的先行地，历来是一方文学的沃土。广东文学得风气之先，是永立潮头的探索者和弄潮儿。2023年5月23日是广东省作家协会成立70周年的纪念日，“雄阔气脉七十载，岭南文坛正青春”！五卷本《广东文学通史》的出版，全面总结了广东文学的成绩，在回顾中加深了对广东文学的文源、文脉、文气的理解。这也是我们今天客观评价广东散文的创作实绩，展望其发展趋势的前提和重要依据。盘点这一年度的散文创作成果，有几点值得略作小结：

第一，广东散文写出了变化中的岭南现实和岭南精神，进一步凸显了“粤港澳大湾区散文”的风格和特质。

“粤港澳大湾区文学”是一个面向未来、呼唤增量的文学概念，是一种与时代同步、与当下同在的文学建构，其文学内涵和创作实绩亟待作家们的努力。令人欣喜的是，经过这些年的探索和沉淀，广东作家在不同的文学门类中都提交了颇具湾区特色的代表作品。散文领域也是如此。逐步增强的现实感和精神性追求使广东散文的地域人文色彩和岭南文化底蕴凸显出来。

广东散文的“现实感”主要表现为富有“粤味”和“岭南风”的本土题材创作。由前面的分析我们可以看出，广东散文对生活的表现越来越全面、深入，每一年度都有一些亮点，都有不少新鲜的“干货”。作家们秉持关注民生的人道主义立场，以充满烟火气、人情味和海洋味的日常生活细节，来捕捉岭南流动变化的社会现实，描摹这片热土上人们的喜怒哀乐和他们对美好生活的执着追求，记录他们的精神轨迹。写都市，文字中交织出城市混乱与秩序、热情与冷漠、压抑与释放并存的矛盾状态，呈现了城市的不同面相；写乡村，也并不沉溺于过去梦幻般的、怀旧式的追忆，而是与时代脉搏同步律动，在城乡的整体视野中记载现实和精神领域的“山乡巨变”。越来越多来自不同行业的基层写作者用散文记录自己的生活，观察人情世态，探索生命的意义，以个人化的写作行为参与到粤港澳大湾区的文学建构中，积极地回应了现实文化语境。

广东散文的“精神性”则体现为作家心灵的自由性和丰富性，以及思想的独特性和批判性。精神性，或曰思想性，是散文的骨骼。它是散文作家人格主体性的最高层次，凝聚着作家的个性、意志和能力，也是决定散文能走多远的核心因素。除了前文提及的部分作家作品外，还有以下几篇文章，在精神性方面体现了作家的独创性。

艾云近4万字的长篇散文《在风暴的漩涡中心徘徊》，将情感倾注在法国大革命时期吉伦特派的女魁罗兰夫人身上，从女性的视角重新去解读、阐述这一段历史。这是艾云近年来一系列历史人物散文中的一篇。艾云自言：在古今中外杰出的历史人物身上，她找到了写作的方向。通过“他们”延伸了“我”的思考——“我发现，当我贴着他们的喜怒哀乐又活一遍时，我的人生变得也同样是如此丰饶。我面对他们，生机勃勃的感受力又回转过来。”[①]陈培浩指出了艾云散文的独特性：“她关怀的是思想者在生命困境中探索和创造的那种生命情感，从知识回到生命，这是艾云执着而独特的智性路径，也是中国当代散文既独特又颇具启发的一种书写路径。”[②]

林渊液发表于《天涯》2023年第2期头条的《大象：中医采访与思考札记》，触及了“中医”这个敏感的互联网热门话题。文章在问题的推动下，以虚实相间的双线结构，对“国医”之殇的历史进行百年钩沉，采访了广东省当代中医管理和实践的先行者，并以父母双亲的疾病经历和自身的从医实践为入口，将肉身经验与理性思辨交织为一体，逼近了现象背后细微、玄妙、难以参透的中医世界及中国文化天人合一的时空统一观。

中西医之辩，是一场跨世纪的争论，是中国进入近现代历史后东西方冲突的一个侧面，也是思想领域大多数问题的症结所在。以散文的笔墨进入这一玄奥、抽象、敏感的话题，意味着要以文学的方式给予它肉身的具象，让它从作者的感性经历中获得问题展开的历史场域，唤起读者的情感共鸣，又

---

① 艾云：《我的思考，已经沉在人物命运里》，《东吴学术》2024年第3期。

② 陈培浩：《在文章与时代的张力中探索文体——读艾云散文，兼论散文智性的生成》，《东吴学术》2024年第3期。

需以清醒而超拔的逻辑追问，抽丝剥茧地逼近问题的内核，将思想的病灶及心灵的震颤袒露出来。这样的关注和思考，显然不是心血来潮，也必然不是三言两语就能说清道明。我们期待能看到作者的系列文章对此做出的个人化阐释与审美观照。

汪泉的《慎独之兽》从一幅中世纪的画，联想到“异物”和人群中“怪异之人”。“独角”就是他们应对这个世界的武器，独角兽就是“异类”的隐喻。是跃出栅栏，还是困死其中，抑或让独角隐伏于心，消尽桀骜？“温柔独角，隐伏我心。”既是处世态度，更是生存哲学。杜璞君的《过渡灰》由课堂上的一则历史故事引出现实生活中的两难选择：历史的关口和国家前途的选择，现实的友情和原则之间的选择……不管是在孩童天地还是成人世界，在人生的诸多岔路口，在黑白分明之间，是否有一种更具内在的张力、富有生命力的“过渡灰”？这无疑是引人深思的。文章仿如一支小小匕首，切入了当代人的生存现状和精神处境。人性深处那些秘而不宣、悬而未决的不确定性的东西，一下子裸露了出来。林贤治的《怀念邵燕祥先生》通过作者与邵老交往的细节，还原了一位“精神界之战士”，凸显了邵老湛深的思想和知识分子作家独立的精神风貌。陶东风的随笔《比坏与做奴隶的逻辑》，从重读鲁迅的《灯下漫笔》引申出现实中的“比坏”逻辑，阐释了“怂人的苟且逻辑成就了坏人的强盗逻辑”，层层推进，旗帜鲜明地指出：对“坏”不能有丝毫容忍，要跳出“比坏”逻辑；对人的自由、尊严及其完整性，则应坚决捍卫。

第二，广东作者对散文的“真”进行了认真的探讨，对散文创作的精神追求和人格力量有自己的认识和思考。

耿立在《西部文学评论》2023年第1期发表1万多字的文章《寻找散文写作的别种呈现》。这篇文章旁征博引，将20世纪90年代以来散文界对散文诸多问题的思考和盘托出，进行了一番梳理。批判了散文的精神惰性和文体惰性，认为“自由”是散文的精神内核，内在的精神性（独立意志、诗学信念和终极关怀），正是文学创造力的核心。作家应该努力寻找自己的声音。他在文中指出：“散文的出路，在于突破，而非守成，散文是有难度的写作，而非是低龄化的文字鸡汤。”

耿立还在2023年9月1日《文艺报》发表理论文章《散文的问题难度来自于“真”》，对散文写作中的“真实”这个核心概念进行辨析，区分了“想象”和“虚构”，倡导“真实”是散文写作的第一伦理，散文文体的价值和散文的为文基础是真实。这种真实，既是作者个人层面的主观问题，也是散文文体的客观要求，是作者与读者签的一份文体契约。

张鸿在《月白如纸》的后记中表达了她的散文观：“作为一种高品质、重修养的文体而言，散文是有大小、轻重、高低的，她是紧致与疏朗的，她可明暗，有骨血、气度。她有着丰富的个性魅力：深邃、沉实、锋利、可爱、柔软、激荡、宁静、飞翔、踟蹰、爽直、顿挫……她有关文本高浓度的真诚、情感、智慧和性感。散文也是多变的，她有着各种可能性，如水一般，可涓涓、可淙淙、可汤汤，她甚至野性放肆，不确定走向。”可以说，散文的气象，就是创作主体的精神气质、才情禀赋、兴趣爱好及学养见识的投影。因此，写散文就是将性情熔铸在散文中，真实体验、真切感知、真情书写，才能写出不落窠臼、不拘定式的精神气，才能创造出散文的葳蕤天地。此外，林渊液、杨文丰、余冰茹等作家，也在相关文章中探讨了这一问题，将“真情实感”这一散文的传统话题引向了深入。

第三，广东作家对生态散文的理解和实践还有很大的创造空间。

虽然广东的生态散文创作呈现了积极的良好态势，但生态文学的概念还相当宽泛和笼统，生态写作在典范性和标识性上也还有不少争论。中山大学林岗教授指出：生态观念不是自古而有，而是有鉴于现代工业科技和都市文明的进展，造成了人与自然的疏离，产生了危害人自身生存的环境恶化，对此种现代的“文明病”思以补救而产生的思考。因此，“不是笔涉自然就具备生态视角”[①]。能否以自觉的生态意识对当下的环境问题进行考察，反思人与自然的关系，应该是生态文学的出发点和落脚点。当然，中国文学有非常悠久的山水田园诗传统，蕴含了人与自然平衡的观念。西方也有非常强大的自然主义写作传统，追寻自然与心灵的交融，对20世纪中国文学产生了很大影响。因此，正如有学者指出，“生态散文没有必要画地为牢，将自然主

① 林岗：《从田园诗到生态诗》，《羊城晚报》2023年1月15日。

义主题下的散文写作排斥在外，完全可以将之收纳其中，视为生态散文的必经阶段”。[①]

那么，生态文学对自然文学的超越体现在哪里？生态文学的创作维度有哪些？如何以文学审美的方式来表达生态意识和人文关怀？如何深入探讨及艺术地表现自然生态、社会生态和精神生态三者的关联和层叠？中国式生态文学的特点在哪里？这些问题，都有很大的讨论空间和阐释价值。

中国作协党组成员、副主席、书记处书记李敬泽说：“我们需要一个丰富和多维的文学现场。”近年来的广东散文、广东文学，也以自己的声音和面孔，让读者感受到了这种文学现场的火热气息。正如省作协党组书记、专职副主席张培忠所说，“对新时代广东的真正书写才刚刚开始”。期盼广东散文作家能抓住时代的机遇，回应时代的呼唤，充分打开新时代广东文学的审美胸襟，以活泼、多元、扎实的散文创作，探索新时代广东散文的审美样式，推动岭南散文的发展和创新。

（本章撰写：黄雪敏，华南师范大学城市文化学院副教授）

① 刘军：《以大山的方式理解森林——关于“生态散文”的边界思考》，《光明日报》2022年2月9日。

第七章 构建促进广东文学繁荣发展的理论批评话语

2023年，中国式现代化视野下的广东文学界踔厉奋发，坚持以人民为中心的创作导向，努力推动文学创新发展，主动担负新的文化使命，打造湾区文学评论新高地。2023年度广东文学理论评论，立足于广东乃至粤港澳大湾区的实际状况，对重点的文学作品、文艺现象展开专题研讨。当前，“粤派批评”逐步向“湾区批评”升级：文学批评对象更丰富、空间更广阔，评论家既秉持本土意识，重视岭南文脉的传承与发展；又彰显国际视野，关注湾区文学的世界性价值；还紧跟时代潮流，观察新媒介、新技术对文学形态的深刻影响；文学批评新力量持续涌现，凝聚起粤港澳大湾区的文学话语，持续推动新时代广东文学评论高质量发展，彰显粤港澳大湾区开放包容、锐意进取的精神气质。与此同时，《学术研究》《粤港澳大湾区文学评论》《广东社会科学》《文化遗产》《粤海风》《华文文学》《作品》《花城》《广州文艺》《特区文学》《佛山文艺》《羊城晚报》《南方日报》等广东文学期刊、报纸，持续推进名刊、名报建设，聚焦“新南方写作”、科技与文艺融合、小小说研究、科幻文学等文学热点，在探索与争鸣中激荡起思维的火花。广东省作家协会在2023年成立70周年之际，推动《广东文学通史》由人民文学出版社出版，首次回顾与展望广东文学历史，有拓荒之功。

作为当代文学批评的重镇，广东文学批评家队伍昂扬向上，在多项评论推优活动中取得累累硕果。在第八届“啄木鸟杯”中国文艺评论推优活动中，广东共有13件作品入围终评，最终有3件作品获评优秀作品。谢有顺的《思想着的自我——韩少功的写作观念对当代中国文学的启示》获评优秀长评文章，杨汤琛的《从“打工”到“劳动”：诗歌嬗变与时代逻辑》、张丽军的《新时代呼唤新山乡巨变文学》均获评优秀短评文章。

在第十一届广东省鲁迅文学艺术奖中，李德南著作《“我”与“世界”的现象学——史铁生及其生命哲学》、陈剑晖著作《陈剑晖集》、贺仲明著作《审美与省思：对话现代文学经典》荣获（文学类）文学理论和评论奖。王瑛著作《叙事学本土化研究（1979—2015）》、申霞艳著作《第二现实——广东文学扫描》、郑焕钊著作《网络文艺的本土实践：基于文化创意与价值观视野的观察》、陈桥生著作《唐前岭南文明的进程》，颜敏著作《华文文学的跨语境传播研究》荣获（艺术类）文学理论和评论奖。

一、人文湾区：建设评论阵地，促进交流合作

2023年是贯彻党的二十大精神的开局之年，是实施“十四五”规划承前启后的关键一年，是为全面建设社会主义现代化国家奠定基础的重要一年，也是广东省作家协会成立70周年。广东省作协以竞标争先的奋进姿态推进工作破浪前行：开展以全国文学馆联盟会议、中国网络文学影响力榜（2022年度）发布活动暨粤港澳大湾区网络文学高质量发展研讨会、第三届“粤港澳大湾区文学周”、粤港澳大湾区作家作品研讨会、广东重点作家作品系列研讨会、第十一届广东省鲁迅文学艺术奖（文学类）评奖、广东文学志愿服务活动为代表的文学重点工作，组织以编撰出版《广东文学通史》《广东文学蓝皮书（2022）》《广东省作家协会志（1953—2023）》《广东省作家协会成立70周年画册》，开展以制作广东省作家协会成立70周年专题片为代表的特色文学工作。广东省作协以出新出彩的工作业绩涵养文学事业，使之气象一新，坚定不移推进文学振兴，更加坚定建设与广东经济地位相称、与文化强省相符的文学强省。①

广东省文艺评论家协会有针对性地开展“加强粤港澳人文湾区建设”“推进文艺创作工作”“文艺评论事业和评协工作高质量发展”等调查

① 广东省作家协会：《致全省作家和文学工作者的新春贺信》，广东作家网，2024年2月8日，http://www.gdzuoxie.com/v/2024/02/18668.html

研究，积极发挥文艺评论助力人文湾区建设作用，培养造就德艺双馨文艺评论人才。积极推荐文艺评论名家和新秀参加中国文联“名家传艺培养计划”和文艺名家工作室等系列评选活动，共有1位文艺评论专家入围“名家传艺培养计划”导师、2位文艺评论新锐入围学员；3人获授“广东文艺名家工作室”牌匾、2人入选首届“粤港澳大湾区文艺新星”。

2月23日，由人民文学出版社、省作协、《文艺报》社主办的魏微长篇小说《烟霞里》研讨会在北京举行。与会专家认为，《烟霞里》以编年史和大事记的方式，书写了一个人的成长史，并借此反映中国40年来的社会变革，很见写作功力。小说由家族故事延伸到更为广阔丰富的社会画卷，其中饱含开阔、立体的生活内容，既具有宏大的格局和视野，又展现出细腻的生活质地。《烟霞里》为一代人立传，为当下的中国文学贡献了新的美学形态和新的女性形象，讲述了出色的中国经验、中国故事，是一部人间烟火与时代风云相融交织的心灵史诗。

2月24日，由人民文学出版社、省作协、《文艺报》社、四川人民出版社共同主办的邓一光长篇小说《人，或所有的士兵》研讨会在北京举行。与会专家认为，《人，或所有的士兵》是一部厚重的战争题材作品，也是一部对战争进行深度反思的长篇小说。小说将中国抗战纳入到整个世界反法西斯战争的体系当中，将不同文明间的冲突放置在世界史的眼光里，用大量非虚构的材料来构筑小说的机体，显示出作者极为扎实的创作功底和极为广阔的写作视野。

2023年2月25日，由人民文学出版社、广东省作协、《文艺报》社共同主办的葛亮长篇小说《燕食记》研讨会在北京中国现代文学馆举行。广东省作协党组书记、专职副主席张培忠认为：《燕食记》聚焦大湾区的前世今生，从历史沧桑之处落笔，继承和发扬民族民间文学的艺术传统，揭示百年岭南社会变迁的精神秘史和民族复兴的心灵密码，在虚构的框架下写实，在真实的基础上传奇，具备了充沛的文学价值、哲学价值、社会价值和史传价值。与会专家认为，《燕食记》以南中国的饮食传统为切入点，生动描摹出中国近代百年的社会变迁、世事人情、众生百态，既有对岭南风物朴素而惊艳的描写，也有对人生命运的深刻思考与理解，不仅是一部岭南饮食流变史，更是一部中国人的精神旅途史。[①]

2月27日，由省作协、北京出版集团联合主办，北京十月文艺出版社、深圳出版社承办的熊育群长篇小说《金墟》研讨会在北京出版集团12层报告厅举行。与会专家认为，《金墟》以新时代乡村振兴为重点，在绵延一个多世纪、横跨太平洋两岸的时空中，展现中国农村的变革、家族的命运与民族的振兴，是一部正面强攻当下现实题材的鲜活之作、厚重之作。在这部作品中，作者立足当下，把百年赤坎古镇置于广阔的时空背景中，在充分反映古镇兴衰变迁史的同时，也写出了乡村振兴政策下古镇的新发展。

2023年3月25日，花城文学院在广州越秀公园举行揭牌及签约仪式，宣告正式成立。王蒙、李敬泽、麦家、陈晓明、刘震云等近百位全国知名作家、评论家齐聚广东，见证花城文学院落成，文学大师共襄盛举、畅所欲言，展望大湾区文学创作恢宏图景。花城文学院实行驻馆名家签约制，聘请麦家、陈晓明担任首届联席院长，签约魏微、葛亮、李娟、陈楸帆、蔡崇达、笛安、杨庆祥、陈培浩等8位优秀青年作家、评论家，共同探索文艺精品创作生产新机制。当日下午，举办了《陈晓明文集》新书发布会暨“中国式现代化视域下的文学路径”学术研讨会。《陈晓明文集》收录陈晓明几十年来最负盛名的学术成果，从探索性角度检视中国当代文学创作成果，从文学理论的建构、文学史以及文学批评的书写三个方面，回应了时代关切的议题，是中国文化理论建设的重要收获。到场专家各抒己见，聚焦粤港澳大湾区文学高地打造，为中国式现代化提供文化凝聚力和精神推动力。

2023年5月23日，由广东省作家协会推出的《广东青年批评家丛书》正式发布。2021年，为发现和培养广东优秀青年批评人才，促进广东文学理论评论多出成果、多出人才，推动新时代广东文学评论工作创新发展，广东省作家协会启动了《广东青年批评家丛书》出版项目。经过公开征集、评审，确定扶持《广东青年批评家丛书》出版项目10部作品，具体为杨汤琛的《趋光的书写：诗歌、地域与抒情》、徐诗颖的《跨界整合：湾区文学的多元审视》、贺江的《深圳文学的十二副面孔》、杨璐临的《湾区的瞻望》、王金

① 罗建森：《长篇小说〈燕食记〉展现独属于中国人的生动气韵》，《文艺报》2023年2月27日。

芝的《网络文学：媒介、文本和叙事》、包莹的《时代的双面——重读革命与文学》、陈劲松的《寻美的批评》、朱郁文的《在湾区写作——粤港澳文学论丛》、徐威的《文学的轻与重》、冯娜的《时差和异质时间——当代诗歌观察》。这批青年批评家从中国现当代作家的作品出发，探讨现当代文学特别是粤港澳大湾区文学为汉语写作所提供的新美学经验，展现了“粤派批评”的新实践、新贡献、新力量。[①]

2023年6月20日，由中国文艺评论（暨南大学）基地、广东省文艺评论家协会、《粤海风》杂志社、暨南大学中华文化港澳台及海外传承传播协同创新中心主办的“湾区经验与中国文学的世界性”粤派批评湾区论坛在暨南大学举行。论坛开场，林岗以黄谷柳小说《虾球传》为切入点，指出粤港澳大湾区文学虽是一个新概念，但其实也有相应的历史传统，《虾球传》就是历史上典型的大湾区文学文本。下半场，高建平从大湾区城市之间的文化互动切入，探讨人文地理对城市文化的影响，突出阐述了深圳在大湾区城市群中的独特性。广西文艺评论家协会主席、《南方文坛》主编张燕玲结合大湾区文艺的历史和现状，以《悬浮术》《你的目光》等湾区作家作品作为案例，阐述“新南方写作”的世界品格，同时呼吁更多的学者和文艺单位共同关注当前充满活力、野气横生的“新南方写作”，探索南方以南地域文学想象的多样化和可能性。针对粤港澳大湾区文艺的历史成就和现状，论坛嘉宾从不同角度展开讨论。论坛最后，中国文艺评论（暨南大学）基地主任、暨南大学中文系教授蒋述卓以湾区文艺现代化与中国式现代化为理论视野，总结本次论坛嘉宾的主要观点。蒋教授指出，今天很需要以中国式现代化问题为视域，去提升总结粤港澳大湾区的文艺发展经验，包括去回顾大湾区文艺的历史传统。[②]

2023年6月23日至25日，“未来城市、智能文明与人类命运共同体——

① 邱海军：《探索岭南特色文学道路 打造堪当重任“文学粤军”—— 广东省作家协会成立70周年座谈会召开》，广东作家网，2023年10月19日，http://www.gdzuoxie.com/v/2023/10/18042.html

② 赵睿诗：《湾区文学要成为未来文学的标杆:“湾区经验与中国文学的世界性”研讨会纪要》，暨南大学中国文艺评论基地公众号，2023年6月22日，https://mp.weixin.qq.com/s/oq9kkqERCEgSRrdC1QL0FA

当代科幻文学新探索”高端学术论坛在深圳举行。此次论坛由中国比较文学学会和深圳大学共同主办。本次论坛聚焦“未来城市、智能文明与人类命运共同体”，致力于认识科幻带给城市发展的新机遇与新挑战，洞察文明新形态，理解科技新观念，警惕全球生态与气候变化，拥抱人类命运共同体理念，以历史的、全球的与全人类的视角审视科技人文新发展，全面探索科幻的文学价值与现实意义。与此同时，《中国当代科幻作家访谈录》新书发布会顺利举行，该书由深圳大学当代通俗文化研究所所长江玉琴教授主编，收录吴岩、韩松、王晋康、陈楸帆、宝树、程婧波、夏笳、王诺诺、阿缺、顾适、双翅目、刘洋、慕明13位科幻作家访谈，展示中国当代作家群之风采，帮助读者更深入理解中国当代科幻文学的发展路径与创作特性，也为学界更直接了解中国当代科幻文学及其代表性作家的所想和所作，提供第一手文献资料。[①]

2023年8月，2023南国书香节暨羊城书展在广州举行。作为历史上规模最大的一届南国书香节，在为期五天的会展活动中，汇聚众多的作家、学者、展商、读者，全省各地开展2172场高品质文化活动。蒋述卓、刘斯奋、彭玉平等嘉宾参与“读懂广州”名家论坛。“读懂广州”书系之《文学里的广州》从文学角度解读广州历史文化的辉煌成就，按照诗词、小说、散文、杂记四种体裁，收录书写广州的名家名作，以文学笔触构筑立体多面的广州。蒋述卓表示：我们广东有两部作品进入第十一届茅盾文学奖前十，说明全国非常关注反映广州历史和广州改革开放以来新面貌的文学状况，这恰恰反映出在新时代，粤港澳大湾区正以一种强劲的步伐和姿态迈向新的台阶。刘斯奋表示：近年来“雄直之气”这个词经常被提及，雄直之气正是广州文化的底蕴，既低调务实，又生猛鲜活，我们能够保有这样的基因，也是得益于广州高质量发展赋予我们的底气。彭玉平表示：广州的历史、广州的生活状态、广州的生活经验都展示了这么一个极具诗性的特点，而且这个诗性对

① 李永杰：《“未来城市、智能文明与人类命运共同体——当代科幻文学新探索”高端学术论坛在深举行》，中国社会科学网，2023年6月27日，https://cssn.cn/wx/wx_xlzx/202306/t20230627_5663649.shtml

广州人具有非常强大的渗透力。[1]羊城书展期间，广州分别与珠海、佛山、清远、江门四座城市举办城际对话系列活动。2023年第五届“广佛同城共读一本书”书友交流会也在羊城书展首日同步开启，以“阅享新时代，共话广佛情”为主题，共读著名饮食文化学者周松芳的最新力作——记述粤菜在晚清民国之际北渐过程的《粤菜北渐记》。

2023年9月12日至10月11日，广东省人民政府、文化和旅游部、香港特别行政区政府、澳门特别行政区政府共同主办第三届粤港澳大湾区文化艺术节，以“逐梦大湾区，携手向未来”为主题，整合粤港澳文化旅游资源，坚持专业性与群众性、普惠性与市场化相结合，广泛开展文学、音乐、舞蹈、戏剧、美术、影视、曲艺、杂技等交流合作，凝聚文化共识，塑造湾区人文精神，提升粤港澳大湾区民众文化参与感、获得感、幸福感。第三届“粤港澳大湾区文学周”是其中的重要组成部分，推出了丰富的系列活动，为进一步推动粤港澳大湾区文学界融合发展建言献策。

2023年9月18日上午，广东省作家协会主办、花城文学院协办的第三届“粤港澳大湾区文学周”系列活动之“粤港澳大湾区文学发展峰会”在广州白云国际会议中心举行，峰会以“中国式现代化背景下的湾区文学”为主题。广东省作协党组书记张培忠在致辞中指出，粤港澳大湾区文学界将强化互学互鉴，强化精神支撑，强化责任担当，努力在推进中国式现代化建设的文学实践中走在前列，再谱华章。一要守望相助，共画培根铸魂的“同心圆”；二要同频共振，谱好融合发展的“协奏曲”；三要挺膺担当，书写中国式现代化的“新史诗”。陈晓明以“大湾区文学的前沿性、包容性、多样性”为题作主旨演讲。他指出，“前沿性、包容性、多样性”这三个关键词，既是对粤港澳大湾区文学既有特点的理解，也包含着对粤港澳大湾区文学新的可能性的探讨。徐剑作主旨发言时指出，大湾区文学资源禀赋天成，可以说是中国文学的新高地、新看点。中国文学关注点、聚焦点应投向更多从事高科技的“新新人类”，当代有担当的中国作家应与大湾区的命运和发展同频共振，希望当下更多中国作家把落点投向大湾区，写出可以长存书架

① 吴波：《“读懂广州”书系之〈文学里的广州〉全国首发　品味广州千年文脉与绵长韵味》，《广州日报》2023年8月19日A10版。

的优秀作品来。会上各位专家围绕会议主题，从如何增强粤港澳大湾区之间的文学交流与对话、推动湾区文学走出去等方面展开探讨。[①]

2023年9月18日下午，由广东省作家协会、南方报业传媒集团联合主办，由羊城晚报报业集团协办的第三届“粤港澳大湾区文学周”系列活动“广东文学评论年会”在广州举办。会议由省作协主席、暨南大学文学院教授、《粤港澳大湾区文学评论》编委会主任蒋述卓主持。广东省作协党组书记、专职副主席张培忠在致辞中指出，文学批评作为文学事业的重要一翼，要齐心协力建设好这块阵地：一要聚焦中国式现代化，加快构建中国文学话语和叙事体系；二要担负新的文化使命，推动“粤派批评”向“湾区批评”升级；三要发挥三地资源优势，打造粤港澳大湾区文学评论高地。蒋述卓认为广东文学批评表达应寻找怎样的话语和表现途径、怎样在写作和评论的蓬勃生长和相互呼应中建构湾区文艺理论话语体系，其核心在于革新求变；希望广大文学作家与评论界共同携手，创造广东文学评论的佳绩。会上，国内知名评论家、文学评论期刊主编和学者陈晓明、李建军、陈剑晖、贺仲明、彭玉平、谢有顺、潘凯雄、饶翔、杨青、丁晓原、额尔敦·哈达、张燕玲、卓今等围绕年会主题“中国式现代化视野下的湾区文学批评”进行研讨，为打造广东文学评论高地探索切实有效路径，为《粤港澳大湾区文学评论》名刊建设建言献策，助力新时代广东文学的创新与发展、为广东文学攀登高峰提出了宝贵意见。[②]

2023年9月19日，由广东省作协主办的第三届“粤港澳大湾区文学周”系列活动粤港澳大湾区作家作品研讨会在广州举行，集中研讨厚圃长篇小说《拖神》、张况长篇小说《赵佗归汉》、盛慧散文集《粤菜记》和长篇小说《风叩门环》。省作协党组书记、专职副主席张培忠指出，大湾区经济社会的蓬勃发展需要文学的反映和鼓舞，打造粤港澳大湾区文学新增长点，需要粤港澳大湾区文学界融合发展。一要高扬精神旗帜，担负文学使命；二要坚

---

① 《画“同心圆”谱“协奏曲”写“新史诗” “粤港澳大湾区文学发展峰会”在广州举行》，广东作家网，2023年9月21日，http://www.gdzuoxie.com/v/2023/09/17951.html

② 黎燕雄：《主动担负新的文化使命 打造湾区文学评论高地——广东文学评论年会在广州举办》，广东作家网，2023年9月22日，http://www.gdzuoxie.com/v/2023/09/17965.html

守人民立场，聚焦时代主题；三要坚持守正创新，勇攀文学高峰。《诗刊》原主编、中国作协全委会委员叶延滨认为，《赵佗归汉》确证了张况对传统文化的积累，对历史小说体裁的把握与展示，呈现历史宏大叙事的文本特色，为读者提供了天地宽阔的大气山河。中国作协小说委员会副主任潘凯雄认为，厚圃把中国社会很重要的一段大历史、大背景处理在一个小镇上，这是《拖神》最出彩之处。这部作品传神地描绘了潮汕风土人情。中山大学教授、省作协副主席谢有顺认为，《粤菜记》意味着作家深度融入、书写岭南日常生活，对日常细节的收集、感受、经验的雕刻，深刻表现了岭南文化的丰富性和包容性。《小说选刊》副主编顾建平认为，《风叩门环》具有浓浓的江南情怀、江南气息，成功塑造了乡镇女性群像，写出了乡村生活情趣，修复了读者乡村经验中的美好记忆。作家厚圃、张况、盛慧对各位专家的关注和批评表达了感谢，并表示这次研讨会和各位评论家的意见对今后的创作将会产生积极的促进作用。蒋述卓作学术总结时表示，广东文学在新时代将来怎么突破，一是要加强策划能力，进一步加强对大湾区作家的推介；二是要加强对大湾区文学现象的研讨，凸显湾区文学的文学史意义和价值。[①]

2023年9月22日，第三届粤港澳大湾区文化艺术节“粤港澳大湾区文学周”之萧殷学术研讨会暨《萧殷全集》新书发布会在萧殷故乡河源举办。《萧殷全集》于2021年启动编撰，全集共10卷、约400万字，其中著作4卷、书信3卷、岁月留痕1卷、影像1卷、年谱1卷，集中展现了萧殷在文艺创作和文艺指导方面取得的成就。本次活动由中国作协担任指导单位，广东省作协、《文艺报》和中共河源市委宣传部联合主办，聚焦萧殷文艺思想和中国文学话语与叙事体系构建，旨在擦亮河源文化名片，进一步提升广东文学影响力。中国作家协会书记处书记邓凯指出，希望广东文学界以本次会议为契机，牢记国之大者，坚持以人民为中心的创作导向，以习近平新时代中国特色社会主义思想培根铸魂，继续传承、发展好萧殷先生的文艺思想，坚持创造性转化、创新性发展，汇聚铸就新时代文学高峰的强大力量，建设与广东经济地位相称、与文化强省相符的文学强省，为推动新时代文学高质量发展

① 王金芝：《守正创新勇攀高峰 共绘湾区文学图景——粤港澳大湾区作家作品研讨会在广州举行》，广东作家网，2023年9月22日，http://www.gdzuoxie.com/v/2023/09/17966.html

做出新的更大贡献。广东省作协党组书记、专职副主席张培忠认为，在纪念萧殷先生逝世40周年之际，10卷本、皇皇400多万字的《萧殷全集》由花城出版社出版并隆重发布，这是萧殷先生文艺作品和生平事功的集大成，是萧殷精神的文本体现，对推动萧殷研究以及新时代广东文学高质量发展无疑具有十分重要的启示意义。开幕式现场，蒋述卓、贺仲明、张均、王律、王十月围绕“萧殷文艺思想和中国文学话语与叙事体系构建”作主题发言。[①]

2023年11月18日，由中国世界华文文学学会主办，暨南大学海外华文文学与华语传媒研究中心、暨南大学文学院共同承办的“人类文明新形态与世界华文文学新发展”国际学术研讨会在暨南大学召开。研讨会围绕人类文明新形态与世界华文文学的发展态势，世界华文文学与人类命运共同体，以及世界华文文学史料及学术史研究、新移民文学研究、世界华文文学的传播及影响研究等话题展开讨论。中国世界华文文学学会会长张福贵指出，在新的历史环境中，创作者和研究者都要深入思考人类命运共同体意识与文化、文学发展的紧密关系，以思想的高度和内容的丰富性推动世界华文文学创作与研究。本次会议中设置了学会创会20年纪念活动，创会纪念活动特设“致敬前辈学者颁奖仪式”环节，向为世界华文文学发展做出突出贡献的前辈学者颁发“世界华文文学研究学术贡献奖”，获此殊荣的学者为张炯、饶芃子、陆士清、杨匡汉、刘登翰、陈公仲6位教授。

二、文学热点：深化岭南特色，聚焦时代前沿

2023年，广东文学评论家围绕“广东文学的首次回顾与展望”“新南方写作”“科技变革与文艺融合”“小小说创作”“科幻文学”等命题展开深入探讨，既做到以史为鉴，梳理广东文学的发展历程，又做到守正创新，观照时代发展对文学的影响。广东文学评论家在奋斗和实践中展现广东文学理论批评新气象，彰显问题意识与责任担当。下面对这几个热点话题分而论之。

① 杨璐临：《萧殷学术研讨会暨〈萧殷全集〉新书发布会在河源举行》，广东作家网，2023年9月25日，http://www.gdzuoxie.com/v/2023/09/17967.html

1. 广东文学史的回顾与展望

2023年5月，《广东文学通史》由人民文学出版社出版。陈春声、黄天骥、刘斯奋、陈永正担任学术顾问，张培忠、蒋述卓担任总主编，彭玉平、林岗、陈剑晖、纪德君、陈希、贺仲明担任执行主编和分卷主编，历经两年辛勤耕耘，形成客观科学、耳目一新、独树一帜、厚重而又灵动的广东文学通史研究成果。《广东文学通史》贯通古今，总结广东文学的概貌、特征和发展趋势，梳理厘清广东文学与湾区文学的特质，在理论批评方面显示了广东从“粤派批评”到“湾区批评”的文学空间的拓展、区域文学的新质和面向未来的文学机遇，为广东文学馆的建立提供理论支撑。2023年12月11日，由中国作家协会创研部、人民文学出版社、《文艺报》社、广东省作家协会主办的从“粤派批评”到“湾区批评”暨《广东文学通史》出版座谈会在中国现代文学馆举行。中国作家协会党组成员、副主席、书记处书记李敬泽指出，我们正面临着一种相互生成的丰富性和新状态，在这个意义上，从“粤派批评”到“湾区批评”，在政治、经济、文化、地理新的空间中认识广东，重新获得一个地方性视野、一个文化位置和批评位置，《广东文学通史》是第一步的工作，提供了一个基础和基石，接下来能够进一步挖掘大湾区文学的特殊价值和意义，以便更清醒、准确、自觉地认识广东文学。

《粤港澳大湾区文学评论》开设“广东文学通史”专栏。林岗的《从八面来风到异军突起——广东文学通史总序》归纳了古代、近代、现当代时期广东文学史“三级跳”式的发展演变进程，总结历代广东文学渗透着民族大义和爱国情怀的“岭南大义”以及兼容并包的特色。彭玉平的《论古代广东文学的源流与特质》梳理古代广东文学2000多年的发展与演变，归纳出广东文学强大的包容性、突出的思想性、强烈的忠义性、自觉的创造性和独创的雄直性等新品质。蒋述卓的《新时代广东文学的突破与拓展》回顾与总结广东文坛近百年发展尤其是改革开放40多年发展历史，强调广东文学的流动性、创新创造性及其世界性，认为广东文学既是地域的，又是超地域的。陈希、杜云飞的《文脉流芳：现代广东文学的发生与流变》阐述现代广东文学的发生及意义，梳理了广东文学的发展脉络和走向。贺仲明的《开拓与奠基：当代广东文学的新局面（1949—1977）》认为：共和国成立后的近

30年，广东文学在创作与批评领域既积极反映农村、工业的历史巨变，又富有独特而强烈的岭南地方文化气息，而且初步形成了文学个性精神，逸出了文学“一体化”的倾向。纪德君的《近代广东文学创作风貌论略》爬梳近代广东文学的发展历程，归纳广东文学创作风貌：反帝反封建和救亡图存的爱国主义激情，主动反映异域风情、广纳先进文明的开放心态，汇通中西文学、勇于破旧立新的革新精神，以及书写粤人粤事、促进社会变革的乡土情怀。

《广东文学通史》的出版激励广东学界乘势而上，对广东文学展开细致研究，守护传承岭南文脉。朱崇科的《怀柔“蛮”“夷”：岭南现代文学的现代性建构策略》（《厦门大学学报》2023年第2期），以鲁迅个案探讨岭南文化的文化特质及扬长补短策略；以黄谷柳的《虾球传》为例研究其粤方言＋现代汉语的操作；根据苗秀个案探讨岭南文学的可能扩张与强大。王文艳的《“粤港融合”视域下重审陈残云笔下农民形象谱系的发生及变迁》（《广州大学学报》2023年第3期），认为陈残云短篇小说集《小团圆》的农民形象谱系，在“粤港融合”视域下，贡献了有复杂性格内涵及心理深度的岭南农民形象，表现出未完全被党派的现实诉求所限制的左翼文学特征，具有不可忽视的文学史意义。孙莹莹的《近代岭南诗人崔师贯的港澳交游与心态书写——以〈北村类稿〉为中心》（《汕头大学学报》2023年第5期），解读崔师贯《北村类稿》记录的交游对象和交游内容，深入认识其生平经历与思想倾向，探究崔师贯对故乡的眷恋，感受其对传统文化的认同，为解读近代岭南文士的港澳体验提供重要视角。王富鹏的《论清初中原、江南和岭南诗坛的鼎足格局》（《佛山科学技术学院学报》2023年第1期），认为主导岭南诗坛的雄直诗风最能体现志士遗民抒写性情的诗学要求。梁凤莲的《岭南精神图谱建构的里程碑：读〈广州大典普及书系——广府名人读本系列〉》（《探求》2023年第6期），评介《广府名人读本系列》以当代思维激活古代典籍，让中华优秀传统文化能为一代又一代中国人理解、接受、欣赏。

黄树森、于爱成的《萧殷与当代广东文学批评的起点》论述萧殷生平及其与广东文学史叙事时空的有机关联，确认萧殷之于现当代中国的独有意义。包莹的《顺乘海风，立足本土——论“沿海传统”对广东近现代文学的影响》认为广东近现代文学在发展过程中受到费正清所说“沿海传统”的影响，呈现出“顺乘海风、立足本土”的总体特点，总结了广东近现代文学两个要义：一是在追寻与世界交流的同时注重本土现代化书写；一是在紧随革命步伐、积极回应时代感召时不忘人心，关心个体在历史中的沉浮。何嘉欣的《以童谣为起点的流行书写——文化记忆视域下的岭南粤语儿童文学发展论述》以粤语童谣为起点，梳理岭南儿童文学的历史，认为作为文化记忆建构资源，岭南儿童文学与粤港澳大湾区居民在身份认同上有不可分割的结构性关系。

《粤港澳大湾区文学评论》开设“广东新时代文学繁荣”专题，发表一系列结合历史与现实，为广东文学发展繁荣建言献策的论文。林岗的《漫谈广东文学的繁荣》认为改革开放以来由经济大发展和人口大迁移引起了广东创作环境的巨大变化，产生了大变动时代的症候，然而也看见广东文坛一些足可乐观的景象。王心钢、王瑾瑜的《南岭的意义和以南岭为题材的区域性写作实践——以韶关为例》观察南岭的人文地理和文化传统对粤北文化形成的影响，阐述韶关作家以南岭为题材进行的创作实践，对如何拓宽南岭区域文学创作之路进行思考与探讨。郭小东的《晚近大湾区文学观察》认为大湾区文学的提出，不仅仅是单纯以地理优势为前导的区域视野，而是努力预设平民的文化高地，从而实现跨界式、多元地域文化的使命感。蒋述卓的《新时代广东文学的突破与拓展》认为新时代广东文学要继续在流动中形成新质，就要继续发扬革新求变的精神，以世界性的眼光和更开阔的视野以及博人的胸怀去拓展文学的书写空间。

2. 广东代表性作品评论

广东获茅盾文学奖的唯一一部作品是刘斯奋的《白门柳》。2023年8月7日，第十一届茅盾文学奖10部提名作品公布，葛亮的《燕食记》、魏微的《烟霞里》两部代表广东的长篇小说经过5轮投票，进入茅盾文学奖提名前十，这对于广东文学界而言，又迈出了重要的一步。学界热议两作。《南方文坛》为《燕食记》设置评论专栏，持续发表相关书评。凌逾、李定都的《开拓味觉历史地理学的后传统叙事》指出，《燕食记》讲述饮食业四代师承故事，一行一世界，一业一菩提，勘破行业精髓秘籍，省思处世修身之道，再现今世跨国流转、全球移民、百业跨界的时代风潮；凝结味觉史地文化，写透华夏饮馔的薪传精神；省思技艺薪传渗透出何种中华优秀文化根性，而赓续根性又如何潜移默化地升华出中华民族各地的凝聚力，开拓出“味觉历史地理学的后传统叙事”。唐诗人的《饮食书写与岭南城市文化叙事》认为《燕食记》的饮食文化叙事，揭示了香港与广州、上海以及更多内地城市的文化关联，尤其对广州与香港两座岭南城市的文化书写，清晰地说明了岭南文化是香港城市的文化底蕴。《华文文学》2023年第1期设立“新作快评·《燕食记》”专栏，郭冰茹、杨淑芬的《“情”与“物”的辩证法》认为《燕食记》文本以怀旧式的写作姿态复写文化记忆；以“重复叙事”的书写模式渲染出温情却克制的情感基调；以宏大历史缝隙中的日常生活，呈现个体沿着岭南饮食文化脉络生长的时代精神和情感结构。郭冰茹在《粤港澳大湾区文学评论》2023年第1期发表《器物、人情与地方性知识的生产》，认为《燕食记》文本中关于器物和人情的“深描”，呈现出地域文化应对历史现实和外来文化冲击时的“常”与“变”。刘平在《百家评论》2023年第1期发表《〈燕食记〉：在民间的历史》，认为葛亮书写民间历史，既有地域经验，亦有民族经验，兼有个体经验。相较于宏大历史叙事，《燕食记》涉及新经验，将会使其成为新经典。

阐释魏微长篇小说《烟霞里》的论文有不少。王威廉的《用均匀的时间刻度丈量人生与时代》发表于《南方文坛》2023年第3期，讲述《烟霞里》诞生过程，分析篇章结构，认为魏微通过虚构的田庄，带领读者重新经历一遍时代的喧嚣。申霞艳的《须弥入芥子，烟霞出精神》发表于《当代作家评论》2023年第3期，分析《烟霞里》的编年结构与史诗意识、家族记忆与城乡变迁，归纳总结作品呈现的生死奥义与烟霞精神。《粤港澳大湾区文学评论》2023年第3期设立“粤港澳文学瞻巡·粤港澳大湾区作家评论小辑·魏微《烟霞里》专辑”，发表系列评论。邱毓贤的《个人编年史、日常美学与亲情显现——读魏微新作〈烟霞里〉》发表于《粤海风》2023年第2期，认为《烟霞里》的突破点在于将个人生命史与历史编年体对位结合，传递具有时代厚度的叙述能量。

厚圃长篇小说《拖神》以百科全书式写作，呈现近代中国潮汕平原的风云剧变，兼具文学价值与社会历史价值。《粤港澳大湾区文学评论》2023年第2期发表厚圃的《文化的拼图——长篇小说〈拖神〉创作谈》，从童年的“缺失”、创作的“私心”、隐藏的“神性”三个角度讲述创作缘起与思想内涵，希望有更多的读者能看清生活的本质，更多思考信仰和时间这类永恒话题，通过关注自身的命运和个体存在的价值，唤醒心中的“神性”。黄勇在《粤港澳大湾区文学评论》2023年第2期发表《看见“她们”的方式》，认为《拖神》在“看见”主要基于性别不平等的女性困境基础上，通过樟树埠、春归堂等物理空间和人际空间两层面，营造了一个更有利于潮汕女性形象刻画的宽松环境。

广东作家陈继明的长篇小说《平安批》入选中宣部第十六届精神文明建设“五个一工程”优秀作品。庄园在《南方文坛》2023年第6期发表文章《南方的启蒙与救亡》，认为《平安批》以东亚乃至全球的视角对一个深具特色的地方文化进行宏观描摹，用鲜活的人物形象与密集的大事细节结撰出中原文化向边地辐射与扩散的缤纷图景，彰显小说内蕴的现代性主题——“启蒙与救亡”在中国南方博弈的激情轨迹。

3. “新南方写作”

近年来反响热烈的批评话题之一，是“新南方写作”讨论蔚然成风，创作者在“地方性”写作中彰显着文学“世界性”，评论家不断归纳总结“新南方写作”的历史渊源、理论思考以及发展趋向，参与“新南方写作”的理论建构。

2023年8月21日，“新南方写作：流动性与未来性”文学交流活动在花城文学院举行，达成了“立足今日南方以南，面向世界，面向未来，创造出中国式现代化的南方故事”的共识。广东省作家协会主席蒋述卓指出，“新南方”愿景并非一个固定的图式，而是在写作和评论的蓬勃生长和相互呼应中建构成型，流动性造就了“新南方”容纳南北、容纳中外的品格。“新南方写作”超越地域，核心在于革新求变，希望作家与评论界共同携手，创造“新南方写作”的佳绩。中山大学中文系教授、博士生导师谢有顺指出：第一，任何命名都是双刃剑，不必去过多纠结“新南方写作”字面上的边界和定义；第二，无论是宏观的文化还是具体的写作，南北之分从来就有，不必回避或者模糊这一点；第三，最好的文学恐怕仍然是南北同体、超地域的。[1]

《南方文坛》开辟“新南方写作”专栏，持续发表评论“新南方写作”论文。徐诗颖的《周洁茹与“新南方写作”——以散文集〈在香港〉为例》论述周洁茹的写作生涯及其向“新南方作家”的转型，具体分析其散文集《在香港》的地方性和世界性。李小杰的《“新南方”粤语书写：绽出、熔炼与创制》从粤语与粤文化影响下的文学写作可能性出发，探讨粤语与“新南方”写作的关系与潜能，从已有小说文本风格看粤语方言的中西章法及变化、整体建构以及揭橥粤语作为异质语词库/资料库如何打开桎梏，乃至融通写作者的文学想象，得以创制“新南方”的过去、现在和未来。贺仲明、黄雨淳的《在历史与现实对话中建构“新南方文学”——评熊育群〈金墟〉》认为该书以厚重深沉的历史文化，密切关联现实问题，在历史与现实的对话中完成对“新南方文学”的深度思考和艺术建构，既丰富了“新南方文学”的精神内涵，也呈现出优秀长篇小说的品质特征。

谢有顺在《文艺争鸣》2023年第8期发表《文学写作中的南与北》，认为文学最终必然走向南方与北方的融合汇通，写作之道不仅要超越功利，也要超越南北，拘泥于地方或抑彼扬己，都会失去文学应有的广阔视野。曾攀在《中国当代文学研究》2023年第1期发表《汉语书写、海洋景观与美学精神——论新南方写作兼及文学的地方路径》，认为“新南方写作”以更广阔的界域、更新颖的书写以及更开放的姿态，建构自身的地方性与世界性意义。张元珂在《粤港澳大湾区文学评论》2023年第2期发表《论〈拖神〉与〈同乐街〉兼及“新南方写作”的若干问题》，通过解读《拖神》与《同乐街》，探讨“新南方写作”的内涵与外延、文学传统与再造、方言理念与实践、文学与文学史意义等问题。刘洪霞在《中国语言文学研究》2023年秋之卷发表《新南方写作的发生与形塑》，归纳“新南方写作”的生成机制与美学特质。唐诗人在《粤港澳大湾区文学评论》2023年第3期发表《边缘形象、南方叙事与新南方战争文学的诞生——论邓一光〈人，或所有的士

---

① 《新南方写作，去到比南方更“南”的地方》，花城公众号，2023年8月28日，https://mp.weixin.qq.com/s/xUqBwOF3Ey_FsK6sz3kLUA

兵〉》，认为该书的边缘形象和南方叙事结构，完成了战争批判和人性反思，意味着理想的新南方战争文学文本的诞生。梁盼盼在《名作欣赏》2023年第30期发表《不可能的视点、主体意识及其可能性依托——评林棹〈潮汐图〉兼小议"新南方写作"》，认为"新南方写作"应培育更具民族国家的全局意识与历史担当意识、更直接地介入现实问题与思想开拓的写作，才能以国家与社会的发展、国际环境的改善，为文学的多样化提供更加广阔的空间与更稳定的生存条件。

4. 科技变革与文艺融合

科学技术是文学艺术发展的重要推动力，在中国式现代化进程中，我们应当牢牢把握新一轮科技革命和产业变革深入发展的机遇，促进文学艺术与科学技术的有机融合。在广东文学评论年会上，与会者对"全媒体时代文学批评的传播、交流及接受"等重要命题进行研讨。步入智媒时代，人工智能、大数据、云计算等技术的应用更广泛，催生网络文学、元宇宙文艺、后人类艺术等新文艺形态。科技创新是发展新质生产力的核心要素，处于改革开放前沿的广东省，不断进行自我超越和创新。广东文学评论家也以敏锐的前沿意识，观照科技变革与文艺融合，描摹文艺发展新图景。

数字时代，文学评论家视野更开阔，更加注重以跨媒介的方式展开文学研究。凌逾的《融媒介文艺批评的特征和发展趋势》（《中国文学批评》2023年第2期）辨析梳理百余年来"多媒介—媒介间性—交叉媒介—混杂媒介—再媒介—跨媒介—融媒介"等术语的脉络谱系，认为融媒介文艺批评不仅体现跨艺术性，也体现跨媒介性，更有互动性。构建融媒介文艺批评需研究融媒介文艺创造之道、摈弃机械套用西方理论的做法，再造中华优秀传统文化、适应网媒载体的"线上+线下"批评，不断推进具有中国特色的融媒介文艺批评实践。赵静蓉的《越界与流动——论数字时代华文文学研究之理论语境的变迁》（《民族文学研究》2023年第5期）认为在数字文化时代，华文文学研究借助"跨媒介"概念来重新审视传统的认同理论，通过介质革新刷新既有的研究范式，开拓华文口头文学创作及研究的新理论。张伟的《当代文学批评的媒介间性及其话语生产——兼及构建跨媒介文学阐释学之可能》（《中州学刊》2023年第3期）认为当代文学批评的媒介间性成就了跨媒介文学阐释的可能性，在催生媒介时代特定文学批评范式的同时，也改写了媒介在文学场域的价值认知，对构建当代中国文论自主性的知识话语具有启发意义。

元宇宙深度融入人类日常生活，广东文艺评论家积极探讨元宇宙文艺。韦施伊的《走向融合的元宇宙：电子游戏与数字身体之变》（《文艺理论研究》2023年第1期）认为元宇宙开辟适度沉浸，意味着更紧密的融合，分身的身体成为元宇宙与日常世界整合的表征，塑造数字身体现象学的典型状态，重新剪贴缝合了世界，让“不在”得以在场，重新结构身体节奏，改变知觉方式。凌逾、骆江瑜的《新媒介新思路：构想元宇宙文艺新可能性》（《山西大学学报》2023年第1期），从跨越人类与后人类的边界、跨越时间边界、融合空间边界、融通创作者与粉丝受众读者的边界、融通媒介技术的边界五个层面，思考拓展元宇宙文艺的新可能性。元宇宙文艺实现数字化跃迁，面向人类和非人类的多主体，以后人类主义为核心、以元身美学为指向，创造文学、影视、戏剧、游戏等文艺与报纸网络的多媒介嵌套，催生科技与人文耦合的超媒介文艺，生成新时空体云文艺，统合一切文艺，推平世界壁垒，带来全新的审美风格、时空想象、伦理认知、情感模式，建构出元宇宙美学。叶永胜、吴月朦的《元宇宙文艺的叙事形态与后人类主义》（《东莞理工学院学报》2023年第4期）认为元宇宙文艺实现对现实时空的深度拓展与重构，指向对后人类时代的数字化生存与技术人文价值的思考。元宇宙文艺应带来新的美学变革和理论扩容。

网络文学发展欣欣向荣，广东文学评论家爬梳网络文学起源，总结归纳基本特征，重点观照广东网络文学的发展现状，并对其未来趋向予以展望。王小英、田雪君的《网络文学的界定与中国网络文学的起源》（《中州学刊》2023年第6期）追寻中国网络文学源头的路径，认为从发生学视角来看，20世纪末期海外华人实现技术突破、搭建汉语网络空间、成立创作基地并进行文学实践，为中国网络文学发生创造了条件，成功形塑了中国网络文学的原初空间，而后中国本土的网络文学空间多点涌现，形成今日蔚为大观的网络文学发展态势。王金芝的《媒介视域下中国网络文学叙事生产的进路、特征和趋向》（《中国当代文学研究》2023年第4期）关注全球新媒介叙事生产的新征候，归纳中国网络文学叙事生产的进路与特征，并展望网络文学叙事生产的新趋向：互动阅读融合文本以及网络文学仿真生产。江涛、陈耀南的《潮汕网络文学创作的现状、瓶颈与方向》（《汕头大学学报》2023年第7期）观察、整理与研究潮汕网络文学的发展现状，发现其所取得的成就与不足。

5. 科幻文学

2023年广东科幻文学迎来发展新契机：深圳科幻作家海漄凭借《时空画师》斩获雨果奖最佳短中篇小说奖；分形橙子的中篇小说《笛卡尔之妖》获得第34届中国科幻银河奖；陈崇正摘得第五届茅盾新人奖。广东务实、开放、包容的文化土壤，激发创作者的想象力，科幻文学创作队伍逐渐壮大。学界也将科幻文学作为研究重点，探寻其发展脉络、叙事特征以及文化肌理，理论与实践的有机融合，助力广东科幻文学蓬勃发展。

王威廉的《未来诗学的三组关系》（《中国当代文学研究》2023年第2期）从"自然现实、文化现实与科技现实""科幻与荒诞""生命与身体"三组关系剖析未来诗学，坚信技术通向未来，小说家们不断地寻找新话语、新结构来应对这次人类历史上前所未有的大转型。范劲的《〈三体〉的世界构成和宇宙道德——刘慈欣的宇宙社会学》（《探索与争鸣》2023年第1期）认为《三体》是改变世界框架的思想和文学实验，这既是从休谟到罗尔斯的普遍人性论批判的延续，也冲击着传统的看文学的方式，刘慈欣的人物塑造和情节设置取决于世界设定，"世界"才是描述的主要对象。苏娉、王梓钰的《加勒比科幻文学中的杂糅性与群岛意识》（《广州大学学报》2023年第5期）认为加勒比科幻文学将神话寓言、民间故事、口述传统、宗教信仰、克里奥尔语等加勒比文化元素创造性地融入西方科幻叙事，呈现出多维度的杂糅性，此外，加勒比科幻文学所建构的具有群岛特性，相互关联、相互依赖的网状关系模式，颠覆了西方二元对立的静态模式，展现了以多样性、流动性、动态性为前提的群岛意识。

吴岩的《蓝图未来主义科幻小说：滥觞、发展和性质》（《中国比较文学》2023年第4期）认为蓝图未来主义是中国科幻小说创作中出现的第一个跨界文学形式，是通过建构一个发展蓝图去促发未来科幻景观，让整个故事获得内在关系结构与动力基础，借分析“渤海巨龙”“山山水水”、《战神的后裔》、“流浪地球”、《AI未来进行式》等小说，指出蓝图未来主义有独特的结构性、乌托邦性和跨界性。张栋的《科学、玄学或走向融合：科幻电影中的“科玄论战”》（《上海文化》2023年第10期）认为当下科幻电影提供科学与玄学融合的初步方案，表现为电影人物在对事物存在的认识、主体的道德实践层面等体现出共通性。在科玄融合背景下，科幻电影不止于提供令人炫目的视觉语言，而是切入到人类文明与思想深层，尝试为人类共同的未来提供建设路径。袁博的《论中国新生代科幻小说中的民俗书写》（《海南师范大学学报》2023年第4期）分析中国新生代科幻小说民俗书写，发现两种有代表性的民俗书写方法：书写传统民俗标志地域文化空间，书写传统民俗在技术世界的变形状态。邓涵丹、王思源在《南方日报》10月22日文化副刊文艺评论版发表《对命运和存在的深刻洞察——小议科幻小说〈时空画师〉与〈笛卡尔之妖〉》，分析广东作家的两部获奖科幻，为探究科幻文学发展的潮流趋势提供了很有价值的范例样本。

江玉琴2023年在科幻文学领域持续深耕，取得丰硕成果，发表文章有《论中国科幻赛博格叙事与话语建构》（《山西大学学报》2023年第3期）、《物质生态批评视角下〈发条女孩〉的主体叙事研究》（《鄱阳湖学刊》2023年第3期，张媛为第一作者）、《科幻小说的时间想象及其社会文化机理》（《中国文学批评》2023年第3期）、《科幻城市的图绘与对话：从〈城市与群星〉到〈井中之城〉》（《上海文化》2023年第8期）、《论中国海洋科幻文学的世界图景建构》（《广州大学学报》2023年第5期）、《技术发展威胁论？——论〈雪崩〉的社会空间重构与人机身份新认知》（《广东外语外贸大学学报》2023年第6期，李艺敏为第二作者）、《科幻赛博格叙事的三个面向》（《中国比较文学》2023年第4期）。江玉琴既能观照科幻文学作品的丰富想象，又深入探析背后的文化书写与社会观念变革，将科幻文学视作人类认识技术世界的一面镜子。《论中国科幻赛博格叙事与话语建构》认为中国科幻赛博格叙事兼具身体间性、世界间性与文化间性三个维度。中国新锐科幻作家正以赛博格话语重建身心二元观念，以整体性思维重构人与世界、人与宇宙的关系。《科幻小说的时间想象及其社会文化机理》指出中国21世纪科幻的时间想象呈现为三种方式：线性时间、拟真时间、时间场想象，表达了21世纪科幻对科技发展的反思与批判，对个体独立意识与生命意志的彰显，对身体与社会、宇宙共生关系的强调。

深圳首部原创科幻哲理剧《云身》由南方科技大学人文社会科学学院院长陈跃红、科学与人类想象力研究中心主任吴岩与深圳大学戏剧影视学院副教授尹迪共同编剧，尹迪执笔并担任导演，在业界引起热烈反响，并受到人民网、新华社、光明日报等多家媒体的关注和报道。《当代比较文学》开设《云身》科幻哲理剧研究专栏，发表系列评论文章，包括陈跃红的《〈云身〉：学科交融的风景》、吴岩的《〈云身〉之外的三千六百字》、尹迪的《论科幻戏剧创作中科幻与戏剧的融合》、邓一光的《〈云身〉与人类自身危机的解决思考》、周思明的《元宇宙视阈下的未来思考与超验想象——科幻话剧〈云身〉观后札记》、杨果的《数字生存场景中技术与伦理的二律背反——〈云身〉与元宇宙的诗学反思》、陈劲松的《〈云身〉：科幻哲理背后的沉重肉身》。《云身》的成功也标志着观众对人工智能、元宇宙等前沿概念的关注，以及对充满想象力的文艺作品的欣赏需求，科幻文学作品具有广阔的跨媒介前景。

6. 小小说研究

广东小小说发展态势可喜。据统计，2023年广东省小小说学会会员在各地发表小小说作品近2000篇，其中入选《小说选刊》13篇，入选《作家文摘》22篇，入选《小小说选刊》《微型小说选刊》《微型小说月报》等权威选刊及年度选本100多篇。

2023年5月，由广东省小小说学会、惠州学院小小说研究中心和广州华商学院文学院联合主编，广东尚册文化有限公司策划的《岭南小小说作家研究》丛书，由中国书籍出版社发行，收入《广东小小说作家研究》《论小小说二十家》《惠州小小说作家研究》《广州小小说作家研究》《深圳小小说作家研究》《佛山小小说作家研究》《东莞小小说作家研究》《阿社“病人生”系列小小说研究》等8部书稿，成为系统研究广东小小说作家的重要蓝本。

2023年5月27日，第二届中国微型小说（小小说）理论奖颁奖典礼在宁波举行。佛山科学技术学院教授、广东省小小说学会顾问姚朝文荣获第二届中国微型小说（小小说）理论奖。姚教授对“微篇小说”的概念、文体特征、规范性、创作规律，进行了系统、科学和富有说服力的论证，提出“微篇小说反差艺术”，对当下的微型小说创作有启发性。岭南师范学院原党委副书记、教授、广东省小小说学会顾问刘海涛荣获第二届中国微型小说（小小说）理论贡献奖。刘教授长期从事微型小说研究和教学，不断践行、开拓、探索微型小说写作学，初步构建微型小说文体的知识谱系和教学体系；长期跟踪研究国内外微型小说作家创作，并进行深度研究与系统评论，为微型小说高质量发展做出了引领性贡献。①

2023年10月21日，“走在前列”——广东省小小说高质量发展论坛暨两届“邹记福杯”小小说大赛颁奖、两套文丛赠书仪式在广东省作家协会岭南文学空间隆重举行。广东省小小说学会会长申平作《踔厉奋进 勇立潮头——争做全国小小说领域排头兵》的工作报告。专家学者为高质量发展的广东小小说把脉。《小说选刊》副主编顾建平评价说，中国小小说整体成绩最大的是广东，无论从创作者数量、发表作品的数量和质量，被转载、进入年选、获得奖项、被评论等方面看，还是基层组织的完整性和活跃度，从办刊、设奖等推进方式看，广东小小说都走在全国的前列。②

2023年11月12日下午，由惠州市老干部文学创作研究会和惠州市小小说学会主办的“热烈庆祝申平小小说集《马语者》荣获广东‘鲁奖’座谈会”在惠州举行。与会专家围绕该书的社会意义、创作定位、文学价值、写作特点、影响贡献等主题进行深入研讨，对《马语者》给予高度评价。

刘帆的小小说理论评论文集《小小说艺术》由吉林人民出版社出版，聚焦当代“小小说”的特征和创作规律等，从“理论前沿”“实战探索”“佳作赏析”“创作漫谈”等方面进行深入探讨。刘海涛有论文《新时代的新文本和新形象——2022年“中国好小小说”文本细读》（《长江文艺评论》2023年第2期）、《小说情节的重设与建模——微型小说情节模型论》

① 《广东省小小说学会顾问刘海涛、姚朝文双获第二届中国微型小说理论奖》，广东省小小说学会公众号，2023年6月3日，https://mp.weixin.qq.com/s/tr3HbvXuEXPTT2HuMKiK6g

② 《省作协领导出席广东省小小说高质量发展论坛》，广东作家网，2023年10月24日，http://www.gdzuoxie.com/v/2023/10/18078.html

（《广播电视大学学报》2023年第3期）。龙钢华、管怀国、李贵龙、曾葵芬在《岭南师范学院学报》2023年第1、2、3、6期连载《刘海涛文学年谱》。肖向明、黄洁萍在《惠州学院学报》2023年第4期发表《论惠州小小说的“岭南”文化元素》，硕果累累。

三、文学粤军：评论家的探索争鸣

蒋述卓2023年持续关注华文文学、广东文学的现状与前景。蒋教授的评论兼具思想深度与学理厚度，注重以开阔的视野搭建起中国文论走向世界的桥梁。年度发文《道家思想在美国的百年传播研究》（《东南学术》2023年第1期，马钰滢为第一作者）、《整合与策略：通向世界文学的世界华文文学》（《中国当代文学研究》2023年第2期）、《〈野望〉的节气美学》（《中国当代文学研究》2023年第3期）、《新时代广东文学的突破与拓展》（《粤港澳大湾区文学评论》2023第4期）、《古代文论现代阐释的方法与途径反思》（《中国文学批评》2023年第4期）、《晚清域外游记城市公共空间书写的现代性意义》（《学术研究》2023年第10期）。《整合与策略：通向世界文学的世界华文文学》一文认为世界华文文学进入世界文学版图的美学策略和文化策略有三种方式：一是以平等的方式成为展示各地华文文学的窗口；二是作为跨界、交叠、混杂的“第三空间”，以独特的美学和文化面貌进入世界文学；三是运用新的视角，关注人类共同的话题，表现世界文明及中西方文明的交流互鉴。《古代文论现代阐释的方法与途径反思》一文呼唤树立中国文论在世界文论中的独特性，在与西方文学理论对话的基础上，在当代意识和价值的观照下，以阐释中国古代文论精髓与精神为中心，寻找古今中西可以相互沟通、相互理解、相互对话的话语方式。

吴承学2023年持续关注文体学研究、文学批评。吴教授治学严谨，眼界开阔，思想深邃，彰显学者责任意识。他为《中山大学学报》中国文体学研究专栏撰写导语《寻找文体的独特逻辑》：“每一种文体现象都有自己的独特逻辑。文体的逻辑，是解决文体学问题的基本和重要的基础。只有从文体的独特逻辑入手，才能真正把握文体的独特性。”其《中国文学的集体认同》刊于《清华大学学报》，认为中国文学的集体认同研究重点在于考察中国古代集体性的文学观念，目的是在传统文学批评史之外寻找别的阐释路径，解释古代文学的“中国问题”，这不是事实判断，而是价值判断，反映中国古人所宗奉和追求的文学信仰与理想，是集体的文化记忆。其《作为批评文体的“读法”》刊于《华夏文化论坛》2023年第3期，指出文学批评文体“读法”，源于宋代儒学经典阐释学方法论，尤其是朱熹“读书法”，明清小说戏曲批评把“读法”文学批评文体推至高峰，其内在品质与外在形态都有特殊性。

彭玉平2023年关注王国维及其词学研究、广东文学史研究。其学术文章既彰显着深厚的学术造诣，又饱含着诗性情怀。年度文章有《论古代广东文学的源流与特质》（《粤港澳大湾区文学评论》2023年第3期）、《王国维遗书考论》（《复旦学报》2023年第4期）、《铃木虎雄、缪荃孙与王国维京都酬唱考论》（《文艺研究》2023年第8期）、《王国维沪上贩画考论》（《华南师范大学学报》2023年第5期）、《〈海宁王忠悫公遗书〉编纂考论》（《学术界》2023年12期》），《名作欣赏》“百家茶座 宋诗与宋人”专栏持续发表其《范仲淹与林逋》《欧阳修与梅尧臣》《王安石与曾巩》《苏轼与黄庭坚》《辛弃疾与陈亮》《陆游与范成大》《秦观与黄庭坚》《苏轼与黄庭坚》《陆游与刘过》《欧阳修与刘敞》《姜夔与范成大》《苏辙与张方平》等文。其为《中山大学学报》“词学研究”专栏写导语《词体的本原与肌理》。其《铃木虎雄、缪荃孙与王国维京都酬唱考论》指出铃木虎雄、王国维与缪荃孙唱和之诗，带着清民易代之初的特殊感情，对王国维此后诸诗的创作形成直接影响，梳理这段诗歌酬唱的历史，对勘察民国初年士大夫同中有异的遗老情怀及异邦士人心态，有重要意义。

陶东风2023年持续关注文艺理论、阐释学以及文化研究。陶教授评论视角多样、内涵丰富，以敏锐的问题意识阐释人文社科理论与社会现象的有机联系。年度发文《罗萨的社会加速理论与中国的“躺平”现象》（《中国图书评论》2023年第2期）、《心理分析与解构主义的视野融合——论卡鲁斯的创伤文学批评理论》（《学术研究》2023年第8期）、《日常生活意义感的变迁——兼与钱理群先生商榷》（《中国图书评论》2023年第10期）、

《重审文化研究中的“西方话语与中国问题”》（《文艺争鸣》2023年第11期）、《倾听沉默的“创伤之地”——〈广岛之恋〉中创伤经验的空间建构》（《广州大学学报》2023年第1期，王莹雪为第一作者）。《罗萨的社会加速理论与中国的“躺平”现象》一文通过对中国学界以社会加速理论分析热点文化现象“躺平”的冷思考，观照当下人文社会学科研究中存在的一些问题。《心理分析与解构主义的视野融合——论卡鲁斯的创伤文学批评理论》认为卡鲁斯的创伤文学批评理论继承了弗洛伊德的基本观点，又融入解构主义的视角，文学与创伤都体现和揭示了知与未知、再现的不可能性与必要性之间的复杂关系。

林岗2023年关注广东文学，既注重以史为鉴，爬梳文学历史，又关注文坛现实，为广东文学繁荣发展建言献策。年度发文《中国革命与文艺的现代性》（《南方文坛》2023年第4期，曾道扬为第二作者）、《漫谈广东文学的繁荣》（《粤港澳大湾区文学评论》2023年第1期）、《从八面来风到异军突起——广东文学通史总序》（《粤港澳大湾区文学评论》2023年第2期）。《中国革命与文艺的现代性》一文认为，继新文学传统而起的由中国现代革命催生的文艺传统，它的最初形态是战地文艺，其后演进为人民文艺。在其现代性上，与新文学的现代性既相互联系，又互有区别。

郭小东持续为广东文学的高质量发展建言献策，在“欧阳山与粤港澳大湾区文学传统学术论坛暨广东现代作家研究会第五次会员大会”上，当选广东现代作家研究会名誉会长。在“走进广东文学通史，展望湾区文学未来”为主题的“粤派评论”文化沙龙活动中，郭小东指出：近10年来广东文学呈现出两个倾向：一是写平淡的市井生活，然后去想象粤港澳大湾区的生活方式，用自然主义的方式把两者勾连起来。如吴君的《同乐街》、葛亮的《燕食记》、魏微的《烟霞里》。一是以祠堂为中心写家族小说，此源头和欧阳山、陈残云等创作有关联。欧阳山《三家巷》就是家族小说，如今郑钟海的三卷本长篇小说《潮汕烟雨》、厚圃的《拖神》，还有陈继明的《平安批》，都是以祠堂或庙会这类广东民俗元素构筑小说。[1]其文《晚近大湾区文

① 孙磊、陈晓楠：《鉴古知今，展现气韵生动的广东文学风貌》，《羊城晚报》2023年6月11日A5版。

学观察》发表于《粤港澳大湾区文学评论》2023年第6期，分析近年大湾区有代表性的文学，总结大湾区文学特质、思虑与使命，指出大湾区文学口号与理论阐释所焕发的文学热情，是对已有生活及文学经验的重新挖掘与再度审视，是对大湾区行政地理及文化概念的文学预设，有利于共谋文学新蓝图。

陈剑晖2023年专注于文学批评、随笔评论，他的随笔评论秉承着诗性笔致，情采兼备，意蕴隽永。其代表性论文《诗性批评的可能性与阐释空间——兼论学院派批评的困境与危机》（《文艺研究》2023年第5期）发表后产生了较大影响，《新华文摘》2023年第17期转载9000字，标题上封面；该文还被《中国社会科学文摘》2023年第8期、《高等学校文科学术文摘》2023年第4期、人大复印资料《文艺理论》2023年第9期转载、复印。陈剑晖既关注文学现象，善于捕捉前沿热点，同时注重个体作家的研究。这方面的文章有《深情凝视与现实关怀——谈陈平原的学者随笔》（《文艺争鸣》2023年第11期）、《真诚与温情的心灵告白——谈吴周文的散文随笔》（《粤港澳大湾区文学评论》2023年第2期），以及在《光明日报》《文艺报》《羊城晚报》《南方日报》等报发表的一批评论。《诗性批评的可能性与阐释空间——兼论学院派批评的困境与危机》一文认为诗性批评一方面立足于感性经验对心灵进行内省，以一种独特的调性完成作品的想象和再创造；另一方面要求一种具备更鲜活的文学色彩的美文文体，追求诗性笔致、絮语随笔体与平等对话，重视文气以及表达的声音与节奏，并在“和合”的自然文化哲学中进行有效的“化西方”与“本土化”。

陈希2023年关注新诗研究、广东文学，当选广东现代作家研究会新会长，任《广东文学通史（第三卷・现代）》主编。陈教授的评论史论结合，对作品的解读细致，以突出的问题意识探讨文学。年度发文《存活价值与经典化建构——〈分类白话诗选〉的范式意义》（《学术研究》2023年第7期，周笛为第二作者）、《文脉流芳：现代广东文学的发生与流变》（《粤港澳大湾区文学评论》2023年第5期，杜云飞为第二作者）。《存活价值与经典化建构——〈分类白话诗选〉的范式意义》一文认为《中国新文学大系・诗集》和《分类白话诗选》既有交集，也有功能定位和选源、选时、选域等差异。《分类白话诗选》注重新诗多元共生和元气淋漓，《中国新文学大系·诗集》将共时性的展示转变为历时性的经典建构。《分类白话诗选》的编选理念和范式意义被忽视和误解，理应得到如实评价。

谢有顺2023年关注文学性、散文理论、文体自觉、新南方文学等。谢教授善于捕捉学界争鸣的热点问题，观点鞭辟入里，字里行间洋溢着饱满的思想力量。年度发文《存在一种令人愉悦的"文学性"吗？》（《当代文坛》2023年第1期）、《中国现代散文理论的形成脉络及艺术影响》（《东吴学术》2023年第2期，李浩为第二作者）、《从声音出发的写作——我读〈金墟〉》（《当代作家评论》2023年第2期，张云鹤为第二作者）、《受难者的精神启悟》（《南方文坛》2023年第3期）、《文体也是作家思想的呈现》（《中国文学批评》2023年第3期）、《作家要勇敢地面对自己，面对世界——第八届鲁迅文学奖中篇小说奖对谈》（《粤港澳大湾区文学评论》2023年第4期，饶翔为第二作者）、《文学写作中的南与北》（《文艺争鸣》2023年第8期）。《存在一种令人愉悦的"文学性"吗？》一文，认为当文学研究不断偏离文学的本性，进而深陷各种理论和方法的迷思之时，召唤一种令人愉悦的"文学性"，也许可以让我们再一次思考何为真正的文学。《文体也是作家思想的呈现》一文，认为一切的文体革命都是为了让小说变得丰富、复杂且充满可能性，它在扩大小说艺术边界的同时，也在不断辨明小说为何物。现代小说无论怎样自我革命，它存在的根基就在于它是小说，而不是别的文体。

程国赋2023年关注明清小说。程教授以传播中华文化为己任，在古代文学研究领域潜心钻研，研究成果全面系统、内蕴深远。年度发文《论明清小说命名的文化内涵》（《暨南学报》2023年第4期，蔡亚平为第一作者）、《论晚清北京小说版画的文本接受与传播》（《中国文学研究》2023年第3期，李国平为第一作者）。2023年9月，程国赋的专著《命名文化视域下中国古代小说研究》由中华书局出版，该书认为：命名是古代小说最直观明显的外在形式之一，是艺术构思、创作内容的重要组成部分，凝聚不同时代的思想、文化内涵与丰富多样的文学观念，借之可考察古代小说观念变迁与读者群体、小说传播的密切关系。

贺仲明2023年关注当代文学、新南方文学、非虚构写作等，硕果累累。

年度发文：《重审1990年代“人文精神讨论”的精神症候——兼论当代文学的文化资源问题》（《南方文坛》2023年第1期）、《在民族文化传承创新中建构中国当代文学经典》（《中国文学批评》2023年第1期）、《当代上海情感文化的深度建构——评潘向黎的〈上海爱情浮世绘〉》（《上海文化》2023年第2期）、《〈第76天〉：疫情非虚构写作的视角融合与视域突破》（《中国当代文学研究》2023年第2期，郭知凡为第一作者）、《在历史与现实对话中建构“新南方文学”——评熊育群〈金墟〉》（《南方文坛》2023年第4期，黄钰淳为第二作者）、《文学风景中的权力与传统——以“十七年”乡土小说的风景描写为中心》（《文艺研究》2023年第8期）、《在深度和立体中建构中国故事——论刘震云近期小说创作》（《文艺争鸣》2023年第8期）、《东北之爱的多元书写——评老藤长篇小说〈北爱〉》（《当代作家评论》2023年第5期，吴夜为第二作者）、《“美善相生”传统的继承与创新——论美学意义上的孙犁》（《首都师范大学学报》2023年第5期）、《时代之症与突破之机——论当前青年作家的技术化倾向》（《扬子江文学评论》2023年第6期）、《开拓与奠基：当代广东文学的新局面（1949—1977）》（《粤港澳大湾区文学评论》2023年第6期）。贺仲明的评论彰显着主体性和超越性，从具体作品出发，建构起属于一个时代的文学话语。《在民族文化传承创新中建构中国当代文学经典》一文认为当代文学经典是中华民族文化复兴的重要组成部分，它需要社会文化的整体参与。这主要包括民族文化自信态度、创造性的主体建设精神以及立足于民族文化复兴高度的建构举措。《文学风景中的权力与传统——以“十七年”乡土小说的风景描写为中心》一文，认为结合“风景”概念的形成以及时代文化特征等多种因素，可以对“十七年”乡土小说的风景描写有新的认识。它虽然存在一定缺陷，但也呈现出自己的特色，如尊重乡村主体、继承中国传统文学的审美品格等。

张丽军2023年持续关注当代乡土文学，并任暨南大学出版社总编辑。年度发文有《地域文化视野下的毕飞宇小说论》（《百家评论》2023年第1期，刘仁杰为第二作者）、《当代中国故事的书写与审美主体的确立——中国“70后”作家长篇小说新论》（《文学评论》2023年第2期）、《新时期乡土小说方言书写方式研究》（《西部文艺研究》2023年第2期，范伊宁为第二作者）、《以“君子梦”为当代“立心”的文学大儒——赵德发论》（《小说评论》2023年第3期）、《〈白蛇传·情〉：传统戏曲艺术在新时代的创新性探索》（《粤海风》2023年第3期）、《论中国当代散文创作的“山师派”》（《东吴学术》2023年第4期）。张丽军的评论真诚深刻、返璞归真，带领我们重返乡土文学的创作现场，更透彻地领悟乡土文化的价值意蕴。

段吉方2023年持续关注马克思文艺理论、阐释学以及后人类美学，重视运用经典文艺理论解读文艺实践，致力于构建具有中国特色的文艺理论体系，新任中国文学批评研究会副会长。2023年发文有《公共阐释论与中国当代阐释学的理论构建》（《广州大学学报》2023年第3期）、《从新时期到新时代：中国马克思主义文论的当代化发展及其理论问题》（《粤港澳大湾区文学评论》2023年第5期）、《本雅明视觉文化思想的艺术社会学批判》（《西南民族大学学报》2023年第1期，徐锦辉为第二作者）、《博物馆的政治理性》（《贵州大学学报》2023年第4期，托尼·本尼特为第一作者，陈王青为第三作者）、《论本雅明〈德国悲剧的起源〉的身体图像叙事》（《艺术评论》2023年第11期，徐锦辉为第二作者）、《AI生成艺术与后人类技术的美学意义》（《厦门大学学报》2023年第6期，阎恺祺为第二作者）。《从新时期到新时代：中国马克思主义文论的当代化发展及其理论问题》指出，新时代的中国马克思主义文论同中国具体实际相结合，同中华优秀传统文化相结合，在文论资源的深入整合、中西文论的借鉴融通、中国话语的理论建构方面展现出鲜明的理论特征。

白杨2023年关注地域文学、华文文学，作为中国世界华文文学学会副会长兼秘书长，以深情笔触观照华文文学发展进程，探索讲好中国故事、推动中外文化交流的新路径。年度发文《历史经验表达与东北区域形象建构——多重文化场域中的新世纪东北叙事》（《当代作家评论》2023年第1期）、《“回顾与前瞻：新世纪加拿大华文文学”国际学术研讨会述评》（《华文文学》2023年第1期，马欣为第二作者）、《文化根脉的薪火相传——潘耀明与世界华文文学》（《世界华文文学论坛》2023年第1期，潘艺璇为第二作者）、《田耳小说中的底层书写——以长篇小说〈天体悬浮〉为例》（《当代文坛》2023年第4期，李懿潼为第二作者）、《并置的空间结构：北美华文文学中的家族史讲述方式》（《华夏文化论坛》2023年第1期，赵玉婷为第一作者）、《文脉传承与知识谱系的建构——陆士清教授与海外华文文学研究》（《世界华文文学论坛》2023年第4期）。《文化根脉的薪火相传——潘耀明与世界华文文学》指出，潘耀明先生被誉为海内外华人文化交流的桥梁，作为知名作家、编辑家和出版家，他有意识地在文化活动中传承中华文脉，推动中国大陆文化界与台港澳及海外华人文学界的对话交流，他以"入世"情怀和开阔的世界视野成为世界华文文学领域中一个独特而重要的存在。《文脉传承与知识谱系的建构——陆士清教授与海外华文文学研究》指出，从台港到海外，中国现当代文学研究在空间拓展和意义的发现中重新思考学术思维、理论方法和文脉传承等话题，而陆士清教授和他那一代学者们以不忧、不惑、不惧的态度开疆拓土、扶助新人，为后来者提供了宝贵的思想滋养和人格垂范。

胡伟持续关注创意写作与语言学研究。2023年任广东省写作学会会长，先后主办广东省写作学会第九次会员大会暨第十八届学术年会，致力于为广东省写作理论研究者和实践者搭建起对话平台，为推动新时代写作学高质量发展贡献智慧力量。他在《宁夏大学学报》2023年第2期发表《河南泌阳、确山方言的"掌（将）"字处置式》，指出泌阳、确山方言的显赫处置标记是"掌"，"掌"是"将"的语音变体，该发现有助于认识"将"字处置式的演变。

世宾跨越于诗歌创作和文学评论两大领域，笔耕不辍，近年出版了诗集《交叉路口》、思想随笔集《目标在寻找它的神枪手》。《目标在寻找它的神枪手》集文学、社会学、哲学、美学于一体，深入论述探讨诗歌，阐释"完整性写作"概念，通过对知识的吸收、人际关系的建立、社会生活的处理，启发读者去建构具有独立性、丰盈的内在世界。《目标在寻找它的神枪手》研讨会探究自我和世界的关系，在广东省技术师范大学郭小东文学馆举行。2023年5月8日，世宾在第2届粤港澳大湾区文艺合作峰会"新时代湾区的诗歌图景"诗歌论坛进行主题发言。他认为，粤港澳大湾区以及广东在历史开放的惯性和现代化建构过程中，诗歌领域已呈现出多元、精神和美学富有创造力的局面。他强调，粤港澳大湾区诗人必须有历史感和责任感，才能在固有的诗潮和意识里开拓出一条朝向人类文明的道路，融入到世界诗歌平台上去。2023年7月6日，世宾在由广东省作协创研部主办的彭争武历史长诗《虎门书》研讨会进行总结发言，指出《虎门书》体现了现代诗人的抱负，以现代诗人的视角来重建历史的瞬间，现实、历史融合，视野开阔、富有家国情怀。2023年11月17日，世宾在徐汉洲诗集《水的样子》首发式暨研讨会作主题发言："我一直认为诗人不是普通人，诗人是为人类的生存拓宽边界的人。所以我也认为诗人的写作应该要超越自己作为一个普通人的情感和趣味，这些东西我觉得值得尊重，对一个有着更高要求的诗人，就必须不断超越自己。"2023年12月23日，世宾在首期"文学客家"漫谈会进行总结发言，指出诗人们自身也要强化理论学习，在纷繁喧嚣的诗歌世界里找到自己的声音，要明白自己的写作面向什么，为谁而发声，同时也要拥有开阔的视野，学习与吸收，自觉去寻找更好的诗歌。梅州的诗人们只要耐得住寂寞，坚持自己的艺术理想，一定能走向更加广阔的原野，迎来丰收期。

伍方斐2023年继续关注诗歌研究，在"生态写作：现在·未来"第十届清远诗歌节暨第五届生态诗歌笔会演讲，其《谈谈生态诗歌美学的新变》刊于《飞霞》2023年增刊（总第416期）。伍教授在北京师范大学"南国北师凤凰山中文论坛"演讲《文脉与血脉的交互：北师大诗群的前世今生》，系统讲述北师大诗群发展史，提炼文脉特质，展示丰富独特的诗歌文脉。

朱崇科2023年关注鲁迅研究、岭南现代文学研究。朱教授评论重返历史现场，深入文本分析，见解深刻，论据翔实，鲁迅是其研究对象，如同良师益友。年度发文《抒情视域下的鲁迅创制及再解读》（《湖北社会科学》2023年第1期，王路为第一作者）、《论杜运燮的"南洋"情结及其再现》（《福州大学学报》2023年第1期，张灵馨为第二作者）、《〈野草〉中的梦话语》（《惠州学院学报》2023年第1期）、《怀柔"蛮""夷"：岭南现代文学的现代性建构策略》（《厦门大学学报》2023年第2期）、《〈论鲁迅小说中的英雄话语再现》（《粤海风》2023年第4期）、《"立人"的"出悌"切入与多维验证：重读〈弟兄〉》（《现代中国文化与文学》2023年第3期）。《论鲁迅小说中的英雄话语再现》指出，鲁迅小说的英雄话语状描与剖析英雄气质，如其个性与创造，实干与牺牲，借此实现对新人的强调与再造和“立人”思想的再现；也以同情之笔抒写并自我投射英雄泪，尤其是迟暮之感，还批判了某些劣根性，其中既有借助英雄的符号化使用，又有滥权的伪英雄。

唐诗人2023年关注城市文学、文明叙事、“新南方写作”以及科幻文学，发表文章有《饮食书写与岭南城市文化叙事》（《南方文坛》2023年第2期）、《论文学创作与文学批评的共生——兼谈新文科时代的读书会讨论式教学》（《写作》2023年第2期，陈李涵为第二作者）、《文明转型与草原叙事的现代性面孔——索南才让小说论》（《阿来研究》2023年第1期）、《边缘形象、南方叙事与新南方战争文学的诞生——论邓一光〈人，或所有的士兵〉》（《粤港澳大湾区文学评论》2023年第3期）、《饮食叙事与广州城市文化表达——张欣小说论》（《粤海风》2023年第3期，赵睿诗为第二作者）、《细读、解构与超越——陈晓明文学理论批评的思想启示》（《文艺论坛》2023年第4期）、《探究当代城市文学本土化研究路径》（《中国社会科学评价》2023年第3期）等。唐诗人聚焦同时代作家作品，与文本平等对话，与作家共同探讨时代难题，并重视文学作品与城市文化的关系。

凌逾2023年关注融媒介文艺、当代文学思潮等，发表文章有《西西：永动式融界大师》（《新华文摘》2023年第9期转载，原刊于《粤港澳大湾区文学评论》2022第6期）、*Pioneering Post-Traditional Narrative of the Historical Geography of Taste—On Ge Liang's Full-Length Novel* Food Is Heaven（《中国高等学校学术文摘·文学研究》Vol. 17, No. 3, September 2023）、《开拓味觉历史地理学的后传统叙事——论葛亮长篇小说〈燕食记〉》（《南方文坛》2023年第1期，李定都为第二作者）、《新媒介新思路：构想元宇宙文艺新可能性》（《山西大学学报》2023年第1期，骆江瑜为第二作者）、《融媒介文艺批评的特征和发展趋势》（《中国文学批评》2023年第2期）、《中国当代文学文化新思潮与新研究》（《探求》2023年第4期）、《香港文学的多重宇宙——2022年香港文坛概述》（《惠州学院学报》2023年第5期，骆江瑜为第一作者）、《“我城浮城钦天监，候鸟织巢化飞毡”：悼念西西》（《城市文艺》2023年第1期，收入《从跳格子到坐飞毡——西西追思文集》）等。凌逾的评论关注问题意识、以跨媒介思维分析名家经典。

周思明的文艺评论涉猎广泛，针对当下文艺领域的各类现象和问题展开批评。2023年在《文艺报》8月23日理论版发表《中国特色文艺理论批评体系的根与本》，在《河北日报》文艺评论版发表《为小说插上幻想与真实的翅膀——从〈时空画师〉谈海漄科幻小说创作》（10月27日11版）、《现实主义是文艺创作的血脉与灵魂》（7月21日11版）、《新时代文艺批评的价值和路径》（8月4日11版）、《展示青年不懈奋斗的心路历程——电视剧〈人生之路〉评析》（5月12日11版）等文。《拓宽主旋律题材电视剧的审美空间》《当我们欢度元宵节的时候，我们看见了什么》2篇评论被光明网转载。

汪泉的《有无现实感，对乡土题材创作尤为重要》发表于《文艺报》2023年11月1日2版，该文提出：现实的新变化，需要作家以新的视野、新的手法来展开叙述。跨越不同时代，跨越时空局限，超越城乡边界，打破城乡二元论，更好地表达出时代巨变的内核和本质。作家还需要进行新的艺术创造，真正把现实经验转化为艺术的结晶，对新时代的经验进行生动呈现。2023年4月3日，汪泉为西北师范大学传媒学院师生开展《如何书写丝绸之路——从〈阿拉善的雪〉谈起》的学术讲座。他从代表作《阿拉善的雪》入题，简单介绍了作品创作所处的背景和阿拉善的地理环境。他通过自身亲历的生活背景和真实故事来进行小说的架构，讲述了关于这部作品内容创作的由来以及根据自身经历延伸出的其他艺术作品的产出，总结出自身的作品经常将人物置于宗教背景之下，且着重挖掘和表达人与自然的善意的创作习惯，从而引出丝绸之路可以长久不衰的原因——它是善意的领地。

2023年4月，全国十佳诗社——清远市清远诗社的诗歌评论集《诗海拾珠》由中国出版集团有限公司世界图书出版公司出版发行。这是评论清远诗社和社员诗作的专集，共收录63篇文章：第一辑整体评论清远诗社诗歌，第二辑是外界人士评论诗社社员诗歌，第三辑是社员评论社员诗歌。

2023年4月，杨汤琛著作《趋光的书写：诗歌、地域与抒情》由花城出版社出版，从地方路径出发，对广东当代诗歌及其诗论展开观察与细描，兼及广东地域之外的重要诗歌现象与诗人诗作；其书写多为沉潜入内的文本细读，试图勾勒伏藏于字里行间的诗心文脉，捕捉姿态各异的抒情声音，并将文本始终置放于当代诗歌的整体发展态势之中，期冀寻绎其如何自我嬗变、扩充的重要经验，从而更为深入、细致地理解中国新诗的复杂面向。

2023年4月，贺江著作《深圳文学的十二副面孔》由花城出版社出版，对深圳文学经典作家及文学现象进行系统研究。全书分为上、下两编，上编主要探讨以邓一光、杨争光、蔡东、薛忆沩、吴君、南翔为代表的深圳六位经典作家，对其创作风格、创作理念进行了剖析；下编主要探讨深圳文学40年发展过程中出现的比较重要的文学现象。

2023年4月，徐威论著《文学的轻与重》由花城出版社出版：第一辑探讨当代小说叙事的多种可能，第二辑关注诗歌现场阐述情感与修辞的关联，第三辑多为阅读札记与短评。该书立足当下文学现场，以文本为中心，视野宽广，问题意识突出，不乏新锐之见。5月，徐威论著《群像与个体——“90后文学”论稿》由作家出版社出版，运用社会学、叙事学、代际批评等方法，对“90后”作家群体及作品进行分析研究，既从宏观的角度论述了“90后”作家的群体特征、“90后文学”的发生，又细致地分析“90后”作家群体中具有代表性的作家、作品，是目前国内第一部对“90后”作家作品进行研究的专著。

2023年4月，王金芝著作《网络文学：媒介、文本和叙事》由花城出版社出版，从媒介、文本和叙事三个关键词切入，呈现媒介视域下网络文学的生态、文本、叙事模式的转变及其特征：在互联网技术的发展和中国当代文学的拓展中定位网络文学，观照其起源、生产和消费；在网络机制、故事消费和身体叙述中研究其文本特征和叙事空间；在赛博空间新符号和新现实中考察新媒介和网络文学的发展趋势。

2023年5月杨璐临著作《湾区的瞻望》由花城出版社出版，全书分为“湾区作家论”“左联作家论”“自然、爱情与诗意”“士风和文风”四辑，主要内容为对广东等地的作家作品的研究。以当代视角对广东文学经典进行再阐发，并对广东文学进行探索和瞻望。作者密切联系各位作家的性格、人生经历、写作环境，以平易近人而又不失专业与理性的语言展开阐释，让读者能够更好地理解这些作品以及作品书写的时代环境。

2023年5月，付祥喜著作《中国现代同人期刊研究举隅》由中国社会科学出版社出版，以20世纪初新月派刊物（《晨报副刊·诗镌》《晨报副刊·剧刊》《新月》《诗刊》）和20世纪40年代影响巨大的《观察》周刊为例，深入探索同人期刊办刊模式和聚散离合的原因，揭示同人期刊的传统及传承规律，了解同人期刊对中国现代文学、中国现代期刊编辑出版的贡献。

2023年7月，李德南文学评论专著《历史意识与小说解释学》由北京大学出版社出版，聚焦于新世纪小说在历史意识方面的探索实践，以迟子建、邓一光、叶弥、徐则臣、蔡东、王威廉和林棹等深具历史意识的作家及其作品为个案，分章进行讨论。全书以“历史意识与小说解释学”之关联作为隐含的主线，所探讨的问题包括：时间与空间、地方与世界、乡村与城市、形式与内容、文学主潮的变迁、中国经验与小说表达、小说与生活世界、自我与他者、文学与人生、写作者的爱与意志。

2023年7月，凌逾主编的《中国当代文学思潮：1978—2020》由陕西人民出版社出版，组织华南师大、上海交大、华南农业大学、广州大学、澳门科大等高校的12位老师和博士合力编纂，探讨启蒙主义、现代主义、先锋文学、生态文学、女性文学、新写实、新人道、新历史主义、儿童文学、通俗文学、网络文学、海丝路文学、港澳台文学、跨媒介文艺等思潮。2023年12月凌逾选集《跨界华文》由花城出版社出版，谋求捕捉跨界研究新趋势，剖析艺术跨界的多种形态，考察全球地域一体化和个性化语境下的多维、多元创意可能。2023年3月10日，其在北京大学“首届访问学者、进修教师学术论坛”（中文分场）演讲《跨媒介叙事刍议》，获优秀论文奖。

2023年8月，马忠义艺评论集《抵近观照》由三江文艺出版社出版，收录其近两年的文艺评论文章40篇。上编“品鉴赏读”28篇，抵近文本，观照精神走向，品鉴艺术得失，直言评论者的赏读感受；下编“管见孔识”12篇，抵近文艺现场，观照文艺现状，直言评论者的信念、建议和立场。

2023年10月，冯娜著作《时差和异质时间——当代诗歌观察》由花城出版社出版，收录作者对当代重要诗歌现象的考察，涵盖诗学随笔、评论以及与青年批评家的对谈等内容。全书以一个诗人学者的视野从不同角度和体例介入当代诗歌书写的现场；从诗人的创作实践、当代诗歌文本细读到理论建构，切实关注当代诗歌正在发生和亟待解决的问题。特别是与青年批评家的系列对话，从城市诗歌、主题性写作等不同主题展现了当代诗歌写作丰赡而复杂的景观。

2023年12月，封文慧文艺理论批评著作《海客谈瀛洲：论想象与文学创作》由广东人民出版社出版，运用文本分析和数理统计结合法，量化文学想象元素，进而达到直观且深入地认识文学建构的想象世界。

四、面向未来：拓展思考

综上所述，2023年广东文学理论批评硕果累累，以革新求变的姿态打造广东文学评论高地，推动“粤派批评”向“湾区批评”升级，探索切实有效的路径，卓有成效。未来广东文学评论或可就一些问题继续思考，寻求突破？

第一，文学批评研究如何突出重点？广东拥有庞大的文艺评论人才队伍，研究领域广阔，术业各有专攻，但也易导致研究成果不那么集中、重点不那么突出、有些作品被反复评论导致个别观点会略有重复的问题。那么，如何进一步发挥文艺机构的统筹规划作用，凝聚学界力量，发挥各地资源优势，做到研究领域清晰分明，研究人才各尽所能，对文学热点集中进行大讨论，掀起讨论热潮，以利于在从“粤派批评”向“湾区批评”升级语境中，构建粤港澳大湾区文学批评共同体，凝聚在全国范围内有重要影响力的文学批评力量，推进湾区文学评论声音由南及北，波及全国，走向世界？

第二，跨学科、跨界思维如何加强？已有批评多聚焦于文本分析。随着人工智能极速发展，智媒时代的文学研究不得不变革转型，评论家如何与时俱进，以跨媒介、跨学科、跨文化的思维进行论述，在数字人文视域下引入计算机技术、数据科学与文学研究，将文本内容及叙事规律进行可视化呈现，利用数据库实现文学信息、史料的交流共享，提升研究效率，也使研究结论更具科学性？

第三，文学评论如何继续勇攀高峰？近年来，广东文学评论在全国的号召力和影响力不断增强，但也还略存在有“高原”无“高峰”现象。从文学阵地来看，《学术研究》《粤港澳大湾区文学评论》《广东社会科学》《粤海风》《华文文学》以及各大高校学报等期刊业绩斐然，在粤港澳大湾区起到引领、桥梁作用。但相较全国顶级期刊仍有些差距，希冀广东在名刊质量建设上持续发力，立足湾区，面向全国；希冀未来有更多在海内外产生重大影响的高质量文学评论，广东文学评论家发扬本土特色，紧跟时代潮流，构建大湾区文学话语和叙事体系，发出广东文学评论的最强音，迈上更高更新台阶。

（本章撰写：凌逾，华南师范大学文学院教授、博士生导师；蔡嘉洋，华南师范大学文学院博士生）

第八章
儿童文学：合众出彩　砥砺前行

乘借广东经济社会发展勇立潮头、破浪前行的长风，近年来广东儿童文学致力于从历史浪潮、区位特色、优秀传统文化的广阔时空中，为少年儿童塑造和勾画中国当代儿童的生动人物与成长蓝图。2023年，广东儿童文学与全国儿童文学发展的主流相契合，在多文体并进、多渠道合力、多元文化共生的发展态势中，呈现出朝气蓬勃的创作潜能，不断拓展着广东儿童文学的艺术空间和审美话语。2023年，广东儿童文学取得的成果，是广东省作家协会和文学界的殷切关注与呵护的成果，是深入学习贯彻习近平文化思想、推动新时代文学高质量发展的生动实践。如何为少年儿童展现时代的精神高度，描绘新时代新征程的恢宏气象、书写生生不息的人民史诗，也是新时代儿童文学作家共同面临的根本命题。这一年，广东儿童文学作家始终合力共进，与儿童同心、与生活同步、与时代同行，热忱书写新时代广东少年儿童的成长生活与责任担当。

2023年，广东儿童文学创作、发表、出版呈现生机勃勃的景象。儿童文学作家们的作品发表遍及国内各类重要报刊，包括《文艺报》《文学报》《儿童文学》《少年文艺》《少男少女》《粤港澳大湾区文学评论》《红树林》《南方日报》《胶东文学》等；文体涉及童话、小说、寓言、散文、诗歌、绘本、剧本及评论等，很多文章或被转载、转引，或被收录进各类作品年选。而在斩获的奖项方面，涵盖面广；获奖的作品，层次高、影响大。

一、多文体探索成果斐然

这一年，广东儿童文学作家对多文体的探索呈现了蓬勃的创作活力，既加强了深掘素材的力度，也拓展了选材的美学空间。作家们带着创作初心走进新时代儿童的情感世界，在坚守儿童本位的基础上，沉入生活内里，注重作品的艺术品格和审美表达。

童话创作方面，以陈诗哥为引领，2023年，他被《儿童文学》评为60周年荣誉作家，《一个迷路时才遇见的国家和一群清醒时做梦的梦想家》获得中国寓言文学最高奖金骆驼奖·黄金奖（此奖四年一评，此届起纳入童话文类）；《从前，有一锅星星粥》发表于《幼儿画报》，并被收入《2023年中国年度儿童文学》。李文芬的《水牛进城记》获第五届“温泉杯”全国短篇童话大赛优秀奖。蒋双超（林以昼）的《发芽的星星该如何处理》获第三届小十月文学奖童话组佳作奖。李学武的《养月亮的小孩》入选2023年“南国书香节”十大好书。王溱的《女巫的棒棒糖》获中国布尔津·中国童话节童话作品征文入围奖（成人组）；《时间宝宝》获中国布尔津·中国童话节童话作品征文微童话组铜奖，入选《中国布尔津·中国童话节获奖作品集》。王长敏的短篇童话集《小狐狸的冷焰灯》获得深圳重点扶持作品奖。一木秋的《头脑国历险记》入选“新晨百道童书榜”。

陈诗哥的《小勇士辛笛》由二十一世纪出版社出版，童话集《等风来敲门》由济南出版社出版。黄超鹏的《万能照相机》由汕头大学出版社出版。苏铁的《玫瑰城奇遇记》由花城出版社出版。杜梅的《一只耳鼠小小》《鸡妈妈家的幸福生活》《白布的梦想》由北方文艺出版社出版。李学武的《养月亮的小孩》由时代文艺出版社出版。饶远的《童话点亮人生（3卷）》由深圳出版社出版。

寻麦的《一颗想变成花的石头》等39篇、蒋双超的《阿绿的耳朵》等21篇、张逸诗的《金花婆婆与瞌睡虫》等9篇、黄虹的《昆虫舞会》等8篇，王长敏的《山妖的露珠球》等5篇、陈炳育的《数字部落里的争吵声》等7篇、陈华清的《红树林里的海精灵》、黄超鹏的《王国里最聪明的人》、叶莹的《小树精的夏天》、温颖蕾的《我是一只蘑菇》、影子快跑的《巨人》在

《少年文艺》《少男少女》《花火》《金色少年》《东方少年》《十月少年文学》《语文周报》等报刊发表或连载。

儿童小说方面，突破了单一类型，围绕成长主题呈现了多类型化的写作，展现了广东儿童文学作家坚韧的探索精神和广阔的创作视野。叶莹的《爱捡树叶的女孩》获2023年冰心儿童图书奖、2023年上海好童书奖。张逸诗的《酿酒的阿真》获第三届“接力杯”曹文轩儿童小说奖铜奖，《消失的银镯》获2023年冰心儿童文学新作奖。洪永争的《摇啊摇，疍家船》，谢莲秀、香杰新的《东江谣》，吴依薇的《二十二张汇款单》作为中国作家协会定点深入生活扶持项目，获第十一届广东省鲁迅文学艺术奖（文学类·儿童文学）。被评为2023年度中国作协“深入生活，扎根人民”主题实践优秀作家的陈华清，其生态题材长篇儿童小说《鹭舞红树林》入选中国生态小说榜单（全国仅10部/篇），《竺可桢》入选2003年中宣部主题出版重点出版物。胡永红的《上学谣》不仅获得尼泊尔语版、阿拉伯语版签订出版，入选广州文艺高质量发展主题展，还获得了第十五届浙江省“五个一工程”奖；《爸爸你要爱妈妈（全6册）》入选广东省委宣传部文艺精品；《我的影子在奔跑》在湖南少儿出版社再版，并入选“中南好书”榜。蒋双超（林以昼）的《向南是大海》获第二届“长江杯”中国现实主义原创儿童文学大赛二等奖，《告别》获第十二届“周庄杯”全国儿童文学短篇小说大赛优秀奖，《奶奶与诗人宋桂枝》获《东方少年》2023年度重点作品扶持项目小说组优秀奖。寻麦的《奶奶的帽子》获得小百花儿童文学奖提名奖，《寻找王进喜的小鲤鱼》获“纪念铁人王进喜诞辰100周年·儿童文学大赛”优秀奖，《五羊的星辰》入选2023年广州市文联“文学广州”后浪计划项目。谢莲秀、香杰新的《东江谣》获第一届江西省文艺创作奖；该书在第二十九届北京国际图书博览会（BIBF）上，签订了乌尔都语版权输出协议，开启了将优秀中华传统文化主题类作品引入巴基斯坦童书市场的先河，也为粤港澳大湾区更多优秀作品走出国门打下了坚实基础，并得到央视、中国新闻、光明日报等媒体的报道；《中国新书》（CBI英文版，*China Book International*）2023年9月刊向海外宣传推介《东江谣》。谢莲秀的《您好，树岛主》入选广东省作协“新时代山乡巨变”题材作品创作扶持项目。郝周的《牛背上的白鹭鸟》（日文）入选2023年度经典中国国际出版工程。黎俊生的《少年“城”长记》获第四届年度儿童文学新书榜提名。苏展的《欢喜邻居节》获谢璞儿童文学奖提名。王溱的《岭南偶遇》获广州市委宣传部文艺精品扶持。岑孝贤的《雄狮少女》入选佛山市文体局原创文艺扶持作品，荣获2023年度桂冠童书。黄虹的《石头记》入选《2022年儿童文学选萃》。

洪永争的《浮家》由十月文艺出版社出版，《巷子里的木棉树》由新世纪出版社出版。叶莹的《爱捡树叶的女孩》由浙江大学出版社出版。陈华清的《鹭舞红树林》由深圳出版社出版。胡永红的《像你那样》由浙江少儿出版社出版，长篇儿童文学系列《爸爸你要爱妈妈（全6册）》由广东教育出版社出版，《我的影子在奔跑》由湖南少儿出版社再度出版。一木秋的《头脑国历险记》由新世纪出版社出版，《茉莉的耳朵》由科学普及出版社出版。吴依薇的《时间开出的花》《明月礁的约定》由春风文艺出版社出版。王敏的《龙族少年》系列童书（全3册：《寻找失踪的龙飞船》《疯狂的牛魔王》《守护者虎将》）由重庆出版社出版。岑孝贤的《雄狮少女》由浙江少年儿童出版社出版。苏展的《紫霞坡》由未来出版社出版，《校园侦探日记（4册）》由中国民族文化出版社出版。李学武的《水神的孩子》由少年儿童出版社出版。李文芬的《天空信箱》由春风文艺出版社出版。陈彦儒的《“好烦丫头”的假期》由现代教育出版社出版。

蒋双超的《告别》等18篇、张逸诗的《刺槐少年》等8篇、黎俊生的《想不到》《泪》、李文芬的《月光走在渔村上》等7篇、苏展的《双状元》发表在《儿童文学》《少年文艺》《东方少年》《少男少女》。

儿童散文方面，广东儿童文学作家立足于当代儿童生活，在文字上探索性地对生活和记忆、情感和情绪、视野与意念进行审美化、灵性化的打捞与铺展，将日常生活的静谧、童年趣味进行艺术化的呈现。何腾江的自然笔记·岭南博物系列丛书《麻雀麻雀叽喳喳》等6册获国家出版基金资助，入围2023年桂冠童书“百强名单”，入围“大鹏自然童书奖”等。李虹蔚获2023年“第二届最美中国”当代诗歌散文大赛一等奖。

何腾江的《我家住在雷州半岛》由希望出版社出版，《自然里的文学课（3册）》（《蒲公英说走就走》《谁都不敢跟螳螂打架》《不怕脑震荡的啄木鸟》）由新世纪出版社出版，《自然笔记·岭南博物（6册）》（《麻雀麻雀叽喳喳》《小鱼小鱼慢点游》《松鼠有支“大火炬”》《牵牛花，吹喇叭》《杂草也有名字》《蒲葵蒲葵藏着风》）由江苏凤凰少年儿童出版社出版。陈华清的《涛声椰风逐梦来》由安徽文艺出版社出版。

洪永争的《羽叶上的境界》《珠江之美》等2篇、林毓宾的《偶遇少年时》《潮汕嵌瓷：厝角头的斑斓艺术》等5篇、郝周的《爸爸的砖窑厂》等2篇、蒋双超的《少年的雨》等3篇、李文芬的《万物有形》等21篇、张逸诗的《小树精的夏天》等5篇在《儿童文学》《少男少女》《广东第二课堂》等刊发。

寓言创作方面，写作队伍也在不断充实。晓雷的《千里牛》荣获中国寓言文学最高奖金骆驼奖·亦金奖，该作品同时荣获广东省写作学会2018—2023年度优秀成果文学创作类一等奖。《千里牛》是他继《东施美容》等作品后，第四次荣获金骆驼奖。陈炳育的《老鼠评理（外二则）》荣获第四届谢璞儿童文学奖主奖。苏铁的《没必要杞人忧天》获谢璞儿童文学奖提名。李虹蔚的《梦的醒悟》《最公平的奖励》等9篇、晓雷的《一只想欺负老虎的狗》等4篇、陈炳育的《蛇来了》等20篇发表于《儿童文学信息》《优秀童话世界》《少先队员》《红领巾报》《少年作家》等报刊。

儿童诗创作方面，诗坛前辈带着新生代儿童文学作家不断创新与突破。饶远的朗诵诗《祖国在我们心中》获广东省散文诗学会二等奖，《时光的印痕》获广东省散文诗学会最佳著作奖。王长敏的《给猛犸象装修房子》荣获“林甸杯”儿童文学大赛一等奖。孙禾的组诗《鱼一样想你，爷爷》荣获第四届谢璞儿童文学奖。陈炳育的《水库洗澡》荣获第十一届“童声里的中国”少儿歌谣创作大赛优秀奖。池沫树的《天空有多大》、诗教文章《写出心中的问号》等分别入选《2022年度中国儿童诗精选》《2020年度中国儿童诗精选》。徐珊的“耘”诗歌《种下你的名字》《大海真的太大了》《孙大圣，我想见你》荣获广东省写作学会2018—2023年度优秀成果二等奖。

继《时光的脚丫》之后，耿立延续他的童诗写作意趣与用心，以文字和图画的双重美学韵味，引领小读者感受传统文化和自然变化的魅力，诗集《星星的脚步：童诗说古诗词》《银河的礼物：童诗说生肖与时辰》由希望出版社出版。何腾江的《今天我想慢吞吞（增订版）》由福建人民出版社。李俊的《雷锋精神诗画赞》由北京联合出版公司出版。洪永争的《田野与大海（组诗）》、王长敏的《庄稼的声音》等5首、唐德亮的《山月》《蜜蜂，可爱的追花者》发表在《佛山文艺》《少男少女》《好孩子》《散文诗》。

绘本创作方面，始终根植于广东绘本出版的厚土不断革新突围。愚一的《噔噔噔》荣获博洛尼亚最佳童书奖（虚构类）特别提名奖、冰心儿童文学图书奖、探照灯童书榜2023年度十大绘本书单等，《一寸光》入选2023年布拉迪斯拉发国际插画双年展。一苇（黄俏燕）的《中国故事·人间》《中国故事·万物》《中国故事·道路》获得广东省第十届民间文艺著作奖。

陈诗哥的《星空剧院》由中信出版社出版，《从前，有一只皮球》由中国少年儿童出版总社、五州传播出版社、Cengage出版社联合推出中英文版。一苇的《梦想家》《妙想国》由山东画报出版社出版，《罗刹海市》由浙江少年儿童出版社出版，含《崂山道士》在内的《中国民间神话故事绘（15册）》由晨光出版社出版。李时玥的系列绘本《讲给孩子的非遗传承故事（11册）》由人民卫生出版社出版。袁晓峰的《Hole宝贝认知启蒙（6册）》《Hole宝贝感官激发（6册）》由西安出版社出版，《为什么要上学》由浙江少儿出版社出版，《了不起的小狗多多（6册）》由甘肃少儿出版社出版，《反转恐惧大作战》由未来出版社出版。

儿童剧本创作方面，有如“小荷才露尖尖角，早有蜻蜓立上头”的傲娇。胡永红的《上学谣》不仅获得尼泊尔语版、阿拉伯语版签约出版，入选广州文艺高质量发展主题展，获第十五届浙江省“五个一工程”奖，并成为中国作家协会儿童文学转化影视“揭榜挂帅”活动展示项目。改编自《上学谣》的电影《红尖尖》（胡永红编剧）获“孩子们最喜爱的影片”、首届澳门国际儿童电影节最佳儿童电影“金童奖”。《彩虹鸟》入选深圳宝安区优秀电影剧本、广州市文艺精品项目，《大湾》入选人文湾区优秀影视剧本。世界孤独症日（2023年4月2日），《我的影子在奔跑》在央视电影频道“佳片有约”栏目播出。王溱的木偶剧（参与编剧）《一天零一夜》荣获第九届全国优秀儿童戏剧最佳剧目奖、第六届木偶皮影优秀剧（节）目展演最佳剧目奖和最佳文本创作奖、第十一届广东省鲁迅文学艺术奖（艺术类）、第十五届广东省艺术节大型舞台艺术作品二等奖。

儿童文学评论方面，以平波缓进之态关注儿童文学创作的大潮。潘明珠的《虎豹声中听见自然的轻柔：评魏晓曦的新作〈虎豹山林〉》刊于《文学报·中国童年专刊》，潘明珠2023年入选香港书展的年度主题作家（共9位作家入选），另《小八哥可可》（青岛出版社）入选2023年“新青藤”童书榜。李国伟的《“海灵系列”：人与自然的和谐与融合》发表于《少男少女》。陈诗哥的《张开童话的眼睛看“牛粪”——关于儿童文学的荒诞美学（与周益民、涂明求对谈）》发表于《文艺报》，《对于世界，儿童文学自有答案》发表于《世界博览》，被《青年文摘》转载。马忠的《儿童诗之争，见怪不怪？》《乡村少年如何“城”长？》《他写出了疍家儿童的梦想与美好》等12篇评论发表在《文艺报》《少男少女》等。袁晓峰的《儿童阅读推广人要为儿童代言》发表于《阅读与成才》。唐德亮的《在儿童特色中彰显纯粹之美》发表于《文艺报》。洪艳的《以“中国故事”话语建构儿童文学的地方叙事》《〈航海家归来〉的物叙事》等6篇发表于《文艺报》《胶东文学》等。

二、童心光华彰显“新南方写作”的生命力

“新南方写作”作为当代作家、评论家共同建立起的文艺地域坐标，根植于包括了广东在内的岭南大地之上，以其历史悠久、文化丰富、审美多元的特质，呈现出一种崭新时代的精神风貌。而广东儿童文学以其活泼向上、隽永不息的生命力、鲜活性，为“新南方写作”的地方性特质进行着自觉的底色晕染，涌动着蓬勃的生机与活力。

胡永红的《像你那样》作为一部聚焦乡村教育发展与乡村振兴的少年小说，作品借由少年视角，以“圆”的叙事结构和“一唱三叹”的叙述方式，以山区两所学校40年来的人和事为镜像，再现了中国农村基础教育几代乡村少年的迭代成长，书写了平凡乡村教师们的传奇故事。该作品作为《上学谣》的姊妹篇，是胡永红走访粤西、河南、贵州、陕西等多个省市，以儿童

文学为写作框架，在时间和空间上容纳了更为厚重的内容的成品。小说从第一代教师的扫盲识字，到第二代教师的扎根乡村、回乡支教，再到第三代教师的锐意创新，生动展现了改革开放以来中国乡村教育理念的传承、碰撞与创新，并在横跨40年的时空对比中，将卧龙乡的现实生活与“跑步去北京”的梦想交相辉映，在不同的时空交替中进行深远的意蕴表达，体现了作家在奋进新时代、全面推进乡村振兴的时代华章中的社会使命和历史担当。

洪永争的《浮家》，是对漠阳江疍家人生活的真情记录。千百年来，疍家人在漫长的生产生活中形成了独具特色的水上文化。20世纪80年代始，伴随着社会的发展、城市化进程的不断加快以及自然生态环境的变化，疍家人的生存空间也越来越狭窄。该作品通过父子三代人不同的日常，思考城市化、现代性进程给乡土生活带来的变迁。通过小主人公杨水甜，可以真实地看到新旧生活的割裂，阿公的失落感、阿爸和杨水甜对新生活的向往，在民俗和亲情的背景下展开，思考了传统乡土和现代文明可能在儿童成长中具有的价值。洪永争的《巷子里的木棉树》立足本土，坚持岭南风格和气派，将写作视角切换到了生活在珠三角地区的孩子们身上，以本地包租公儿子黄晓佳的视角，走进一群租住在城中村的性格迥异的外来务工子弟。作品在讲故事的过程中引导少年儿童了解现在来之不易的幸福生活，培养他们坚强善良的品质。小说立足儿童，重视典型人物的呈现，塑造了黄晓佳、杨柏生、吴懿等儿童形象，黄晓佳代表的是本地孩子，杨柏生、吴懿代表的是外来务工子弟。外来务工子弟乐观、坚强、善良的品质让本地孩子放下偏见，在相互鼓励、互为好友中一起成长。作品以岭南地区具有代表性的木棉树为意象，将木棉树开花长叶、木棉树的种子生根发芽等场景巧妙地贯穿在文中；文中还提到了骑楼、镬耳屋等特色建筑，具有浓郁的岭南地方色彩。

深掘非物质文化遗产之于儿童成长的效用，被广东儿童文学作家视为重要职责。岑孝贤（笔名燃木）的《雄狮少女》以山清水秀的广东岭南小镇为故事背景，以我国第一批国家级非物质文化遗产、大湾区的传统民俗项目——舞狮文化为主题，讲述了一个女孩舞狮的故事，一个困境中成长的故事，一个少年人与自我、他人、家庭和世界达成谅解的故事。13岁的安徽女孩高一一随母亲高凤改嫁来到广东，与侠风堂狮队教练刘胜利及其儿子刘阿南重组了一个磕磕碰碰的家。高凤年轻时酷爱舞狮，她对舞狮的执着和热情感染了女儿。天资聪颖的高一一通过努力和坚持，逐渐打破周围人的偏见和质疑，赢得掌声和喝彩，也深深影响到了少年狮队里的其他男仔女仔。从排斥到磨合，从彼此看不惯到成为交心好友，男仔女仔们逐渐意识到对方在舞狮过程中不可或缺的作用和力量，克服了重重困难，自身也实现了成长和进步。当少男少女成为闪闪发光的狮子，哪怕前方是崇山峻岭，有荆棘密布，他们也拥有了迎难而上的非凡勇气、从容心态和浩瀚心胸。王溱的《岭南偶遇》同样以非遗文化——岭南杖头木偶，展现少年儿童成长图景。该书讲述的是岭南杖头木偶学徒星仔的成长故事，他从偷懒不练功到最后发自内心爱上这项技艺，并开拓创新成为一代非遗传承人。

雷州半岛成为2023年广东儿童作家书写童年的重要景观。何腾江立足文学和科普融合发展的跨学科教育立场，以较强的叙事性与人文关怀，贴近少年儿童的精神世界和心灵，以使儿童获得成长力量的创作初心出版了系列独具岭南自然生态特色的散文集。《我家住在雷州半岛》以儿时成长的灵界村为圆心，以雷州半岛为圆，辐射岭南地区，深情书写自然，他记录与虫子相处的少年经历，希望给少年儿童传递一种人与自然和谐相处的理念，帮助少年儿童树立正确的生态文明观，学会尊重自然、热爱自然。《自然里的文学课（3册）》作为走读自然之书，以脚步来回应野鸟的鸣叫声，以少年时遇见的虫子及与虫子相处的点点滴滴，以30种亚热带常见植物图画，来培养少年儿童对自然的浓厚兴趣。“雷州半岛地处祖国大陆南端，与海南岛隔海相望，一衣带水，语言极其相似，连鸟儿也常常横跨琼州海峡，在两地之间往来。这些鹩哥就是来自海南，所以它还有一个别名，叫‘海南八哥’……‘有情况’我似乎听见了鸟的动静。这棵饱经风霜的榕树，并不缺少鸟的陪伴，冬去春来，总有鸟儿在树上栖息。”他用优美的文字激发少年儿童对自然的好奇心，以趣味通俗的方式普及自然生态知识，带领少年儿童亲近自然，开阔眼界，感受文学之美、自然之美和生命之美。《自然笔记·岭南博物（6册）》以回归儿童的视角书写自然的故事，书写当下人类的故事。他立志为儿童拓展自然文学的创作空间，立身故乡，行走在山野、田园、海洋、红树林、湿地、滩涂，寻找人与自然的内在联系。吴依薇的《明月礁的约定》，也将故事发生的地点定位在雷州半岛的银鸥码头小镇。故事讲述的是杜宇和惠子兄妹俩在明月礁遇见一只海龟，为了帮助海龟取下脖子上的钢圈，兄妹俩历经千辛万苦，遇到一系列离奇的事情，与海龟建立了深厚的友谊和信任。一场跌宕起伏的海洋冒险，一段人与海龟的传奇交往，揭秘近代百余年的海底变迁景象。吴依薇借此小说展现了从中国南海到大西洋沿岸的南美洲东海岸的漫长的海龟迁徙之路，还原了真实的海洋生态，谱写了一曲人与自然和谐共生的赞歌。《明月礁的约定》从人与动物命运的交织来探索生命的价值内涵和终极意义，关注海洋生态文明，倡导人与海洋和谐共生。

陈华清、苏展、黎俊生作为湛江儿童文学作家群的主要成员，以儿童视角触探到了岭南海洋文化的独特之处。继黎俊生的《少年“城”长记》之后，陈华清除了以纪实的手法贡献出了《映日荷花别样红：奥运跳水冠军全红婵成长记》等作品，还以鲜明的主题书写了新时代背景下，湛江这座海滨城市城乡风景的丰富多彩。陈华清的《鹭舞红树林》从湛江打造“红树林之城”，深圳正高标准、高质量推进“国际红树林中心”的筹建工作中获取灵感。她以“文学性—地域化—生态美”的多元融合，书写了“美丽乡愁”，展露了地理风俗，彰显了一种趋于向内开掘的情感结构，也显出了向儿童灵魂深处勘探的写作姿态。她从一个回岛少年的视角切入，用揭秘的形式，讲述了以陈家祖孙三代为代表的白鹭岛人保护红树林、保护白鹭，促进海岛发展的感人故事，环保与经济发展，亲情与代际矛盾——冲突迭起又走向和解。“海天茫茫，波涛涌动。天空蔚蓝，白云飘荡，阳光映照在海面上，像撒了好多金子，金光闪闪。一群海鸟在空中翱翔，不时俯冲，掠过海面，飞向远方。”陈华清笔下的地域文化，以浓郁的海洋气息为审美表象，往往为儿童的阅读开拓出深邃而富于张力的审美想象空间。该小说将海洋文化、地方民俗与红树林精神融合，以“绿美广东”生态建设为引领，传播环保理念，在青少年心中种下保护红树林、保护生态的种子，填补了国内以红树林为题材的长篇儿童小说的空白。苏展的《紫霞坡》以儿童视角书写新时代脱贫攻坚的宏大主题，以雷州半岛的紫霞坡为故事背景，讲述因父爱疏离、奶奶宠溺而成“问题少年”的12岁的甄小帅成长蜕变的故事。甄小帅在见证紫霞村的变化中，性格也在潜移默化地发生着重大的转变。他开始对“落后”乡村的一切进行关注与亲近：樟树林里各种各样的昆虫，村里自然生长出的各类花果，山林野地里蔓生的各类中草药。在逐渐的接触中，他打破了对“乡下人”的偏见，主动学习难懂的方言，为紫霞村的环境卫生改造、学校的图书资源扩增出谋划策。他耳濡目染了父亲的辛劳和坚守，深刻理解了父亲，成为父亲的小助手。苏展用多线并置的叙事记录了甄小帅的成长，详略间穿插的地方风物和民俗风情增强了阅读的趣味性。苏展将脱贫攻坚这一时代大主题巧妙地与当下儿童成长的问题相结合，与亲子关系的疏离相连接，既能让儿童了解脱贫攻坚工作，又能引发成人反思，体现了儿童小说的审美价值、情感价值和精神力量。

三、童真意趣蕴藉“中国故事”的奇绝与温情

讲述中国儿童故事，塑造中国儿童形象，是当代儿童文学作家的重要责任和使命。广东儿童文学作家以原创为动力，将儿童的视角切入到多元叙事、多样文体之中，将现实生活的日常肌理与童话、民族神话、民间传说、民间故事等文化信息和文化原型进行对接，在恰如一种集体无意识中实践着广东儿童文学作家对“中国故事”的审美表达和未来构建。

陈诗哥的“牛粪书”系列深埋“荒诞美学”于“童真”“喜剧感”表相之下，在天马行空的想象之中构建出诸如“世界起源”这样的宏大主题，引领儿童用全新的眼光来认识世界、想象历史与未来。他善于将儿童最本真、最自然的状态氤氲在文字之中，进而激发孩子们的想象力、创造力与成长的无限可能性，当然也让孩子们在猝不及防的感动、感慨和感悟中了解世界和自我。他的这系列绘本包括《牛魔王来了》《牛郎来了》《牛顿来了》《牛粪来了》《黑洞来了》，既重塑了牛魔王、牛顿等人物的新形象，又表达了“任何事物都是宇宙的中心，任何事物自身都是一个独立的、完整的、小小的宇宙”这样深邃的哲学观和世界观。他的长篇童话《小勇士辛笛》作为“神奇男孩辛笛”系列的第二本，延续了一贯的写作风格，想象力飞扬，故事荒诞幽默，充满奇思妙想。主人公辛笛是一个10岁的男孩，他住在芒果街

十八号。每天晚上，在辛笛睡着之后，他的房间便会发生一些神奇的故事，这些故事如真似幻，难辨真假，有趣又富有哲理。在书里，为了拯救渔翁拉尔果的女儿，辛笛化身为小勇士打败了拥有108条性命的恶龙史麦克。

王敏的《龙族少年》系列也是以“想象”中的儿童为叙事，主要讲述中国少年龙晓翼进入绿野仙宗神龙学校学习魔法神技，并与好朋友一起召集十二位生肖英雄打败邪魔、维护正义的故事。龙晓翼是一个因见义勇为被劫匪伤害致残的男孩，终生都要与轮椅为伴，寄养在舅舅家。12岁那年暑假，他与表弟在野外玩耍，偶遇一架失控的龙飞船，意外成为新任生肖队长。责任落在肩上，福祸降临头上，表弟溺亡，舅妈为了救回自己的儿子，听信迷信，将龙晓翼推入危险的境地。龙晓翼幸得胖猴救助进入神奇的仙法学校学习。他不仅学习到诸如“愤怒情绪管理学”“负能量抵御术”等各种魔法神技，还交到敏曦和阿月浑两位好朋友。最终，在两位好友的帮助下，他克服重重困难，通过所有关卡和考验，利用所学技能与绝大的勇气与智慧战胜负能量邪魔王，找回失踪的龙飞船，成为众人认可的新任生肖队长。

一苇改写自《聊斋志异》的《罗刹海市》（绘本）在蒲松龄纪念馆首发，这是一苇重述中国民间故事的又一新作。她发掘了这个故事的两处伟大的象征：一是“罗刹国”，象征着黑白颠倒、以丑为美的人间世相，凝聚成一个“颠倒国”意象；另一个是“海市蜃楼”——象征缥缈、遥远的“理想世界”。《罗刹海市》作为中国古代传奇故事中少有的涉及海洋的历险记，在滑稽和反讽的美学风格中启发孩子发现、思考现实生活的复杂与多面性。而《中国民间神话故事绘》包含了《崂山道士》《王六郎》《画皮》《风神与花精》《秋翁与花仙》《壶公与费长房》《鲛人的眼泪》《白螺仙女》《牛郎织女》《雷神》《鹤民国》《宋定伯卖鬼》《龟蛇二怪》《和合二仙》《五谷之神》等15个民间故事，是在30多年前浙江少年儿童出版社出版的“彩绘本中国古典文学神怪故事丛书”基础上进行重装再版。该套绘本在创作过程中下足了功夫，以图画强化故事主题，如《鹤民国》在图画中传达出对文明的挚爱、对自由的向往，以及人之美善被野蛮和兽性吞噬的悲哀；以图画营造氛围、增补细节，生动完整地呈现故事，如《龟蛇二怪》讲述真武大帝的肚肠不能忍受饥饿，离开了真武的身体，变成害人的精怪，这个故事既有趣又有深意。这为当代少年儿童多侧面、多角度地汲取优秀传统文化的精髓，提供了中国传统美学体察万物之灵动的方法。

杜梅擅长将琐碎、平淡的日常融入到作品之中，使得万物在她的笔下都充满了灵性。她的3部作品均以温良向上的情志为底色，引领青少年追求梦想，幸福成长。《一只耳鼠小小》讲述的是鼠小小天生缺少一只耳朵，爸爸在它出生当日便离家出走。自卑怯懦的鼠小小在一次次暗自伤心后，决定只身去寻找爸爸。踏上寻父之路的鼠小小从怯弱变得坚强和成熟，虽然最终寻找爸爸的目标没有实现，但杜梅以极富哲理的童话笔法让孩子们知道“寻找”是值得期待的事。《白布的梦想》讲述的是一块白布追求梦想的故事。当白布还是地里的一朵棉花时，她就被告知应该成为一条美丽的白裙子，她也坚信自己一定能实现这个梦想。但经历了一系列的冒险奇遇，白布却成为了一块桌布。痛苦挣扎后，白布终于明白：真正的坚强，其实是认清生活的真相后依旧热爱着生活。《鸡妈妈家的幸福生活》以诗性的方式讲述了七只小鸡和妈妈一家的幸福生活。他们日出而出，日落而归，平静地生活着。遗憾的是，妈妈只会画画，不会做家务，就连衣服也不会补。但这并没妨碍她爱自己的孩子，并陪伴孩子们健康成长。鸡妈妈把理解和尊重、爱和希望的种子种进了孩子们的心田；尽管生活清贫，孩子们却始终保持乐观向上的精神。

李学武的《养月亮的小孩》以神奇的想象力，构建了与“太阳世界”平行的“月亮村”。它是关于“新生月亮重新与人类建立起联结”的童话，也是数码时代人们再次整合记忆和情感方式的寓言。月亮村是人类记忆的居所。人们经历过的一切，不管是记住的还是忘掉的，都来到了这里，在四个大花园中长成千姿百态的花朵。其中，最重要的一个花园的花谢后，会变成月亮的一部分。这是千百年来，月亮和人之间的秘密。有一天，老月亮生下一个小月亮。太阳世界的女孩月嘤闯入月亮村，声称来寻找关于妈妈的记忆。恰在此时，月亮婴儿落下来。它见到的第一个人就是月嘤，从此它不认别人的关爱，只把月嘤认作妈妈。于是，一人一月，开始了一段奇幻的冒险之旅。《水神的孩子》由四个相对独立但又关联且层层递进的故事组成，每个故事中主角都有着不同的时代困境。第一个故事中女孩纪雨克服懦弱、唤起勇气。第二个故事中纪雨的妈妈汀兰与自我和解、追寻梦想，纪雨的外婆水婆婆在自然力与现代力的角逐中，放下执着。第三个故事发生在楼兰古国，傻子四鲤背负血海深仇，选择民族大义。第四个故事借鉴上古神话，女孩奇相在与共工的生死博弈中，炼化玄珠，守护四方。这些故事蕴含着中华民族优秀传统文学“牺牲与奉献”“勇气与逐梦”“爱与希望”的多元主题。

而在对儿童成长的现实关注方面。儿童文学作家们积蓄了爱与力量，潜入生活，对孩子们的成长进行着细微的观察并给予光明的指引。一木秋（钟秋萍）关注特殊儿童群体的成长。她的《头脑国历险记》作为“粤港澳大湾区原创儿童文学”，是一本充满奇思妙想的正能量儿童冒险小说。小说以健全孩子丹丹到幻想世界“头脑国”寻找残疾好友程天为主线，讲述了一个关于爱和救赎的故事。关注残疾儿童这一弱势群体，帮助小读者正确认识缺陷，理解世界的多样性，从而学会尊重与自尊，收获爱与勇气。她以深切的人文关怀和新颖的构思，用轻松有趣的笔墨，将鲜有人着墨的残疾孩子的故事描绘得生动、感人。《茉莉的耳朵》收录了六篇短篇作品，均以六个特殊儿童为主人公。他们各有特征，各有难处，各有机遇，但都努力奋进，深切感受着人间大爱，最终获得远大光明的前程。“茉莉越飞越高，也成了一颗星星。她一低头，发现爸爸身旁还有别人。仔细一看，那不就是老师和邮递员叔叔吗？他们合力把海水装在盆子里，海水就成了一面镜子，她在水的倒影里看清了自己的模样——夜空中，她不是最亮的，但颜色独特，好看极了。”她的创作让少年儿童明白逆境和弱点具有普遍性；让他们明白在面对逆境时，该如何自处、如何与世界和解；更让读者在生命教育中，理解爱、感受爱，明白即使身处逆境也应心存善意，拥抱生活。

苏展的《校园侦探日记》（4册）以苏式为主人公，他被爸爸寄予继承祖先文脉的愿望，但他却一心想要当侦探。有一天，爸爸突然遭遇绑架，苏式在调查过程中发现爸爸的失踪案跟一幅藏宝图有关。苏式以藏宝图为线索，发现图上标注的恰好是苏轼流放地的串联。他化身小侦探后找到了爸爸，并顿悟原来这一切都是爸爸设的局，目的是激励他学习传统文化、了解家族历史。书中的四个故事取材现实且主题深刻，每一个故事都与当下存在的教育问题、社会问题等相呼应，比如因自卑而心灵扭曲从而制造校园恶作剧、留守少年的霸凌与被霸凌、“老漂族”遭遇保健品诈骗等事件。虽然《校园侦探日记》系列故事呈现了校园的另一面，却始终以温暖为底色，引人向善，富有积极意义。

吴依薇的《时间开出的花》以适学少年跟随父母离开故乡迁徙到陌生的大城市上学、生活为题材，将少年儿童践行中华优秀传统品格，在健康快乐中成长的姿态做了呈现。作品直面唐小鹿所处的破碎家庭和其承受的心理重压；铺展了他通过自我调节在新环境里找到新的平衡点的成长经历。吴依薇用凝练优雅的文字刻画了成长蜕变中的唐小鹿形象。作品歌颂梦想迸发出来的力量，犹如一朵能经受时光磨炼、永不轻言放弃的理想之花。

李文芬的《天空信箱》讲述父母和孩子一同成长的故事。2020年对于12岁的小女孩单天空而言，是一个特别的年份。妈妈生下双胞胎，身为医生的爸爸离家奔赴另一座城市救治病人，平静安好的生活突然变得波涛汹涌，生活的变幻无常接踵而至。“天空信箱”开始涌进一封又一封或长或短的信，当“天空信箱”里的爱和力量盈满心间时，单天空也已穿过重重雾霾，看见天高地阔，霞光满天。

陈彦儒的《“好烦丫头”的假期》作为一本适合家长和孩子同步阅读的亲子读物，以爱为笔，为孩子们撰写了温暖、幽默、轻松的儿童成长故事。他在书中增加了对常见动物的科普常识，并巧妙地将之穿插于一个个精彩的小故事中。书中不仅有相关的科普知识，还借用买“东西”一事，引出与朱熹相关的故事、齐宣王以羊替牛的笑话、千年前的宋朝人生活的雅致……通过“虚与实”的美学话题，把一个个与文史相关的典故也穿插在故事中。该书的故事与细节精彩灵动，活泼轻松中又蕴含着教与学、思与考，不仅促使家长们获得启发，也使得孩子们从故事中获得成长的力量。

李俊的《雷锋精神诗画赞》，在老一辈革命家“向雷锋同志学习”题词60周年之际出版。该书全方位、多角度、立体化地为少年读者全面透视、领悟雷锋精神实质，阐释了13种精神，用诗歌配漫画的形式阐释雷锋精神。该书创造性地运用叙事诗的形式阐述雷锋精神，以诗画结合的形式融入思想感情，勾画雷锋故事、传承雷锋精神。

四、问题与展望

回首2023年，广东儿童文学合众出彩之中孕育着坚守之姿、创新之态。若广东儿童文学且暂为一座“小百花园”的话，有的新枝已孕“花苞”，有的“花朵”呈现新气象，有的“花朵”经受了多重考验，频频获奖，也可谓是一派争奇斗艳的繁荣之景。但这绚烂的背后，也存在一些有待瞩目的“新生点”与“隐忧”。所谓“新生点”，譬如在儿童诗和儿童散文方面，较之往年有了新的突破。在成人作家转战儿童文学市场新浪潮中，广东儿童文学也有了新的潮流涌动。甚至在儿童戏剧和影视作品中，也出现了站立潮头的提灯人。而“隐忧”则在于，儿童文学终究是现实的一个“镜像”。作家在选取现实题材、拓展想象空间、组建表达形式、建构审美尺度中，要密切关注当下儿童面对的种种困境与危机，关注他们心灵撞击现实而产生的诸多迷惘与希冀。同时，也要回归儿童生活的常态来书写广东少年儿童的生活与故事。这个“常态”指的是，儿童文学在构建故事的时候，并非一味动辄以身心残缺、遭遇重大厄运为成长动因，那些在平顺中身心获得健康成长的童年，也应该成为广东儿童文学书写的“常态”。我们可该知道，中国儿童的童年空间何其广阔，童年文化何其多元，他们感知世界的眼光有时又是何其深邃。广东儿童文学在成长空间和文化空间的独特性，有待我们以更深邃的审美精神、更多元的审美方式观照、透视，引领少年儿童的审美诉求和价值取向。期待广东儿童文学作家们，进一步提炼好新时代广东少年儿童的精神特质和时代风貌，创作出更多具有中国风格、中国气派、中国精神的优秀儿童文学作品；也期待儿童文学出版社机构、儿童文学评论家、儿童文学阅读推广人与儿童文学创作者并肩达成互助共赢的新生态，齐心合力砥砺前行，共同提升广东儿童文学的内在气韵。

（本章撰写：洪艳，湛江幼儿师范专科学校副教授）

第九章
影视：固本拓新探索高质量发展

2023年是中国电影、电视剧创作生产复苏之年，全年全国电影总票房549.15亿元，广东影视复苏强劲，电影市场全年票房67.14亿元，达到2020年以来最高纪录，年度票房连续22年位居全国榜首，稳居“全国第一票仓”。粤产电影作品中，动画电影《熊出没·伴我“熊芯”》以14.95亿元的票房成绩位列年度电影票房榜第八名，成为中国影史春节档动画影片票房冠军；商业大片《暴风》《扫毒3：人在天涯》等融合粤港电影资源，再度实现了类型片的成功探索；粤剧电影《谯国夫人》获第36届中国电影金鸡奖“最佳戏曲片”奖，粤剧电影《睿王与庄妃》和纪录电影《不孤岛》《无音之乐》获得第36届中国电影金鸡奖提名，粤剧电影《白蛇传·情》获第十九届中国电影华表奖“优秀故事片”奖，《中国医生》《照相师》获得第十九届中国电影华表奖提名。在电视剧上，大湾区题材电视剧《青春之城》和年代传奇大剧《珠江人家》在央视一套黄金时段播出，古代传奇题材电视剧《谯国夫人》在央视八套播出，其中《珠江人家》平均收视率达2.503%，最高收视率更突破3%，在央视一套2023年度黄金档剧集中位于收视前列；《青春之城》列入中共中央宣传部《中国当代文学艺术创作工程规划》重点现实题材电视剧。在网络影视上，《长相思（第一季）》入选国家广播电视总局发布的“2023中国剧集精选”；网络剧《九义人》、网络电影《红色特工》、网络纪录片《人间有味山河鲜（第二季）》《万里国境》、网络动画《画江湖之不良人（第六季）》、网络微短剧《志》入选国家广播电视总局组织的“2023年度优秀网络视听作品推选活动优秀作品名单”。可以说，这一年广东影视固本拓新，加大生产力度，努力探索高质量发展之路，推出了一批叫好又叫座的精品佳作。

一、概况

（一）电影创作

根据国家电影局数据，2023年广东省备案影片数量249部，全国占比8.27%；据广东省电影局统计，2023年广东省共52部影片取得公映许可证。

在广东省文化强省建设扎实推进及高品质文化供给工程深入实施进程中，粤产电影推出了一批精品佳作。2023年《广东省电影事业发展专项资金征收使用管理办法》发布，给予影视企业扶持助推，推动广东电影创作生产能力提升，为广东电影高质量发展保驾护航。这一年，广东电影创作呈现出类型多样化、艺术表达多元化的态势。

剧情片上，2023年有大制作影片《暴风》，是以20世纪30年代中共地下交通线汕头站为历史原型打造的“红色”谍战片，表现敌我双方围绕情报或隐秘任务斗智斗勇和生死搏斗。《暴风》由珠影集团出品、香港主创团队打造，这种合作方式更多以合拍片的方式出现，如讲述缉毒警察与毒枭及其团伙的生死对决、探讨正邪善恶的边界、关注人性困境的《扫毒3：人在天涯》，揭示高科技黑恶洗钱活动的《断网》，改编自周浩晖悬疑小说《死亡通知单：暗黑者》的《暗杀风暴》等，这些影片呈现了较高的工业化水准，剧情融合悬疑、惊险、动作等元素，具有较强戏剧情节和刺激性的视听效果。爱情题材的电影，如《不能流泪的悲伤》讲述了一个丈夫为深爱的妻子找回记忆的故事，叙事上“反转”的运用将隐藏的主线显露，令影片的主旨更深刻、情感更丰富；合拍片《我爱你！》以喜剧的外壳包装一个老年“黄昏恋”的爱情故事，以老年人的视角展现他们在年龄、健康、阶层的边缘身份的话语表达，以悲剧性内核抵达终极性的追问，体现了一定的思想深度；《爱犬奇缘》通过三组养狗的单身男女因狗相识结缘或因狗和解，讲述暖心动人的故事。

小成本电影中有关注现实，并给予温暖回望的影片，比如以“时代楷模”“感动中国人物”的张玉滚为原型，讲述三代教师扎根深山，坚持通过教育改变山村孩子未来的《此生有约》；聚焦毕业生从学生转变为职场人的过程，讲述毕业生走出校园、步入社会，独立选择自己的人生道路的《毕业第一年》；讲述少年团结相助完成梦想的《萤火虫的天空》；将“留守儿童”与“足球梦”结合的儿童励志电影《永不独行》等。还有一些影片努力挖掘题材、探索艺术表达，比如表达华侨主题的《故园飘梦》，开掘本土题材，以一个华侨家族的百年漂泊史，呈现老一辈华人华侨背井离乡的辛酸和爱国爱乡的情怀。影片展现了侨乡景观及其文化之美，入选第48届多伦多国际电影节中国影展作品，被中国华侨历史博物馆永久珍藏。又如入围第25届上海国际电影节“华语新风”展映单元的现实题材故事片《最后一夜》，以一个夜晚为切口、一个家庭为窗口，通过一个男人和三个女人之间的周旋，探讨人性的复杂以及人生的困境。再如讲述广州女孩香港寻父故事的《人海同游》，相继入围2023年釜山国际电影节、平遥国际电影展、第53届鹿特丹国际电影节“光明未来”单元，被称赞为“巧妙地运用温暖的光线和灵动的摄影技巧捕捉了这段内心之旅，穿梭于流转的界限之间，将过去、现在、真实与幻想交织成一曲优美的乐章”。此外，在年初的第六届平遥国际电影展上，《马交城的陌生人》从参赛剧本项目中脱颖而出，荣获“平遥创投·清泽阳光创意大奖”，“平遥创投”评审在授奖辞中称该剧本“在一个高度戏剧性的事件下，通过塑造一个全新的独立自主的内地女性形象，呈现了创作者对于历史和多元文化碰撞区域的最当下的社会性生动敏感的捕捉和对人性的深刻思考”。这些是广东电影的新生力量，表现出了积极的创作活力和多元表达的探索精神。

戏曲电影方面，近年粤剧电影繁荣兴盛，逐渐成为粤产电影乃至岭南文化和人文湾区建设的一张鲜活的名片。2023年粤剧电影屡创佳绩，《白蛇传·情》荣获第十九届中国电影华表奖“优秀故事片奖”，这也是广东电影近年来在国家电影三大奖中获得的至高荣誉之一；《谯国夫人》荣获第36届中国电影金鸡奖“最佳戏曲片”奖项；《睿王与庄妃》获得第36届中国电影金鸡奖“最佳戏曲片”提名、第19届中美电影节年度最佳戏曲电影荣誉。这些戏曲电影在戏曲与电影结合方面进行了突破性的创新，为传统美与现代美的融合做出了有益的探索。

广东动画电影的生产在全国居领先地位。“喜羊羊”“熊出没”“猪猪侠”“开心超人”等经典动画IP陪伴一代代观众成长的同时，也不断通过电影推陈出新。2023年的动画电影，在题材内容和技术上进一步拓新，实现票房和口碑的双重“出圈”。春节档的《熊出没·伴我“熊芯”》是“熊出没”系列第九部大电影，故事内容引入人工智能话题，启迪儿童观众对科学探索的兴趣，以有趣的故事和精良的制作赢得观众的喜爱，累计票房14.95亿元，成为中国影史春节档动画片票房冠军，“熊出没”系列大电影累计票房超过57亿元，成为中国影史首个票房破50亿的系列动画电影。经典动画IP“猪猪侠”在2023年推出第八部系列大电影《新猪猪侠大电影·超级赛车》，紧张而精彩的赛车之旅吸引了观众，在“五一”档拿下超过5000万元的票房，打破中国影史“五一”档冒险片票房纪录。另一部动画IP电影《潜艇总动员：环游地球80天》则在拓展孩子们的视野和知识面上作出了努力。广东动画电影注重原创优质IP，努力讲好中国故事，在第十三届中国国际影视动漫版权保护和贸易博览会粤港澳大湾区动画电影高质量发展论坛上，有10部电影进入“最值得期待动画电影”榜单，有7部电影进入“最值得期待动画电影（系列）”榜单，其中广东参与出品的《雄狮少年2》备受期待，其他上榜的广东优质电影还有《落凡尘》《江豚·风时舞》《山海》《潜艇总动员：环游地球80天》《龙狼记——雪域国魂》《熊出没·逆转时空》《开心超人之时空营救》《新猪猪侠大电影·功夫猪》《喜羊羊与灰太狼大电影9》等。未来将有更多的广东动画电影佳作面世。

纪录电影方面，聚焦疫情防控时期的香港，记录中央援港应急医院建设过程中普通人的故事，见证内地与香港守望相助的《不孤岛》入围第36届金鸡奖最佳纪录/科教片，一同入围的还有讲述广州市少年宫首位特殊人士美术教师阿璞的故事的《无音之乐》；自驾人首部公路纪实纪录电影《消失的丙察察》见证了越野人心中终极穿越路的消失与重生；反映特殊人群教育的《画布上的起跑线》观照“星星的孩子”的成长，以朴实无华的镜头将观众带入“特殊需要儿童”的生活……这些纪录电影的多重影像全景式叙事、视听语言融合创新的纪实性叙事等美学表达，体现了独特的人文关怀价值和启发思考的意义。

（二）电视剧创作

广东电视剧近5年每年取得发行许可证的电视剧约为20部（2023年为20部），稳居全国第4位，约占全国年产量的十分之一；电视动画片产量多年稳居全国第一，约占全国四分之一，每年有70多部作品。

在剧集方面，《外来媳妇本地郎》《七十二家房客》本土情景喜剧继续给广东“街坊”带来欢乐。本年度电视剧创作，在主旋律题材上取得显著成绩。年代剧《珠江人家》开创性地将粤药、粤菜、粤剧等岭南文化元素融入剧情，以陈山河、陈卫、陈立夏三兄妹的分离、寻找、团聚为主线，刻画了他们在波澜壮阔的历史长河中，既可为个人事业全力以赴、不惜涉险，更能牺牲小我、保家卫国、赴汤蹈火，书写岭南人“生生不息”的精神内核。该剧凭借着独特浓郁的岭南风情、感人至深的家国情怀、一波三折的剧情故事、生动鲜活的人物角色、精良唯美的大片制作，向观众呈现了一幅生动形象的“珠江上河图”。《珠江人家》在央视一套黄金档播出期间全集平均收视率2.503%，最高收视率突破3%，成为目前2023年央视一套黄金档收视冠军。现代剧《青春之城》改编自旷达、潘秋婷所编著的《从这里开始》，以深圳这座“梦想之城”为原型，采用四组人物、四条故事线并行的独特结构，讲述不同年龄阶段、不同领域奋斗者自立自强、追逐理想的故事，展现新时代湾区风貌和奋斗者风采。该剧从人与企业、城市的关系入手，描绘湾区奋斗者群像，展现中国科技创新的成果，力图解读深圳成功的密码，视角独特，内容丰富，是现实题材创作的一次有益尝试。

除了宏大叙事的作品，也有“小切口”的现实题材作品。比如通过婚姻生活传达“家人彼此支撑，便能拥有温暖小满生活”理念的《小满生活》。该剧立足现实主义创作手法，在直面买房安居、子女教育、夫妻相处、职场生态等现实问题的同时，始终以轻松、温情的笔触书写人生百态，以真实细腻的情感触动人心，让观众在欣赏美好生活的同时思考珍惜当下，勇敢面对生活的种种挑战，荣获CMG第二届中国电视剧年度盛典“年度优秀电视剧”。再如根据晋江文学城网络小说作者筱露创作的《时光如约》改编的《照亮你》，是一部聚焦消防员职业的现代剧，通过描绘消防员、记者及驯犬师等职业元素，讲述了一个关于十年之约的甜愈系爱情故事。该剧展现了生动的消防场景，塑造了鲜活的消防员形象，并在个人情感和社会责任之间找到了平衡点，丰富了职场爱情剧的内涵，在“TV地标”（2023）电视媒体和网络视听综合实力大型调研中荣获“年度优秀电视剧”。此外，还有大制作的古装历史传奇剧《谯国夫人》，讲述冼夫人一生矢志于反对分裂割据、维护国家统一和民族团结的故事。该剧的制作和播出在张扬地方文化自信上有着一定的积极意义。

在动画系列剧方面，广东动画屡创佳绩，在2023国家广播电视总局公布的季度优秀国产电视动画片中，《百变校巴之太空日记1》《墨公子家族》被评为“第一季度优秀国产电视动画片”；《猪猪侠之超星五灵侠6》《芒果崽——地球实习生（第一季）》被评为“第二季度优秀国产电视动画片”；《赵琳的探险日记》《火火兔（第二季）》《开心超人联盟之勇敢之城2——超人计划》《萌鸡小队5》被评为 “第三季度优秀国产电视动画片”；《猪猪侠之竞速小英雄7》《喜羊羊与灰太狼之羊村守护者之八》被评为“第四季度优秀国产电视动画片”，优秀作品数量排在全国第一。在国家广播电视总局公布的“2023年电视动画重点项目”中，《疾风劲射第一季（下）》被评为2023年电视动画重点项目。此外，在第28届上海电视节“白玉兰绽放”颁奖典礼上，电视动画片《天天成长记》荣获白玉兰组委会“国际传播奖”，该作品讲述中国普通家庭的成长故事，风格清新、治愈，获得各国观众的强烈共鸣和喜爱，目前已译制成英语、法语、日语、西班牙语、葡萄牙语等20多个语种，发行到90多个国家和地区，为中国现实题材动画电视剧参与国际市场，赢得世界观众喜爱，开拓了新思路。

（三）网络影视创作

根据国家广电总局数据，2023年广东网络影视创作取得国产网络剧片发行许可的网络剧有11部、网络电影有38部、网络微短剧有36部、网络动画有51部。

近年网络影视创作整体态势为减量提质、让市场趋于理性，创作的精品意识提高；IP改编剧和现实主义题材逐渐成为创作主流，同时也出现了新兴IP及新型题材的开掘；微短剧发展迅猛，精品化趋势渐显。

在2023年广东网络影视作品中，IP改编作品仍然是重头。改编自天下霸唱《鬼吹灯》系列小说的网络剧《南海归墟》，讲述由胡八一、雪莉杨、王胖子组成的“铁三角”集结，受考古队陈教授之托启程前往珊瑚庙岛，在风暴不断、海难频发的珊瑚螺旋海域，展开了一段探寻归墟之地、寻找秦王照骨镜的惊险旅程。该剧以独特的海底探险题材展示了中国网络剧类型化制作的新突破，为产业更好地结合中国文化元素和现代影视制作技术提供了参考样本。根据沧月小说《朱颜》改编的《玉骨遥》，讲述孤高清冷的空桑太子时影与热情仗义的赤族郡主朱颜因一花之恩结下夙缘，两人相伴相守、共护云荒的故事。该剧除了奇幻爱情之外，融入了家国情怀、侠义精神以及传统审美元素，收获了一定的认可度，在“TV地标”（2023）电视媒体和网络视听综合实力大型调研中荣获“年度优秀改编剧本”；出海后，在泰国最大门户网站Sanook所举办的“2023年度最佳华语剧集”中荣获“第一名”。根据桐华的同名小说改编的《长相思》（第一季）以源远流长的中华民族上古神话为蓝本进行合理的艺术想象和创新创作，在发扬中华文化中血性、温暖、情义、慷慨等闪光点的基础上，打造东方古典神话体系，受到了市场的欢迎，首播当天，该剧以超过25%的市场占有率成为灯塔全网剧集正片播放市占率榜的第一名，播放期间市占率为20.04%，播放量超过5.73亿，在各大平台和指标上屡创纪录，成为2023年最热门的电视剧之一，获得“TV地标”（2023）电视媒体和网络视听综合实力大型调研榜单“年度优秀电视剧”，入选国家广播电视总局2023年第三季度优秀网络视听作品、2023年度优秀网络剧，以及国家广播电视总局《2023中国剧集精选》。改编自李薄茧的同名小说的《九义人》，讲述少女蔺如兰不顾挚友孟宛的反对，赌上自己的名节状告绣楼主人吴廉“奸污”，最终状告不成，自尽以证清白，而孟宛卧薪尝胆七年，集结与如兰案有千丝万缕联系的刘薪等人一起组成“九义人”谋定翻案的故事。该剧以借古鉴今的现实意义和别具匠心的叙事结构赢得了口碑，入选国家广播电视总局2023年第四季度优秀网络视听作品、2023年度优秀网络视听作品中“优秀网络剧”。

除了上述剧集，网络电影、网络动画以及微短剧在本年度也创出了佳绩。在网络电影创作上，主旋律题材影片《红色特工》讲述我地下党员林希在辽沈战役中冒着重重危险与困难，传递重要军事情报的故事。作品融合潜伏、动作、战争等诸多元素，制作精良，是主旋律网络电影创作的一次有益尝试。该片入选国家广播电视总局2023年第三季度优秀网络视听作品、2023年度优秀网络电影。2023年立项的网络电影《冲锋》，以中国人民志愿军首位“特级英雄”杨根思为原型进行创作，讲述抗美援朝期间，杨根思率领三连开拔长津湖，在小高岭击退美军陆战一师八轮进攻，最终在弹药耗尽、血战至全连仅剩两名伤员的情况下，杨根思抱起最后的炸药包发起冲锋，用鲜血和生命保卫阵地的故事。该项目同时入选“2023年度电视剧引导扶持专项资金”及“深入生活、扎根人民”2个扶持项目名单，为重点影片。在网络动画方面，《画江湖之不良人》以五代十国为历史背景，围绕唐代从事侦缉捕盗职务的官差“不良人”组织所隐匿起来的太宗龙泉宝藏展开叙事，演绎了一段乱世群雄仗剑江湖的武侠传奇。本年度推出的第六季以精良的制作创下该系列动画的观众最高评分，入选国家广播电视总局2023年第二季度优秀网络视听作品、2023年度优秀网络动画。此外，网络动画片《岭南新语》入选“2023年中国经典民间故事动漫创作工程（网络动画片）”重点扶持项目。在微短剧创作上，民国悬疑爱情题材的《招惹》以小体量剧集涵盖言情、复仇、悬疑、家国情怀等丰富的内容，用差异化、特色化设定以及较为讲究的审美创意从竞争激烈的微短剧市场脱颖而出，取得不错的票房成绩和口碑表现，入选国家广播电视总局2023年第二季度优秀网络视听作品。另一部系列微短剧《志》以“学习二十大、永远跟党走、奋进新征程”为主题，采用“跨时空对话”的方式，营造当代青年与团一大五位执委高君宇、施存统、张太雷、蔡和森、俞秀松在团一大纪念馆等红色史迹点相遇的场景，通过青年与革命先辈跨时空对话的剧情形式，寻找当代青少年和百年前青年先锋的共鸣。该剧入选国家广播电视总局2023年第一季度优秀网络视听作品以及2023年度优秀微短剧。

二、特点与发展态势

近年来，广东省高度重视文艺创作生产，树立“精品立省”的理念，在政策、资金、人才等方面都有大力扶持，文艺工作者备受鼓舞，努力追求精品创作。在影视创作领域集中体现为深挖本土题材，表现时代生活；守正创新，焕发传统之美；勇于探索艺术形式表达，拓展边界，体现时代审美的特点。

（一）锻造本土现实主义精品

2023年的影视创作深耕本土题材，打造精品，涌现了一批表现岭南文化特色，引起热烈反响的作品。在电影方面，有悬疑谍战片《暴风》，这是一部挖掘本土红色题材的作品，影片讲述了20世纪30年代中央红色交通线上汕头绝密交通站的故事。该片加入了大量的岭南文化元素，重现了汕头“百载商埠、楼船万国”的历史风貌以及工夫茶、英歌舞等汕头特色民俗文化，赋予了作品浓厚的潮汕风情。还有讲述华侨家族的百年漂泊史，呈现老一辈华人华侨背井离乡的辛酸和爱国爱乡的情怀的《故园飘梦》。该片大量展现江门、台山的侨乡民俗文化，比如国家级非遗台山浮石飘色、广东音乐、台山排球等，还把当地的特色建筑和美食等搬上大银幕，让观众感受侨乡景观和文化之美。在电视剧方面，创作者们扎根现实，深入生活，用现实主义手法讲述一个又一个中国好故事。比如描写新时代湾区风貌和奋斗者风采的《青春之城》，该剧以四组人物、四条故事线并行的独特结构，通过创业、商战、民生等多视角展现了不同年龄、不同行业奋斗者的追梦之路，用他们的精彩故事塑造大湾区创业者群像，描绘科技创新背景下，年轻人与年轻城市的成长。此外，还有《小满生活》《照亮你》等通过平民视角书写时代发展，在生活百态中探讨人性真善美的现实主义作品。

现实主义传统是广东影视创作的一大特色。在这一年的作品，创作者们积极地寻求内容突破和题材创新，创作出更加优质的现实主义作品，获得了良好的口碑和热烈的市场反响。其中最有代表性的是电视剧《珠江人家》。该剧讲述了1927年至1950年间，陈家三兄妹在粤药、粤菜、粤剧领域不断学习成长，积极投身革命的同时不断挽救和传承传统文化的故事。这部电视剧的成功主要在于它在年代剧创作上的叙事创新。

第一，剧作对传统叙事结构进行了创造性转化。《珠江人家》所设置的“三兄妹”借鉴了传统的“三兄弟”类型叙事结构。“三兄弟”结构是一种传统的结构模式，在“阿尔奈—汤普森体系”关于民间故事的类型及母题归类中，对这一类型有详细的解说，[①]这一结构存在于古今中外各种叙事作品之中，最为典型的即是“铁三角”之类的故事。在现代艺术的影视创作中，“三兄弟”结构与蒙太奇艺术表现契合度高，因此也是常见的叙事结构，很多作品中都有“铁三角”结构，比如《天龙八部》《伪装者》《人世间》等。在这些影视剧中，“三兄弟”形成三线交融的叙事，多视角丰富了故事的内容，可以实现多层面、多角度地刻画人物、反映时代、呈现生活。《珠江人间》运用了这一传统类型叙事，并进行了创造性转换，剧作将“三兄弟”改为“三兄妹”，女性视角的加入，让故事的社会结构更为完整，一定程度上体现了现代意识；更为精巧的设置是，将三条叙事线分别与粤药、粤菜、粤剧结合，文化内涵凸显。剧作以陈家三兄妹的成长，结合张弛有度的蒙太奇艺术手法，将故事线有机衔接起来，各条叙事线时而平行，时而交织，描绘出一幅横跨20多年的波澜壮阔的革命历史图谱以及岭南风情画卷。

第二，剧作实现了宏大叙事与日常叙事的有机融合。《珠江人家》的时代背景是国民革命与抗日战争，以一家之聚散、家庭成员之成长阐释了个人命运与国家命运之关联、个人成长与文化传承的实现，谱写了一曲岭南文化与国家、民族命运交织的史诗。该剧的主题是宏大的，故事的内容是日常化、生活化的。剧作将重大历史事件与人物的日常世俗生活结合，实现了主流叙事与平民化叙事的结合，“大叙事”与“小生活”对接融合。“小生活”散发着浓厚的人伦亲情，陈氏三兄妹行医制药、烹饪、粤剧表演的日常组成了广州生活图景，戏坊、菜舫、药坊，敬修堂跌打万花油、陈李济乌鸡白凤丸、王老吉凉茶、白切鸡等呈现了鲜活的生活场景，剧中的镬气即是烟火气；三水芦苞胥江祖庙、骑楼、镬耳楼、“驷马拖车”糅合西式洋楼的潮汕祖屋、大榕树、荔枝、芭蕉等展示岭南水乡的神韵……种种世俗化的情境有助于观众感知剧中人物在国家内忧外患、风雨飘摇的危难之际，坚守大义、守护家国的赤子之心，认同主流价值观。宏大叙事与日常生活叙事，二

① ［美］斯蒂·汤普森：《世界民间故事分类学》，上海文艺出版社，1991，第564页。

者相辅相成，完成故事的构建与价值的表达。

第三，以现代意识观照历史。该剧把历史意识与现代意识融会在一起，以现代人的眼光、思想、感情去烛照历史、消化历史，让故事和人物所传达出来的意义和精神突破时空的限定，与当下观众的认知实现对接。这些主要表现在人物刻画上，《珠江人家》将个性化、人性化作为审美尺度，力图将每一个人物塑造得鲜活、立体，且具有其鲜明的人物特色。对于三兄妹的塑造，着力于他们的变化与成长，通过面对困难和挑战，寻求改变与救赎，这种人性的成长和转变带给观众希望和启示，它的意义已不仅仅是让人看到一个个“历史中的人”，而是让人观察到人性具有进步的可能。除此之外，这部剧还采用了对比方式，对人的本性展开更深层次的探讨，比如陈山河与三国有喜，两人的斗智分明地体现出两个不同文化背景下生长的人的不同人格及价值取向，一种是中国人以家国为本位的道德取向，另一种则是以个人为本位的道德取向；再如陈山河与邝庆奎都被讽刺为“狐狸”，然而两人在面对困境时所做出的截然不同的选择，深刻地揭示了人性的多样性和复杂性，也反映出不同的价值观、欲望与道德观念之间的碰撞，令人深思。

可以说，《珠江人家》将家国情怀、人间烟火、地域特色文化熔为一炉，以创新性的审美表达连接当代观众的心灵，为传统类型打开了新的叙事空间，因此能够取得收视佳绩，成为粤派电视剧的新晋代表。

（二）焕发传统文化魅力

中华优秀传统文化为影视创作提供了丰富的精神滋养、素材资源，也是构成作品优质内容和形成独特美学风格的重要元素。广东影视创作注重将传统文化基因融入时代脉搏，以影像追寻中华民族的历史来路，挖掘中华美学精神的独特意蕴，为赓续中华文脉、推动中华优秀传统文化创造性转化和创新性发展做出有益尝试。2023年多部影视作品从中华优秀传统文化中发掘素材和灵感，经过了影视创作的演绎，文化资源转化为守正创新的能量，焕发耀眼魅力，在观众心中激起了强烈的民族自豪感和文化认同感。比如电视剧《珠江人家》，之所以能在央视电视剧黄金档脱颖而出，其中很重要的原因就是故事中所承载的中华文明智慧和以“家”“亲情”为标识的中国式情感，引发了广大观众的共情共鸣。

影视创作对中华传统文化的传承，不仅是实现情感共振、心灵共鸣，还需努力在这个过程中不断巩固文化主体性，凝聚中华民族的身份认同。在创作上的主要反映即是对中华美学精神的传承。影视创作通过对中华民族独特的审美意识和审美表达方式的传承，以富含传统美学的艺术形式让观众感悟故事的内在意蕴，引发对生命、历史和宇宙的思考和探寻。这些主要体现在追求国风美学的电视剧创作上。比如古装剧集《玉骨遥》《长相思》，两部剧都大量地融入了传统文化元素。《玉骨遥》以架空的云荒大陆为叙事空间，其中的空间、人物设定与中国奇幻文学的经典传世之作《山海经》有着重要的联系，在视听呈现上充分运用东方文化元素，剧中的云荒大陆即是《山海经》中的荒远之地，仙山“九嶷山”出自《山海经・海内经》，冰族的“十巫”出自《山海经・大荒西经》，九嶷山、鲛人集市、赤族部落等各种场景对应着中国水墨风格、异族风情、大漠风光等东方审美；故事的精神内核有护佑苍生的家国大义、快意恩仇的侠义情怀，剧中人物体现着传统文化中的真善美与牺牲精神，传递了正义、平等、奋斗的价值理念，整部剧通过寄情于景、融景于物，将东方美学与哲学渗透于人物的行为与故事推进中，以古今虚实之交错打通与当代观众情感同频、价值共振的连接。《长相思》也是以《山海经》为建构故事的基础，人物源自《山海经》中的神话原型，玱玹的原型是传说中“五帝”之一的颛顼、涂山璟的原型是奇兽青丘九尾狐，相柳是具有九头蛇身的凶神，女主角小夭是轩辕妭和蚩尤的女儿，无一不是有着鲜明的东方文化印记。这部剧构建了一个天下三分、跨越百年的世界，讲述流落大荒的皓翎王姬小夭历经百年颠沛流离，在清水镇改头换面，成为悬壶济世的医师玟小六，与玱玹、涂山璟、相柳等人发生的一系列故事，围绕亲情、爱情、友情，谱写了一首荡气回肠的相思曲。该剧以精细、考究的服化道创造了玄幻仙侠剧国风审美的新高度，有效地将风格迥异的部落统一于中华传统审美，展现多彩的中国风韵；在情感传达上，剧作跳出古装剧“甜宠爱情”的窠臼，而是表现友情、亲情、家国情，传承忠孝仁义的传统美德，传达修身、齐家、治国、平天下的美好愿景等中华民族的主流价值观。这些剧作努力将传统文化元素融入故事，让中华优秀传统文化在大众文艺作品中找到价值依归和精神向度，其精品化的思维和鲜明的审美价值、思想价值取向是影视创作的方向。

（三）拓展经典IP的表达

经典IP的影视化开发推动了影视创作的发展，在跨媒介叙事的改编中呈现出多元、主动的态势，成为取得票房和收视的重要因素。

2023年广东影视创作在拓展经典IP的表达上主要体现在以下两方面：

第一是同一个IP有不同艺术表现形式，其中最有代表性的是“冼夫人”这个文化IP。冼夫人是六世纪岭南俚人的著名领袖，历事梁、陈、隋三朝，一生致力于国家统一和民族团结，保障岭南地区安定，因其功勋被隋文帝册封为谯国夫人，百姓尊奉为“岭南圣母”，周恩来总理称赞她为“中国巾帼英雄第一人”。冼夫人身上体现着以民族大义为重，致力于维护国家统一和民族团结，以及关注民生福祉，积极推动社会进步和文化繁荣等优秀品质，对于当今社会的和谐稳定与发展进步具有重要意义。这个文化IP的文艺创作则是深入挖掘冼夫人故事中的时代价值，让人们从中汲取智慧和力量，为铸牢中华民族共同体意识提供了精神支撑。

2023年冼夫人IP的影视作品有电视剧和电影，片名皆为《谯国夫人》。两部作品都是讲述冼夫人一生矢志于反对分裂割据、维护国家统一和民族团结的故事。电视剧《谯国夫人》是一部古装历史传奇剧，在立足基本史实的基础上，以“仁义”为主线，以民族融合、国家统一为内核展开叙事，并有意借鉴古装传奇偶像剧的表达，较为立体而形象地刻画了一千多年前的历史风云人物形象。电影《谯国夫人》是一部粤剧电影，影片开场便让冼英面对关系到部族乃至整个岭南生死存亡的关键抉择：大将韦洸带领隋军与之对垒，晋王杨广奉命带着陈后主给冼夫人的信件和犀杖前来劝说冼夫人归附隋朝，而另一边厢却是王仲宣决定杀掉杨广毁掉密谈。在进退生死之际，影片采用倒叙将往事一一呈现：与冯宝相识相恋到排除阻碍联姻；以仁爱为施政原则，秉公持正推行仁政，收服各个部族乃至改造俚族；置崖州，收复开发海南；倾力协助平叛侯景之乱，结识、力挺陈霸先建立陈朝。前半生的梳理为主人公最后的选择给予了充足的理由，同时也帮助观众更好地理解并支持她的选择。该片充分利用电影蒙太奇语言，突破戏曲舞台单一空间的限制，将粤剧舒缓优雅的戏剧节奏与电影的蒙太奇叙事节奏融合，多维度讲述一个惊心动魄的故事；在视觉艺术上，运用高科技电影技术及数字特效还原恢宏的战争气势和唯美的岭南风情，体现了电影的魅力。可以说，电影《谯国夫人》在处理电影语汇与戏曲审美的相互关系上所做出的多种探索，着力以电影为载体焕发传统文化的时代魅力，体现了广东电影创作的创新精神，是继《白蛇传·情》《南越宫词》之后，广东创新探索戏曲电影创作，以电影的传播实现对中华传统戏曲文化的挖掘和阐发，用“粤剧+电影”的方式讲好中国故事的又一力作。

第二是系列动画片在题材内容和技术上的不断创新。多年来，广东动画影视创作生产领先全国，诞生了众多动画经典IP，如“喜羊羊”“熊出没”“猪猪侠”“开心超人”等，这些IP在电影改编上有着长足效应，至2023年已经上映九部《熊出没》、八部《喜羊羊与灰太狼》、八部《猪猪侠》系列电影，产生了广泛的社会影响，也收获了一定的市场，取得了不错的成绩。除了良好的政策引领、广阔的电影市场和先进的电影科技等优势外，广东动画电影创作者守正创新，不断开拓艺术表达边界也是广东动画电影保持高质量发展的关键。在2023年的作品中，最有代表性的是《熊出没·伴我“熊芯”》。

“熊出没”系列电影一开始定位为“合家欢”风格，2014年至2023年推出九部电影，角色不断成长，主题不断变化，剧情各不相同，但是，无论怎么讲故事，熊大、熊二和光头强的“铁三角”人物关系没变，欢乐、亲情、友情、家庭以及爱等故事内核始终没变，这是家长和孩子愿意“追随”的重要原因。同时，创作者又不断在题材内容和技术上寻求突破，每一年献上一个体现时代特色的新故事。2023年上映的《熊出没·伴我“熊芯”》紧跟潮流，引入了当下火热的人工智能，讲述熊大、熊二和光头强卷入了“铁甲怪”抢劫团的绑架事件，因当年被妈妈抛弃而无法释怀的熊大，冒险途中认出白熊就是妈妈，在与反派的斗争中逐渐了解当年的真相，最终母子和解的故事。在主题表达上，影片将智能机器人和“母爱”主题结合在一起，将智能机器人“熊妈妈”对熊大、熊二的感情描写得感人肺腑，达到了“合家欢”的标准；在艺术表现及制作方面，影片将真实世界信息和虚拟世界技术用到了故事情节的营造上、人物形象的塑造上，满足了基于现实又超越现实的艺术想象，满足了现代观众对视听表达的新需求，而离奇的设定对于传统叙述元素的颠覆，让观众在更具表现力的故事中反思和警惕人工智能等技术超载带来的社会伦理问题。该系列电影的创作，不断寻求成年观众和儿童观众审美需求的平衡，努力创作出既让儿童看得懂，也给成年人留下了足够思考空间的作品。灯塔数据显示，《熊出没·伴我“熊芯”》上映期间，选择“想看”这部电影的观众中，30—39岁的观众占据近半数，其中一部分来源于陪孩子观看的家长，另一部分则是独立的成年观众，说明这部电影已不仅仅是适合春节档的“合家欢”电影，其受众圈层正在不断扩大，实现了票房和口碑的双重“出圈”。

可以说，《熊出没·伴我“熊芯”》在主题表达、叙事张力生产和类型营造等方面所展开的新的拓展，虽有借鉴同题材电影的痕迹，但对于中国动画电影而言，是实现了一定程度上的突破。

（四）探索艺术表达空间

优秀的影视剧作品在内容、题材、人物上不断更新和创新，创作既注重时代内涵，又有艺术个性的作品才能获得观众的认可。作为影视创作主体，要寻求和尝试突破和创新，以新颖和独特的角度展开叙事，在文艺作品中充分融合艺术性与真实性，在细节上突破创新，创作出优质的内容，获得广泛的接受，从而真正实现影视作品的内容价值。2023年广东影视创作在艺术表达上的探索也是非常显著的，如《不能流泪的悲伤》关注到阿尔茨海默病题材，大胆地和青春片多类型融合；《暗杀风暴》用“港式警匪片＋内地悬疑IP”的全新尝试以快节奏的剧情、猜不透的谜底拍出了类型片的新意。这些影片，不同于传统戏剧性结构与表达方式的创作，为观众带来了具有差异性的观影感受，为电影的多元化表达提供了新的思路。这一年的广东影视作品中，在突破传统叙事、探索艺术构思新路径方面表现最为突出的是网络剧《九义人》。

《九义人》是一部古装悬疑剧，较之传统的古装题材剧，该剧在艺术表达上进行了大胆的尝试，实现了全新的突破。首先，在叙事结构上，该剧创造了上下阕叙事，上阕七年前的故事以蔺如兰的命运为线，下阕七年后的故事以“九义人”为如兰复仇翻案的行动为轴，两条时间线同时推进剧情发展。在时光交替中，人物性格、身份都发生着翻天覆地的逆转，从七年前冤案的“虐”，到七年后翻案的“爽”，观众追剧的情绪随着剧情紧张的节奏跌宕起伏。同时，上下阕之间不断进行对照、呼应，上阕（七年前）人物所实施的行为在下阕（七年后）会产生相应的结果，下阕（七年后）所展示出来的疑点和悬念又会在上阕（七年前）得到答案，双线交织析出冤案完整脉络，整体故事线索逐步清晰、明了。这种双线交替叙事，在故事线各自独立表达的同时保证完整故事的呈现，在相互映衬中“设疑”“解题”并行，打破常规叙事模式，拓展了艺术表达空间，令人耳目一新，带来独特的观赏体验。其次，在主题意蕴和思想内涵的表达上，该剧超越了故事所处时代背景，体现了一定的现代意识和现实意义。一方面，剧中正义与邪恶的拉锯战展现人性的光亮与黑暗，通过九义人联手“复仇”的故事传达微光聚力，众人拾柴火焰高，正义终将战胜邪恶的观念；另一方面，剧中人物的处境也会引发反思，比如受害者蔺如兰遭受众人的口诛笔伐，与当今社会网络暴力中“受害者有罪论”如出一辙；剧中底层人尤其几位女性所面临的困境在一定程度上折射现代人的困境，同时，故事所传达的对公平与正义的追求也有着借古鉴今、观照现实的意义。

三、存在的不足

2023年广东的影视作品在品质和传播力上较之往年有较大的进步，但仍然存在一些不足，有待改进。

比较突出的问题是有的创作者停留在自己创作的舒适区，习惯性陷入陈旧套路之中。比如口碑、票房双失败的电影《暴风》，作为谍战片的核心要素是“谍”与“战”，主人公作为“谍”的身份危机以及他与各方势力的角力是最应该浓墨重彩着力表现的，但在《暴风》中，男主角陈家栋的“身份危机”没有得到有效建立，“谍之战”更没有很好地体现，故事较多挪用香港黑帮片、枪战片的套路，谍战变成枪炮大战式的暴力宣泄。这说明对于20世纪30年代国共之间的谍战，在创作者的构思中等同于两个帮派的斗争，两个对立主角的核心诉求变成江湖身份及江湖情感的确认，完全偏离了这个故事原初的主旨。这部电影的失利透露一个问题，即部分香港电影人对内地历史缺乏理解，习惯以解构或戏说的方式去讲述历史，对于革命题材更是严重“水土不服”。另一部套路比较明显的作品是电影《断网》，这部作品尝试把动作元素放入网络世界，在网络世界里呈现犯罪过程，但整体叙事陷入“类型片”公式化窠臼，作为警匪题材，缺乏足够的情节支撑，故事让位于视觉呈现，然而视觉效果并未有惊艳之处；作为科幻题材，缺乏对于人与科技之间关系的探讨与反思，没有了深度与厚度。其实套路并非一无是处，最流行的套路是经过多年总结出来的有效手段，能较快地吸引观众的眼球。影视创作运用一些套路是可以的，但是如果不对题材加以甄别、深入挖掘，直接套用驾轻就熟的模式化制作，追求迅速变现赚快钱，必然走向烂俗。创作者若长期停留在套路舒适区，将有可能丧失创作的能力。

同样出现“水土不服”情形的作品，还有电视剧《珠江人家》。这部剧虽然在央视播出取得了不错的成绩，但播出后也出现了争议，尤其在广东卫视播出时的收视远远不如在央视播出的收视，被本地观众大量吐槽。最大的质疑在于剧作是否真正展现了广东特色，批评者认为，男主角带着东北口音的普通话以及各种不像广东人的行为举止，令人物形象的塑造毫无说服力，粤语版的配音生硬而缺乏变化；关于文化的部分，没有充分展示粤菜的美味、粤剧的动听以及中医的博大精深，没能真正展示出广东的特色文化。批评的意见大部分是中肯的，这部剧从很大程度上来说，更像一部以广东文化为“壳”，拍给北方观众看的电视剧，其整体的审美趣味是迎合北方观众的。《珠江人家》无法做到像同样是反映地域文化的《繁花》那样“出圈”，对地域文化理解程度的不同以及艺术表达的差异是重要原因。地域文化是经过土地滋养、文化沉淀所形成的一种风格，具有相对稳定性，一些明显的标志能被观众一眼识别，这些标志即文化元素。创作关于地域文化的影视剧，文化元素的加入不可缺少，但仅仅表现在文化元素这一层面，是远远不够的，更重要的是当地人文化品格、人文气质的表现，通过典型人物的精神气韵传递地域文化的精髓，从而展现地域独特的形象。在这一方面，广东影视创作者还需继续努力。

除了上述两部作品，其他作品也有不足，比如电视剧《小满生活》，经历换角风波、重新补拍，制作周期拉长，故事所聚焦的二胎话题过时，再加上剧情被改动，矛盾冲突削弱，整体品质未达到预期。另外还有一些作品在叙事逻辑性、情节合理性上有所欠缺，细节刻画不到位，甚至出现为了某种效果牺牲正常生活状态的情况，故事变得“悬浮”。这些集中反映出在现实主义创作方面存在短板和不足，影视创作者还需提升创作水平，尊重艺术创作规律，从广度和深度两个方面关注现实，挖掘、提炼素材，把握艺术真实与生活真实，在反映现实的基础上提升作品的精神高度，加强内容表现和人物刻画的同时，熟练运用具时代精神的中国审美特征表达，创作出社会效益、经济效益双赢的精品佳作。

四、未来的发展

2023年对于影视行业而言是变革与机遇并存的一年，广东影视创作呈现出行业复苏后的多元化与创新性，对于未来的发展更是满怀期待。

未来几年，广东影视创作将继续以打造精品为追求，建立具有广东特色的精品创作生产体系，重点从两方面展开：一是利用大湾区优势，挖掘本土题材。随着粤港澳大湾区建设的不断推进，大湾区影视工作者深入交流合作，充分发挥各自优势，取长补短，从地理优势挖掘题材资源，将大湾区文化向外延伸，吸引更多的优质资源，拓展空间和市场潜力，创造更多优质内容。2023年广东设立了文艺精品创作扶持专项资金，影视创作是重点扶持之一。不少创作已进入筹拍阶段，如电影《克什米尔公主号》《三水女儿·红头巾》、电视剧《濠江潮涌》《珠江人家2》《钦差大臣林则徐》等。二是动画领域创新求变。作为中国动漫的发祥地之一，广东在动画领域拥有丰厚的文化资源和独特的产业优势。从以传统的低幼题材为主，经过《俑之城》《雄狮少年》的探索，广东动画已朝着“青年向”“合家欢”、现实主义等多元题材开拓创作空间。2023年粤港澳大湾区动画电影高质量发展论坛发布的“最值得期待动画电影”和“最值得期待动画电影（系列）”两大榜单中，《落凡尘》《时间之子》《混世之王：大圣崛起》《请吃红小豆吧！红与绿》《江豚·风时舞》《火凤重天》《白素贞》《山海》《一禅》《龙狼记——雪域国魂》入选“最值得期待动画电影”，《熊出没·逆转时空》《雄狮少年2》《新猪猪侠大电影·功夫猪》《开心超人之时空营救》《潜艇总动员：环游地球80天》《喜羊羊与灰太狼大电影9》《老鹰抓小鸡2》则荣登“最值得期待动画电影（系列）”榜单，这些作品涵盖中国古典神话、民间传说、民俗文化、历史事件、现实主义、科幻等多种题材，将成为广东动画长足发展的续章。

近几年，随着网络技术的快速发展和流媒体平台的崛起，微短剧快速发展，三年疫情对于影视行业的冲击，也令影视公司转向制作成本低、变现快的微短剧生产。据第十一届中国网络视听大会上发布的《中国网络视听发展研究报告（2024）》显示，2023年重点网络微短剧上线量翻倍，微短剧用户黏性快速增长，四成用户经常看、三成用户曾付费。中国互联网络信息中心发布的第52次《中国互联网络发展状况统计报告》指出，截至2023年6月，国内短视频用户规模约为10.26亿人，占网民整体的95.2%。网络微短剧在2023年呈爆发式增长，一方面，其成为影视领域新兴开发的热土，另一方面，其艺术性差、审美低俗的问题凸显，网络微短剧创作与制作迭代升级，实现从野蛮生长到主流化、精品化的转型成为行业发展的重要问题。在广东，据统计，全省与微短剧相关企业达1.74万家，企业数量、产能均居全国前列，微短剧已成为广东影视领域一条重要的赛道。微短剧的精品化、专业化、产业化，将是广东网络微短剧行业探索高质量发展的必经之路。

（本章撰写：易文翔，广东省文艺研究所副研究员）

第十章
网络文学：在多元、跨界、互动中发展

2023年以来，在习近平文化思想的指导和引领下，广东网络文学作为广东省文化事业和文化产业新质生产力的重要代表，坚持以人民为中心的创作导向，开拓创作领域，不论是在传统网络文学，或是在网络文学的现实题材创作，还是在新兴的微短剧领域和海外传播的板块，都展现出足够的创作热情，在坚定文化自信、繁荣社会主义文学事业中取得了有目共睹的成绩，彰显岭南文学原创力的勃勃生机。

本章主要从广东网络文学概貌、传统网络文学、现实主义题材创作，以及微短剧、海外传播和重点作品盘点等诸多板块，来展现广东网络文学在2023年的自我迭代和创新方向，总结归纳其闪光之处以及后续有待加强的环节。

一、网络文学概貌

2023年，我国网络文学产业呈现出增长的势头，根据《2023年中国网络文学发展研究报告》等相关报道，我国网络文学受到精品化、IP转化提速、全球化等趋势推动，进一步呈现出创造性转化、创新性发展新格局。

中国互联网络信息中心（CNNIC）发布的第52次《中国互联网络发展状况统计报告》显示，截至2023年6月，我国网民规模达10.79亿人，较2022年12月增长1109万人，互联网普及率达76.4%。其中，网络文学用户规模达到5.37亿人，达到历史最高水平；较2022年12月增长3592万，占网民整体的49.0%。网络文学的社会影响力持续增强。

而对于我省网络文学来讲，也同样在精品化、IP转化、海外传播方面开启了新的征程，整体生态呈现了新的格局和发展生态。

在传统网络文学订阅向的领域，我省的网络作家在整体上保持了稳健的势头，并且在时隔两年之后，再次有广东网络作家季越人跻身起点“十二天王”榜单，不放心油条、我吃麻辣烫、六月观主、修道的方丈等也皆取得了不俗的成绩；而在现实题材的创作里，荆泽晓、三生三笑、傅九等人承续2022年的势头，再接再厉，在2023年都取得了不俗的成绩，其中风晓樱寒获得第五届茅盾新人奖网络文学奖提名奖；新兴的微短剧，丛林狼等人勇于尝试，投身微短剧的创作，其他网络作者也在IP改编方面，如微短剧、网剧、漫画、有声及实体出版等方面都颇有斩获；其中有一部分作者更是实现了海外传播，受到了海外的读者的喜爱和追捧。

二、网络文学传统领域的新生

在传统网络文学也就是订阅向的创作方面，过往的网络作家，各个年代的代表性作家，诸如男频的玄雨、了了一生、齐佩甲，女频的艾兮兮等，都仍然在坚持不懈地创作，除了这些笔耕不辍的先行者，新生代创作者的崛起也呈现十分可喜的态势。

其中大学在读的季越人晋升起点“十二天王”，可以说是去年广东传统网络文学订阅向里最为耀眼的新星。季越人的崛起并不是特例，从丛林狼、风清扬等广东网络作家入选“十二天王”光芒四射开始，到齐佩甲、寒门在2017年入选年度“十二天王”榜的星光灿烂，再到2020年柳暗花又明的入选，紧接2021年入选年度“十二天王”榜的听日，再到2023年的季越人；长期霸占飞卢天榜前五名的修道的方丈，2023年的新书也再一次冲至飞卢天榜第四；在新媒体创作的分类里，作家梁少也同样硕果累累，仅2023年的短剧改编，上线24小时充值就突破2000万元。

此外，梵缺的仙剑类小说《仙骄》获得阅文女神主题一等奖；香吉士的《炽情难灭》获得“古籍活化，传承书香”联合征文活动优秀奖；以不放心油条、我吃麻辣烫、六月观主等为代表的网络作家，也在不断寻找突破自我的契机，2023年，同样也取得了许多可喜可贺的成绩。

三、网络文学中现实题材的创作

广东省作协、广东省网络作协一直大力扶持现实题材创作，把满足人民文化需求、增强人民精神力量、促进人民精神富足作为网络文学和工作的出发点和落脚点，把高产量提升到高质量，把大流量转化为正能量。

在现实题材创作方面，荆泽晓的《炽热月光》获得了阅文集团第七届现实题材网络文学征文大赛二等奖、“阅见非遗”首届征文比赛银奖，入选中宣部“学习强国”平台优秀网络文学年展，入选中共广州市委宣传部2023年度广州市文艺精品扶持项目，创作中的现实题材小说《美味关系》，入选2023年度广州市文联“文学广州”重点作品项目；聂怡颖的《粤食记》获得中国（青海）网络文学作品大赛“女娲奖”、《逾鸿沟》入选中国作家协会网络文学重点扶持项目；傅九的《越界招惹》获得第十二届深圳青年文学奖，2023年8月入选2022年上海市促进文化创意产业发展财政扶持资金支持项目。

四、网络文学的改编和海外传播

在IP改编方面，广东作家梁少在神起中文网发表的《镇国神婿》因其深受各渠道、平台读者的喜爱，在有声、漫画、动态漫画等领域都完成了改编，2024年3月前，《镇国神婿》再传佳绩，不但完成了微短剧改编并上线，而且上线之后24小时充值突破2000万元；了了一生的《非凡特工》同名小说改编的短剧，由九州传媒制作，目前已完成制作161集，各大平台正在热播，其同名小说改编的网络剧《妙手》，由张挺担任总导演，黄宗泽、张艺上领衔主演，王瑞昌、孙耀琦、易大千、包上恩主演，梁冠华特别出演，这部民国传奇情感剧总二十集，目前在优酷上独播。

荆泽晓的科幻长篇《不朽》在2023年由江苏凤凰出版社出版；淡紫在桃花文学发表的226万字小说《她藏起孕肚离婚，总裁找疯了》、莜莜紫在疯读小说平台发表的100万字小说《她藏起三月孕肚离婚，总裁慌了》都实现了有声改编；而傅九在阅文集团云起书院发表的《越界招惹》《与狼共眠》《在苏哥哥怀里撒个野》全部完成了有声改编，其中《越界招惹》完成了实体出版和漫画改编；三生三笑的《粤食记》也完成了实体出版；炫光超佛帝在起点中文网发表的《斗罗之我的老婆是银龙王》、马大宝贵在番茄小说网发表的《紫鼎仙缘》《诡鼎》也完成改编。

在网文出海方面，广东作者胭脂水在掌阅发布的小说《思无邪》，在越南truyen网站深受读者的喜爱和欢迎，2023年底，进入truyen网站的新书付费阅读榜前十，在越南truyen网站，《思无邪》的付费阅读用户已经超过23万；而傅九在阅文集团云起书院发表的《越界招惹》《与狼共眠》《在苏哥哥怀里撒个野》，桃灼灼在桃乐文学平台发表的《闪婚后，发现老公是亿万富豪》，莜莜紫在疯读小说平台发表的《她藏起三月孕肚离婚，总裁慌了》也同样实现了出海。值得一提的是由堇年编剧的《Forbidden Desires：Alpha's Love》不单在九州的短视频平台深受观众追捧，也同样实现了海外传播。

五、年度重点作品盘点

对于年度重点作品的盘点，历来都是尽可能地选取一些有代表性的作品来重点介绍与评述。而因为网络文学载体平台和受众的特殊性，有一部分作品，从开始连载到完结，经历了跨年的时间长度，在作品的盘点里，相对比较优秀的跨年作品，仍会考虑列入其中。

A. 现实题材作品

《炽热月光》，作者：荆泽晓，发表平台：起点中文。

荆泽晓，著有《巨浪！巨浪！》《炽热月光》等作品，《巨浪！巨浪》获得了阅文集团第六届现实题材网络文学征文大赛二等奖、“阅见非遗”银奖等多项荣誉，入选中宣部“学习强国”平台优秀网络文学作品推荐。

《炽热月光》讲述五个从“70后”到“90后”、处于不同年龄阶段的女性，因醒狮文化而相遇，触发这五个家庭条件不同、生长环境不同、人生抱负也不同的女性成长的故事。她们各自有着不同的出身与际遇，而同时陷入了各自的人生危机，包括家人健康危机、事业危机、婚姻危机等，但她们并没有因此消沉，而是勇敢担负起自己在职场、家庭、社会中的责任，互相鼓励、彼此成就。

整个故事底色是岭南醒狮文化，南狮不分公母，“举起狮头，便是雄狮”，素来被认为是“有魂魄”的舞狮。小说中的人物不论贫贱或富贵，都相依相守，她们在醒狮文化的推广中，不仅完成了项目目标，更找到价值认同，实现了自我救赎，重新出发，走出了事业和生活上的困境，最后活出自己各自不同的精彩人生。她们的勇敢、智慧和善良淳朴，体现了现代女性的温柔坚强，在这个时代，已足以撑起自己天空，也足以照亮身边所爱的人。

小说中将人间烟火气与女性话题巧妙糅合，具有地方特色的俚语和风俗，让故事充满了浓郁的岭南风情，在传统文化传承与当代生活之间，有其独到的、贴合时代的精准观察与节制巧妙的平衡，既有传统之美，亦见现实生活之炽热。

《西洋如翡》，作者：边塞，发表平台：火星女频网。

边塞，现实主义作家、中国散文学会会员、广州市作协会员、广州市黄埔区作协理事，鲁迅文学院广州高研班结业。代表作有《情系风雨廊》《西洋如翡》。

《西洋如翡》讲述了广州江家一对姐弟的故事。江家多年从事玉器生意，姐姐江珮珊却对玉器行业兴趣不大，但骨感的现实让她的理想一次次惨遭失败。江珮珊顶住压力，在西洋菜种植行业深耕，历尽磨难，最终搭上了大湾区建设的快车，培育出高品质的西洋菜输入港澳市场，其种植场被评为粤港澳大湾区菜篮子基地的同时，江珮珊本人也成了大湾区建设中的标杆性人物。而她的弟弟江家俊，家族玉器生意的接班人，由于决策失误，几乎一夜之间家财散尽，江父也因此含恨而去。在沉重的打击下，他终于意识到自己的责任和使命，在姐姐的鼓励下，他重新振作，发愤图强，亲手打造了首届湾区玉器珠宝国潮文创设计展，将千年传统文化推向世界舞台，并别出心裁地推出玉雕西洋菜，不仅展示了巧夺天工的精湛工艺，也展现了勇于实践、开拓创新的湾区精神。

作品以粤港澳大湾区建设为背景，通过小人物的奋斗，展现了青年在时代浪潮中勇立潮头、引领改革开放的新篇章。

据作者提供信息，该作品影视改编权已成功售出。

B. 都市类作品

《镇国神婿》，作者：梁少，发表平台：掌阅。

梁少，广东茂名人，广东省网络协会会员，代表作有《镇国神婿》《捡个校花做老婆》。

《镇国神婿》主要讲述华夏第一家族少主、天下第一奇门传人楚尘学成下山途中，意外封印了自己的双魂五魄，当了五年的傻子上门女婿。以禅城宋家要废除傻子赘婿作为开局的切入点，封印自身五年的楚尘忽然觉醒，从这一场要废婿的晚宴开始，楚尘拳打叶家，脚踢荣家，最终还凭借着实力将禅城第一世家黄家扳倒。在故事里，女主宋颜五年如一日地照顾傻子丈夫，和宋家其他人的奚落欺辱形成鲜明对比，男主醒来后的一系列护妻行为也深受读者喜欢。

故事以广东佛山作为背景，在男主楚尘与各大家族的争斗中，加入了书法、武术、舞狮、中医等传统文化元素，让读者在阅读过程中，感受中华传统文化的魅力。

《火速退婚，她被前任小舅全球通缉》，作者：柒柒子菁，发表平台：番茄小说。

柒柒子菁，本名黄李敏，广东省河源市和平县人，广东省作家协会会员、省网络作家协会会员，曾用笔名桃灼灼，代表作有《一世婚宠，总裁娇妻萌萌哒》《闪婚后，发现老公是亿万富豪》等，在现代总裁言情领域深耕十年，深受读者喜爱。

故事主要讲述夏星冉为了报恩，收起锋芒，跟断了腿的穆锦城订婚，当牛做马。三年后穆锦城双腿康复，“白月光”回国，竟想一脚把她踢开。她费尽心机，试图得到他，结果一觉醒来得到的竟是“白月光”的小舅舅时景遇。她火速退婚，逃离是非之人，摇身变成千亿豪门千金。

故事以夏星冉的视角展开，描述她和时景遇坎坷的感情之路，同时，以师傅留下的药剂（药剂系某种危害人类社会的新型病毒，一旦落入坏人手中，后果不堪设想）为线索，彰显主角为了维护生物医学安全，保护国内甚至全人类而做出的努力。

《都市天师神医》，作者：天堂羽，发表平台：九天中文网。

天堂羽，中国作家协会会员、广东省作家协会理事、广东网络作家协会理事、河源网络作家协会副主席。代表作有《现代赖布衣传说》《控电少年》《第一强者》等。

《都市天师神医》讲述的是主角被人陷害，落江中溺水，遇到师傅带回山中学习，五年后成为天师归来，治病救人，锄强扶弱，匡扶正义，与各路邪恶势力作斗争。

故事通过主角们各自在事业上、生活上的不同遭遇，来描写他们勇敢、勤劳、善良和纯朴的优良品质，从而体现出普通人的人生际遇与时代、国家的紧密联系，与中华民族伟大复兴的不可分割。

《和腹黑三叔闪婚后真香了》，作者：非池，发表平台：七猫。

非池，本名李瑛，广东省潮州市湘桥区人，潮州作家协会会员，代表作有《和腹黑三叔闪婚后真香了》，在“总裁甜宠文”领域有一定知名度。

《和腹黑三叔闪婚后真香了》讲的是女主林清榆被准婆婆设计陷害，嫁给了坐在轮椅上的三叔陆勋。故事围绕两人婚后的家庭生活、婚姻琐事、豪门争斗和两人的事业展开。在生活中，两人感情不断遭遇挫折、猜忌，最终冲破层层误会，确定彼此的感情。

故事通过主角们陆勋、林清榆和各自朋友在事业上、生活上、婚姻里的不同际遇，来描写他们勇敢面对生活、独立奋斗的故事，从而展现新时代女性自强自立、奋斗不息的精神面貌。

C. 历史、修仙类作品

《谁说古代来的就一定要做废人》，作者：了了一生，发表平台：番茄小说。

了了一生，本名欧阳富，广东省河源市东源县人，中国作协会员，代表作有《妙手》《非凡特工》《天生神医》等15部作品。在“都市向”网文小说享有知名度。

作品讲述唐朝文武状元穿越重生到现代一个大学生身上，没有“摆烂”成为废人，风生水起，再创辉煌。

故事以河源为创作背景，许多情节来源于生活，高于生活，书写普通人拥有刚强坚韧个性后，人生变得不凡的传奇故事。

《炽情难灭》，作者：香吉士，发表平台：番茄小说。

香吉士，本名张秋月，广东广州花都人，广东省网络作家协会会员、广州市作家协会会员、广州市花都区作家协会理事，代表作有《恃宠而甜》《炽情难灭》等。

故事主要讲述杨玉环自马嵬坡自尽后，再次睁开眼，发现已在一农户家中，对方称呼她为杨姑娘。她以为，那个男人终究不忍杀她。她决定待战乱结束，偷偷北上，回长安城与他相聚，但在这乱世之中，是否一切如她所期待？作品以古籍《长生殿》进行活化，故事以杨贵妃的视觉，描述因安史之乱给百姓带来的灾难，并且用安史之乱前后杨玉环、李隆基两人的生活作对比。

作品揭露唐朝天宝年间的政治腐败，揭露战争给人们带来的深重苦难，表达作者对备受战祸摧残的老百姓的同情，呼吁人们热爱和平、拥护和平，启示读者珍惜当前和平美好生活，也寄托了作者对美好爱情的向往。

《思无邪》，作者：胭脂水，发表平台：掌阅。

胭脂水，广东省广州市番禺区人，广东网络作家协会会员。代表作有《梨花错》《你最珍贵》《思无邪》等。在“古典言情”领域有广泛知名度。

故事讲述生于海岛的珠姬与玉奴姐妹二人，因无意中救下了溺水受伤的南齐太子萧宝卷和权臣萧衍而入禁庭。玉奴与萧宝卷相爱，成为宠冠一朝的潘淑妃。珠姬却在萧衍的引导下发现了自己惊人的身世，姐妹二人被迫卷入萧宝卷与萧衍争夺王权的涡旋中，生离死别，逆转倾覆；相爱相杀，江山美人孰轻孰重？

故事以真实历史为创作背景，反映了南北朝的文化习俗以及重大历史事件。在男女主人公的感情线中，着重强调了南北朝时期的长期战乱和频繁的王朝更迭给百姓们带来的深重苦难，以及人们渴望和平、统一的心愿。

D. 科幻、玄幻类作品

《星耀武》，作者：玄雨，发表平台：起点中文。

玄雨，广东省河源市人，中国作家协会会员、广东省作家协会会员，代表作有《梦幻空间》《小兵传奇》等，在玄幻科幻领域有广泛知名度。

新作《星耀武》主要讲述诞生于星际时代的主角，莫名地拥有了可以和星球意识沟通的能力，然后还能让星球意识形成人形，跟在他身边一起生活、冒险、奋斗、战斗的故事。

故事通过主角们各自在事业上、生活上的不同际遇，来描写他们勇敢、勤劳和善良纯朴的优良品质，从而体现普通人的人生际遇与时代、国家的紧密联系，与中华民族伟大复兴的不可分割。

《斗罗之我的老婆是银龙王》，作者：炫光超佛帝，发表平台：起点中文。

炫光超佛帝，广东省深圳市南山区人，代表作有《斗罗之我的老婆是银龙王》等，在同人领域有一定知名度。

小说从高高在上的神王已经腐朽开始，神王为了获得力量，不惜投身深渊，世界面临毁灭危机。穿越者姚轩，在世界意志加持下，成为星临者，觉醒祖龙血脉之路，踏上救赎之路。通过血脉共鸣，他与魂兽一族之主——银龙王古月娜相识并相爱，一统人类和魂兽的力量，携手消灭内奸圣灵教，正面击退深渊世界的入侵，亲手将出卖世界的神王送上了审判席。

故事通过描写主角们对抗邪恶外来入侵势力，展现他们正义、勇敢、团结的个人品质，体现了淳朴的爱国主义精神和永不服输、抗争到底的奋斗精神，同时也讴歌了男女主之间忠贞不渝、相互牺牲成全的爱情。

《紫鼎仙缘》，作者：马大富贵，发表平台：番茄小说。

马大富贵，毕业于重庆邮电大学传媒艺术学院动画系，广东省网络作协会员、河源市作协会员、河源网络作协理事。

故事主要讲述放牛娃叶寒意外丢牛，因祸得福得到神秘诡异的紫鼎，他以凡人平庸资质，进入修仙者行列，让叶寒之名，名震三界，傲视五行，逍遥九天。

故事主线架空仙侠世界，体现中国的传统仙侠文化。

E. 军事类作品

《误将军演当游戏，活捉蓝方指挥官》，作者：娱文娱乐，发表平台：飞卢。

娱文娱乐，本名刘文宇，飞卢小说网天榜作者，在该网站军事分类具备一定知名度。

故事讲述了具备现代军事理论知识的军官，穿越到了一个军事理论基础薄弱的平行世界，并通过自己的努力，完善了这个世界的军事理论，为所在国家建立了强大的防御作战体系。

作为一名军官，主角始终忠于人民，忠于军队，他通过演习，修补了自己所在国家的国防漏洞，并建立了第一支专业化蓝军作战队伍，同时对原先的特种作战体系进行了大刀阔斧的改革，并且经常出没在实战的第一线，参加过多次紧急救援、扫雷等行动，跟随历史的进程和国家一起成长。

F. 短剧

《Forbidden Desires：Alpha’s Love》，作者：何冰（堇年、Amy），发表平台：九州文化。

曾用堇年、Amy等笔名，本名何冰，户籍广东省深圳，中国作家协会会员、广东省作家协会会员。编剧作品：短剧《慕水千城》、海外短剧《Forbidden Desires：Alpha’s Love》，擅长言情领域的长短篇小说创作。

小说讲述了Chloe随母亲来到落日镇后与一个男人产生了纠缠，Adrian既是她的大学教授，又即将成为她的继兄，且他还是Moonrise pack的阿尔法（狼王）。Adrian与Chloe相遇的瞬间，发现自己与一个普通人类产生了伴侣羁绊（Fated mate）。剧本讲述了狼王与人类冲破伦理禁忌、种族禁忌，最终在一起的故事。

本剧是海外非常流行的一个奇幻题材的作品，狼人这一形象源自西方，但其狼族体系的内核类似于中国古代的王朝，有着明确的阶级之分。本剧的主旨是在狼人眼中非常弱小的人类也能竭尽所能，发挥智慧和勇气，获得真爱与尊重。

《妙手》，作者：了了一生，发表平台：优酷。

了了一生，本名欧阳富，广东省河源市东源县人，中国作协会员，代表作有《妙手》《非凡特工》《天生神医》等15部作品。在“都市向”网文小说享有知名度。原著同名改编的网络剧《妙手》，由张挺担任总导演，黄宗泽、张艺上领衔主演，王瑞昌、孙耀琦、易大千、包上恩主演，梁冠华特别出演，这部民国传奇情感剧总共有20集。

故事主要讲述20世纪30年代的粤省花城鱼龙混杂，隶属于神秘组织“黑峰”的首席教官林昊，为脱离组织控制在一次任务中假死逃脱，以医生的身份藏匿于城郊的吴家诊所，准备开始重新生活，但种种际遇却再次将他拖入漩涡中心。行医期间，林昊与叛逆的新人女警何心欣邂逅，他的身份也引起了何心欣的怀疑。随着花城各路案件的并发，林昊与何心欣的交往逐渐密切，两人在互相试探中情感升温，而他们处理的种种案件之间的关联，都指向二十年前的一场阴谋之下的瘟疫冤案，有关林昊的身世之谜也隐藏其中，真相呼之欲出。林昊决定再次站出来，携手女友何心欣、花城商会掌门人庄羽、海归西医小少爷曾帆、冷艳卓绝的女杀手冷月寒以及诊所护士吴若蓝一同探寻真相。

六、我省网络文学相关工作推动

2023年6月18日上午，广东省网络作家协会成立大会在广东文学艺术中心召开。大会的主题是：全面贯彻党的二十大精神，以习近平新时代中国特色社会主义思想为指导，深入学习贯彻习近平总书记视察广东重要讲话、重要指示精神和关于文艺工作的重要论述，认真贯彻落实省委书记黄坤明同志到省文联、省作协调研讲话精神和中国作协党组书记、副主席张宏森同志在广东省作家协会成立70周年座谈会上的讲话精神，总结新时代以来广东网络文学发展成绩与经验，谋划今后一段时期广东网络文学发展蓝图。

成立大会经审议通过章程，选举产生广东省网络作家协会第一届领导机构，动员组织全省网络作家和网络文学工作者踔厉奋发、守正创新，努力擦亮网络文学粤军品牌，把网络文学打造成粤港澳大湾区文学新增长点，推动新时代广东网络文学高质量发展。中国作家协会党组成员、书记处书记胡邦胜，省作协党组书记、专职副主席张培忠，省作协党组成员、专职副主席、机关党委书记陈昆，党组成员、专职副主席苏毅，党组成员、秘书长刘春，省委网信办网络社会工作处负责人出席会议。全省网络作家代表和省作协有关部门负责人共70多人参加会议。

广东省作协党组书记、专职副主席张培忠在致辞中指出，广东是中国网络文学的重要方阵。多年来，广东的网络文学作者、作品、读者的数量稳居全国的前列。广东的网络文学发展史是中国网络文学发展史的精彩缩影。为促进广东网络文学的繁荣发展，广东的网络作家率先创作别具一格的网络文学作品，率先实行互惠阅读的商业模式，广东省作协率先创办《网络文学评论》杂志，率先成立网络文学院，率先将网络文学纳入重要的文学奖项以及职称评审的范畴，为构建中国网络文学话语体系和叙事体系做出积极的探索，取得丰硕的成果。以广东省网络作家协会成立为标志，全省广大网络作家和网络文学工作者一要高扬精神旗帜，把稳思想之舵；二是要聚焦时代主题，凝聚磅礴力量；三是要坚守人民立场，勇攀文学高峰。省作协将全力支持和积极服务省网络作协的工作，广泛调动会员的积极性，充分发挥会员的主动性，努力激发会员的创造性，把协会建设成为团结和谐、友爱互助、充满活力的网络作家之家，为繁荣发展社会主义文学事业共同奋斗。

2023年潮州成立粤东地区首个网络文学创作委员会，由洪树琴担任网络文学创作委员会主任；广东省网络作家协会首个创作基地落户江门；茂名信宜成立广东首个县级市的网络作家创作委员会，由卢进杰担任信宜市网络作家创作委员会主任。

9月底开始，省作协与中国作协网络文学中心共同举办了中国网络文学影响力榜（2022年度）发布活动暨粤港澳大湾区网络文学高质量发展研讨会。举办7月网络作家学习贯彻习近平新时代中国特色社会主义思想主题教育读书班。推动网络作协江门创作基地挂牌、举办网络作协短剧研讨会、风晓樱寒作品研讨会等。

七、我省网络文学思想艺术指向

众所周知，网络文学已经不容否认地成为当代文学的一个重要分支，萌芽于岭南文学并对其继承和发展的广东网络文学对此有着特别明显的体现，从其诞生成长的契机和过程来看，广东网络文学具有其独有的、无法忽视的思想艺术指向。

（一）大众化与草根性

网络文学的诞生和存活，根本就在于它的大众化和草根性，不单是它的创作门槛相对较低，使得更多的草根作者能够参与到文学创作中来，而且它的阅读门槛也相对较低，这种非常大众化的特点，使得网络文学更加贴近普通人的生活，反映了更广泛的社会声音。而广东省的网络文学及网络文学创作者和从业者们，在网络文学刚刚萌芽的年代，无论是当时广东作家玄雨创作的《小兵传奇》之类的作品，抑或是广东作家宝剑锋创办的起点中文网，都非常显著地体现了这样的特征。所以在研究这一方面时，要注意是网络文学的这种独特性，导致了其读者对它有着更高的宽容度，以及更频繁的碎片阅读。

（二）多元化与跨界性

如果在网络文学的诞生阶段，将其视为当代文学的一个重要分支，并无不可。但发展到今时今日，网络文学本身已涵盖了各种题材和风格，从玄幻、武侠到都市、言情，再到科幻、悬疑等，展现了多样性。其中科幻类网络文学通过对未来世界的想象，探讨科技发展对人类社会的影响，包括人工智能、生物技术、宇宙探索等，这些作品往往具有前瞻性和启发性。而在现实主义题材里，也多有网络文学的精品，在中宣部的“学习强国”平台上，推荐的书单中也不乏网络文学的身影。例如近年来，广东网络文学创作者荆泽晓所创作的《巨浪！巨浪！》入选了2022年“学习强国”优秀文学作品推荐；《炽热月光》入选了“学习强国”平台2023年优秀网络文学年展名单。同时，网络文学也常常与其他艺术形式如影视、动漫、游戏等进行跨界合作，各种类型的改编使得网络文学成为新媒体、游戏、微短剧等领域内容源头，如广东网络文学创作者海的温度所创作的《闻香榭》在2022年拍摄同名电视剧并于同年8月在搜狐视频播放，类似的改编形成了更为丰富的文化现象。而且网络文学的传播不受地域限制，促进了不同文化背景的作者和读者之间的交流，这种跨文化交流有助于打破文化隔阂，增进相互理解和尊重。

（三）互动性与参与性

网络文学因为其载体平台的时代性，天然存在使得读者可以直接与作者进行互动的渠道，而通过读者的这种反馈，可以促使作者决定，是否需要根据读者的反馈调整自己的创作方向。这种参与性和互动性并不一定是正向的，因为并不是所有的读者意见都是对于创作有所帮助，但这种互动性和参与性，是网络文学所独有的特性，是传统文学所不具备的。这一点在广东省网络文学历年来的订阅向数据比较优秀作品，诸如《奶爸的文艺人生》《超神机械师》《玄鉴仙族》等都可以看到其普遍性，无论是章节评论还是书评区，从不缺乏读者热情参与的身影。有意见认为，网络文学的互动性使得读者可以参与到作品的创作过程中，这种参与不仅增加了作品的多样性，也使得作品更加丰富和立体。

（四）即时性与更新速度

网络文学因为其特有的时代性，使其本身对于创作的推进会非常迅速，呈现给读者的更新速度会比传统文学更为快速，而读者也得以实时跟踪关心作品最新的创作进展。这种即时性，满足了现代社会快节奏生活的需求，也满足了碎片化阅读的实现需求。甚至因此催生出一个新的职业——网络文学作品的运营官。如广东省网络作家协会的副秘书长王子轩（格格巫），就是运营官中的佼佼者，以其独特的沟通运营能力而为广大的网络作者、读者所称道。

（五）思想性与探索性

虽然网络文学以娱乐性为主，但其中也不乏具有深刻思想内涵的作品。

这一类的网络文学常常以现实社会为背景，通过虚构的故事来反映和探讨社会问题，如教育、医疗、职场竞争、环境保护等，例如《逆行的不等式》等作品。这不仅提供了对现实问题的不同视角，也激发了读者的思考。许多作品通过这样的方式探讨社会问题、人性思考等深层次话题，体现了文学的思想性和探索性，而这种思想性和探索性，就是网络文学不断发展和成熟的标志，也是其吸引读者的重要原因之一。而且网络文学中不乏对传统价值观和现代价值观的探讨，例如在现实主义题材作品《美味关系》中，作者通过人物的选择和故事的发展，展示了不同价值观之间的冲突和融合，促使读者对个人和社会的价值观进行反思。而有部分网络文学作品会引入哲学思考，探讨存在主义、自由意志、宿命论等哲学问题，使作品具有更深层次的思想内涵。近年来的网络文学现实主义题材，更加是扎根于现实土壤，反映时代精神，体现人文关怀。随着网络文学的进一步发展，其在思想和艺术方面的探索将更加深入和广泛。

（六）艺术性与创新性

网络文学的艺术性和创新性是其在当代文学领域中独树一帜的重要因素。广东网络文学在继承岭南传统文化的同时，也对其进行创新和发展。作者往往将传统文化元素与现代元素相结合，例如获得了“阅见非遗”银奖的小说《炽热月光》，通过将现代都市女性困境和非遗传承的醒狮文化进行糅合，来创造出新的文化表现形式，而这些优秀的网络文学作品能够触动读者的情感，与读者产生共鸣，这是岭南网络文学在艺术性上的重要体现。到目前为止，广东网络文学在形式和内容上都进行了许多创新尝试，如使用非线性叙事、多视角切换等手法，以及在语言风格上的新颖尝试，形成了各具特色的语言风格，如使用网络流行语、幽默诙谐的对话等。这些都丰富了文学的艺术表现力和表现手法，也拓展了文学艺术的边界。

（七）商业化与市场化

网络文学的商业化和市场化是其发展过程中的重要方面，它们对网络文学的创作、传播和整个产业生态产生了深远的影响。网络文学与市场经济紧密结合，许多作品通过付费阅读、版权转让等方式实现商业化运作，网络文学产业正朝着精品化方向发展，这不仅提升了作品的质量，也推动了IP的多元化开发和市场的进一步扩大。广东省网络文学在这一方面近年来也有不俗的成绩，不论是《闻香榭》的拍摄播放，还是其他作品的版权销售，都在一定程度上推动了网络文学的繁荣发展，但要注意，这种商业化和市场化行为，促进了网络文化产业向精品化发展的同时，也使一些网络文学作品出现了畸形的问题——过于追求商业效益而忽视艺术价值。总而言之，网络文学的商业化和市场化不仅推动了产业的快速发展，也带来了一些挑战，如作品质量的参差不齐、版权保护问题等。因此，如何在商业化的同时保持文学的原创性和艺术性，是网络文学发展中需要不断探索和解决的问题。

（八）技术性与媒介性

网络文学的创作和传播都依赖于互联网技术，这使得网络文学在形式和传播方式上具有鲜明的技术性和媒介性特征。可以这么认为，网络文学的技术性和媒介性是其区别于传统文学的两个重要特征，它们深刻影响着网络文学的创作、传播和接受方式。网络文学的技术性主要体现在其创作和传播过程中对现代信息技术的依赖。网络为网络文学的创作者提供了便捷的发表平台，同时，各种网络技术如超文本链接、多媒体融合、AI辅助创作等，都在不断丰富网络文学的表现形式和创作手法。在这一层面上，广东的网络文学也存在着同样的共性，也就是广东网络文学的互动性和参与性也是同样依托于网络文学的技术性而得以体现。网络文学的媒介性指的是其作为互联网这一新媒体的产物，具有与传统纸质媒体不同的传播特性。网络媒介的开放性、互动性和即时性，使得网络文学能够迅速传播并聚集大量读者。此外，网络媒介还具有强大的存储能力，可以保存海量的文学作品和评论，形成丰富的网络文学资源库。网络文学的这种普遍共性，在技术性和媒介性上给广东网络文学带来了发展的机遇，也带来了挑战。广东省网络文学的创作者普遍都意识到，一方面，技术的发展为网络文学的创作和传播提供了更多可能性；另一方面，技术的滥用也可能导致网络文学的同质化和低俗化。网络媒介的开放性虽然促进了文学的民主化，但也带来了内容监管的难题。广东省网络作家协会于2024年3月和相关律所合作，推出了法律讲座，针对“网文与微短剧创作中的版权风险与合规”进行了研讨，就是因为认识到网络文学的技术性和媒介性是其最鲜明的特征，它们为网络文学的发展提供了广阔的空间，同时也提出了新的挑战和要求。

网络文学作为一种新兴的文学形式，其思想艺术指向是多维度和不断发展变化的，这是其不断发展和成熟的标志，更是其吸引读者、充满生命力的重要原因之一。随着广东网络文学的进一步发展，其在思想和艺术方面的探索将更加深入和广泛，而随着技术的进步和社会的发展，以及广东省网络文学创作者、从业者的努力，广东网络文学的内涵和外延也在不断扩展和深化。

八、存在不足及展望

（一）组织建设方面

本年度，广东省网络作家协会已注册成立，完成了在广东省民政厅社会组织管理局的登记注册工作，选举产生广东省网络作家协会第一届领导机构。

截至目前，全省成立网络作家协会或网络文学组织的已有8个地市，分别是潮州、佛山、河源、中山、清远、肇庆、梅州、江门。虽然没有实现地市级网络作协全覆盖，但因为我省网络文学工作者分散的实际情况，例如韶关目前网络文学工作者的数量明显较少，所以以8个地市网络文学组织为纽带，建立粤东、粤西等各大区域的联系人机制，也使得我省网络作协基层组织得以开展工作，无论是培训工作或是学习讲座，包括职称评定等，都相对于过往更有组织力和号唤力。

各大区域联系人机制尽管能有效缓解目前的一些困难，但后续建立更多的地市网络作协或者网络文学委员会，仍有着十分必要的迫切性，尤其是在广州、深圳、东莞这几个网络作家较为集中的地市，仍然有建立网络作协或者网络文学委员会的必要性。

（二）职称评定及扶持方面

目前广东省作协已将网络作家纳入职称评定范围，并规定了相应的要求和条件。但相较于湖南省对于网络作家职称评定的待遇、上海对于网络作家创作津贴的补助等等，广东作为网络文学大省，在这一方面应该仍有可以努力和期待的空间。

（三）培训、采风及研讨方面

广东省网络作协在筹备阶段，就在省作协领导的指导下，组织了当红的网络文学作家举办了创作讲座；进行了短剧平台和网络作家的联动，举办了短剧创作方面的法律常识等相关讲座；省作协也举办了风晓樱寒作品研讨会等活动，但其实在相关的培训和采风方面，仍然存在缺乏规划性和预见性、系统性的问题。

例如组织实地采风和田野考察，举办针对网络作家能力提升的名师讲堂、主编创作谈及法律维权方面的培训讲座等，可以进行更具系统性和前瞻性的规划。

（四）文学评论方面

广东省网络文学目前缺乏相关的批评平台和批评机制，导致一定程度缺乏运用文学理论现象进行的研究、探讨，对于广东省网络文学的发展规律很难形成学术性的指导意见，从而造成我省网络文学创作处于相对比较原生态的状况。个别优秀的网络文学创作者，凭仗自身的天赋，依靠订阅、流量等表层的数据来自我复盘，在个体身上的星光，很难帮助到全省范围内广大的网络文学工作者。

业术有专攻，在笔者实际的走访和调研过程中，有不少市场反馈极其优秀的作者，也非常愿意无私帮助其他的网络文学作者，但因为本身的喜好、知识体系、创作方向的不同，很难整理出有批评性、针对性的意见，提供这一方面的效能。

文学理论不能脱离文学创作实践，而应该关注和研究文学创作实践中的现实问题。网络文学也不例外，不论是相应的文学理论或是文学评论，都应该致力于建构当代网络文学发展所需要的文艺观念，并不是在自身的圈子里自说自话或者玩弄完全不符合网络文学生态的伪概念，要起到参与和指导网络文学创作的作用。对此，我们要积极引导传统文学评论家了解、进入网络文学领域，以带动网络文学评论这一领域的兴起，通过加强和改进网络文学创作、评论工作，褒优贬劣，激浊扬清，更加有效地引导创作、推出精品、提高审美、引领风尚。

（本章撰写：荆泽晓，省作协网络文学创作委员会委员）

大事记

2023年1月4日，2022年广东省少年儿童践行社会主义核心价值观主题征文活动总结大会在线上举行。省关工委主任林木声在大会上讲话，省教育系统关工委主任王玉学宣布征文评选结果，省作协党组成员、专职副主席苏毅作征文活动总结，省作协副主席、省小作家协会会长李国伟代表评委专家对作品作点评。会上，获奖学生代表及优秀组织奖单位代表分别发表获奖感言。

1月5日，召开2022年度省作协全面从严治党暨党支部书记抓党建工作述职评议会议。省作协党组书记、专职副主席张培忠出席会议并讲话。省作协党组成员、专职副主席苏毅，党组成员、秘书长、机关党委专职副书记兼机关纪委书记刘春出席会议。机关党委委员、党支部书记、部门（杂志社）负责人、党员干部群众代表共约30人现场参会，其他干部职工线上参会。会议由省作协党组成员、专职副主席、机关党委书记陈昆主持。

1月9日，人民文学出版社2022年“年度二十大好书”与“最美的书”的评选结果揭晓，广东作家葛亮长篇小说《燕食记》、魏微长篇小说《烟霞里》、庞贝长篇小说《乌江引》同时入选。

1月10日，省作协在广州现代信息工程职业技术学院人文学院举办“红色文学轻骑兵”文艺创作与鉴赏专题报告会。该学院领导、各二级学院领导、各部门负责人、辅导员代表、教师代表及青马工程班学员们等168人通过腾讯会议参加了讲座。本次活动以线上对话方式举办。广东作家钟晓毅、鲍十应邀以“广泛的阅读是学习写作的基础”为题进行了精彩的对谈。

1月16日，广东省作家协会第九届主席团第六次会议在广东文学艺术中心召开。讨论审议通过了《广东省作家协会2022年工作总结和2023年工作安排》《关于胡磊同志由广东省作家协会第九届理事会个人理事转为团体理事等情况说明》等，通报了2022年广东省作家协会会员会籍变更情况等事项。

1月16日，广东省作家协会工作会议在广东文学艺术中心召开。会议主要任务是：全面贯彻落实党的二十大精神，以习近平新时代中国特色社会主义思想为指导，深入学习贯彻习近平总书记关于文艺工作的重要论述，认真贯彻落实省第十三次党代会和省委十三届一次、二次全会精神，贯彻落实全国、全省宣传部长会议精神，以及中国作协有关会议精神，总结2022年工作，部署2023年工作。省作协党组书记、专职副主席张培忠作工作报告，省委宣传部文艺处处长王跃、副处长魏思文，省作协党组成员、专职副主席陈昆、苏毅，党组成员、秘书长刘春出席会议。会议由省作协主席蒋述卓主持。本次会议以线下和线上相结合方式召开。省作协第九届主席团成员，副秘书长，各地级以上市作协、省作协各分会主要负责同志，省作协各部门、杂志社负责同志及一级调研员线下与会。省作协各专业委员会主要负责同志，各地级以上市作协、省作协各分会所属团体会员主要负责同志，省作协主管的社会团体主要负责同志，省作协机关二级调研员及以下干部线上与会。会上，专业委员会代表、省作协主席团成员兼副秘书长、小说创作委员会主任魏微，团体会员代表、省作协公安分会主席袁瑰秋，党的二十大代表、连南作协主席盘金生，主席团代表、省作协副主席、中宣部第十六届精神文明建设“五个一工程”奖获得者陈继明分别作工作经验交流发言。

1月，中国社会科学评价研究院发布“中国人文社会科学期刊AMI综合评价（2022年）”，《粤港澳大湾区文学评论》入选新刊类入库期刊。

2月8日下午，省作协在广东文学艺术中心23楼会议室召开《广东文学通史》编委会工作会议。会议原则通过《广东文学通史》定稿。

2月13日，中国作家“深入生活、扎根人民”新时代文学实践点授牌暨“新时代的春天故事”采访采风主题实践活动启动仪式在深圳前海深港青年梦工场举行。中国作协和广东省作协分别向深圳前海颁授了中国作家和广东作家“深入生活、扎根人民”新时代文学实践点牌匾。

2月23日，由人民文学出版社、省作协、《文艺报》社主办的魏微长篇小说《烟霞里》研讨会在北京举行。中国作协副主席阎晶明，省作协党组书记、专职副主席张培忠出席并讲话。《文艺报》社副总编辑胡军，人民文学出版社总编辑李红强、副总编辑孔令燕，省作协党组成员、秘书长刘春等主办方代表，何向阳、张洪斌、潘凯雄、孟繁华、贺绍俊、张清华、陈福民、何平、李东华、刘琼、李云雷、张燕玲、张莉、杨庆祥、刘大先、丛治辰、岳雯、饶翔、黄德海、李蔚超等专家学者以及本书作者魏微参加研讨。会议由《文艺报》社总编辑梁鸿鹰主持。与会专家认为，《烟霞里》以编年史和大事记的方式，书写了一个人的成长史，并借此反映中国40年来的社会变革，很见写作功力。小说由家族故事延伸到更为广阔丰富的社会画卷，其中饱含开阔、立体的生活内容，既具有宏大的格局和视野，又展现出细腻的生活质地。《烟霞里》为一代人立传，为当下的中国文学贡献了新的美学形态和新的女性形象，讲述了出色的中国经验、中国故事，是一部人间烟火与时代风云相融交织的心灵史诗。魏微凭借对时代变迁的深刻体验、对日常生活的深切介入、对平凡人物的深情厚意，推出了内涵丰富、打动人心的优秀作品，在题材的运用、体裁的把握、主题思想的提炼和艺术手段的发挥等方面展现了出色的才能。

2月24日，由人民文学出版社、省作协、《文艺报》社、四川人民出版社共同主办的邓一光长篇小说《人，或所有的士兵》研讨会在北京举行。中国作协书记处书记邓凯，省作协党组书记、专职副主席张培忠出席并讲话。人民文学出版社总编辑李红强，省作协党组成员、秘书长刘春，《文艺报》社副总编辑刘颋，四川人民出版社总编辑秦莉，省作协创作研究部主任周西篱等主办方代表，潘凯雄、徐可、李朝全、张志忠、杨庆祥、丛治辰、饶翔、岳雯、李蔚超、宋嵩、李壮等专家学者及本书作者邓一光参加研讨。会议由人民文学出版社副总编辑赵萍主持。与会专家认为，《人，或所有的士兵》是一部厚重的战争题材作品，也是一部对战争进行深度反思的长篇小说。小说将中国抗战纳入到整个世界反法西斯战争的体系当中，将不同文明间的冲突放置在世界史的眼光里，用大量非虚构的材料来构筑小说的肌体，显示出作者极为扎实的创作功底和极为广阔的写作视野。作品并通过塑造郁漱石这一特殊的人物形象，深刻思考了生命、战争、人性、道德、尊严与爱等一系列文学书写的永恒话题，回应历史、昭示未来，展示出高超的艺术技巧和厚重的思想内涵。整部作品构思宏阔、运笔细微，站在全人类的角度反思战争、祈祷和平，让读者对历史、未来与责任有了新的思考，时刻提醒我们追寻人之为人的真正价值。

2月25日，由人民文学出版社、省作协、《文艺报》社共同主办的葛亮长篇小说《燕食记》研讨会在北京举行。《文艺报》社副总编辑刘颋，人民文学出版社社长臧永清、副总编辑赵萍，省作协党组书记、专职副主席张培忠，党组成员、秘书长刘春，创研部主任周西篱，办公室主任陈蕾等主办方代表，李一鸣、何向阳、潘凯雄、孟繁华、彭学明、李晓东、王军、李朝全、程光炜、张志忠、贺仲明、刘琼、张莉、刘大先、张晓琴、王国平、岳雯、饶翔、丛治辰、李蔚超、傅逸尘、徐晨亮等专家学者及本书作者葛亮参加研讨。会议由《文艺报》社总编辑梁鸿鹰主持。与会专家认为，《燕食记》以南中国的饮食传统为切入点，生动描摹出中国近代百年的社会变迁、世事人情、众生百态，既有对岭南风物朴素而惊艳的描写，也有对人生命运的深刻思考与理解，不仅是一部岭南饮食流变史，更是一部中国人的精神旅途史。作者不满足于简单叙述饮食文化，而是深入探寻其背后内在的文化底蕴，具有非常辽阔的历史视野和文化视野，一点一滴、一瓢一箪搭建出近现代中国人的精神图景，展现了独属于中国人的生动气韵。

2月27日，由省作协、北京出版集团联合主办，北京十月文艺出版社、深圳出版社承办的熊育群长篇小说《金墟》研讨会在北京出版集团12层报告厅举行。省作协党组书记、专职副主席张培忠，北京出版集团党委副书记、董事、总经理吴文学出席会议并致辞。阎晶明、孟繁华、贺绍俊、胡平、陈福民、潘凯雄、梁鸿鹰、李一鸣、李舫、李朝全、李林荣、张莉、刘大先、杨庆祥、岳雯、丛治辰、李壮等知名作家、评论家与会研讨。会议由北京十月文艺出版社总编辑韩敬群主持，北京十月文艺出版社副总编辑胡晓舟作会议总结。与会专家认为，《金墟》以新时代乡村振兴为重点，在绵延一个多世纪、横跨太平洋两岸的时空中，展现中国农村的变革、家族的命运与民族的振兴，是一部正面强攻当下现实题材的鲜活之作、厚重之作。在这部作品中，作者立足当下，把百年赤坎古镇置于广阔的时空背景中，在充分反映古镇兴衰变迁史的同时，也写出了乡村振兴政策下古镇的新发展。

3月5日，由省文明办指导、省作协主办，惠州市作协承办，惠州市文明办、惠州日报社协办的“新时代山乡巨变　文学与你同行”学雷锋精神主题文学志愿活动暨2023年全省文学志愿活动启动仪式在惠州举行。省作协党组成员、专职副主席苏毅，省委宣传部精神文明协调处四级调研员马文广，惠州市委宣传部机关党委书记、市互联网行业党委专职副书记邓华，惠州市文明办副主任余俊波，惠州日报社党委书记、社长臧守祥，惠州市文联党组成员、副主席、一级调研员李长林，著名作家、省作协文学部主任魏微，著名作家鲍十，惠州市作协主席陈雪，梅州市作协主席陈柳金，河源市作协主席罗志勇及惠州市文学志愿服务队伍、文学爱好者等参加活动。启动仪式由省作协二级巡视员、社联部主任谢石南主持。200多人在现场参加仪式。会上，惠州日报社与惠州市作协签订了合作协议。作家魏微分享长篇小说《烟霞里》创作心得，作家鲍十作题为“新时期乡土文学面面观”的专题讲座。

3月5日，广东省文学志愿服务专题工作会议在惠州召开。省作协党组成员、专职副主席苏毅主持会议，并传达了中国作协文学志愿服务工作推进会暨全国文学志愿服务联席会议专题培训班和广东省志愿服务工作协调小组第一次全体会议、省委农村工作会议暨全面推进“百县千镇万村高质量发展工程”促进城乡区域协调发展动员大会精神。社联部主任谢石南介绍了2023年省作协文学志愿服务工作思路与举措。与会的全国文学志愿服务联席会议非常任成员单位梅州市作协、清远市作协、河源市作协、惠州市作协、广东省小小说学会负责人围绕文学志愿服务队伍建设、文学志愿活动开展工作进行交流发言。

3月5日，省作协联合广州新华出版发行集团、广州市社科联在广州购书中心（天河店）举办周晓瑾长篇纪实文学《信仰——周恩来岭南纪事》新书首发暨分享活动。

3月7日，省作协联合南方出版传媒、中共汕尾市委宣传部在广东文学艺术中心岭南文学空间举行李迅长篇纪实文学《赤血——丘东平的战火青春》研讨会。

3月10日，四川省作协莅粤调研座谈会在广东文学艺术中心举行。省作协党组书记、专职副主席张培忠，四川省作协党组书记、常务副主席侯志明出席会议。会议由省作协党组成员、专职副主席、机关党委书记陈昆主持。其间双方签订了《四川省作家协会、广东省作家协会关于传承书写东坡文化战略合作框架协议》。

3月16日上午，省作协党组书记、专职副主席张培忠主持召开党组（扩大）会议，传达学习贯彻党的二十届二中全会精神和全国两会精神，研究部署贯彻落实措施。党组成员、专职副主席陈昆、苏毅，党组成员、秘书长刘春出席会议，各部门、杂志社负责同志列席会议。

3月，省作协联合省关工委、省教育系统关工委启动开展2023年广东省少年儿童践行社会主义核心价值观主题征文活动。本年度征文以“科技引领我成长”为主题。征文对象分小学年龄组、初中年龄组、高中年龄组。

3月23日，由中国现代文学馆、省作协主办的全国文学馆联盟会议在广州召开。全国人大常委会委员、中国作家协会党组成员、副主席、书记处书记、中国现代文学馆馆长李敬泽出席会议并讲话。中国现代文学馆常务副馆长王军出席会议并作全国文学馆联盟工作报告。中国现代文学馆副馆长计蕾，广东省作家协会党组书记、专职副主席张培忠，广东省作家协会党组成员、专职副主席陈昆、苏毅，广东省作家协会党组成员、秘书长刘春以及全国文学馆联盟成员单位代表68人出席会议。当天，还召开了全国文学馆联盟理事会会议，广东文学馆当选新一届理事长单位。

3月24日，中国现代文学馆、省作协联合组织“全国文学馆联盟会议——走进广东文学馆”活动。在穗参加全国文学馆联盟会议的联盟成员单位负责同志约40人到白鹅潭大湾区艺术中心的广东文学馆建设现场进行考察。

3月25日，花城文学院在广州成立。该院是在省委宣传部指导下，由省出版集团联合省作协、广州市委宣传部共同主办，委托花城出版社运营管理，并实行“政府引导企业运作”的办院模式，着力打造“新型城市文化空间多元融合产业平台”。聘请麦家、陈晓明为联席院长，并签约魏微、葛亮、李娟、陈楸帆、蔡崇达、笛安、杨庆祥、陈培浩等8位优秀作家、评论家。

3月25日，由省出版集团、省作协联合主办，广东人民出版社、《粤港澳大湾区文学评论》杂志、花城文学院联合承办的《陈晓明文集》新书发布会暨“中国式现代化视域下的文学路径”学术研讨会在广州举办。广东省委常委、宣传部部长陈建文，省委宣传部常务副部长、省电影局局长崔朝阳，中国作家协会党组成员、副主席、书记处书记李敬泽，广东省作家协会党组书记、专职副主席张培忠，广东省出版集团、南方传媒党委书记、董事长谭君铁，本书作者、北京大学中文系教授陈晓明，广东省出版集团党委副书记、南方传媒总经理叶河，广东省作家协会党组成员、专职副主席苏毅，南方传媒总编辑肖延兵，南方传媒副总经理、广东人民出版社社长肖风华，花城出版社社长、《花城》杂志主编张懿以及来自省内外文学创作与评论界近30位专家，共聚花城，聚焦粤港澳大湾区文学高地打造，为中国式现代化提供文化凝聚力和精神推动力。

4月3日，中国作家协会社会联络部公布2023年度文学志愿服务示范性重点扶持项目名单，东莞市作协“东莞作家写中国”系列活动、清远市作协“陪你练笔”文学特训营入选。

4月10日至11日，中国作协宣传信息工作会议在北京举行，表彰2021年、2022年中国作协文学信息工作先进单位和文学信息工作先进个人，省作协被评为2021年、2022年中国作协文学信息工作先进单位，省作协副秘书长、一级调研员邱海军被评为2021年、2022年文学信息工作先进个人。

4月12日，省作协学习贯彻习近平新时代中国特色社会主义思想主题教育动员部署会在广东文学艺术中心23楼会议室召开。省作协党组书记、专职副主席张培忠出席会议并作动员讲话。省委主题教育巡回指导组第三组组长陈华康到会指导并讲话。

4月12日，2022年省作协全面从严治党工作会议在广东省文学艺术中心23楼会议室召开。

4月18日，召开省作协党组（扩大）会议，专题传达学习习近平总书记视察广东重要讲话、重要指示精神。

4月20日，省作协接待《香港文学》总编辑游江一行来访。省作协召开座谈会，双方就粤港两地文学发展特别是文学刊物合作等事宜进行交流。

省作协党组书记、专职副主席张培忠，党组成员、专职副主席苏毅出席座谈会。

4月23日，省作协召开广东文学馆建设等重大工程项目工作人员集体廉政谈话会议。受省作协党组委托，省作协党组成员、秘书长、机关纪委书记刘春主持会议并进行廉政谈话。广东文学馆建设等重大工程项目工作人员签订了《廉洁自律承诺书》。省作协机关纪委委员和各党支部纪检委员列席会议。

4月23日，“学习贯彻习近平新时代中国特色社会主义思想主题教育”文学志愿活动在广州珠江公园举行。

4月25日，省作协学习贯彻习近平新时代中国特色社会主义思想主题教育读书班在广东文学艺术中心23楼会议室开班。省作协党组书记、专职副主席张培忠出席开班式并作动员讲话，省作协党组成员、专职副主席苏毅出席开班式。省委巡回指导组第三组副组长部先平到场指导工作。开班式由省作协党组成员、专职副主席陈昆主持。开班式后，组织观看由中共中央党校（国家行政学院）文史教研部副主任、教授张军授课的培训视频《推进文化自信自强　铸就社会主义文化新辉煌》。召开省作协主题教育读书班第一次集体学习暨党组理论学习中心组学习会，认真学习《习近平著作选读》（第一、二卷），学习贯彻习近平总书记视察广东重要讲话和重要指示精神。省作协机关及下属杂志社全体工作人员参加开班式并观看培训课程，省作协副处、副高以上党员、干部还参加主题教育读书班暨党组理论学习中心组学习会。

5月4日，省作协召开“听党话　跟党走　做新时代好青年”主题教育读书班专题研讨暨青年理论学习小组学习会。会议主要任务是：认真学习领会习近平总书记在党的二十大报告中对青年的殷切寄语、关于青年工作的重要论述、对广东重要讲话和重要指示批示精神，弘扬五四精神，担当作为，推动新时代广东文学事业高质量发展。省作协党组书记、专职副主席张培忠主持会议并作讲话。省委主题教育巡回指导组第三组副组长部先平到会指导工作。党组成员、专职副主席陈昆、苏毅，党组成员、秘书长刘春出席会议。副处级以上、副高级以上专业技术职称的党员干部及青年理论学习小组成员参加会议。会上，党组成员结合学习内容作了交流发言。青年理论学习小组代表作了重点发言。

5月8日，省作协党组书记、专职副主席张培忠会见了河源市委常委、宣传部部长江海鹰一行，就推动广东文学高质量发展、建立战略合作关系举行了工作座谈会。省作协党组成员、专职副主席苏毅，河源市委宣传部副部长陈德鹏，河源市文联主席余笑梅，省作协二级巡视员、社联部主任谢石南，创研部主任周西篱，办公室主任陈蕾参加座谈。

5月9日至10日，“广东省作家协会2022年度新会员培训班”在广东文学艺术中心岭南文学空间举办。本次培训班的任务为：全面贯彻党的二十大精神，深入学习贯彻习近平总书记视察广东重要讲话、重要指示精神和关于文艺工作的重要论述，加强对新会员的政治引领，提高文学创作能力，推动广东文学事业高质量发展。省作协2022年度新会员、部分往年未参加过培训的会员作家和省作协机关、杂志社有关人员共约300人参加培训。培训班邀请省委党校教授张雪峰作《以高质量发展推进中华民族的伟大复兴——深入学习贯彻党的二十大和全国两会精神》专题授课，原《文艺报》主编梁鸿鹰作《眼纳千江水　胸起百万兵——学习习近平总书记关于文艺工作重要论述的一些体会》讲座，第八届鲁迅文学奖获得者、中国人民大学教授杨庆祥作《21世纪叙事文学写作的几个问题》专题文学讲座，北京海问律师事务所律师戴越作《著作权法与作家权益保护》专题法律知识普及。

5月9日至11日，中国作家协会党组成员、书记处书记，《人民文学》主编施战军率队在广州、深圳两地开展“新时代文学的系统建构”主题调研座谈等相关活动。《人民文学》副主编徐则臣、《诗刊》副主编王冰随行。5月9日下午，施战军一行在广东省作家协会党组书记、专职副主席张培忠的陪同下，看望慰问了茅盾文学奖获得者、广东文艺终身成就奖获得者刘斯奋。5月10日上午，“新时代文学的系统建构——中国作家协会调研组赴粤调研座谈会”在广东文学艺术中心举行。施战军全面介绍了“新时代文学的系统建构”主题调研座谈要求和相关情况。省作家协会党组成员、专职副主席苏毅出席座谈会。会议由张培忠主持。5月10日下午，施战军一行在广州珠江公园湾区书屋出席“广州夏日读诗会”活动。随后，中国作家协会调研组前往深圳调研，在深圳福田区文化馆音乐主题馆就“新时代文学的系统建构”进行座谈交流，慰问老作家，参观前海展厅、前海高科技企业，并就科技创新、现代制造业、城市文化、生态文明等题材创作状况进行调研。

5月19日，省委书记黄坤明到省文联、省作协，就深入开展学习贯彻习近平新时代中国特色社会主义思想主题教育、认真学习贯彻习近平总书记关于文艺工作的重要论述精神和视察广东重要讲话重要指示精神、进一步繁荣文艺创作扎实推动文化强省建设进行调研，强调要准确把握新时代新征程文艺工作正确方向，紧扣举旗帜、聚民心、育新人、兴文化、展形象的使命任务，牢牢扎根广东高质量发展的丰富实践，坚持守正创新、推陈出新，努力创作更多具有中国气派、时代特征、广东特点的扛鼎之作，以新担当新作为展现我省文艺新气象，更好满足人民群众精神文化新需要，为广东在推进中国式现代化建设中走在前列作出新贡献。在省文联，黄坤明认真观看省文联发展历程图片展，详细了解省文联历史沿革，并听取有关负责人情况介绍，不时交流询问在推动文艺创作、培养文艺人才、发展新文艺组织、推进湾区文化交流等方面的工作进展以及近期开展的主题创作活动，强调要发挥好文联文艺组织作用，不断改善文艺基础设施和工作条件，更加积极深入基层开展文艺志愿服务，下功夫做好文艺人才队伍建设，推动我省文艺工作迈上新台阶。在省作协，黄坤明仔细浏览广东省作家协会成立70周年展，听取讲解介绍，并翻看有关文学作品集，代表省委、省政府向省作协成立70周年表示祝贺，希望其继承光荣传统，组织开展更多特色文学活动，引导激励广大作家和文学工作者用心、用情、用功创作精品，推动广东文学蓬勃向上、欣欣向荣。黄坤明还与我省文艺家代表深入交流，关切询问他们的艺术创作情况，听取大家对做好当前广东文艺工作、推进文化强省建设的意见建议，勉励大家深刻把握强国建设、民族复兴的时代主题，不断推出思想精深、艺术精湛、制作精良的精品力作，更好反映时代、讴歌人民。省领导陈建文、张晓强参加调研。

5月23日，广东省作家协会成立70周年座谈会在广州珠岛宾馆举行。会议的主要任务是：全面贯彻党的二十大精神，深入学习贯彻习近平总书记视察广东重要讲话、重要指示精神和关于文艺工作的重要论述，传达学习贯彻省委书记黄坤明到省文联、省作协调研工作讲话精神，回顾总结在党的领导下广东省作家协会70年来不平凡的发展历程、丰硕成果和宝贵经验，团结鼓舞全省文学界深刻领悟“两个确立”的决定性意义，增强“四个意识”、坚定“四个自信”、做到“两个维护”，积极投身文化强国、文化强省建设，推动新时代广东文学事业高质量发展。中国作家协会党组书记、副主席张宏森，省委常委、宣传部部长陈建文出席座谈会并讲话。广东省作家协会党组书记、专职副主席张培忠致辞。广东老中青作家代表刘斯奋、陈继明、魏微、葛亮分别发言。中国作家协会主席团委员、办公厅主任李一鸣，中国作家协会办公厅副主任刘秀娟，省委主题教育巡回指导组第三组组长陈华康，省文联党组副书记、专职副主席吴华钦，人民文学出版社青年文学编辑室主任、社科出版中心主任付如初，省作协党组成员、专职副主席陈昆、苏毅，省作协党组成员、秘书长刘春，省作协第九届主席团成员，地级以上市作协、省作协分会负责人，全省老中青作家代表，省作协各部门、杂志社负责人，新书发布作者等100多人参加了座谈会。会上，还举行了广东文学志愿服务总队授旗仪式、《广东文学通史》《广东省作家协会志（1953—2023）》《广东青年批评家丛书》新书发布仪式。当天下午，张宏森专程到广东文学艺术中心23楼参观“一代风流——广东省作家协会成立70周年展”。

5月24日至26日，“作家朋友，欢迎回家”——广东省作家协会“作家活动周”（第1期）活动在广州举行。来自全省各地市、各行业的30位作家参加活动。活动期间，广东作协组织作家们参观了“一代风流——广东省作家协会成立70周年展”及回顾革命史，开展“名社名刊名编面对面”“夏日一堂课”“走进广东文学馆”“文学一家人”等活动，让“回家”的作家朋友们切实感受到“作家之家”的温暖与温馨。

6月9日至11日，由省作协、清远市委宣传部指导，清远市文联主办，清远市作协、江心岛书院承办的第十届清远诗歌节暨第五届清远生态诗歌笔会和文学志愿系列活动在江心岛书院举行。本次活动采用线上线下相结合的方式举行，由中国诗歌网全程录播。现场来自全国各地的诗人、学者约300人，线上超过4万人次参加了活动。其间举行了清远入选为中国作家协会2023年度文学志愿服务示范性重点扶持项目启动仪式暨广东文学志愿服务清远队授旗仪式。6月10日上午，广东省文学志愿服务工作调研座谈会在清远市召开。会议主要内容是，学习传达中国作协、省委和省委宣传部关于创新推动文学高质量发展的最新指示要求，落实全省文学赋能乡村振兴“十百千”工程方案内容和今年文学志愿服务工作安排。会议由省作协党组成员、专职副主席苏毅主持。6月10日下午，学习贯彻习近平新时代中国特色社会主义思想主题教育“文学服务群众”志愿活动——“著名诗人杨克、冯娜陪你练笔写诗”在江心岛书院举行，杨克作题为“从一个写作者的角度来谈文学创作与欣赏”的讲座，冯娜作题为“透过‘隐含的他者’——现代诗创作漫谈”的讲座。6月11日，为进一步落实省委和省委宣传部关于“百县千镇万村高质量发展工程”、绿美广东建设，推进乡村文化振兴的工作部署，推动实施省作协文学赋能乡村振兴“十百千”工程，在诗歌节结束后，省作协专程前往英德市连樟村学习调研、座谈交流，通过深入党群服务中心、产业园区、田间地头，重温习近平总书记当年视察连樟村时的重要讲话精神，真切感受基层党建、乡村振兴、村民服务等发生的一系列巨变。

6月10日，由省作协创研部、嘉应学院文学院主办的陈柳金手记体新历史长篇小说《彼岸岛》研讨会在广东文学艺术中心岭南文学空间举行。来自省市作协的嘉宾及多所高校的评论家、教授20余人参会。与会专家认为，陈柳金敢于开拓新的题材领域，深挖特定历史时期的信息资源，力求在客家资源、地方特点之间挖掘精神内核，去梳理、解剖人的精神诉求、价值向度和时代大网之间的内在联系，用雅俗共赏的民间话语方式表达客家文学的地方性与宽泛性。作家试图走出呈现和复述的浅层次书写，着力描摹富有客家民间风味的生活图景，将客家元素有机融入世道人心的开掘与价值体系的建构中，书写出一部反映客家人追寻“梦和远方”的心灵史。

6月15日，广东省作家协会第九届主席团第七次会议暨广东省作家协会工作会议在广东文学艺术中心召开。主要任务是：全面贯彻党的二十大精神，深入学习贯彻习近平总书记视察广东重要讲话、重要指示精神和在文化传承发展座谈会上的重要讲话、致首届文化强国建设高峰论坛的重要贺信精神，传达学习省委书记黄坤明同志到省文联、省作协调研讲话精神，中国作协党组书记、副主席张宏森同志及省委常委、宣传部部长陈建文同志在广东省作家协会成立70周年座谈会上的讲话精神，以及中国作协党组书记处（扩大）会议有关精神，深刻领悟“两个确立”的决定性意义，增强“四个意识”、坚定“四个自信”、做到“两个维护”，更好担负起新的文化使命，为扎实推进中华民族现代文明和社会主义文化强国建设作出新的更大贡献。会议为期一天，以线上线下相结合方式召开。省作协第九届主席团成员、副秘书长，各地级以上市作协、省作协各分会主要负责同志，省作协各部门、杂志社负责同志及一级调研员等在主会场参加。省作协各专业委员会主要负责同志，各地级以上市作协、省作协各分会所属团体会员主要负责同志，省作协主管的社会团体主要负责同志在线上参加。省作协党组书记、专职副主席张培忠传达有关精神并作总结讲话，党组成员、专职副主席陈昆、苏毅，党组成员、秘书长刘春出席会议。省委主题教育巡回指导组第三组副组长部先平，第三组成员汤雨生到会指导工作。会议由省作协主席蒋述卓主持。会上，中国作家协会主席团委员、中国诗歌学会会长、省作协主席团成员杨克，省作协副主席、中山大学中文系教授谢有顺，省作协主席团成员、副秘书长、文学部主任魏微，省作协主席团成员、佛山市作协主席张况先后发言，交流学习心得体会。会议期间，与会人员分四个小组，围绕“习近平总书记号召我们努力创造属于我们这个时代的新文化，文学如何作为”“我们打造新版《人世间》，浓墨重彩书写广东创业故事，精品如何打造”“现在本子不太好、不太够，是创作当中的主要问题，短板如何补齐”等议题进行讨论。与会人员还参观了“一代风流——广东省作家协会成立70周年展”。

6月16日，省作协举行欧阳山文献资料及藏书捐赠仪式。省作协党组书记、专职副主席张培忠，党组成员、专职副主席陈昆、苏毅，党组成员、秘书长刘春，广东老一辈文学家、原中国作家协会副主席、省作协首任主席欧阳山家属代表田海蓝、许艳霞出席仪式。田海蓝受欧阳山资料室正、副主任欧阳代娜和欧阳天娜委托，向广东文学馆捐赠了一批珍贵文献资料及4000多册藏书。主要有：《三家巷》全书修订稿原稿，欧阳山1977年至1995年的台历日志（欧阳山亲笔标注每天的活动及安排），与日本作家多田正子（日文版《高干大》的翻译者）等文艺界友人的来往书信、欧阳山的铜像、工作证、党费证等大量珍贵藏品。

6月18日，广东省网络作家协会成立大会在广东文学艺术中心召开。大会的主题是：全面贯彻党的二十大精神，以习近平新时代中国特色社会主义思想为指导，深入学习贯彻习近平总书记视察广东重要讲话、重要指示精神和关于文艺工作的重要论述，认真贯彻落实省委书记黄坤明同志到省文联、省作协调研讲话精神和中国作协党组书记、副主席张宏森同志在广东省作家协会成立70周年座谈会上的讲话精神，总结新时代以来广东网络文学发展成绩与经验，谋划今后一段时期广东网络文学发展蓝图。会议审议通过章程，选举产生广东省网络作家协会第一届领导机构，动员组织全省网络作家和网络文学工作者踔厉奋发、守正创新，努力擦亮网络文学粤军品牌，把网络文学打造成粤港澳大湾区文学新增长点，推动新时代广东网络文学高质量发展。中国作家协会党组成员、书记处书记胡邦胜，省作协党组书记、专职副主席张培忠，省作协党组成员、专职副主席、机关党委书记陈昆，党组成员、专职副主席苏毅，党组成员、秘书长刘春，省委网信办网络社会工作处负责人出席会议。全省网络作家代表和省作协有关部门负责人共70多人参加会议。会议分为两个阶段，第一阶段由网络作家廖群诗（丛林狼）主持，第二阶段由陈昆主持。其间，网络作家林俊敏（阿菩）作广东网络文学工作报告，王敏（冰可人）作筹备工作报告，会议审议通过广东省网络作家协会章程，选举产生广东省网络作家协会第一届理事会理事、监事长、监事并召开第一届理事会，由理事会选举产生第一届领导班子。林俊敏（阿菩）当选主席。林庭锋（宝剑锋）、廖群诗（丛林狼）、黄宇（玄雨）、林涛（荆泽晓）、姚笛（红娘子）、王敏（冰可人）、欧阳富（了了一生）、唐国政（水边梳子）、谢雅娜（楼星吟）、江源（齐佩甲）、黄序希（听日）当选副主席。秘书长为王敏（冰可人）。监事长为袁林（魏岳）。

6月19日，中国作家协会党组成员、书记处书记胡邦胜一行到暨南大学开展“中国文学文化在东南亚本土化”调研。省作协党组书记、专职副主席张培忠，党组成员、专职副主席苏毅陪同调研。暨南大学党委副书记夏泉主持调研座谈会。来自菲律宾、老挝、马来西亚、泰国、印尼的15位留学生代表围绕“网络文学在本国传播情况”“对网络文学在东南亚传播的意见和建议”等议题先后发言。

6月26日至30日，省作协、省委党校联合主办为期5天的广东重点作家、重点评论家学习贯彻习近平新时代中国特色社会主义思想读书班。全省重点作家、重点评论家共计97人参加学习培训。省作协党组书记、专职副主席张培忠出席开班式并作动员讲话。该班除开设《学习贯彻党的二十大精神》《习近平新时代中国特色社会主义思想的世界观和方法论》《建设具有强大凝聚力和引领力的社会主义意识形态》《推动文化自信自强，铸就社会主义文化新辉煌》等特色课程外，还邀请文学名家梁鸿鹰、杨庆祥、林岗等讲授《眼纳千江水　胸起百万兵——学习习近平总书记关于文艺工作重要论述的一些体会》《新南方写作的几个问题》《从八面来风到异军突起——广东文学两千年》等文学专业课程。同时，组织学员到广州花都岭南盆景小镇开展“广东美丽乡村建设”现场教学，以美丽乡村的建设成果和发展的鲜活案例，增进学员对广东美丽乡村建设以及广东推动高质量发展的系统认识。

6月29日，省作协党组书记、专职副主席张培忠主持召开党组（扩大）会议，专题传达学习省委十三届三次全会精神，研究部署贯彻落实措施。党组成员、专职副主席陈昆、苏毅，党组成员、秘书长刘春出席会议。各部门、杂志社主要负责同志列席会议。会议提出，省作协和全省文学界要深入学习贯彻习近平总书记视察广东重要讲话、重要指示精神和在文化传承发展座谈会上的重要讲话精神，全力以赴落实省委十三届三次全会精神，把握大势，围绕中心，服务大局，激活改革、开放、创新“三大动力”，推动广东文学高质量发展。一要传达学习省委十三届三次全会精神，结合落实全省宣传文化系统专题会议精神，切实增强“走在前列”的责任感。二要在省作协和全省文学界激活改革、开放、创新“三大动力”，切实提振担当作为的精气神。三要聚焦“十大新突破”，打造新版《人世间》。推进实施“新时代山乡巨变创作计划”“新时代文学攀登计划”“新版《人世间》文学创作计划”，大力组织实施文学赋能乡村振兴“十百千”工程。四要整合优质资源，加快提供高品质文化供给。加快推进广东文学馆展陈设计、藏品征集以及文德路“红楼”修缮项目，抓紧筹备“粤港澳大湾区文学周”系列活动等。五要着眼问题导向，加快推动体制机制创新。六要推动文学“走出去”，向世界讲好中国故事、大湾区故事、广东故事。七要强化党的建设，为广东文学高质量发展提供坚强的组织保障。八要加大落实与监督力度，确保各项目标任务圆满完成。

6月29日，省作协联合广东药科大学在大学城举办“名师名家名医”大讲坛暨“文学服务群众”进校园活动。本次活动由省委主题教育巡回指导组第三组、第十七组指导，省作协主办，广东药科大学承办。学校党委书记刘晟，广东省文艺评论家协会主席、中山大学中文系教授林岗，深圳市作家协会副主席、鲁迅文学奖获得者、著名作家蔡东以及广东药科大学各职能部门负责人，各学院党委书记、副书记、团委书记，全体辅导员，学校团委委员，各学院师生代表，2023年青马工程学员等参加了活动。此次活动由欧阳露主持，活动以线上线下的方式在中山校区和云浮校区同步直播。林岗、蔡东分别以“好小说好在哪里？——以广东红色文学为例”为题作讲座。

6月30日，省作协与花城出版社组织全体党员到广州市博物馆和花城出版社共同开展主题教育暨庆“七·一”主题党日活动。活动包括参观广州博物馆（镇海楼）的“城标·城史——广州历史陈列”展览、举行党员座谈交流会、新党员入党宣誓、全体老党员重温入党誓词。省作协党组成员、专职副主席苏毅，党组成员、秘书长刘春，花城出版社党委委员、副社长刘永光，党委委员、副社长邓如参加主题党日活动。

6月30日，为深入学习贯彻习近平总书记在文化传承发展座谈会上的重要讲话精神，认真贯彻落实省委十三届三次全会精神，结合主题教育调查研究工作部署要求，省作协党组书记、专职副主席张培忠赴东莞市，就“中国作家第一村”建设发展情况开展专题调研。当天上午，张培忠出席在樟木头镇行政办事中心二楼2号会议室召开的座谈会。东莞市委常委、市委宣传部部长武一婷，市委宣传部副部长蔡国康出席会议并讲话。樟木头镇党委书记黄淦洪介绍“中国作家第一村”发展设想。樟木头镇党委委员罗永光汇报“中国作家第一村”工作情况。座谈会由东莞市文联党组书记、主席张彤飚主持。当天下午，张培忠前往樟木头镇官仓社区调研，参观古建筑群三家巷、麒麟教习馆、客家娘酒坊、客家印象馆、蔡氏宗祠等。并与邱春林、刘芬、王康银、古申元、邝美艳、陈剑锋、袁文娟、曾颂平、张丽萍、王传裕等作家座谈交流。

7月3日至7日，省作协联合省委党校主办的广东青年作家、网络作家学习贯彻习近平新时代中国特色社会主义思想读书班在省委党校举行。共计95名学员参加学习。7月3日下午，举行开班式。省作协党组书记、专职副主席张培忠出席开班式并作动员讲话。中共广东省委党校（广东行政学院）副校（院）长钟汉谋出席开班式并致辞。省作协党组成员、专职副主席陈昆、苏毅，党组成员、秘书长刘春出席开班式。开班式由省委党校二级调研员郑松楠主持。7月7日，举行结业式。省作协党组成员、专职副主席陈昆出席结业式并作总结讲话。省委党校二级调研员郑松楠主持结业式。此次读书班除邀请省委党校专家教授开设思想政治专题课程外，还邀请谢有顺、贺绍俊、林岗等文学名家作文学理论专题讲座，组织各学习小组进行研讨交流，并前往佛山市禅城区紫南村、紫南仁善三馆等地开展“广东乡村振兴的基层实践”现场教学。

7月5日至6日，为全面贯彻党的二十大精神，深入学习贯彻习近平总书记在文化传承发展座谈会上的重要讲话精神，学习借鉴兄弟省份文学场馆先进工作经验，加快广东省级重点标志性文化建筑白鹅潭大湾区艺术中心广东文学馆建设，加强粤闽文学交流合作，省作协党组书记、专职副主席张培忠，省作协党组成员、秘书长刘春率队赴福建省福州市开展学习调研。福建省文联党组书记、副主席王秋梅会见了调研组一行并出席座谈会，福建省文联党组成员、副主席、书记处书记、省作协主席陈毅达全程陪同调研。5日下午，张培忠一行赴冰心文学馆考察调研，在冰心文学馆馆长黄文明的陪同下，先后参观了冰心生平与创作展览、福建文学名家展览、紫藤书屋等，并与冰心文学馆有关负责人座谈交流，听取冰心文学馆有关情况介绍。调研期间，先后到福建省文学院、福建省海峡民间艺术馆考察调研，在福建省文学院院长钟红英陪同下参观了“古代近代文学馆”“现代当代文学馆”“闽派批评馆”等，在福建省海峡民间艺术馆馆长黄文明陪同下参观了“毛泽东才溪乡调查展览”“福建工艺美术作品展”等。在福建省海峡民间艺术馆举行“广东·福建两省作家交流座谈会”。省作协向冰心文学馆、福建省文学院赠送了《广东文学通史》《广东省作家协会志（1953—2023）》等书籍。

7月6日，省作协举行著名诗人、革命烈士蒲风生前日记、遗著及研究资料捐赠仪式。省作协党组书记、专职副主席张培忠，党组成员、秘书长刘春，蒲风女儿、福建省福州市文联原常务副主席、党组成员兼市作协主席黄安榕及其家属，福建各单位代表出席仪式。黄安榕向广东文学馆捐赠了263件蒲风生前日记、遗著及研究资料，主要有：蒲风日记两本（分别写于1931年和1937年），1934年出版的蒲风诗集《茫茫夜》，1935年出版的长篇叙事诗《六月流火》，1936年出版的诗集《生活》《钢铁的歌唱》，1938年出版的《现代中国诗坛》（评论集）和《在我们的旗帜下》《街头诗歌》（郭沫若题签），1939年出版的诗集《儿童亲卫队》等，大部分是孤品。张培忠代表广东文学馆接受捐赠，并向蒲风的家属表示敬意和感谢。

7月6日，省作协和羊城晚报报业集团在羊城创意产业园共同举办“文学服务群众”进企业志愿活动。本次活动由省委主题教育巡回指导组第三组指导，省作协主办，羊城晚报·羊城派、品牌传播中心、羊城创意产业园承办。省作协党组成员、专职副主席苏毅，羊城晚报报业集团（羊城晚报社）党委副书记、副社长、工会主席向欣，省委主题教育巡回指导组第三组组员汤雨生，省作协副主席、暨南大学文学院教授、博导贺仲明，省作协副主席、省网络作协主席阿菩，省作协二级巡视员、社联部主任谢石南，羊城晚报报业集团（羊城晚报社）编辑委员会专职编委林如敏，“羊晚青年理论学习提升工程”理论学习训练营成员、2023年羊晚“扬帆启航”新员工训练营成员，洋葱集团、瀚华设计、中科、良策、无忧等数十家园区企业代表、企业职工代表等近200人参加了活动。此次活动采取线上线下相结合的方式，通过羊城派进行线上录播。贺仲明、阿菩分别以“文学如何表达中华文明的独特个性”“网络文学的热点与社会影响力”为题作讲座。省作协社联部副主任、二级调研员欧阳露，羊城晚报报业集团人力资源部陈琦共同主持活动。

7月7日，学习贯彻习近平新时代中国特色社会主义思想主题教育“文学服务群众”进警营志愿活动暨广东文学志愿者广州边检总站服务队成立仪式在天河出入境边防检查站举行。本次活动由省委主题教育巡回指导组第三组指导，省作协、广州出入境边防检查总站主办，天河出入境边防检查站承办。省作协党组书记、专职副主席张培忠，广州出入境边防检查总站党委书记、总站长郭庆祝，省委主题教育第三巡回指导组副组长部先平，省作协党组成员、专职副主席苏毅，省委宣传部精神文明协调处处长王继怀，第四届茅盾文学奖得主、著名作家刘斯奋，省文艺评论家协会主席、中山大学中文系教授林岗，省作协二级巡视员、社联部主任谢石南，广州出入境边检站天河边检站政委汤旭辉，广东文学志愿者广州边检总站服务队队长、文学专委会主任张战峰，省作协社联部副主任、二级调研员欧阳露，省委主题教育巡回指导组第三组组员汤雨生等出席活动。广州出入境边防检查总站党委委员、文联主席、政治处主任刘立新主持仪式活动。本次活动采取线上线下相结合的方式，全程实时向广州出入境边防检查总站及下属边检站进行视频直播，近4000人在线参与，活动还通过国家移民局文联视频号进行录播。活动还举行了授旗仪式，省作协党组书记、专职副主席、广东文学志愿服务总队队长张培忠向广东文学志愿者广州边检总站服务队授旗，并向广州出入境边防检查总站赠送省作协组织编撰的《广东文学通史》《广东省作家协会志（1953—2023）》。刘斯奋、林岗分别以“古典诗歌——一条通幽的曲径”“好小说好在哪里？——以广东红色文学为例”为题作讲座。

7月10日，省财政厅党组成员、副厅长李树林一行来省作协调研，就2023年预算执行、2024年预算编制、预算管理工作建议及需求进行了座谈交流。省作协党组书记、专职副主席张培忠，党组成员、秘书长刘春出席座谈会。

7月10日，省作协召开党组理论学习中心组（扩大）学习会，深入学习领会习近平总书记在文化传承发展座谈会上的重要讲话精神。党组书记、专职副主席张培忠主持会议，党组成员、专职副主席陈昆、苏毅，党组成员、秘书长刘春出席会议。省作协副处级以上、副高级以上专业技术职称的党员干部及部门负责人参加学习。

7月11日，省作协组织召开《广东文学通史》编撰工作总结会。中山大学党委书记、中国史学会副会长、教育部历史学科教学指导委员会主任委员陈春声，茅盾文学奖获得者、广东省文艺终身成就奖获得者刘斯奋，省作协党组成员、专职副主席陈昆、苏毅，党组成员、秘书长刘春以及林岗、陈剑晖、贺仲明、陈希、黄仕忠、戴伟华、郭小东、江冰、闵定庆、刘卫国、李婵娟、翁筱曼、黄雪敏、刘茉琳、叶红梅、周丹杰等编委、编撰专家和省作协有关部门负责同志出席会议。会议由省作协党组书记、专职副主席、《广东文学通史》总主编张培忠主持。

7月11日，省作协党组召开深入学习贯彻习近平新时代中国特色社会主义思想主题教育调查研究成果交流会。省作协党组书记、专职副主席、省作协主题教育领导小组组长张培忠主持会议并讲话。省作协党组成员、专职副主席陈昆、苏毅，党组成员、秘书长刘春出席会议，各部门、杂志社负责人列席会议。省委主题教育巡回指导组第三组副组长部先平、组员汤雨生到会指导工作。交流会上，省作协党组领导围绕各自牵头的调研主题作成果交流发言，汇报发现的问题、解决问题的思路和整改举措。各部门、杂志社负责人汇报了本部门、本单位的调研情况，并对我省文学事业高质量发展的共性问题和新问题作了系统分析和深入交流，提出了促进主题教育调研成果转化的重点和努力方向。

7月12日至16日，由中国作家协会社联部、省作家协会主办，中山市文学艺术界联合会协办，中山市作家协会承办的2023年“美好生活基层行”中山“小康样本”创作实践基地采风创作活动在中山举办。7月13日上午，2023年“美好生活基层行”中山“小康样本”创作实践基地采风创作活动暨文学创作培训班启动仪式在板芙镇里溪村举行。中国作家协会原副主席黄亚洲，中国作家协会社会联络部主任李晓东，省作协二级巡视员谢石南，市文联党组书记、主席陈江梅，板芙镇党委书记闫东平等领导嘉宾与中国作协作家代表、中山市作家协会会员代表、青少年记者团代表等参加活动。市文联党组成员、专职副主席卢曙光主持活动。采风团参观调研了里溪村的村史馆、香山书房等，了解里溪村的改革经验、历史沿革，观摩了市文联、市书协“双联双助”活动之书法公益培训班，并前往翠亨新区、西区、小榄、三乡、沙溪、板芙、南朗等镇街，通过走访参观、体验交流等方式，了解中山乡村振兴、产业发展、文化传承等情况，感受香山文脉与中山高质量发展成果，找寻文学创作灵感。

7月13日，广东“新时代山乡巨变”暨文学赋能乡村振兴“十百千万”

工程主题采风活动启动仪式在东莞市樟木头镇举行。中国作协社联部主任李晓东，省作协党组书记、专职副主席张培忠，福建省文联党组成员、书记处书记、副主席曾章团，东莞市委常委、宣传部部长武一婷，东莞市文联党组书记、主席张彤飚，东莞市作协主席胡磊，樟木头镇党委书记黄淦洪，党委副书记、镇长芦湛等相关单位负责同志出席启动仪式。王松、雪漠、魏红花、练建安、石华鹏、林芝、李锦秋等来自全国各地的著名作家、嘉宾和我省知名作家王十月、陈玺、陈启文、魏微、郑小琼、方舟、詹谷丰、红娘子以及各地级以上市“挂镇联村”作家代表等采风团成员共100多人参加本次活动。仪式由省作协党组成员、专职副主席陈昆主持。启动仪式上，张培忠向采风团代表王松、王十月授旗，正式启动主题采风活动。采风活动为期三天，采风团前往中国作家第一村、官仓社区三家巷、将军馆、罗曼智能科技馆等地，采访调研樟木头、石排等镇村的历史文化、发展近况和社会风貌，深入挖掘相关镇村在新时代山乡巨变过程中的动人故事，切身感受我省全面推进乡村振兴建设伟大实践。

7月13日，为深入学习贯彻习近平总书记在文化传承发展座谈会上重要讲话精神，推动学习贯彻习近平新时代中国特色社会主义思想主题教育走深走实，省委主题教育巡回指导组第三组、省文联、省作协联合开展主题党日活动，参观中国国家版本馆广州分馆。省委主题教育巡回指导组第三组组长陈华康带领全组成员和省文联、省作协党组领导及各支部党员代表参加活动。省委主题教育巡回指导组第三组副组长聂元松、部先平；省文联党组副书记、专职副主席吴华钦，党组成员、一级巡视员周华，党组成员、挂职副主席郝勇，二级巡视员樊广莲；省作协党组成员、专职副主席苏毅，党组成员、秘书长刘春参加主题党日活动。主题党日活动中，省文联、省作协分别向中国国家版本馆广州分馆赠送书籍。

7月15日，学习贯彻习近平新时代中国特色社会主义思想主题教育文学赋能乡村振兴“十百千万”工程主题志愿活动在梅州举行。本次活动由省委主题教育巡回指导组第三组指导，省作协、梅州市文联主办，梅州市作协、梅州市客家文学院、梅州市东山书院、蕉岭县作家协会承办。省作协党组成员、专职副主席苏毅，省委主题教育巡回指导组第三组组员汤雨生，省方志办党组成员、副主任丘洪松，梅州市委宣传部副部长、市新闻出版局（市版权局）局长李龙华，梅州市文联党组书记、主席陈锐锋，国务院政府特殊津贴专家、省社科院文学所所长、研究员钟晓毅，著名诗人游子衿，河源市作协、梅州市作协、惠州市作协、清远市作协、省小小说学会相关负责人出席活动。省作协社联部副主任、二级调研员欧阳露主持仪式活动。活动采取线上线下相结合的方式进行，分别在十大岭南书院之一的梅州市东山书院、蕉岭县文福镇和平村仓海诗廊举办共4场专题文学讲座，梅州市作家代表、高校学生、青少年等近400人参与了现场活动。活动还举行了广东文学志愿服务梅州队成立仪式和“文学驻村・薪火百家——梅州文学赋能乡村高质量发展志愿服务行动”项目启动仪式，苏毅向广东文学志愿服务梅州队授旗，并与汤雨生、丘洪松、李龙华、陈锐锋、陈柳金共同启动项目。钟晓毅、游子衿分别作“本土写作与新南方文学”“想象的力量”专题讲座。

8月1日至3日，省作协党组成员、秘书长刘春同志率领广东文学馆调研组一行4人，到上海开展文化场馆调研学习。

8月5日至7日，省作协在河源举办学习贯彻习近平新时代中国特色社会主义思想主题教育文学赋能乡村振兴系列志愿活动，旨在全面贯彻党的二十大精神，深入学习贯彻习近平总书记视察广东重要讲话、重要指示精神和关于文化建设、文艺工作、志愿服务工作的重要论述，认真落实中国作协“新时代山乡巨变创作计划”推进会精神和省委十三届三次全会精神。活动内容包括文学志愿服务合作协议签订仪式、广东文学志愿服务河源队成立仪式、“扶持基层文学新人志愿服务活动”启动仪式，新时代山乡巨变主题创作采风和专题调研，并分别在十大岭南书院之一的槎江书院、啸仙中学共举办3场专题文学讲座。活动采取线上线下相结合的方式进行，河源日报视频号对活动进行了现场直播。本地作家、文学爱好者和在校学生约600人参与现场活动。陈俊年、柳冬妩分别作“乡村振兴的写作断想”“文学观念的变与不变——兼谈‘新时代山乡巨变’与‘打工文学’”专题讲座。

8月7日，第十一届茅盾文学奖评奖委员会公告，产生了10部提名作品，予以公示，公示截止期为8月10日。广东作家葛亮长篇小说《燕食记》、魏微长篇小说《烟霞里》同时入选提名作品。

8月15日，省作协2023年纪律教育学习月活动动员大会在广东文学艺术中心23楼会议室召开。会议的主要任务是：深入学习贯彻习近平新时代中国特色社会主义思想和习近平总书记视察广东重要讲话、重要指示精神，传达学习省委办公厅《2023年全省开展纪律教育学习月活动的意见》有关精神，部署开展省作协2023年纪律教育学习月活动，进一步深化自我革命、推进全面从严治党向纵深发展。省作协党组书记、专职副主席张培忠出席会议并作动员讲话。党组成员、秘书长、机关纪委书记刘春出席会议。会议由党组成员、专职副主席苏毅主持。省作协全体在职干部职工参加了会议。会上，参会人员集体观看了警示教育片《惩治新型腐败和隐性腐败典型案件警示录》《家声》。

9月18日至月底，由省委宣传部指导，省作协主办的第三届“粤港澳大湾区文学周”系列活动在广州等地举行。这是第三届粤港澳大湾区文化艺术节活动之一。

9月18日上午，由省委宣传部指导、省作协主办、花城文学院协办的第三届“粤港澳大湾区文学周”系列活动“粤港澳大湾区文学发展峰会”在广州白云国际会议中心举行。峰会以“中国式现代化背景下的湾区文学”为主题。中国作协文学理论批评委员会主任、北京大学中文系教授、花城文学院联席院长陈晓明，中国报告文学学会会长徐剑分别作主旨演讲。省委宣传部常务副部长、省电影局局长崔朝阳，省作协党组书记、专职副主席张培忠，省作协主席蒋述卓，省作协党组成员、专职副主席陈昆、苏毅，省作协党组成员、秘书长刘春，省出版集团党委副书记、南方出版传媒股份有限公司总经理叶河，花城出版社社长、《花城》杂志主编张懿等出席会议。香港作家联会会长潘耀明、澳门基金会主席吴志良以视频的方式参加会议。会议分别由张培忠和蒋述卓主持。

9月18日下午，由省作协、南方报业传媒集团联合主办、由羊城晚报报业集团协办的第三届“粤港澳大湾区文学周”系列活动广东文学评论年会在广州白云国际会议中心举办。省作协党组书记、专职副主席张培忠，南方报业传媒集团党委委员、副社长、副总编辑黄灿，羊城晚报报业集团副社长、副总编辑胡泉出席并致辞。省作协党组成员、专职副主席、《粤港澳大湾区文学评论》编委陈昆，省作协党组成员、专职副主席、《粤港澳大湾区文学评论》编委苏毅，省作协党组成员、秘书长刘春出席会议，国内知名评论家、出版家、学者，以及广东省作家协会、南方报业传媒集团和羊城晚报报业集团相关人员约50人参加会议。会议由省作协主席、暨南大学文学院教授、《粤港澳大湾区文学评论》编委会主任蒋述卓主持。

9月19日上午，由省作协主办的第三届“粤港澳大湾区文学周”系列活动粤港澳大湾区作家作品研讨会在广州白云国际会议中心举行，集中研讨厚圃长篇小说《拖神》、张况长篇小说《赵佗归汉》、盛慧散文集《粤菜记》和长篇小说《风叩门环》。省作协主席、暨南大学文学院教授蒋述卓，省作协党组成员、专职副主席陈昆，省作协党组成员、专职副主席苏毅，省作协党组成员、秘书长刘春出席会议。来自省内外的评论家、出版家、编辑家等共50人参加会议。会议由省作协党组书记、专职副主席张培忠主持。

9月19日下午，省作协主办的第三届“粤港澳大湾区文学周”系列活动“新时代山乡巨变”创作推进会暨广东文学志愿服务工作会议在广州白云国际会议中心召开。省作协党组书记、专职副主席张培忠出席会议并讲话。省作协党组成员、专职副主席陈昆、苏毅，省作协党组成员、秘书长刘春，省委宣传部精神文明协调处四级调研员马文广出席会议。省作协机关、杂志社负责人，2023年广东“新时代山乡巨变”题材作品创作扶持作家代表，各地级以上市作协、省作协各分会、省作协主管各社会团体负责人，媒体记者等参加会议。会议由省作协主席蒋述卓主持。会上，苏毅传达了中国作协“新时代山乡巨变创作计划”推进会精神。会议表彰了文学志愿服务优秀组织单位、优秀项目和优秀志愿者。

9月19日下午，由省作协主办的第三届“粤港澳大湾区文学周”系列活动“新时代的春天故事”“新时代山乡巨变”主题采风活动启动仪式在广州白云国际会议中心举办。本次采风活动分三条线路，首站均设于广东文学馆，共同领略这艘文学巨舰的魅力。采风队伍将深入深圳、潮州、清远、韶关等地，深入广东改革开放前沿阵地，奔赴粤东、粤北地区镇村基层一线，了解粤港澳大湾区建设取得的阶段性成就，见证广东推动乡村振兴战略实施取得的丰硕成果。启动仪式上，张培忠代表省作协向采风团代表于爱成、陈培浩、荣笑雨授旗。采风活动以“新时代的春天故事”“新时代山乡巨变”为主题，为期四天，采风团将分三队共90人，分别前往广州、深圳、潮州、清远、韶关等地采风，深入生活、扎根人民，创作主题作品。省作协党组书记、专职副主席张培忠，主席蒋述卓，党组成员、专职副主席苏毅，党组成员、秘书长刘春等出席启动仪式。中国作协社联部主任李晓东，以及叶延滨、张陵、李建军、丁晓原、张燕玲、付如初、翟业军、张元珂、额尔敦·哈达等著名作家、评论家，江扬、周蜜蜜等来自港澳地区的知名作家、专家，以及我省知名作家王十月、魏微、鲍十、张况、庞贝、黄国钦、王威廉、姚笛、胡永红、吴君、盛慧、王哲珠等采风团作家代表90多人参加本次采风活动。

9月21日至23日，由中国作家协会指导，省作协、文艺报社、中共河源市委宣传部联合主办的萧殷学术研讨会暨《萧殷全集》新书发布会在河源举行。这是第三届“粤港澳大湾区文学周”系列活动之一。中国作家协会书记处书记邓凯，中国作协原副主席陈建功，广州市人大常委会原主任陈建华，省委宣传部副部长刘启宇，省作协党组书记、专职副主席张培忠，省作家协会主席、暨南大学文学院教授蒋述卓，河源市委副书记、市长李勇平，河源市委常委、宣传部部长江海鹰，河源市副市长曹建忠，省作协党组成员、专职副主席、机关党委书记陈昆，省作协党组成员、专职副主席苏毅，省作协党组成员、秘书长刘春出席会议。花城出版社社长、《花城》杂志主编张懿以及陈俊年、郭小东、王十月、贺仲明、张均等省内外知名专家学者及本地作家代表等100多人参加活动。9月22日上午，萧殷学术研讨会暨《萧殷全集》新书发布会开幕式举行，开幕式由江海鹰主持。其间，省作协与河源市签署战略合作协议，举行《萧殷全集》新书发布仪式及赠书仪式。老作家王蒙、徐光耀等发表视频致辞。蒋述卓、贺仲明、张均、王律、王十月等分别作专题发言。9月22日下午，专家学者参观萧殷文学馆并召开萧殷学术传承发展座谈会及分组讨论。郭小东、龙扬志、傅修海、谭运长、于爱成、刘中国、包莹等就萧殷的文艺思想、理论建树、品格情怀、地位成就等进行深入探讨。9月23日上午，举行广东省作家协会万绿湖创作基地揭牌仪式及分组采风。

10月12日至13日，由中国作家协会、中共广东省委宣传部主办，中国作协网络文学中心、省作协、广东广播电视台、花城文学院共同承办的中国网络文学影响力榜（2022年度）发布活动暨粤港澳大湾区网络文学高质量发展研讨会在广州和珠海举行。10月12日上午，中国网络文学影响力榜（2022年度）发布活动暨粤港澳大湾区网络文学高质量发展研讨会开幕式在广州白云国际会议中心举行。省委常委、宣传部部长陈建文出席开幕式。省委宣传部常务副部长、省电影局局长崔朝阳出席并致辞，中国作家协会党组成员、书记处书记胡邦胜出席并讲话，省作协党组书记、专职副主席张培忠出席并发言，广东广播电视台党委副书记、副台长钟世勋出席并代表党委书记、台长蔡伏青发言。中国作家协会网络文学中心主任何弘，广东省出版集团党委副书记、南方出版传媒股份有限公司总经理叶河等领导出席。全国各省（直辖市）作协分管网络文学工作负责人、知名网络作家、网络文学研究专家、网络文学平台负责人等逾500人参加活动。开幕式由广东省作家协会主席蒋述卓主持。开幕式后，陈彬（跳舞）、林俊敏（阿菩）、袁野（爱潜水的乌贼）、任禾（会说话的肘子）、谢广才、林聪、刘旭东、许斌、童晔、李玮、周志强作专题发言。专题发言由何弘主持。

10月12日下午，由中国作家协会、中共广东省委宣传部主办，中国作协网络文学中心、省作协、花城文学院等共同承办的“网络文学传承发展”论坛、“平台建设与海外传播”论坛同时在广州白云国际会议中心召开，分别由中国作家协会网络文学中心主任何弘，省作协党组书记、专职副主席张培忠主持。网络作家、专家、作协领导等从不同角度发言，探讨网络文学传承中华优秀传统文化，不断推出精品力作的方法、路径，交流心得。各平台负责人、专家、组织工作者及网络文学相关产业如出版、影视、游戏、动漫等行业代表围绕如何建设平台、推动网络文学国际传播畅所欲言。胡邦胜先后出席两个平行论坛并分别提出下一步的工作建议。

10月13日，由中国作协、省作协联合主办的“网络作家进校园”活动分别在暨南大学、中山大学（珠海校区）举办，有关网络作家、专家学者以及大学生共110人参加。网络作家分享各自的创作经验和心得体会，专家学者就网络文学研究现状和未来发展前景等进行深入研讨，还与学生代表进行了现场互动交流。

10月13日，由中国作协、省作协联合主办的“走进大湾区”采风活动在广州开展，组织网络作家近30名分别到南沙规划展览馆、云从科技集团股份有限公司、粤芯半导体技术股份有限公司开展调研交流。

10月18日至21日，省作协党组书记、专职副主席张培忠率队赴上海、浙江开展学习调研。18日，参观中共一大会址、巴金故居。19日，拜访上海市作协，在上海市“作家书店”召开广东·上海作协交流座谈会。20日，张培忠一行赴浙江文学馆调研，在浙江省作协党组书记、专职副主席叶彤，浙江省作协党组成员、办公室主任朱丽军，浙江文学馆馆长程士庆的陪同下，先后参观了浙江古代文学史展厅、浙江现代文学史展厅、现代浙江经典作品场景展厅、宋韵浙江经典作品场景展厅、专题展厅、综合临展厅、儿童文学空间、文学数字应用体验展厅等展厅，并举行交流座谈会。21日，参观考察中国网络作家村，并与浙江省网络作协、中国网络作家村运营负责人、网络作家代表座谈交流。调研期间，张培忠向上海市作协、浙江省作协赠送了《广东文学通史》《广东省作家协会志（1953—2023）》等。

10月19日上午，省作协党组书记、专职副主席张培忠应邀赴上海出席鲁迅纪念日公众纪念活动并致祭文（见附录），表达对鲁迅的哀思和敬意。

10月21日上午，“走在前列”广东省小小说高质量发展论坛暨两届“邹记福杯”小小说大赛颁奖、两套文丛赠书仪式在广东省作家协会岭南文学空间举行。省作协党组成员、专职副主席苏毅，《小说选刊》杂志副主编顾建平，河南省作协原副主席、河南省小小说学会会长杨晓敏，河南省评论家协会副主席、《小小说选刊》主编秦俑，《小说选刊》微小说编辑尚书，省作协二级巡视员、社联部主任谢石南，高校教授姚朝文、伍世昭，贵州邹旺酒业有限公司董事长邹记福，以及广东省小小说学会班子成员、部分获奖代表，丛书作者和主编共70多人出席会议。会议由广东省小小说学会常务副会长雪弟主持。

10月22日下午，2023年广东“新时代好少年”先进事迹发布会暨岭南童谣优秀作品展演活动在广州电视台举行。该活动由广东省委宣传部、省文明办、省教育厅、共青团省委、省妇联、省文联、省作协、省少工委、省关工委共同主办，省委宣传部领导，省关工委副主任黄小玲，省教育厅党组成员、副厅长李璧亮，团省委副书记贺璐璐，省文联党组成员、副主席郝勇，省作协党组成员、专职副主席苏毅，南方报业传媒集团党委委员、副社长、副总编辑黄灿，省委宣传部二级巡视员马必文等领导出席会议并向岭南童谣征集传唱活动的获奖者、优秀组织单位及广东40名“新时代好少年”颁奖。

10月26日，由省作协指导，花城出版社、花城文学院主办的杨黎光《寻》新书首发式在广州花城文学院举行。省作协党组成员、专职副主席苏毅应邀出席，并与长篇小说《寻》作者杨黎光，花城出版社社长、《花城》杂志主编张懿一起为新书揭幕。活动由花城出版社副总编辑陈宾杰主持。

10月27日，省作协第五次工会会员大会在广东文学艺术中心召开。主要任务是：深入学习贯彻习近平总书记关于工会工作的重要论述，进一步加强省作协工会组织建设，夯实党在基层的群团组织基础，根据《中国工会章程》《工会基层组织选举工作条例》相关规定，选举产生新一届工会委员会、经费审查委员会和女职工委员会。省作协党组书记、专职副主席张培忠出席会议并讲话，省直机关工会工委主席何文辉到会指导并讲话，省作协党组成员、专职副主席苏毅，省作协党组成员、秘书长刘春出席会议。第四届工会主席李科权代表工会委员会作工作报告。省作协工会全体会员共73人参加会议。会议由省作协党组成员、专职副主席陈昆主持。会议审议通过了《省作协工会第四届委员会工作报告》《省作协工会第四届经费审查委员会财务工作报告》。选举产生了省作协第五届工会委员会、经费审查委员会和女职工委员会。陈蕾当选为工会主席，汤学英当选为工会副主席，陈蕾、汤学英、唐蓉晖、龚仁萍、李京春、陈鹏、湛新建当选为工会委员。谢基林当选为经费审查委员会主任，谢基林、曾庆文、湛新建当选为经费审查委员会委员。汤学英当选为女职工委员会主任，汤学英、龚仁萍、李京春当选为女职工委员会委员。

10月28日下午，由省作协主办，花城文学院、《少男少女》杂志社、省小作家协会承办的“现实科幻对对碰——广东儿童文学三人谈”文学志愿活动在花城文学院举办。活动邀请中国作家协会会员、中国电影文学学会会员、广东儿童文学委员会委员胡永红，南方科技大学人文科学中心讲师、中国作家协会会员、耶鲁大学福克斯国际学者袁博出席。来自广州市各中小学的学生、家长、老师共100多人参加。活动由《少男少女》杂志社执行主编吕晓霞主持。

11月15日，第十一届广东省鲁迅文学艺术奖（文学类）评奖办公室发布第十一届广东省鲁迅文学艺术奖（文学类）评奖结果公告，经初评、终评两个阶段的评选，共产生陈崇正长篇小说《美人城手记》等获奖作品30部（篇）。

11月28日至29日，“广东省作家协会始兴县生态文学创作基地”揭牌仪式暨千名作家“挂镇联村”驻点创作启动仪式、生态文学创作暨文学赋能乡村振兴“十百千万”工程推进会、“新时代山乡巨变”采风活动、文学志愿服务等活动在韶关市始兴县举行。本次活动由省作协、韶关市委宣传部、始兴县委主办，始兴县委宣传部承办，始兴县文联、始兴县作家协会协办。29日上午，“广东省作家协会始兴县生态文学创作基地”揭牌仪式暨千名作家“挂镇联村”驻点创作启动仪式在始兴县墨江文苑举行。省作协党组书记、专职副主席张培忠，韶关市委常委、宣传部部长陈江帆，始兴县委书记华关，韶关市文联主席夏娟，始兴县委副书记谢涛，始兴县委常委、宣传部部长李俊枫等领导，著名作家杨黎光、鲍十，省作协副秘书长、二级巡视员、社联部主任谢石南，省作协组联部主任周智，韶关、清远、肇庆、茂名、阳江、湛江、云浮作协负责人，各地市“挂镇联村”驻点创作作家代表以及始兴县委宣传部和文联、作协领导、作家代表等约200人共同见证创作基地的启用。活动由省作协党组成员、专职副主席苏毅主持。仪式活动结束后，省作协召开生态文学创作暨文学赋能乡村振兴“十百千万”工程推进会。张培忠、华关、谢涛、李俊枫等领导出席会议。各地市“挂镇联村”驻点创作作家代表以及始兴县委宣传部和文联、作协领导，作家代表等100多人参加。韶关、清远、肇庆、茂名、阳江、湛江、云浮作协和始兴县负责人分别发言。会议由苏毅主持。当天下午，还举行了“新时代山乡巨变”采风活动，来自全省各地的近百名作家代表深入始兴县张九龄故居、车八岭国家级自然保护区、罗坝长围村围屋等地走访采风，并就驻点创作体会和生态文学创作经验进行了交流。系列活动期间，还举行了两场文学志愿服务活动。28日晚，文学作品改稿会在墨江文苑三楼举行，著名作家杨黎光、鲍十等对当地作家作品进行点评，指出了优点与不足，并分享了个人创作经验。29日上午，“文学赋能乡村振兴”文学名家进校园活动在始兴中学举行，杨黎光、鲍十分别以《阅读启智　记录历史》《小说诸元素及什么样的小说是好小说》为题，为当地文学爱好者、学校师生作了精彩演讲。

12月9日，广东省报告文学学会成立大会在广东文学艺术中心召开。中国作家协会全国委员会委员、中国报告文学学会会长徐剑，中国作协主席团委员、报告文学学会党支部书记、常务副会长兼秘书长梁鸿鹰，中国报告文学学会副会长、广东省作家协会党组书记、专职副主席张培忠，中国报告文学学会副会长纪红建等出席大会。广东省120多名报告文学作家及文学爱好者参加了成立大会。大会审议通过了广东省报告文学学会《筹备工作报告》《选举办法》《章程》等文件，选举产生了广东省报告文学学会第一届理事会、监事会。其中，陈启文当选为会长，丁燕、汤炎忠、许锋、李迅、邱少梅、张伟棠、陈雪、高小莉、喻季欣、谢友义（按姓氏笔画排序）当选为副会长，谢友义当选为秘书长（兼），袁瑰秋当选为监事长，并聘请廖琪、杨黎光为顾问。

12月11日，由中国作家协会创研部、人民文学出版社、《文艺报》社、省作协主办，《粤港澳大湾区文学评论》杂志协办的从“粤派批评”到“湾区批评”暨《广东文学通史》出版座谈会在中国现代文学馆举行。中国作家协会党组成员、副主席、书记处书记李敬泽，中国作家协会书记处书记邓凯，中国作家协会主席团委员、创研部主任何向阳，创作联络部主任彭学明，社会联络部主任李晓东，中共中央宣传部文艺局理论文学处处长胡友笋，鲁迅文学院常务副院长徐可，创研部副主任李朝全、纳杨，省作协党组书记、专职副主席张培忠，省作协主席、暨南大学文学院教授蒋述卓，省作协党组成员、专职副主席陈昆出席座谈会。专家学者潘凯雄、徐剑、贺绍俊、陈福民、张莉、杨庆祥、张晓琴、丛治辰、陈汉萍、饶翔、李蔚超、付如初、岳雯、李晓晨，《广东文学通史》编撰团队代表林岗、陈剑晖、纪德君、陈希、贺仲明等50余人参加。座谈会由人民文学出版社总编辑李红强主持，李敬泽讲话，张培忠致辞。

12月24日，由南方报业传媒集团、省作协主办，南方日报社、省小作家协会、省文化馆承办的2023年粤港澳大湾区小学生诗歌季颁奖典礼暨2024年大湾区少儿迎新诗会活动在广东省文化馆小剧场隆重举行。本次活动评出10名“十佳小诗人”、100名“百佳小诗人”、1690名“优秀小诗人”、114个“优秀组织学校奖”以及120个“优秀指导教师奖”。

2023年，广东作家作品取得系列文学荣誉。海漄的中篇小说《时空画师》获2023雨果奖“最佳短中篇小说”奖。分形橙子的中篇小说《笛卡尔之妖》获第34届中国科幻银河奖“最佳中篇小说奖”。葛亮的长篇小说《燕食记》、魏微的长篇小说《烟霞里》入选第十一届茅盾文学奖提名作品。庞贝的长篇小说《乌江引》、盛可以的短篇小说《女猫》分获2022年度青花郎·人民文学奖“长篇小说奖”“短篇小说奖”。蔡东的短篇小说《月光下》、王威廉的中篇小说《你的目光》、申平的微小说《修复村前的那条河》分获第十三届“茅台杯”《小说选刊》年度大奖“荣誉奖”“中篇小说奖”“微小说奖”。王威廉的中篇小说《你的目光》、马拉的短篇小说《沈先生字复观》分获第十八届十月文学奖“中篇小说奖”“短篇小说奖”。葛亮的短篇小说《浮图》获第十九届十月文学奖“短篇小说奖”。蔡东的短篇小说《日光照亮北斗》、葛亮的中篇小说《瓦猫》分获第二十届百花文学奖“短篇小说奖”“中篇小说奖”。庞贝的长篇小说《乌江引》获第四届吴承恩长篇小说奖。谭功才的散文《南方道场上的白虎》获2021《民族文学》年度奖。卢卫平的诗集《瓷上的火焰》获首届石峁文学奖“诗歌奖”。塞壬的散文《镜中颜尚朱》获第六届琦君散文奖“作品奖”。莫华杰的非虚构作品《世界微尘里》获首届漓江文学奖“非虚构奖”。陈诗哥的长篇童话《一个迷路时才遇见的国家和一群清醒时做梦的梦想家》获2022年金骆驼奖“黄金奖”。贺仲明获第五届当代中国文学优秀批评家奖。陈培浩的文学评论《“现代汉诗”与中国诗学“当代性”的生成》获第十一届唐弢青年文学研究奖。陈培浩、申霞艳获《当代作家评论》年度优秀论文奖。杨文丰的散文《夕阳笼罩的珊瑚》、盛慧的散文《暂别》获第四届丰子恺散文奖提名奖。三生三笑的《粤食记》获首届中国（青海）昆仑英雄网络文学奖“女娲奖”。葛亮的长篇小说《燕食记》、魏微的长篇小说《烟霞里》入选《当代》2022年度长篇小说五佳。厚圃的长篇小说《拖神》、熊育群的长篇小说《金墟》入选第七届长篇小说年度金榜（2022）。厚圃的长篇小说《拖神》入选作家出版社2022年度好书，入选作家出版社2022年度最具影视改编价值图书。葛亮的中篇小说《浮图》入选2022年收获文学榜中篇小说榜，入选《北京文学》主办的2022年度中国当代文学最新作品排行榜。王威廉的中篇小说《你的目光》入选《十月》年度中篇小说榜（2021）。陈启文的报告文学《中国饭碗》入选《中国作家》主办的2022年度“全国报告文学排行榜”。陈继明的长篇小说《平安批》、南翔的小说集《伯爵猫》、王威廉的小说集《野未来》入选第一届“芙蓉文学双年榜·芙蓉文学图书榜”，塞壬的散文《缓缓归途》入选第一届“芙蓉文学双年榜”“芙蓉杂志榜”。葛亮的《燕食记》、黄灯的《我的二本学生》入选首届“花城文学榜”。陈继明的长篇小说《敦煌》、南翔的报告文学《手上风华——深圳工匠录》、钟二毛的长篇小说《东江纵队》、平安月下的网络文学《织沙之城》入选2023年中国作家协会重点作品扶持项目。三生三笑的网络文学《逾鸿沟》入选2023年中国作家协会网络文学重点作品扶持选题。

（邱海军　整理）

附　录

鲁迅逝世87周年公众纪念活动暨
虹口各界公祭鲁迅先生文

张培忠

维

公元2023年10月19日，当此中国20世纪的伟大文学家、思想家和革命家，中华民族的文化巨人，空前杰出的民族英雄——鲁迅先生诞辰142周年之岁、逝世87周年忌日，在珠江之畔广东文学馆“鲁迅家展览厅”即将竣工之时，全国文学界暨上海虹口各界谨以鲜花时果之仪，致祭于中国现代文学的奠基人、中国左翼文学的旗手鲁迅先生灵前。今躬逢其盛，不胜感仰，爰致祭辞，以表敬忱。辞曰：

中国脊梁，民族魂魄；
唤醒国人，声振木铎。
肩扛黑闸，放出宽阔；
先生高风，长天寥廓。
昔日华夏，积贫积弱；
先生之诞，天命有托。
曾经小康，家道中阻；
艰难困苦，如琢如磨。
少怀大志，苦心向学；

博闻强记，百科综罗。
风云莫测，九州变局；
歧路何多，上下求索。
入学金陵，咸与维新；
水师陆师，精进不辍。
负笈东瀛，断发明志；
流光岁月，岛国度过。
转益多师，幸遇名宿；
由工转医，科学救国。
出类拔萃，猜忌刺激；
弃医从文，矢志盗火。
深思国运，连发雄文；
首在立人，呼唤“摩罗”。
异邦新声，越海而来；
故国杏坛，新知传播。
武昌首义，终结帝制；
惊雷无声，忧民忧国。
以笔为旗，狂人日记；
直揭病苦，救人水火。
提倡启蒙，超越启蒙；
呐喊百年，涌起洪波。
低回百转，荷戟彷徨；
冲决罗网，砸开铁锁。
匕首投枪，生存发展；
韧性战斗，反对赤膊。
情缘深至，不期而遇；
爱情传奇，曾经蹉跎。
深绿浅红，粤海情波；
钟楼日夜，野草朝花。

半生漂泊，沪上安居；
十年艰危，携手共度。
生命新局，于此开启；
文坛风云，波澜壮阔。
珍惜生命，潜心创作；
手不停挥，著译交错。
愿为前驱，服务普罗；
遵命文学，左联巨擘。
合编前哨，掩护同道；
人生知己，共担福祸。
保障民权，营救声援；
不带钥匙，护法如锁。
敢于斗争，无情嘲讽；
以笔作枪，为党依托。
旗手战士，相濡以沫；
冲锋陷阵，力排众说。
放眼世界，取精用弘；
拿来主义，结下硕果。
青年导师，光芒如射；
一息尚存，天远地阔。
发海潮音，雄狮猛吼；
救救孩子，救救中国！
高擎火炬，进击踔厉；
江山无限，朝气蓬勃。
先生之志，血荐轩辕；
先生之风，光明磊落。
当此盛世，环球凉热；
民族复兴，领袖掌舵。
传承精神，俯首为牛；

中兴伟业，万民同作。
今祭先生，饮水思源；
斯道弥尊，斯文弥烁。
永怀先生，伏惟尚飨。